目 录

前情介绍

小和尚一心被丁不二拐带下山，不慎滚落山崖，被柳正风父女救下，后被神医济苍生带走救治并收为弟子，改名吴秋遇。济苍生下山遇害，吴秋遇结识小灵子。二人大闹铁拳门，邵家门报信逃离虎口，云蒙山做客揭露恶行。楼烦镇救女小灵子吃醋，黄土岗救人吴秋遇得宝。五丈窑台化解丐帮危机，大漠西行寻找贺兰映雪。

匪寨迷城

匪穴勾连现淫形，
仁心度恶化清平。
草荡今时多迷雾，
遗城往日似恢宏。

绘图：王欣，张璐

第四十九章 沙地惊险

小灵子了解了情况，赶紧让吴秋遇找水救醒大家。众人醒来仍不知发生何事。只有倪帮主是老江湖，很快想到是中了蒙汗药。他看了看小灵子和吴秋遇，疑惑道:“你们怎么没事？”

小灵子说:“我们没吃啊。”吴秋遇说:“多亏灵儿机灵，对他们早有提防。”老叫花子抱怨道:“你们知道饭菜里下药，也不告诉我们一声。”小灵子说:“反正是住店，让你们好好睡一觉有什么不好？”老叫花子哑口无言。倪帮主笑道:“说得也是。幸亏有你这丫头，不然咱们全完了。咱们这么多人，坏在他们两三个人手里，说出去才是丢人。”

老叫花子瞥见墙角桌子底下的伙计和胖厨子，过去狠狠踢了两脚:“叫你们害人！”小灵子说:“剩菜剩饭都给他们吃下去了，且得睡一会儿呢。”老叫花子骂道:“活该！哎，那个女的呢？”吴秋遇说:“跑了。咱们也得尽快离开，免得她把马匪招来，对咱们不利。”

倪帮主看到小灵子手里的短弩，问道："这个哪来的？"小灵子说："刚才就有人拿这个要害人。幸亏我刀枪不入。秋遇哥哥，毁了它。"倪帮主阻拦道："哎，毁不得。你刀枪不入，再有这个防身，连杀敌的本事都有了。"吴秋遇也点了点头。小灵子把短弩拿起来仔细看了看，笑了："你说得没错，我留着了。看谁以后还敢欺负我。"

小灵子得了宝贝，心情愉快，叫大家清点自己的东西准备上路。倪帮主嘱咐带有水囊的，临走之前都灌满清水。

临出门，小灵子抓起一把筷子带上。老叫花子问："你拿筷子有什么用？"小灵子对吴秋遇说："秋遇哥哥，路上你给我削尖了，都可以作为弩箭。"吴秋遇看了看，长短粗细倒也合适，于是把几个桌上的筷子都搜罗了，加起来足有五六十根。

老叫花子本想一把火将客栈烧了，免得他们再害人。倪帮主说："客栈本身不会害人，是开店的人用心险恶。留着它吧，过往之人也有个歇脚之处。经此一劫，估计那几个人也不敢在此作恶了。"

离了风云客栈，众人趁夜继续前行，凭感觉应该是往西走。几个商客一路上在后面嘀嘀咕咕。小灵子他们虽然觉得这些人行动怪异，也懒得去过问。

天一亮，胡勋上前对吴秋遇说："昨日多谢恩公，我等才大难不死。我们商量了一下，深感西去路上多有凶险，这个钱不赚也罢。我们想求恩公护送我们出沙漠，我们就回去了。"小灵子说："我们这有老人家要西去求医，日程耽误不得。我看这样，你们自往南去，带着火把，遇到任何危险，只需点火放烟，然后设法拖延时间。二十里之内，我们看见了，秋遇哥哥还来得及去救你们。二十里没有险情，你们一路向南，也差不多该出沙漠了。"倪帮主点了点头，也觉得可行。

胡勋想了一下，点头道："也只好如此了。我们就此拜别了。来呀，咱们拜别恩公。"申图等人也围了过来，一起跪下给吴秋遇磕了头，然后向南而去。

毛乌素沙地虽说不是大漠，但也是干旱少水，风沙袭人。偶然遇见几道流沙，更是不得不小心翼翼。四个人一路向西，渐渐觉得路途越发艰难，甚至是举步维艰。

吴秋遇在路上捡了一根枯木棍子，给倪帮主当手杖，多少有些帮助。小灵子跟吴秋遇走在前面，研究着短弩怎么用，试了几次也就会了。

走了一阵，倪帮主忽然停下脚步。老叫花子问："帮主，你怎么不走了？"

小灵子和吴秋遇听到老叫花子说话，也停下脚步，转身来看。吴秋遇问："前辈，你怎么了？毒性又发作了？"倪帮主一边四下观望，一边说道："有动静！"小灵子四下看了看，周围几里之内，并无人影，笑道："没有啊，会不会你身子虚弱，听错了？"倪帮主冷静地说道："我不会听错。此刻无风无沙，出现声响很不正

常。咱们还是小心为上。”

吴秋遇点了点头，暗自提高了警惕。小灵子和老叫花子有点不以为然，心里都觉得是倪帮主伤痛之中有点疑神疑鬼。

倪帮主忽然用棍子在地上一戳，叫道：“地下有人！”三人一惊，都朝这边看来。倪帮主指着小灵子脚下说道：“当心丫头脚下！”小灵子吓了一跳，急忙跑到吴秋遇身边。老叫花子也跟着躲出老远。

吴秋遇双手护在身前，注视着地面。半晌，地下没有动静。

小灵子埋怨道：“帮主老爷子，你刚才真吓到我了。”老叫花子打圆场道：“丫头，别生气。我们帮主身体不舒服，出现幻觉，有点疑神疑鬼。你就当是个笑话。”倪帮主一本正经地说道：“我说的是真的。”小灵子说：“你看，他还不承认。”吴秋遇忙过来劝道：“灵儿，算了。路上闷嘛，倪帮主是好心，哄大家高兴嘛。”倪帮主见三人都不信，有些急了：“大家不要掉以轻心！”

小灵子还要跟他分辩，忽见吴秋遇身后从地下冒出一个人头来，惊叫道：“真的有人！”吴秋遇一惊，急忙转身，将小灵子护住。

那人半截身子钻出地面，挥舞弯刀，朝吴秋遇双腿削来。吴秋遇刚要跳起，猛然想起小灵子还在身后，急忙改换路数。幸亏他无意间看了武林至尊翁求和所著的武功秘籍，将其中的“小腾挪”身法演练得纯熟，身法动作都是奇快无比。只见他右脚尖一晃，便将刀尖踩在了地上。

那人完全没想到，一见弯刀被踩住，偷袭不成便要缩身回去。吴秋遇上前一步，用左脚将他下颌挑住，用力一勾，那人便从地下被拔了半截出来，趴在地上。

小灵子刚要上前审问，却见从旁边又窜出一个人来。那人跳出地面，挥刀便朝她砍来。吴秋遇大惊，想要完全护住小灵子已经来不及了，情急之下抬手便向弯刀抓去。小灵子大惊，想要叫他小心已经来不及了。

弯刀并没有砍到吴秋遇。他动作奇快，而且手上力大，竟生生把刀刃捏住，又稳又准。那人惊呆了。小灵子却是大喜，提醒道：“秋遇哥哥，快抓住他！”吴秋遇夺过弯刀，将那人伸手一抓，与另外一个叠到一起。

倪帮主忽然说道：“地下还有人过来，看样子人数不少！”老叫花子叫道：“这可怎么办？他们在暗处，不一定从哪冒出来，傻小子一个人也对付不了啊！”其实吴秋遇和小灵子也都意识到了这个问题，却又一时不知如何应对。他们两个倒是可以跑了，那倪帮主和老叫花子怎么办？

刚才那两个人的出现有些突然，应付起来难免有些慌乱。如今好歹见识了，便多少有了提防的主张。吴秋遇摆开架势，注意地面的动静。倪帮主江湖经验丰富，小灵子也是细心之人。仔细观察，便能看到地面上有几道沙痕在轻微浮动，而鼓起的位置正在快速向这边靠近。

老叫花子也看出来了，惊叫道："好多啊！怎么办？咱们跑吧！"倪帮主说："咱们跑不过他们。小心应付吧。"小灵子跺脚道："可惜我不会武功，要不然也能帮秋遇哥哥对付几个。"

倪帮主看了一眼小灵子，忽然眼前一亮："丫头，快把短弩拿出来！那个有用了！"小灵子急忙解下短弩，端在手中，微笑道："我怎么把这个给忘了。"老叫花子看出门道，主动上前给她递箭。倪帮主上前，用弯刀把两个被捉住的人制住。这样，吴秋遇就可以专心对付地下钻来的新人了。

几个头裹牛皮的汉子先后钻出地面。还没等他们冒头，吴秋遇先用脚踩下去了两个。

一个人就近向小灵子扑去。小灵子对着他的脸面就射出一箭。那人大惊，再加上小灵子手法还不精准，一支削尖的筷子箭穿过那人的左耳，硬扯下半片耳朵去。那个人捂着耳朵大叫。老叫花子叫道："射得好！"小灵子说："快，再拿一支！"老叫花子赶紧给她递上一支筷子箭。

吴秋遇凭着"小腾挪"身法先后与四五个人周旋。小灵子又射中一个人的大腿、一个人的肚子。老叫花子看得过瘾，巴不得自己也拿过去射几箭。虽然筷子箭短小，不至于害人性命，但是也足以把敌人唬住。有人不敢继续靠近，一眼瞅见四人丢在地上的水囊，悄悄过去给砍了。

眼看敌人越来越多，小灵子叫道："秋遇哥哥，给他们来点厉害的，不用手下留情！"

吴秋遇听了，也觉得再这样纠缠下去不是办法，于是暗自提气在手，瞅准机会，奋力打出一招"轰摇地府"。这是"降魔十三式"中的第十二招，这一招他不是对着人打的，因此放心地使出了十成的功力。

掌力所及，吴秋遇身体两侧的沙地各坍塌了一片，沙土迸溅。有几个刚要冒头的汉子又被埋了回去。地面上的几个人有的被震倒，有的被吓呆，紧接着一个个仓皇钻入地下。只见十几条沙道，伴随着轻微的浮动，凸起处快速远去了。

小灵子端着短弩，确认周围再无动静，才放松下来，把短弩交给老叫花子。老叫花子如获至宝，搭上一支筷子箭，积极地寻找目标。

吴秋遇走到倪帮主身边，问："他们还老实吧？"倪帮主笑道："他们都被你吓傻了，乖得很。"小灵子上前问道："你们是什么人？"那两个家伙看了她一眼，都扭过脸去，不吭声。小灵子冲老叫花子一招手，老叫花子高高兴兴跑过来，笑嘻嘻问道："啥事？让我射他们？太好了！你说是先射眼睛还是先射鼻子，我保证射不偏。"那两个家伙开始发抖，战战兢兢盯着老叫花子手里的短弩，哀求道："不

要啊！我们说！”

小灵子对老叫花子说道：“你先瞄着，谁不老实你就射谁。”老叫花子很高兴：“好，好！你放心，我不会手下留情！”小灵子看了看两个人：“你们谁先说？”

下半身在土里、上半身趴在地上的那个伸手说：“我，我说！”倪帮主和吴秋遇允许上面那个先爬下来，在旁边跪着。趴在地上的那个说道：“我们是黑风寨的，专门负责暗地偷袭，人家都管我们叫钻地鬼。没想到今日栽在你们手上，没占到半点便宜不说，还几乎丧了性命。各位大侠、各位老爷，哦，还有奶奶，求求你们高抬贵手，放我们一马吧。”

“黑风寨？”倪帮主沉吟了一下，“你们寨子在哪？有多少人？当家的是谁？都如实说来。”那人答道：“在西北边，离这挺远的。寨子里有共四十多个弟兄，大当家的叫武奎，二当家的叫侯格。”小灵子问：“前面那个风云客栈，跟你们黑风寨有关系吗？”那人答道：“风云客栈的老板娘，是我们大当家的相好，江湖人称边二娘。”

小灵子点了点头：“看你还算老实。”那人趁机央求道：“小的说的句句都是真话！奶奶就放了小的吧。”小灵子骂道：“谁是你奶奶！再胡说，我不饶你了！”那人自己打了自己一个嘴巴，赶紧赔罪：“小的胡说，小的狗嘴吐不出象牙。奶……不是……姑姑……”小灵子看他老实，对吴秋遇说：“秋遇哥哥，放了他吧。”吴秋遇往旁边让了一步。那人支撑着身子磕了个头，身子一扭，缩回土里去了。

另外一个钻地鬼半天没说话，见同伙被放走了，也开口说道：“刚才他什么都说了。求求你们，也放了我吧。”小灵子说：“他都说了，你可什么都没说呀。叫我们怎么放你？”那人说：“你们还想知道什么？”

倪帮主忽然叫道：“不好，咱们的水囊被他们给毁了！没有水，咱们可过不了沙漠。”另外三人也都是一惊。

那个钻地鬼见四个人的注意力都在被砍破的水囊上，觉得有机可乘，便一头钻入沙中。

小灵子瞥见了，急忙一指：“别让他逃走！”吴秋遇离得最近，反应也是极快，伸手就把那人的一只脚抓住，用力向上一提，又把那人拽了出来。

那人头上裹着牛皮，头顶尚可防护，如今被倒戗着拖出来，头脸都蹭出血来，口鼻也灌了沙土，瘫在地上喷咳不止。小灵子上前说道：“我们让你走了吗？你还敢私自逃走？”那人跪在地上砰砰磕头，一边吐着沙子，一边说道：“不敢了，不敢了！姑娘饶命！”

小灵子说道：“我们问你话，你只要如实回答了，我们就放你。如果你敢推三阻四不老实，我们就把你头朝下半截埋在这里，看你还能不能钻地逃走。”那人仍是磕头:“不敢,不敢！我一定老实说,一定老实。”小灵子说:“那我问你,这附近哪有水？”那人想了想,忽然抬手指着远处说:“你们往那个方向走,应该有个清水洼。从这往北,看到几棵胡杨树再往左转,应该就能找到。”

四人大喜,收拾好东西准备上路。那人跪在地上问道:“我可以走了吗？”小灵子说:“先别急着走。你带我们去找到水源,自然放了你。”那人一脸沮丧,又不敢多言,知道吴秋遇身法奇快,又力大无穷,不敢轻易再有逃走的念头,于是乖乖在前面带路。

路上,老叫花子仍在玩弄短弩。小灵子问倪帮主:“刚才你老人家怎么知道地下有动静？”吴秋遇也心中好奇,凑过去听。倪帮主说:“嗨,我行走江湖多年,这种事虽然没亲眼见过,倒也听说过几回。”小灵子和吴秋遇专心地听着倪帮主讲故事,老叫花子自顾玩着短弩,射出一支筷子箭,再跑出去捡。

那个钻地鬼回头见四人都没注意他,特意快走了几步试探了一下,见四人果然没有反应,这才一头钻进沙里,逃命去了。

老叫花子拾了短箭回来,忽然叫道:“那个家伙呢？”待三人发觉的时候,那人早已不知去向。

小灵子说:“跑了就跑了吧。不然带着他也是个累赘。”吴秋遇点了点头。倪帮主说:“咱们路不熟,少了他,怕是找水源得多费些工夫了。”

天亮急着赶路,刚才又遭遇惊险,几个人连紧张带劳累,早已嗓子发干,忽然又提起水源的事,更觉得口渴难当。老叫花子提起自己的水囊,在嘴边悬了半天,竟滴不出一滴水来。

吴秋遇摸了摸水囊,问道:“要不然我先去找水？”倪帮主说:“刚刚打退了钻地鬼,他们知道咱们的行踪,万一把黑风寨的其他马匪找来,恐怕对咱们不利。我看咱们最好不要分开。人多也好应付。”小灵子想了想,觉得有理,于是说道:“好在咱们已经问出水源的所在,大家快走几步也就是了。实在不行,秋遇哥哥,你还背着老帮主。”倪帮主说:“不用,我还走得动。咱们赶紧找吧,晚了难免受他们干扰。”

天干日烈,又累又晒,身上出了些汗,四人更觉得干渴难挨。倪帮主已经有些支撑不住,喘气都变得粗重。小灵子也是勉强忍着。只有老叫花子不住地唠叨:“哎呀……太热了,渴呀……我不行了。”

四个人往前走了二三里,果然见到远处有几棵胡杨树。吴秋遇大喜:“看来他说的是实话。”小灵子和倪帮主抬头看了一下,也都看到了希望。老叫花子说:“咱们到那阴凉处歇会吧,我实在走不动了。”说完这话,他忽然有了精神,加快脚步,踉踉跄跄朝胡杨树奔去。

小灵子看了看倪帮主,见他确实不行了,赶紧让吴秋遇把他背上,三个人也

朝胡杨树走去。

老叫花子躲在稀疏的树影底下，甩了鞋子，跷着脚躺着，见吴秋遇背着倪帮主过来，拍了拍身边的地面，说："放这儿，这有阴凉。"小灵子踢了他一脚，说："你让开一点。"老叫花子嘟哝了一句，翻身往旁边一滚，腾出地方。小灵子给倪帮主留出了足够的地方，自己也坐下来。

吴秋遇把倪帮主轻轻放到地上，抹了一把头上的汗，开始用衣襟扇着风，嘴里说道："我看大家都走不动了。不如你们先在这里歇一会儿，我快走几步去找水。"小灵子看了看倪帮主和老叫花子，说："也好。那你小心些，快去快回。"

吴秋遇稍稍歇了一口气，擦了擦汗，然后使出"追风架子"，向西奔驰而去。

老叫花子惊叹道："好快的腿脚！比马都快！要是咱们都会这个，就不怕什么马匪了！"倪帮主行走江湖多年，见到吴秋遇有这般身手，也不禁暗自称奇，扭头问小灵子："他这是什么功夫？"小灵子笑道："我只知道这叫追风架子。果然像风一样快吧！"

"追风架子？那他跟丁……"倪帮主想问吴秋遇跟神偷丁不二有何关联，话到嘴边又止住。老叫花子在一旁嘀咕道："等他回来，我一定让他也教教我。"小灵子没有细想倪帮主的话，注意力又到了老叫花子身上，轻轻哼了一声，说："你想得美！"

吴秋遇向西跑出十几里，始终不见清水洼。他停下来想了想，觉得应该是自己刚才跑得太快，向周围望得不仔细，即使附近真的有，匆忙之间也给错过了。想到这里，他不敢再使用"追风架子"，而是凭着体力快步走，同时四下张望。

烈日当空，吴秋遇忽然有些头晕。他承担着保护另外三人的责任，自入沙地以来，担心马匪，一直保持着高度警惕，精神紧张；经过几番争斗，又背着倪帮主赶路，体力也消耗不少。就在昨夜，其他人虽然被蒙汗药迷倒，但好歹也是吃饱喝足。吴秋遇和小灵子则是未敢吃上一口，只是后来在路上随便嚼了几口干粮。几十里走下来，现在是又渴又饿，体力渐渐不支，被烈日一晒，汗湿了衣襟。本就干渴，一出汗更是失水严重。

吴秋遇自觉不好，便要转身回去找小灵子商量。刚走了几步，忽然眼前一黑，慢慢倒在地上，昏了过去……

胡杨树下。

老叫花子悠闲地躺着，什么也不想，身子一暖，便睡着了。倪帮主身体虚弱，体力不济，很快也沉沉睡去。

小灵子手持短弩，四下守望，担起了防御之责。周围一望无际，除了茫茫沙漠和天上的日头，什么也看不见。时间一久，乏意袭来，小灵子也坐了下来，勉强支撑了一会儿，终于睡去……

不知过了多久。吴秋遇迷迷糊糊醒来，眼睛还没有睁开，就觉得脸上湿湿的、凉凉的，好像有什么柔软的东西在蹭来蹭去。大惊之下，吴秋遇一下子清醒了，只是情况不明，不敢轻举妄动。

他是在地上侧趴着的，耳朵听到的动静倒也简单。悄悄睁开眼，却见是一匹小马正用舌头在他脸上舔着，周围没有敌人。吴秋遇轻轻推开马头，支撑着坐起来，见周围没有危险，才慢慢站起来。

小马踏出几步，在一旁静静看着他，不再靠近，也不逃走。它头上没有缰绳，背上没有鞍辔，应该是一匹野马。吴秋遇看了看，心中暗喜，没想到自己累倒了，竟会有一匹野马自动送上门来，还把自己救醒了。有了它，倪帮主就有脚力了。想到这里，他轻轻向小野马走去。

小野马见吴秋遇走近，向旁边走了几步躲开。吴秋遇继续靠近，那马儿开始慌了，奋力奔跑而去。吴秋遇存心要给倪帮主弄一副脚力，正好有现成的马匹在此，哪肯放过，便使出“追风架子”去追赶。小野马受了惊，拼命奔跑。吴秋遇虽然有“追风架子”，但是终究脱水严重，体力不支，一时也捉不住它。

追出三四里，吴秋遇忽然脚下一软，扑倒在地。小马竟也在不远处停了下来，回身站着，好像故意要看他的笑话。吴秋遇失望地在地上拍了一掌，摇头叹气，已经没有了捉住小马的信心。

过了一会儿，吴秋遇抬起头，见小马并未远去，而是伸着脖子低头在干着什么。他心中暗喜，轻轻爬了起来，要趁小马不注意，再去擒它，等站起来走近才发现，小马竟然是在饮水。在它前面正有方圆两丈有余的 洼清水。

吴秋遇大喜，顾不得再捉小马，先冲过去，捧水痛饮一番。清水微凉，滋味甘甜，吴秋遇连喝了十几口才觉得过瘾。他解下身上背的几个空水囊，把有洞的地方都捆扎好了，一一灌满，重新在身上挂好。又重新打起小马的主意。

小马本来也有警惕，但半天不见吴秋遇向它靠近，便也渐渐放松了，自顾低头饮水。吴秋遇暗中下了功夫，一步步靠近，突然出手，揪住了小马的鬃毛，翻身骑了上去，两手两脚将小马紧紧裹住。小马扬蹄挣扎，怎奈吴秋遇力大，终究甩不脱，慢慢也就放弃了。

吴秋遇骑着小马，高高兴兴地回来找小灵子他们。等他到了胡杨树下才发现，三个人不见了……

吴秋遇心头一惊，从马上翻落下来几乎摔倒。他高声喊叫，无人应答；极目远眺，也不见那三个人的踪影。小马自顾扬脖去吃胡杨树的枝叶。吴秋遇心如刀绞，无力地瘫坐在地上，喃喃自语：“灵儿，你在哪儿啊？”

第五十章
黑风匪寨

小灵子慢慢醒来，觉得身上发紧，想要活动一下，才惊觉自己被绳子捆着，猛地睁开眼，发现自己到了一个脏乱的屋子之中，倪帮主和老叫花子也都在旁边的桩子上捆着，好像仍未清醒。她挣扎了几下，挣脱不开，心中万分焦急，赶紧转过头，小声叫道："倪帮主，倪帮主！老叫花子！"

过了良久，老叫花子先醒过来，发现自己被捆着，吓了一跳。他用力地扭蹭了几下，无济于事，开口问道："这是哪儿啊，咱们怎么到这了？"小灵子说："咱们被坏人抓来了。"老叫花子直跺脚："我怎么这么倒霉呀！"

倪帮主也醒过来，马上明白了自身的处境，自是一样焦急，叹气道："咱们还是疏忽了，着了歹人的道。"小灵子自责道："都是我不好，一时睡着了，没能好好防范。"倪帮主安慰道："这怎么能怪你呢？是我太大意了。"老叫花子问："咱们不会就这么完了吧？"

小灵子说："放心吧，一时半会死不了。要杀他们早杀了，你现在不还好好的？这里只有咱们三个，看来秋遇哥哥没事，他会想法来救咱们的。”老叫花子说：“盼着他赶紧找来。万一马匪们不耐烦了，先要对咱们下手，那咱们可就完蛋了。”小灵子看了看他，嘱咐道：“待会儿来人，你可不能乱说话。我想想怎么对付他们，说不定能有逃生的办法。”老叫花子赶紧点头：“我知道，你这丫头主意多，我们都听你的。对吧，帮主？”倪帮主也点了点头。

“有人来了。”倪帮主最先听到外面的动静。三个人安静下来，注视着门口。

先进来的是个小胡子，小灵子他们三个都没见过，这就是黑风寨二当家的侯格。另有三个喽啰跟在他身后。侯格带人去波罗地打劫，先后遭遇江寒和吴秋遇，伤亡了几个人，心中好不窝囊。正在喝闷酒，忽然听说手下人捉来三个生人，其中还有个小妞，便忙不迭过来瞧看。

侯格瞧了瞧倪帮主和老叫花子，见二人身上没什么乐子，便直接走到小灵子面前。小灵子懒得看他的嘴脸，转过头去。侯格笑道：“呦，小丫头，挺有脾气呀。”倪帮主怕小灵子吃亏，在一旁叫道：“大王，我们都是路过的，迷路困在沙漠。想是被你们救了，不知该如何感谢……”侯格瞅了他一眼：“你这个人到底多吃过几年咸盐，还算是个懂事的。这丫头是你闺女？老子看上了，把她送给我，就算是你的答谢了。如何？”倪帮主说：“大王，您说笑了。我知道你们都是江湖中人，都是讲义气的汉子。您高抬贵手，把我们放了，我们自会记着这份好处。身上的钱都可以给你们。”侯格干笑了两声，一招手，一个喽啰上去就在倪帮主肚子上捣了一拳。倪帮主中毒在身，运不得功力，这一下全凭肉身去捱，自是痛楚不堪。

小灵子叫道：“你们干什么？欺负老人家。”

“好，看在你的面子上，我们不欺负他。那你陪哥哥玩玩？”侯格说着，抬手向小灵子的脸颊摸去。小灵子大叫道：“你干什么？把手拿开！”

侯格得意地笑着，一只脏手眼看就摸到了小灵子的脸上，忽听门外有个女人的声音说道：“是谁在这里偷腥啊？”侯格愣了一下，赶紧收了手，去门口迎接，满脸堆笑道：“嫂子来啦。”

一个女人走进门来，小灵子一眼认出来，来的竟是风云客栈的老板娘。按钻地鬼的说法，她是黑风寨大当家武奎的相好，人称边二娘。看来这里应该就是黑风寨。倪帮主和老叫花子也认出她来，暗叫不好，心说：刚从她的黑店出来，没想到又撞到她手里，看来这次是在劫难逃了。

边二娘看到绑着的三个人，也很意外，撇着嘴笑道：“呦，我说三位客官，嫌我的客栈住着不爽，又到黑风寨投宿来了？这里的条件怎么样啊？”

小灵子说：“你真是好买卖，想不到这黑风寨也是你的分店。”边二娘走到小灵子面前说道：“哎呀，我说妹子。看你也是个挺机灵的人儿。我说你们跑了也

就跑了，老娘自认倒霉。怎么又送到老娘手里来了？”小灵子说：“你很得意是不是？我觉得你应该赶紧放了我们，免得大当家的来了，有些话说出来不好听。”

边二娘愣了一下，知道小灵子说的是她和江寒偷情的事，赶紧抬手捂住小灵子的嘴：“你以为能吓唬住老娘是不是？老娘不吃这一套。既然那件事你也知道了，那我也让你尝尝甜头。”说着，另外一只手向小灵子胸前摸去。

小灵子摇头欲挣脱，怎奈挣脱不得，只发出呜呜之声。倪帮主和老叫花子叫骂了几声，无力阻止，都低下头去。侯格和三个喽啰顾不得理他们，都淫笑着围上来，凑到近处看热闹。边二娘在外面摸了几把，存心要在男人面前进一步羞辱小灵子，便把手伸进了小灵子的衣襟里面。

侯格等人看得心痒，口水都要流出来了。侯格嬉皮笑脸地说道：“嫂子，手累了吧，要不要兄弟我代劳几下？”边二娘抽出手来，用手指在侯格额头点了一下：“你呀，我就知道你等不及了。好吧，让你占个便宜。还有你们，一会儿都有份。”三个喽啰自是喜出望外。

侯格一把抓住边二娘的手，说：“还是嫂子心疼兄弟。”说完又趁机在她手心舔了一下。边二娘甩开他的手，笑骂道：“连老娘的便宜都敢占？小心我告诉当家的，让他扒了你的皮！”侯格赶紧赔笑道：“我知道嫂子可不是那种人！嫂子最疼兄弟们了。手真香。”边二娘骚浪地笑了起来，边笑边说：“你傻啦？现成的小妮子等着你摸，还不赶紧的？”

“遵命。”侯格撸胳膊挽袖子，嬉笑着向小灵子走去。

小灵子刚才被边二娘一通揉摸，连紧张带羞愤，正气得发抖。眼看嘴脸丑恶的侯格又要来羞辱自己，恨不得马上死去，挣扎着把头要往后面的桩子上撞，怎奈那木桩太矮，只到脖颈底下，根本碰不着，急得她心扑通扑通乱跳，大声叫喊：“你走开！不要碰我！”

倪帮主也在一旁叫骂道：“狗贼，你不要碰她！这样欺负一个女孩子，你不得好死！”侯格奸笑道：“今天老子就要欺负她，有本事你就让老子不得好死。哈哈哈哈……”边二娘和三个喽啰也在一旁笑嘻嘻地看着热闹。

“你不要过来！走开！”小灵子拼命地挣扎着，几乎要哭出来。眼看侯格的手就要摸到小灵子胸前了，却慢慢停了下来。喽啰们在一旁起哄道：“二当家的，快摸呀！”边二娘也讥笑道：“怎么，胆怯啦，还是知道怜香惜玉了？你要是有色心没贼胆，不如让这个兄弟先来好了！呵呵，真没用！你到底行不行啊？”“二当家的，快点呀。要不，我可要上啦。”倪帮主和老叫花子也很纳闷，莫非这小子良心发现了？

只见侯格表情僵硬，目光呆滞，嘴角淌着白沫，僵在那里一动不动，倒像死了一般。

“二当家的，你怎么了？”有个喽啰走过来，笑嘻嘻地要拍他起哄。只见侯格被他一碰，直挺挺向旁边倒了下去，硬生生摔在地上，再也不动。那喽啰大惊：“二当家的！二当家的！你怎么啦？我可什么都没干哪！”其他人也都吓了一跳，马上过来观看。边二娘在侯格鼻子底下探了探，急忙缩回手去，惊叫道：“他死了！这怎么回事？怎么回事？”

老叫花子见状，在一旁说道：“她是仙女，你们得罪了她，都不会有好下场！现在死了第一个，下一个就是你们！”

三个喽啰听罢，魂不附体，一个个叫喊着，仓皇跑了出去。边二娘一下瘫倒在地上，愣愣地不知如何是好。要说得罪仙女，她可是得罪得最狠的。这二当家身强体壮，手指头碰都没碰到人家一下，说死就死了，不是中了诅咒或仙法又是什么？

沙地上，一伙人骑着马扬尘而来。有人看到了趴在地上昏迷不醒的江寒，朝带头的喊道：“大当家的，那有个人！”这个大当家的正是黑风寨的寨主武奎，他勒住马，看了看，吩咐道：“拖回去！”有人下马把江寒捆了，拿长绳在马后拽着。一伙人扬鞭策马，继续向黑风寨奔去。江寒在疼痛中醒来，惨叫了一会儿又昏死过去，身上的衣衫早在地上磨烂了。地上留下斑斑血迹。

胡杨树下。吴秋遇看不到小灵子他们的身影，又惊又怕，又恨自己，悔恨自己不该久去不归，让他们几个没有防御能力的人身处险地。他愣愣地站了一会儿，忽然闪过一个念头：既然地上没有血迹，看来这里没有发生过打斗，说不定他们并未遭遇马匪，只是见自己一去不归，出去寻找了也说不定。想到这里，他心中稍安，重新又有了希望，便立即飞身上马，在旷野中追寻小灵子和两个乞丐的踪迹。

武奎带着人正要返回黑风寨，眼看离寨子不远，远远望见骑着一匹矮马的吴秋遇，便带人冲了过去。吴秋遇急着找人，不想打斗，便要催马离开，可是那野马年幼，终究跑不过马匪，很快就被赶上。十几个马匪抢着上前把他围住。

江寒苏醒过来，马停了叫他得以喘息。他慢慢爬起来，看明了形势，悄悄解着绳子。有马匪看到了，过来骂道：“小子，你想跑？”江寒赶紧作揖道：“大哥不要误会，我是有话要对你们当家的说。说晚了，可就有人要吃亏了。”那马匪便要去向当家的禀报。武奎也听到了，让人放他过来，开口问道：“小子，你要跟爷爷说什么？”

江寒不想让吴秋遇看到他，站到马的另一侧，低声说道：“那小子不好惹，动起手来，难免有弟兄吃亏，所以只能智取。”武奎轻蔑地瞅了他一眼，冷笑道：“你

这算是献媚邀功，想让我放了你吧？”江寒连忙解释：“我可是真心为弟兄们着想啊。我知道他……”

“小子，你别费心思了，爷爷先叫小的们拿了他，回去再把你们一并处置。”武奎说着，一挥手，“小的们，上！”江寒的话他显然没听进去。江寒暗自冷笑，一边继续偷偷解绳子，一边等着看热闹。

十几个马匪争着要把吴秋遇拿下。吴秋遇急着去找小灵子他们，不想与马匪久作周旋，知道不使些手段自己很难脱身，便直接运动内力，暗自提气在手。一个马匪正要从背后偷袭，吴秋遇挥手打出一记“干拍鬼影”。他这一掌倒没往人身上打，只见那匹马硬生生向一旁倒去。马背上的人甩落下去，被倒下的马砸断了一条腿，就地哀号。其他人都是一惊，吴秋遇接着又打出一记“驱伏双鬼”，两个人应声从马背上飞了起来，被马镫一牵扯，先在马屁股上磕了一下，慢慢跌落下去。其余的马匪都惊呆了，不敢再上前。

武奎大惊，想起了江寒，上前问道：“刚才你说智取，怎么个智取法？”江寒没有说话，只是将被捆住的双臂向上一抬。武奎赶紧让人给他解开绳子，催促道：“现在可以说了吧？”江寒小声说道：“那小子虽然能打，却也憨得要命。你只要把他好言哄了，骗到寨子里，用药茶毒酒什么的灌了，还怕他跑了不成？”武奎半信半疑：“这能行吗？他那么好骗？”江寒撇嘴笑道：“放心吧，我知道他的底细。如果成功，就算是我入伙的见面礼。只是你们不能让他看到我，不然他会起疑心。”武奎想了一下，终是信了，他解下自己的披风丢给江寒，然后催马过去和吴秋遇说话。江寒赶忙用披风把自己包裹严了，躲在一边偷偷瞧着。

马匪闪开，武奎上前对吴秋遇说道：“这位兄弟，刚才多有得罪。我看这是一场误会。”吴秋遇见他没有动手的意思，也暂且放下了架子，开口道：“既然是误会，你叫他们散开，我要走了。”武奎道：“好说好说。看兄弟好俊的身手，你这是从哪儿来，到哪儿去呀？”吴秋遇说：“我是过路的，现在急着去找人。你叫他们闪开，咱们各走各的。”武奎说：“找人？嗨，兄弟你早说啊。这里是茫茫大沙漠，方圆几百里。你一个人上哪儿找去？”吴秋遇一愣，这正是他发愁的地方。武奎说：“我手下好歹有几十个弟兄，又有马。不光这里，前面寨子里还有。要是我们帮你一起找，会不会快些？”吴秋遇看了他一眼，不知道该不该相信他。武奎说：“兄弟你这是信不过我呀。咱们不打不相识。都是行走江湖的汉子，哥哥我一言既出，驷马难追。况且，你有这么好的身手，我们还能把你怎么样不成？你若信得过我，就跟我到寨子里去，召集人手分头去找。你要信不过我，我马上带人离开，二话不说。你看怎么样？”

吴秋遇现在就是一门心思找小灵子，正无计可施，听了武奎的话，觉得倒也不失为一个好办法。他倒没有傻到轻易相信武奎的话，他是这么想的：如果灵儿他们是被马匪劫走了，我跟着他们正好可以进到他们的老窝，把灵儿他们救出来；如果灵儿他们没有被马匪劫走，我跟马匪的头目在一起，让他派手下帮着寻找，找得倒也快些。他们找到了定会带回来，也不用担心灵儿他们被什么人害了。想到这里，他点了点头，说："那好吧，我跟你们去。不过，你们真得帮我找人。"武奎见吴秋遇答应，非常高兴，连连应承："放心吧，没有我办不成的事。来，事不宜迟，咱们边走边说。"

一场打斗就此终止，众马匪都松了一口气。只有那三个受伤的，满腹委屈，又没处说理。江寒献计成功，也蹭了一匹马。众人骑马向黑风寨走去。

黑风寨就是土岗侧面扎下的一个简易的寨子。篱笆里面围着十几间茅屋，中间有一个稍微高大一些，像是砖石砌垒，应该是寨主武奎的住处。

进了寨子，武奎热情地招呼吴秋遇到自己的屋里说话，并暗中嘱咐人在水里下了蒙汗药。江寒裹着披风，在门口偷偷观望。有喽啰端着茶水过来，江寒偷偷把他叫到一边，又往吴秋遇的杯子里加了些毒药。那喽啰看得直发愣："这，还能喝吗？"江寒说："他初来乍到，不知道这里喝茶的规矩。你只管送去。"

喽啰把茶水端进去。武奎招呼吴秋遇喝茶。吴秋遇端起茶杯，想起风云客栈的事，不免犹豫。武奎催促道："兄弟，快喝呀。喝完了，咱们马上找人去。"吴秋遇说："哦，我在想找人的事。"武奎说："嗨，咱们的心思都是一样的。你一路辛苦，先喝口水解解渴，我马上安排找人的事。"吴秋遇盛情难却，只得把茶水端到了嘴边。武奎心中暗喜，江寒在门外也急等着吴秋遇喝下毒茶的那一刻。

就在这时，一个喽啰匆匆忙忙跑了过来，一边跑一边喊："不好了，大当家的！仙女……老板娘……二当家的……死，死了！"江寒来不及躲闪，被他撞个趔趄。喽啰冲到了屋里。武奎噌地站起来，骂道："慌什么，好好说！到底谁死了？"

喽啰喘了一口气，慌乱地说道："二当家的……二当家的死了！老板娘还在那儿，您快去看看吧！"

"怎么回事？"武奎大惊，急忙就往外走，刚到门口又忽然停下，回头说道："兄弟，你先喝水。我去去就来。"吴秋遇点头道："好，大当家的，你快去吧。"

武奎跟着喽啰匆忙走了。江寒听他们提到老板娘，生怕自己与老板娘私通的事漏了，也急忙远远跟着去看。

一个喽啰正在摆弄从小灵子那里得来的短弩。江寒见了，一眼认出。他灵机一动，上前说道："兄弟，是不是不太会用？要不要我教教你？"那喽啰正摆弄不灵，一听有人要教他，自然高兴，赶紧把短弩递了过来。江寒假意给他比画了两

下，然后说道："嗨，这是坏的！你从哪儿捡来的破烂？"那喽啰竟然信了："我说我怎么用不了呢，原来是坏的。真晦气，不玩了。"说完便走了。江寒拿着短弩和仅有的一支筷子箭，继续去追武奎。

吴秋遇见武奎走远了，赶紧把茶水倒了，没想到茶水竟然在地上烧起一团白沫来，呲啦作响。吴秋遇这才知道，原来水里不只是蒙汗药那么简单，已然被下了剧毒，不由得暗自庆幸。忽然想起刚才喽啰说到"仙女"和"老板娘"，他稍稍想了一下，猜测着会不会与小灵子有关，便也快步追了出去。

边二娘艰难地爬到门口，见武奎快步走来，大声叫道："当家的，快来呀！鬼，闹鬼呀！"武奎走进门来，急忙扶起边二娘，看她全身并无伤痕与血迹，稍稍放心，才问道："出什么事了？"边二娘闭着眼一指侯格的尸体，说："侯格死了！你自己去看吧！"

武奎让边二娘站到一边，过去踢了踢侯格："老二，你怎么了？起来呀！这到底怎么回事？"边二娘躲得远远的，指着小灵子说："都是那丫头！是她害死的！"武奎怒视着小灵子，一时不知如何骂起，因为他看到小灵子和另外两个人都是在桩子上牢牢捆着的，应该是下不了手的。江寒在门口闪了一下，又迅速躲了起来。

小灵子开口问道："你就是黑风寨的大当家的？"武奎看着她，冷冷说道："是又怎么样？"小灵子说："那，那位老板娘是你什么人？"武奎说："这跟你有什么关系？"边二娘听话头知道小灵子要把她跟江寒私通的事给捅出来，一着急失口叫道："当家的，别听她胡说！"她见武奎站在小灵子面前，并没什么异样，而且自己那么得罪她也没见怎样，已经不再相信什么仙女的说法，情急之下也走了过来。

小灵子笑道："我还没说什么呢，你就说我是胡说，显见你是心中有鬼！"边二娘自知失言，忙在武奎面前狡辩道："这丫头伶牙俐齿，专会胡说！我是怕当家的上她的当！"武奎说："我知道。她骗不了我。"小灵子高声喊道："江师兄，在门外站着多难受，不如也进来说话吧。你在风云客栈那个相好的也在这呢。"原来小灵子早就瞥见了江寒的身影。

武奎一愣，不禁瞅了一眼边二娘。边二娘一时慌乱，更叫他心中起疑。武奎朝门外喊道："谁在外面，给爷爷滚进来！"江寒知道躲不过去，他重伤在身，断然跑不过马匪，只得硬着头皮走进来，想着怎么应付眼前的场面。

江寒手持短弩放在背后，一进门就假装若无其事地说道："大当家的，是我。这里发生什么事了？"他又假装忽然看见小灵子，故作惊讶道："啊，这丫头也在这啊！真是巧了，她跟那个傻小子是一伙的。傻小子还等着当家的派人帮他找人呢，没想到早让你们给抓来了。大当家的真是厉害！"他一通装腔作势，还真把武奎给一时给哄过去了。边二娘暗自庆幸。

小灵子当然明白江寒说的傻小子是吴秋遇，一听他说到“傻小子等着当家的帮他找人”，马上知道吴秋遇也被他们诓到黑风寨了，心里一急，开口问道：“秋遇哥哥在哪儿？你们把他怎么样了？”江寒故意说道：“喝了我亲手调制的一碗毒茶，那可是剧毒哟，你说他会怎么样呢？”小灵子顿时心如刀绞，没想到吴秋遇为了找她，这么快就着了歹人的道。

倪帮主见小灵子心里难受，在一旁劝慰道：“丫头，别听他的！他说的未必是真的。”小灵子看了看倪帮主，点了点头，心说：江寒设计陷害秋遇哥哥，就是要死，也要让这狗贼先死。想到这里，她暂且忍住悲痛，强装笑颜说道：“哼，随你怎么说。大当家的，你只要找他们问问，昨夜是谁孤男寡女，在风云客栈后面的屋子里……哎呀，我都不好意思说下去了。”

武奎直盯着边二娘，一个小丫头能说出这种话来，显然不是随口编的。边二娘紧张地摇头道：“我没有，你别听她胡说！”武奎说：“要是没被她撞见，刚才你怎么知道她要说什么，怎么就断定她要胡说？”

“我……你听我说……”边二娘被武奎的眼神吓坏了，一时编不出话来。

武奎把边二娘推到一边，转身瞪着江寒：“小子，你怎么说？”江寒说：“我不知道她在说什么！”小灵子说：“江师兄，昨天晚上的事你真忘了？老板娘该多伤心啊。我知道，我跟秋遇哥哥昨天不该打扰你，害得你以为是大当家的去了，还钻到柜子里。我在这给你赔罪了。”听说江寒与边二娘私通之时，已经知道那是他的相好，武奎更加怒不可遏，逼到江寒面前喝问道：“知道是爷爷的女人，你还敢动！小子，你够胆子！老老实实说出来，爷爷可以让你死个痛快！”

江寒向后退了两步，下意识地就把短弩端了起来。武奎一见，火气更大：“你还敢跟爷爷动手？来人哪！”

“不，不敢！”江寒急忙把短弩放到背后。武奎抬脚从靴子里抽出匕首，直向江寒捅去。江寒大惊，勉强闪身躲过，身上被划了一道口子。边二娘吓得尖叫。这时候外面却有急乱的脚步声传来：“大当家的，怎么了？”应该是一伙喽啰闻声赶了过来。武奎抬手又是一刀，江寒的肩头又见了血。

江寒知道，再拖延下去自己是必死无疑。他顾不得多想，提起短弩，便朝武奎射去。武奎举起匕首刚要砍下，猛见他射出弩箭，大惊失色，随手乱挡，手臂上便中了一箭。江寒在慌乱中也没来得及瞄准要害，只是随便射了一箭，然后转身就冲向门口。

武奎刚想追出去，忽然觉得手臂麻木，半身刺痛，手里的匕首掉在了地上。他望着自己的手臂，惊恐地叫道：“箭上有毒！”

“当家的！”边二娘扑过来看他，被武奎一把推开。武奎用另一只手把筷子箭拔出来，看着手臂上冒出的紫黑色的血，无奈地哀号叫骂。

边二娘颤抖着拾起武奎掉落的匕首，慢慢站起来，向小灵子走去。老叫花子叫道：“你要干什么？都到这份上了，别再作孽了！”小灵子成功地让几个歹人翻脸，也算是给被害的秋遇哥哥报了仇，对死亡的威胁倒也不惧。

边二娘举起匕首，使尽全身的力气，向小灵子的心窝刺去。小灵子“啊”了一声，惨叫过后，头渐渐垂了下去……

倪帮主和老叫花子哀痛不已。边二娘疯了一般地狂笑起来。

江寒冲到门口，正好与几个喽啰迎面撞上，他随便喊了一句：“有刺客，快去保护当家的！”便趁乱挤了出去。众喽啰急着去看当家的，只顾往里跑。江寒得以逃脱，正自庆幸，忽见吴秋遇近在咫尺，闹不清是人是鬼，不由得大惊失色。他提起短弩，才发现仅有的一支短箭已经射出去。他把短弩往吴秋遇身上一砸，趁着他躲闪的工夫，仓皇逃去。

吴秋遇刚才听到了小灵子的叫声，他顾不得搭理江寒，快步朝茅屋跑去。

一进门，就看见众喽啰正围着武奎不知所措。倪帮主见吴秋遇进来，唉声喊道：“丫头不行了。”吴秋遇冲到小灵子面前，把她的脸扶起来，只见她面色苍白，两眼紧闭，已经不省人事。吴秋遇抽出定心剑，随手斩断绳子，把小灵子轻轻抱在怀里，心疼地流下泪来。

边二娘仍在大声地笑着，显然是已经疯了。她跌跌撞撞走出门口，在外面继续狂笑不止。

倪帮主对吴秋遇说：“你要节哀呀，处理丫头的后事要紧。”吴秋遇背起小灵子，走到倪帮主和老叫花子身边，给他们也斩断了绳子。几个喽啰对吴秋遇充满了敌意。武奎坐在地上，无力地说道：“不关他们的事，让他们走吧。”

第五十一章

银川散金

吴秋遇背着小灵子，流着眼泪往外走。倪帮主和老叫花子也都难忍悲痛。忽听小灵子咳嗽了一声，呻吟着醒转过来。吴秋遇大喜，急忙把小灵子放下，给她推拿。小灵子缓缓睁开眼，一见到吴秋遇在眼前，惊喜道：“秋遇哥哥，你没事？没事就好。”吴秋遇痛心地望着小灵子：“灵儿，伤到哪儿了？”小灵子低头看了看前胸，说：“心口疼。刚才被她用匕首扎了一刀，我以为我死了。”吴秋遇刚要伸手去摸伤口，小灵子想起刚才被边二娘羞辱的情景，一把将他的手攥住。

吴秋遇一愣。倪帮主说：“傻小子，你一个大男人，人家姑娘的身上，是你能随便碰的？”吴秋遇这才意识到自己的鲁莽，忙说：“灵儿，对不起……我……”小灵子微微摇了摇头，说：“秋遇哥哥，我不是怕你……我……”说着说着，小灵子委屈地哭了出来。吴秋遇赶紧把她抱在怀里安慰。

老叫花子在一旁纳闷道：“丫头，你被人狠狠捅了一刀都没事啊。你真是仙女呀？”小灵子苦笑道：“谁说我没事啊？我有宝甲护体，刀是捅不进去的，但是

我也疼啊。”吴秋遇这才想起来，小灵子身上穿着天蚕软甲，寻常刀剑是伤不到皮肉的，忽然安心了许多。

吴秋遇看到二当家侯格的尸体，小声问道：“那个人是怎么死的？好像中毒不浅。”小灵子脸一红，轻轻附在他耳边，把刚才的经过简要说了一遍。吴秋遇想了一下，说道：“难道是玉凤姑娘的白花蛇……”他当即想到那日在吕梁山谷，小灵子被苗女龙玉凤的白花蛇咬到前胸，幸亏有天蚕软甲挡住蛇牙，才得以免遭毒害。定是那时蛇毒粘留在天蚕软甲上，今日老板娘摸了，又被侯格从她手心舔去，才要了他一条性命。

“不对呀，即使白花蛇咬到天蚕软甲，留下毒液，经过这么多天，风吹日晒，也该干了，怎么还会毒死人呢？”吴秋遇一时不解。小灵子说：“我看那姓龙的比咱们想的要歹毒百倍。说不定她怕白花蛇咬不死人，在蛇牙上涂抹了别的什么毒也说不定。”吴秋遇不相信龙姑娘会是那样的人，但是在小灵子面前也不好跟她争辩。

小灵子依偎在吴秋遇怀里，静静地待了一会儿，忽然看到发疯的边二娘，既然她已经疯了，也算是罪有应得，自然也没必要再恨她了。武奎忍不住，偶尔哀吟几声。众喽啰无计可施。小灵子对吴秋遇说道：“秋遇哥哥，那个大当家的好像中了江寒的毒，你给他看一下吧。好歹他没伤害我们。”吴秋遇先扶小灵子坐好，让倪帮主和老叫花子暂且照看她，自己站起来向武奎走去。

众喽啰见吴秋遇靠近过来，很是紧张，纷纷拾起地上的刀枪，准备迎战。吴秋遇说：“我没有恶意，只想给你们当家的看看伤。”喽啰们半信半疑。武奎虚弱地说道：“让他过来。”喽啰们听当家的发话了，各自向一旁让开，守在武奎身边和吴秋遇背后，以防万一。

吴秋遇蹲下身去，仔细察看了武奎的伤口，闻了闻短箭上的污血，开始静下来思索。有喽啰开口问道：“怎么样？看得出来吗？”吴秋遇站起身来，开口说道：“这毒不算太厉害，要不然拖延这么久，早就……”刚才那个喽啰大喜：“也就是说，还可以解？那求求你，快快帮我们当家的解毒吧！求求你了！”吴秋遇叹了一口气，说：“只是我身上也没带着解毒的药……”众喽啰顿时又陷入绝望，一个个唉声叹气。

武奎望着吴秋遇，问道：“也就是说，没得救了，是不是？”吴秋遇说：“不，还有救。我有办法能保住你的性命，只是……只是……”武奎一听还有救，急切地问道：“只是什么？你只管说。”吴秋遇说：“毒液已然扩散，要想保全性命，这一条胳膊怕是留不住了。”

“啊？要断一条手臂啊？”“那怎么行？”“你这安的什么心？”众喽啰开始鼓噪起来。武奎闭上眼睛沉默了一会儿，忽然一摆手，开口说道：“不要吵了！我相信他是好心。失去一条手臂，能换回一条命，值了。你下手吧。”众喽啰终是不忍，继续劝道：“大当家的，你可想好了。右手要是没了，可就……”武奎心一横，断然说道：“都别劝了！拿刀来！”有喽啰含泪递过一把刀。

吴秋遇出手点了武奎身上几处要穴，封住血脉，对送刀的喽啰说道：“我已经封住他的血脉，不会失血太多。有劳你动手吧！”

“我？”那喽啰当时就傻了，武奎猜想吴秋遇可能是不便下手，怕喽啰记恨，便对那手下说道：“兄弟，你只管瞅准了用力砍，哥哥我不怪你！”他平时习惯了自称“爷爷”，现在倒自称起“哥哥”来。那喽啰跪在地上，含泪说道：“大当家的，我下不去手啊！”

武奎喝道：“你哭什么？把刀给我！看我教你怎么砍。”说着伸左手把喽啰手里的刀夺下，紧握了刀柄，伸直右臂，一刀砍了下去。随着“啊”的一声惨叫，人也昏了过去。众喽啰一发都跪在地上，呼叫着：“大当家的！”

吴秋遇急忙给他止血敷药，包扎好了，然后开始在他背上推拿，运功补气。

过了一会儿，武奎醒了。他看了看跪在地上一众手下，强忍住断臂的疼痛，开口说道：“兄弟们，不要大惊小怪。虽然我少了一条手臂，但是毒水却去掉了，好歹留下一条性命。兄弟们，哥哥我行动不便，有劳你们替我拜谢恩公。”众喽啰见当家的醒了，自然欢喜，纷纷转向吴秋遇拜谢。

“你们不必谢我。以后少做些打劫的勾当，也算是行善积德了。”吴秋遇说完，回到小灵子身边。三个人扶起小灵子，便要离去。

武奎让人扶他起来，走到吴秋遇面前，苦笑道：“恩公，多谢你救命之恩。客气的话我也不说了，我向你保证，从今往后，我武奎，还有我手下这些兄弟们，再也不干那打劫的勾当了。”吴秋遇听了，脸上露出微笑。倪帮主说道：“如此甚好。迷途知返，还不算晚。”

小灵子揉着痛处，忽然冒出一句：“你不干了，我们可以相信。可是你少了一只右手，还管得了你那些兄弟吗？”武奎看了看身边那些手下，大声说道：“兄弟们，也都给个话吧！”众喽啰听罢，纷纷说道：“大当家的说不干了，我们就都不干了！绝不有假！”武奎满意地点了点头。

小灵子说：“你们不要多心，其实我想说的是，你们放弃当马匪是好事。现在大当家的手也废了，不知你们日后要作何打算？”武奎说：“刚才等死之际我也想通了不少。我自知罪孽深重，既然可以侥幸不死，便不能辜负了这几年性命。如今又已是废人，想要赎罪怕是没机会了，我愿用余生忏悔罪孽，警醒世人。”倪帮主点头赞道：“善哉善哉。波罗地有个永福寺，那里的衍达师父道行高深，你若常去那里，他必能为你解惑指迷。”武奎说：“我知道这位大师父，也敬重他德行智

慧，从来不叫兄弟们去他那里骚扰。”

倪帮主说：“看来这也是一段善缘。那你的这些兄弟们如何安置？”众喽啰也都望着当家的。武奎挨个看了看他们，说道：“二当家的死了，我又中毒将死，他们几个仍不离不弃的，最是有情义。我有个想法，只是还没跟几位兄弟商量，不知他们是否乐意。”众喽啰哭道：“大当家的，我们全听你的！你叫我们干什么我们就干什么，绝无二话！”武奎点了点头，脸上露出几分笑意：“我知道，我知道。我想把这黑风寨改作一处客栈，连同二娘的风云客栈一起用起来，拜托你们几位分头打理。一来你们有了过日子的营生，二来可以为过往的客商行脚提供个方便。不知你们意下如何？”

众喽啰面面相觑，有人问道：“大当家的为我等考虑倒也周全，只是……”武奎明白他的意思，随即说道：“你怕没有客人是不是？唉，过去咱们拦路打劫，做了人人惧怕的马匪，是把这道路扰断了。一时半会没有客人倒也在情理之中。我已经想好了，我去永福寺出家，自当承担过去一切罪孽，也豁出这一身皮肉任凭乡亲解恨，即便世人不信我等改过之心，但见我这匪首圈禁佛寺之中，应会逐渐宽心，不愁此路不再热闹起来。”倪帮主听罢，知他已真心悔过，更叹服他通达事理：“善哉善哉。你有如此心思，也算是修得半个正果了。只是此去出家，一旦泄露身份，怕有性命之忧，你真的想好了吗？”武奎果断点头道：“想好了。若能换得兄弟们一世平安，我虽死无憾，倒还了却了过去的一切罪孽。”

“当家的！”众喽啰再度含泪跪了下去。

武奎说：“兄弟们都起来！哥哥我不能一一扶你们了。我还有一事相求，还望你们成全。”众喽啰站起来，说：“当家的只管吩咐。”武奎说：“别叫我当家的了，今日咱们都是生死兄弟。我去出家也就去了，只是有一个人放不下，还得求你们帮我照顾。”

“边二娘？”很多喽啰都知道他这档子情事，只是平日不敢说罢了。武奎点了点头：“嗯。我半生贫苦，没过过好日子，娶不起婆娘。后来遇到了二娘，不管真情也好，假意也罢，跟她在一起那是我最快乐的时光。如今她疯了，怕是不能照顾自己，还得求你们……”说着，他眼里竟流出泪来。众喽啰听得动情，流泪说道：“当家的放心，只要兄弟们有一个还活着，绝对帮你照顾好她。”

“那我就谢谢兄弟们了。”武奎说着，与众人哭作一团。

吴秋遇、小灵子等人也受到感染，摇头叹息。没想到这个传说中穷凶极恶的马匪头子竟还如此痴情。

武奎哭了一阵，擦了擦眼泪，对吴秋遇等人说道：“我们在这里占据多时，也颇劫掠了些钱财。我去出家，兄弟们又不便出头露面，想拜托各位帮忙散发出去，救济穷人，就当是……嗨，我知道没脸说这个，反正请恩公帮忙就是了。”

吴秋遇没有主意，看着小灵子。小灵子说：“你直接捐献到永福寺岂不省事？”武奎说：“我若携钱财投奔，难免误了大师父的名声。即使张榜散发，一旦分配不均，或是有事主找来，只会平生事端，扰了佛寺的清静。”老叫花子说：“他想得倒也周到，我觉得有道理。实在不行，我们就受累帮帮他吧。”小灵子看了看倪帮主，倪帮主想了一下，也微微点了点头。小灵子这才答应了。

武奎先吩咐几个喽啰取些钱财遣散寨子里的其余众人，然后让人把剩下的钱财打包，放到四匹马上，交给四人使用。老叫花子在院中看到江寒丢下的短弩，捡回来要交给小灵子，见她仍有伤痛，便先替她拿着。

同餐共饮之后，更换了水囊，补充了清水干粮，两相作别。武奎和几个喽啰送出寨子门口，又移到土岗上，一直眺望到看不见。

吴秋遇、小灵子、倪帮主、老叫花子，各自骑乘了一匹好马，离开了黑风寨，继续向西而去。这次储备充足，又有脚力，挨过了几天风吹日晒，终于走出了沙地。

在大戈壁上走了两日，四人来到银川城。先前一直在沙地和戈壁行走，茫茫四野荒无人烟，一旦进入城中，顿觉银川城热闹繁华。只是这里的风土人情，与中土大有不同。

四人找了个酒馆稍作安歇。倪帮主说：“银川离贺兰山已经不远。咱们稍歇之后便可起程。你们可知道雌雄双煞住在哪里？咱们要找贺兰映雪，须得找到他们才行。”吴秋遇说：“只知道是在贺兰山中。”老叫花子说：“贺兰映雪嘛，肯定是在贺兰山了。先进了贺兰山再说，总能找到吧。”倪帮主皱眉说道：“那可不是漫山遍野到处都有的草木。这贺兰山可是很大，如果没有个准地方，怕是难找。”

小灵子说：“倪帮主说得有理。我看不如这样，咱们先去把马匪的钱财散了，顺便打听一下。”吴秋遇和倪帮主都点头赞成。老叫花子却说道：“真的要把钱财散了吗？”小灵子瞅了他一眼：“你以为呢？”

四人在街头行走，遇见穷苦人便做些施舍。人们意外收了钱，无不虔心拜谢，更有的直呼菩萨下凡。老叫花子是真心舍不得，每次出手不大方，还屡次试图藏起一些，都被小灵子给掏了去。

老叫花子不住地抱怨：“最穷的人就在身边，还要到哪去找穷人。我说的对吧，帮主？”倪帮主笑而不言。小灵子说：“那是马匪打劫来的钱财，马匪都不要了，你还想贪了不成？”老叫花子说：“那也不要散得那么干净嘛。多少留一点也好。”倪帮主说：“好了好了。咱们丐帮靠的不是这个。要是靠这个聚敛钱财，那还是丐帮吗？”小灵子从吴秋遇身上解下干粮袋子，丢给老叫花子：“你想要，好，这个都给你。”老叫花子抱着袋子，无奈地摇了摇头。

有个老婆婆带着孙女，捧着水碗又来道谢。小灵子问：“老婆婆，我想向你打

听一下。听说贺兰山中住着一对雌雄双煞，不知你可曾知道？”

“雌雄双煞？”老婆婆愣了一下，说道，“我在这生活了半辈子，还真没听说过这个名字。雌雄双煞是什么怪物？”小灵子不禁有些失望。

吴秋遇问：“那贺兰映雪呢，您听说过吗？”老婆婆想了想，忽然说道：“你说的是一种花草吧？”吴秋遇大喜：“对，对！这么说，您是知道了？”小灵子和倪帮主他们也很兴奋。老婆婆说：“那个我也没见过，只是听人说过。传说在故国城香雪岭有这个东西。”吴秋遇赶紧问：“故国城香雪岭在什么地方？”老婆婆说：“只知道是在贺兰山中。好像只是传说，是不是真有那个地方，没人知道。我还真没听说有谁去过。”吴秋遇等人面面相觑，欢喜和失望参半，喜的是总算有了比贺兰山更具体的地方，失望的是还是不知香雪岭到底在哪里。见他们有些失望，老婆婆安慰道：“要不你们再到贺兰山里打听打听，当地人说不定有知道的。老婆子没进过山，没见过什么世面。”

吴秋遇等人谢过老婆婆，仔细商量。

一个人影躲在远处暗自窥视，却是在黑风寨受伤逃走的江寒。见到几人把钱财全都散发给陌生的路人，江寒心生疑惑，想了半天也想不出个所以然来。想要听听他们在说什么，怎奈离得太远，什么也听不到。

恰巧刚才那个老婆婆带着孙女从面前经过，江寒上前拦住，开口问道：“老婆子，刚才他们跟你说什么了？”老婆婆瞧了他一眼，似是对他的态度有些不满。小女孩说：“你不像好人，我们不告诉你。”江寒两眼一瞪，便要发作吓唬这祖孙二人，他刚一抬手，忽然扯到肩头痛处，不由得轻轻“啊”了一声。老婆婆用身子把孙女护住，大声喝道：“你想干啥？”江寒听她叫得大声，生怕被吴秋遇等人发觉，急忙退回角落，并下意识地往那边看了一眼，见那四人已经远去，心里才稍得安稳。老婆婆一声叫喊，引来不少路人注目。江寒人生地疏，一时也不敢造次。老婆婆哼了一声，转身带着孙女走了。

江寒闷头想，他们四人穿过大漠远来此地，必有什么重大的事情非办不可，自己正不知如何安身立命，不如偷偷跟上去一探究竟，有什么意外之喜也说不定。想到此，他打定主意，便远远跟在了吴秋遇等人的后面。

在银川城，吴秋遇他们散了金银，没有找人问到雌雄双煞或是贺兰映雪具体在何方，便商量着先走到贺兰山再说。

一入山岭，有些阴寒。倪帮主微微有些发抖。他中毒日久，又经过大漠风沙和旅途劳顿，抵抗力已然不如常人。只是贺兰山近在眼前，不愿因为自己耽误了行程，便暗自忍着没说，渐渐就落在了后面。老叫花子走在倪帮主前面全然不觉，他一路上只顾东张西望，倒像是来游览风光的。

吴秋遇问小灵子："灵儿，你还疼吗？"小灵子注意到吴秋遇关切的眼神，轻轻摸着自己身上被边二娘戳刺的地方，虽然仍在痛着，但脸上却露出微笑，佯作无事一般说道："我没事。"刚说完，忍不住轻轻咳了一声，她怕吴秋遇看破，急忙回头喊道："老叫花子，别玩了，你扶着帮主走快一点。哎？倪帮主……秋遇哥哥……"二人这才注意到倪帮主落在后面。小灵子眼尖，看出倪帮主有些不对劲，急忙招呼吴秋遇去接迎他。

老叫花子有些不好意思，急忙跑到倪帮主身边，说："帮主，我扶着你。"倪帮主没有责怪他，反而对前面的吴秋遇说："不要紧，我可以跟上。"吴秋遇上前，给他把了把脉搏，微微一皱眉："又加重了。"倪帮主怕大家担心，笑着说道："不要紧，不是已经到了贺兰山了吗？找到雌雄双煞，拿了贺兰映雪，就没事了。哈哈，走吧，咱们赶紧找去。咳、咳……"

老叫花子说："也不知道那老两口子是怎样的人。若是他们小家子气，愣是不给，咱们怎么办？要打架么？"吴秋遇一愣，他还真没想过这个问题。倪帮主说："如果秋遇治好了他们的怪症顽疾，就是他们的恩人，他们应该会守信用吧。万一治不好他们的病，咱们只有好言相求，他们若是不给，咱们也无话可说。"

小灵子见他们说的都是丧气话，在前面喊道："你们不要乱猜了。找到他们不就知道了？"吴秋遇觉得有理，对倪帮主说："我背上您，咱们走快些。"小灵子说："秋遇哥哥还要给人治病，说不定还要动手抢药，得留些体力。老叫花子，你立功的机会来了。你背上帮主，好好跟着不要落下。"倪帮主点了点头，看着老叫花子。老叫花子一咧嘴，但也找不到推脱的理由，便把手里的短弩交给吴秋遇，蹲身等着帮主上来，说："帮主，我背你。"吴秋遇扶着倪帮主爬到老叫花子背上，跟着他们走了几步，见老叫花子走得还算稳当，说了声"辛苦你了，一会儿我换你"，便快步回到小灵子身边。

小灵子偷偷笑道："让他多少出点力，也没白糟蹋粮食。"她抬眼看到吴秋遇的表情，知道他在想什么，于是说道："你以为我故意整他是不是？不是这样的。我说的是真的。咱们人生地疏，不知前面还有多少风险。咱们四个，就你一个能打的，不留点力气怎么行？"吴秋遇知道误会她了，难为情地笑了笑。小灵子说："把短弩给我，我也能出点力的。"吴秋遇把短弩递给小灵子，小灵子把箭袋也要了去。两个人在前面探路，但也不敢走得太快，随时要回头照顾倪帮主和老叫花子。

江寒远远在后面跟着，惊见小灵子和吴秋遇偶尔回头，生怕被他们看见，于是一面注意躲藏，一面离得更远一些。

走了几里，小灵子说："贺兰山太大了，咱们埋头乱走不是办法，这样不知要找到几时。总要找个人问问才好。"吴秋遇见前面不远处的岩坡上有块凸起的巨

石，便对小灵子说道："你先歇一会儿，我到上面去看看。"小灵子停下来，等着另外两个人。老叫花子背着倪帮主走路，有些吃力，一路上嘟嘟囔囔，见小灵子停下，努力快走了几步跟上来，把倪帮主放下，喘着气说道："哎呀，累死我了……累死了……歇一会儿……歇一会儿……"小灵子笑道："你呀，就是懒散惯了，活动太少！"老叫花子不满道："你……你背个人试试……"

江寒见小灵子停下脚步转回身说话，而吴秋遇正在往高处攀爬，急忙在石头后面躲了起来。

吴秋遇登到高处，四下张望，忽然眼前一亮。他从岩坡上下来，兴奋地对三人说道："那边有人，像是山里的樵夫，我过去问问。"小灵子和倪帮主甚是大喜。老叫花子一边擦着汗，一边说："好，去问问，去问问。背个大活人，在山里胡乱转悠可受不了。"小灵子问："人在哪儿呢？"吴秋遇一指来时的方向。小灵子看了两眼，说："我怎么没看见？"吴秋遇说："那里有石头挡着。我在高处能看见。"小灵子说："哦。那你去吧，问仔细点。如果他认得路，愿意带我们去就更好了。"

吴秋遇点了点头，顺着来路，快步向江寒藏身的方向跑去。

江寒见吴秋遇直朝自己这个方向跑来，不由得大惊，自己离得远远的，又是小心藏躲，没想到还是被他登高看见了。在风云客栈已经交过手，险些被他一掌打死，慢说自己现在有伤在身，就是好好的也不行啊，看来打是打不过的，跑也跑不过他，这可如何是好？

眼看吴秋遇越来越近，江寒自知躲不过这一劫，索性拼个鱼死网破。于是他搬起一块带有尖角的石头，悄悄挪了个地方，钻进几块岩石间的缝隙之中，埋伏好了，只等吴秋遇来了，狠狠砸下去，能够偷袭得手也说不定。

吴秋遇越走越近，江寒的心里也越来越紧张，举着石头的两手开始颤抖。吴秋遇在江寒藏身的岩石旁边停下来，抬手招呼了一声："大叔。"

江寒心中纳闷，明明他认得自己，怎么却开口叫出大叔了？

这时听到有人应道："哦，是叫我么？什么事啊，年轻人？"吴秋遇说："我们想跟你打听一下道路。"江寒这才明白，原来吴秋遇要来找的不是他，而是说话的那个人。

原来是一个樵夫，刚从侧面山坡上下来，见有人问路，便暂时把身上的柴捆放下，上前说道："这个好说，我在这山里走了几十年了，很多地方还是知道的。说吧，你们要去哪里？"吴秋遇说："就是不知道去什么地方才找您问。"樵夫一愣："不知道去什么地方？那你们到这干啥来了？"吴秋遇解释道："是这样的，我们来找人，找东西，只听说在贺兰山里，具体在什么地方就不知道了。"樵夫说："这样啊。那可有点难了。贺兰山这么大，你们想找件东西、找个人啥的，又没个准地方，那怎么找啊？虽说我在山里上上下下几十年，可算下来也没见过几个人，怕是帮不到你们了。”

吴秋遇说：“那我跟您打听一下，您听说过贺兰映雪吗？”“贺兰映雪？”江寒在暗处心生好奇。樵夫先是怔了一下，然后慢慢说道：“贺兰映雪呀，听说过。你们是来找那个的？”吴秋遇难掩惊喜，急忙说道：“是啊。您知道哪里有？”樵夫说：“我也只是听说过，可没亲眼见过。”吴秋遇问：“那据您所知，我们到哪儿可能找到啊？”樵夫想了一下，说道：“以前听老人说，故国城香雪岭好像有那个，不过从没有人亲眼见过，不知道是真是假，也许只是个传说吧。你们是从哪里知道的？”吴秋遇说：“我们也是听人说的。那故国城香雪岭在哪儿，您知道吗？”

樵夫抬眼望了望，抬手一指，说：“应该在那个方向吧。”吴秋遇大喜，问：“您能带我们去一趟吗？我们可以付您柴钱。”樵夫说：“我可不敢去那个地方。”吴秋遇一愣：“怎么？”樵夫说：“说是故国城，其实根本没有城。那地方叫香雪岭，好像也不是啥吉利的地方。这么说吧，以前只听说有那么个地方，但是没人能证实。倒是曾经有几个人，说要到那去看看，可惜没有一个活着回来的。就算真有那个地方，那也是死地呀。”吴秋遇不免一惊，心头凉了不少。江寒在石缝中也吃惊不小。樵夫劝道：“年轻人，要我说呀，你们赶紧回去。没必要为了什么奇花异草的，一时贪玩丧了性命。这种运气可赌不得的。”吴秋遇知道他是好意，便顺着说道：“嗯，我会跟他们说。您能把香雪岭的方位再说详细一些吗？就算我们不想去了，也免得误入进去。”樵夫说：“唉，看你还不太死心。好吧，我就跟你说说，出了事可不要怪我。”吴秋遇说：“我知道您是好意，怎么会怪您呢。”樵大抬手指着远处一座山头说道：“你们翻过前面那个山头，过去以后，仍朝着那个方向继续走，再翻过四五道岭子，应该差不多就到那附近了。再详细的，我也说不清了，我们这可没人敢往前走的，顶多是站在远处山顶往那边张望一下，前面到底有啥，谁也说不清。你们一旦感觉有啥不对的，赶紧掉头回来，千万不要拿自己的小命去冒险啊。”

吴秋遇拱手谢过。樵夫背起柴捆，又看了看吴秋遇，叹息着摇了摇头，下山去了。吴秋遇赶紧回去跟小灵子等人说明情况。

江寒一直紧张地举着石头，手臂已经酸麻，听脚步声知道吴秋遇离去，心里一放松，手上把持不住，手里的石头掉下来，正砸在右脚上，疼得他“哎呀”一声，赶紧又住了口。慌乱之间，想探头看看动静，偏又撞在石头上，一边额头流出血来。

听吴秋遇说完，老叫花子有些失望：“这可怎么办哪？看样子那真不是什么好地方。”倪帮主说：“这倒可以解释，为什么一直有贺兰映雪的传说，却一直没人

能够得到。”小灵子说：“帮主说的是，要是那么容易就能找到，也轮不到我们来找了。但愿这传说是真的。”吴秋遇说：“要不你们在这附近歇息，我独自先去看看。也免得大家徒劳无功，白受折腾。”小灵子说：“我跟你一起去。”说着把短弩交给老叫花子：“你好好照顾倪帮主。”倪帮主说：“大家一起去吧。也好有个照应。”吴秋遇担心倪帮主的身体，但又没说出口。小灵子说：“也好。既然已经知道了大致方向，应该不会走错了，大不了咱们走慢些，每一步都稳妥。”四人商量好了，说走就走。

江寒撕扯衣襟，好歹包扎了伤脚，从石缝里探出头来，见四人未听樵夫的劝诫，继续前行，不禁嘀咕道：“他们远道而来，又不顾生命危险也要去找，看来这贺兰映雪定不是什么寻常之物。”看了看自己的砸伤的右脚，他犹豫了一会儿，终于抵制不住诱惑，决心要跟着去看看，说不定可以偷偷捞点便宜。

第五十二章
遗失之城

翻过第一座山头，倪帮主有些体力不支，四人找了个稍微平坦的地方，小灵子扶着他坐下歇息。吴秋遇站直身子，尽力往远处张望。老叫花子一屁股坐在石头上，擦了擦汗，然后提起水囊开始往嘴里灌水，等他一口气喝足了，才回头问道："你们要喝水吗？"小灵子走过去，一手接过他手里的水囊，一手揪下他腰间挂着的另外一个白色水囊，轻轻哼了一句："就知道自己先喝。"老叫花子辩解道："我身上挂的东西多，出汗多嘛。"小灵子不再理他，先把老叫花子喝过的水囊递给倪帮主，然后把白色水囊送到吴秋遇面前。吴秋遇喝了几口，还给小灵子，还不忘在水囊口上擦了擦。小灵子并不忌讳，放到嘴边喝了两口，盖好了，又丢给老叫花子。老叫花子看了看她，没敢说什么。

江寒拖着伤脚，好不容易才爬上山头，见四人不走，他也只好就地伏着。瞅着四人分别喝了水，他顿觉口渴难耐，嗓子眼就像冒火一样。只怪自己仓促跟着人家进山来，根本没做任何准备，现在是又渴又饿，却也无计可施。

吴秋遇等人喝了水，吃了干粮，又歇息了一会儿，便继续赶路。吴秋遇用定心剑削了一段树枝，修理干净了，给倪帮主做手杖。老叫花子见状，自己也要，吴秋遇便给他也做了一根，交代他照看倪帮主。吴秋遇扶着小灵子走在前面。倪帮主拄着手杖走在中间。老叫花子背着水囊、干粮，肩上挂着短弩，手里敲着木棍，走在最后。

江寒右脚有伤，行动不便，又要时刻留意前面四人的动静，以免跟丢了或者被他们发现。忽然脚下一滑，身子便跌倒，直从坡上滚落。他好歹是自幼习武的，倒也有些应变，滚动中双手护住头脸，猛然瞥见侧前方有一丛矮树，身子一挺，便向那里跌去。一丛矮树救了江寒的命，剧烈撞摇之间折了几根枝条，掉下不少叶子来。江寒脚下的石块被他胡乱踢蹬，向坡下滚去。

吴秋遇听到动静，猛一回头，见有石块滚落下来，急忙提醒老叫花子和倪帮主小心。老叫花子反应倒也不慢，抬起脚来躲过了，又用木棍扫了一下，那石块滑过倪帮主的脚边，径直向山下滚去了。小灵子赞道："看你腿脚倒还利索。不错，你又立功了。"老叫花子被她一夸，反而有点不知如何是好，笑了笑，说道："没什么，没什么。保护帮主嘛，应该的，应该的。"倪帮主回头看了看，嘀咕道："怎么会平白无故有石头滚下来？"老叫花子说："说不定是刚才咱们路过，踩得松动了，风一吹，滑下来了。"大家也就没再多想，继续往下走。

江寒拦腰卡在树丛，静静忍了好久，听得那几个人去远了，才敢挣扎着坐起来，发现自己头发也乱了，衣服也破了，狼狈之极，想到刚才滚跌的惊险，心中也是后怕。

吴秋遇等人走走停停，爬上第四道山岭，估计离樵夫所说的故国城香雪岭已然不远，不敢再贸然前进，便停下来歇息，顺便想想后面该如何打算。老叫花子说："走了这么久，应该快要到了吧？"倪帮主说："如果那樵夫说的没错，应该是离得不远了。不过，越是离得近了，咱们越得多加小心。"小灵子受些劳累，心口的痛处又开始发作，她怕大家担心，没敢说出来，只是自己悄悄揉着。吴秋遇直着身子向远处眺望，面色渐渐凝重起来，心中似有不解之处。

老叫花子忽然叫道："哪来的香味啊，好香啊！"小灵子笑道："就你鼻子好使！才过多大一会儿，你就饿了？"老叫花子说："不是，真的有香味。你们都没嗅到吗？"听闻此言，吴秋遇忽然"啊"了一声，似是想到了什么。小灵子急忙问道："怎么了，秋遇哥哥？"倪帮主和老叫花子也抬起头来，看着他。吴秋遇似是自言自语道："不应该呀……难道……不会！那怎么可能？"小灵子站起来，走到吴秋遇身边，轻声问道："秋遇哥哥，你想到什么了？"

吴秋遇指着坡下山谷说道："你们看，那里的草是不是都枯了？"三人向下望去。果然，山谷之中，大片的草木均已枯黄。老叫花子嘟囔道："我还以为看见什么了。这有啥，值得大惊小怪的？"倪帮主用心思索着，一时也没觉得有什么出奇。小灵子是最懂吴秋遇的，知道他不会随便惊讶，轻声问道："有什么不妥吗？"吴秋遇说："你们看，坡上存不住水，树木还都茂盛。那里地势低洼，水分充足，草怎么反而会枯了呢？"倪帮主此时也刚想到这一点，开口问道："你能留意到这个，莫非其中有什么缘故？"吴秋遇说："我想，一定是有人做了手脚。说不定刚才闻到的香味也跟这个有关？"老叫花子得意道："我就说有香味嘛。你们刚才还不信。"

"这究竟是怎么回事？"小灵子虽然聪明，却也想不出个所以然来。吴秋遇说："我小时候跟师父住在山里。师父把他的好东西藏在一个山洞里，怕别人偷去，就在周围撒了迷魂药。结果周围的草木都枯了，就跟这个很像。"倪帮主忽然问道："这会不会是你师父的手笔？"

吴秋遇摇了摇头，低声道："不会……我师父没来过贺兰山，而且我师父在下药的时候，只会散布酸臭难闻的气味。这里却是香味。"老叫花子问："这个有什么说法吗？"小灵子说："这个你都不懂？发出酸臭难闻的气味，是不想害人。一旦有人靠近，闻到怪味也就躲得远远的了。而香味呢，正好相反，这是成心引诱人去送死呢。刚才你闻到香味了吧，有什么不好的感觉没有？"老叫花子吓坏了，赶紧大口呼了几口气，想把吸进去的都吐出来。吴秋遇说："这种一般不会毒性太烈的，吸上一两口也没关系。不然有人倒在外围，外面的人能看见，也就暴露了。"

"真的？说得有道理。我信你的。"老叫花子这才放心。倪帮主道："好歹毒的心肠！咱们须得多加小心了。"

小灵子忽然想道："既然是有人下了毒，有什么办法破解没有？"吴秋遇说："当年我偷偷溜进去的时候，也是拿了师父解毒的药草。在这里，咱们不可能轻易找到解药。"老叫花子叫道："那怎么办哪？没有解药，咱们去了就是送死。这种冒险的事，我可不敢。"倪帮主也只顾摇头，叹息道："唉，实在不行就算了吧。犯不着为我一个人，搭上大家的性命。"小灵子安慰道："你们先不要着急。大家再想想办法。咱们好不容易走到这了，怎么能轻易放弃？"

吴秋遇望着中毒已深的老帮主，想到了被人暗算、中毒身亡的师父，心中一片翻腾。他又仔细看了看那片枯草地，认真想了一阵子，忽然有了计较，开口说道："我有一个办法，或许可以试一下。"小灵子忙问："什么办法？"吴秋遇说："他们在里面还要生活，不可能把所有的地方都下毒……"老叫花子听了，抢着说道："你是说，咱们找没下毒的地方绕过去？我看行，这是个好办法。"小灵子说："下毒的人应该没那么傻，既然不想让人进去，定然不会在任何一个方向留下缺口。”倪帮主点了点头，看着吴秋遇。吴秋遇说：“灵儿说的对，想绕进去是不可能的。我刚才的意思是，如果下毒的范围不是很大，咱们走得快些，说不定一口气可以穿过去。”几个人都静下来思考这件事。

吴秋遇说：“我有追风架子，走得快，可以先去试探一下。万一不行，咱们再想别的办法。”小灵子担心地问道：“这能行吗？会不会太冒险了？万一……”吴秋遇明白她的意思，虽然自己也不是很有把握，但还是尽量打消她的顾虑：“放心吧，我好歹跟了师父那么多年，各种解毒的药草吃了不少，应对的法子也有，不会那么容易被毒死的。”说完了，他坚定地冲着三人点了点头。小灵子一把抓住吴秋遇的手，说：“不行！我不能让你去冒险！”吴秋遇说：“灵儿，没事的。我只是去试试，感觉不对，我就转身回来。我不会丢下你的。”小灵子慢慢松开了手，嘱咐道：“那你答应我，一旦感觉不好，就赶紧回来，千万不要冒险。我……等你。”

吴秋遇用力地点了点头，然后转身迈步向山谷走去。小灵子紧盯着吴秋遇的背影，时刻希望他赶紧转身回来。吴秋遇一手捂住口鼻，偶尔试吸一口空气，感受香气的浓淡，眼看走到了枯草地带的边缘。小灵子等人的心都提到了嗓子眼。终于小灵子忍不住大喊了一声：“秋遇哥哥，你一定小心哪！”

吴秋遇不敢回头，他深深吸了一口气，使起追风架子，如风般钻入了枯草荡，一道轨迹向前冲去。虽然小灵子他们身在高处，但是由于山谷地势不平，吴秋遇的身影很快就不见了。倪帮主瞥见老叫花子要开口说话，急忙伸手拦住，他知道小灵子此刻正焦虑不安，他又何尝不是？

江寒从一个石头后面探出头来。因为离得远，他听不到刚才那几个人都说了什么，但是吴秋遇钻入草丛，他是看见了的，不禁心中纳闷。

过了良久，吴秋遇仍然没有回来。小灵子焦急地跺着脚，对倪帮主说道：“你说他怎么还不回来呀？不会出什么事吧。”倪帮主安慰道：“先别着急，再等等。他腿脚好，又是神医的徒弟，应该会没事的。”

又等了一会儿，小灵子终于忍不住，就要下去寻找。倪帮主急忙伸手拉她，由于用力过猛，险些摔倒。小灵子急忙把他扶住。老叫花子忽然叫道：“看，有动静！”小灵子和倪帮主循指望去，只见草丛晃动，吴秋遇冒出头来。

小灵子大喜，叫了一声“秋遇哥哥”，便冲了下去。倪帮主见到吴秋遇出来，也放了心，让老叫花子扶着他，二人也跟着下来。

吴秋遇深深吸了几口气，调整了一下气息，见小灵子跑下来脚下有些控制不住，便急忙快步上前将她揽住。小灵子抱着吴秋遇，激动地说：“你可回来了。”

吴秋遇安慰道:“我就说没事嘛,现在放心了?”小灵子点了一下头,扎在吴秋遇怀里。

老叫花子扶着倪帮主走下来,笑道:“丫头,你这么搂着个大男人,也不怕别人看见?”小灵子直起身,朝他哼了一声,也觉得有点害羞,低下头笑了。

倪帮主问吴秋遇:“前面怎么样?好走吗?”吴秋遇说:“我刚才估量了一下,有十几步的下坡和几十步的平地,过去就好了。路程不算太远。”倪帮主面露难色:“你有好的脚力,自然是没问题的。平常人,一般走法,一口气是过不去的。”说完,他看了看老叫花子。老叫花子摇了摇头:“我不行,一口气走不了几十步。”

吴秋遇问小灵子:“灵儿,你现在还疼吗?追风架子能不能使出来?”小灵子说:“我可以。你不用管我,照顾帮主吧。”吴秋遇说:“灵儿也会追风架子,自己应该可以过去。我背着倪帮主,咱们两个人一起能过。就是……”老叫花子说:“你们要把我一个人留在这?那可不行!”倪帮主说:“你等一下怕什么,一会儿他再来接你嘛。”老叫花子四下看了看,有点心虚,说:“我能不能跟你们一起走?你们拉我一把。”小灵子说:“你要是不想死,就跑快点喽。要么就在这等着。”老叫花子想了一下,说:“我还是在这等一会儿吧。”

吴秋遇对老叫花子说:“我很快就回来接你。”老叫花子:“好,好。”吴秋遇背起倪帮主,对小灵子说:“我在前面趟路,你跟着我的脚步走,还能省些力气。前面的路不平,得小心些。”小灵子点了点头。吴秋遇深吸了一口气,使起追风架子,背着倪帮主再次冲入草荡之中。小灵子也紧紧跟了进去。老叫花子大声喊道:“你们可千万别忘了我还在这儿!”

等了一会儿,无人响应,老叫花子心里有些着急,开始来回踱步。江寒在山头有些纳闷,四个人怎么走了三个剩下一个?他想跟上去看个究竟,又碍于老叫花子还在那里守着,于是他眼珠一转有了主意,清了清嗓子,伸长脖子发出一声凄厉的呼啸。

忽然听到“狼叫”,老叫花子顿时惊慌,他急忙端起短弩,回身观望。虽然看不到狼在哪里,但是他知道狼很可怕,紧张得浑身开始发抖,嘴里颤声自语着:“他们怎么还不回来呀?”江寒看出老叫花子很惊慌,本自得意,但等了一会儿见他虽然害怕却仍然不走,有点摸不着头脑,一时也不敢轻举妄动。

吴秋遇走过一遭,心中有数,虽然身上背着倪帮主,但仍健步如飞。小灵子跟吴秋遇学过追风架子,速度也着实不慢,只是她毕竟矮小,又有伤在身,到底还是落下了一段距离。快速跑动之中,一下子牵动痛处,小灵子不禁“啊”了一声,忽然脚下一绊,扑倒在地。慌乱之中,吸了一口气,顿觉头昏无力,想要支撑

着爬起来，却已然没有足够的力气。她想要呼叫，喉咙却像堵住一般，发不出一点声音。

穿过草荡，吴秋遇把倪帮主放下，准备回头接应小灵子，却见小灵子倒在地上。吴秋遇大惊，仓促吸了一口气，便快步冲过去，抱起小灵子回身就跑。小灵子浑身无力，意识也有些模糊，迷迷糊糊觉得天空在摇晃，自己也随之摇晃……

倪帮主见吴秋遇抱着小灵子出来，急忙上前问道："她怎么样？"

"她刚才摔倒，中毒了。"吴秋遇把小灵子放到地上，在背后轻轻给她推拿着。小灵子呼吸了几口新鲜空气，慢慢睁开眼，无力地说道："秋遇哥哥，我没事了。你歇一下，去接老叫花子吧。"吴秋遇见她说话清楚，知道暂无大碍，又嘱咐她多吸几口气。小灵子说："我好多了，你去吧。"有倪帮主在旁边照顾，吴秋遇放心了，起身回去接老叫花子。

老叫花子正在害怕，见到吴秋遇回来，激动地都要哭了："你可来了！我都要吓死了，你知不知道！"吴秋遇心里只惦记着小灵子，也没多问，背起老叫花子就走。老叫花子回头望了一眼，继续唠叨："刚才我听到狼叫唤了，你们听到没有？"

出了草荡，却见只有倪帮主一个人站在那里。吴秋遇心头一惊。倪帮主见他们过来，大声叫道："不好了，灵儿被人抢走了！"

吴秋遇甩下老叫花子，惊问道："怎么回事？"倪帮主跺脚自责道："唉，我真没用！刚才来了个怪人，把她抢走了！我拦不住……往那边跑了，你快去追！"吴秋遇无暇多想，顺着倪帮主所指的方向便追了下去。

老叫花子揉着屁股，凑过来问道："帮主，到底发生啥事了？丫头怎么会被抢走？"倪帮主说："灵儿吸入了毒气，我在这守着她，秋遇回去接你。忽然来了一个人，疯疯癫癫的，看到灵儿，直接过来喊'闺女'。我怕他对灵儿不利，上前阻止。谁知……那厮力气大，一把将我推开，抱起灵儿就跑。我自知制不住他，这才等你们来，给秋遇报信去追。"老叫花子直怪自己耽误事："都怪我，净给大家添累赘，害了丫头。"倪帮主看了看老叫花子手里的短弩，说："咱们也过去看看，万一有需要，也好搭把手。"老叫花子扶着帮主，也去追赶吴秋遇。

吴秋遇心急如焚，怎奈山谷地形复杂，生怕一时错过了，所以不敢轻易使用追风架子，只能辨察痕迹，尽力去追。转来转去，竟走出了山谷，眼前顿时开阔起来。

吴秋遇呆呆地望着远处，有些发愣。没想到在这群山环抱之间，竟然坐落着一片城址。虽然墙垣房舍都已破败，但是仍能看出当年的气势恢宏和繁华壮丽。城址上看起来了无生机，想必已经荒废多年。

倪帮主和老叫花子一路跟着吴秋遇的背影，很快也找到了这里，抬头一看，也愣在了那里。吴秋遇正望着大片的城址发愁，城址这么大，怎么找啊？老叫花子说："地方太大了，咱们分头寻找，谁先见到了招呼一声。"他此刻也变得豪迈起来。倪帮主看了看地面，惊喜道："地上有脚印！咱们顺着脚印去追！"吴秋遇如梦方醒，循着脚印快步追了下去。倪帮主和老叫花子尽力跟随。

吴秋遇顺着脚印追入一条废巷，一拐弯忽见前面有个人影。那人身材矮胖，披头散发，走得并不快，能看出他手里抱着人，从露出的腿脚看，被抱着的应该就是小灵子。吴秋遇大喊了一声："你放开灵儿！"便冲了过去。

小灵子听到吴秋遇的声音，心下欢喜，只是被那人托举着，挣脱不下来，于是大声回应："秋遇哥哥，我在这！他是个疯子！"那疯子听到有人叫喊，慢慢转过身来，歪头瞅着吴秋遇："是你在说话？"吴秋遇已经来到近前，再次喝道："你放开她！"疯子不紧不慢地说道："这是俺闺女，俺为啥要放开她？你是谁呀？"

吴秋遇一心想着解救小灵子，懒得和他言语纠缠，见他仍抱着小灵子不放，心里一急，便出手上前抢夺。哪知这疯子退步一闪，竟躲了过去。吴秋遇刚才听他胡言乱语，只道他是个普通的疯子，没想到这厮竟是会武功的。疯子两眼瞪着吴秋遇，怒吼道："你想做甚？想抢俺的闺女，俺可不答应。"小灵子挣扎道："我不是你闺女，你放我下去！"疯子安慰道："闺女，你莫害怕。有爹在这，没人能欺负你。"他对小灵子说话倒很柔和。小灵子说："我真不是你闺女，快放我下去！"疯子瞅了一眼吴秋遇，见他没再动手，抱着小灵子转身继续走，边走边说："闺女，你莫着急，咱们就快到家了。"

吴秋遇是一时被他闹糊涂了，见他转身要走，哪里肯放，快步抢过去，伸手便点他背上的筋缩、肝俞二穴。疯子听到动静，侧身一转，搬着小灵子的腿脚朝吴秋遇手臂打来。吴秋遇一惊，急忙撤手。疯子顺势一晃，将小灵子扛到肩上，向前奔出了十几步，窜入一个小院。吴秋遇紧追不舍。

倪帮主和老叫花子刚好看到吴秋遇的身影，见他进了一个院子，也加快脚步赶了过去。

疯子扛着小灵子刚要进屋，惊觉有人追了进来，急忙转身，怒目而视。吴秋遇说："我不想跟你打架。你快把灵儿放了，我们绝不打扰你。"疯子两眼瞪得圆圆的，愤怒地吼叫道："你还想抢俺的闺女？俺可不客气了！"说着，也向吴秋遇逼近过来。吴秋遇知道他武功不弱，也不敢怠慢，思考着如何制服他，同时还不能伤到小灵子。

倪帮主和老叫花子走进院子的时候，疯子已经和吴秋遇打在一起。那人武

功刚猛，拳脚有力，看上去招招是要夺人性命的。虽说吴秋遇有“降魔十三式”这样刚猛的武功可以对付他，但是不敢使啊，只怕伤到小灵子。眼看疯子招招紧逼，吴秋遇只好凭借“小腾挪”身法与他周旋，偶尔在他身上偷袭得手，点中几处穴道，怎奈他皮糙肉厚，竟然起不了多大作用。小灵子被疯子扛在肩上，转来晃去，头昏欲呕，惊险处不时地尖叫两声。吴秋遇越发焦急，小灵子的一声惊叫，让他稍稍迟愣了一下。疯子瞅中破绽，一脚将他踹翻出去。吴秋遇重重地撞在土墙上，把土墙也震倒了。

疯子看到了倪帮主和老叫花子，得意地大笑起来：“小子，看你还敢不敢抢俺的闺女！你们两个跟他是不是一伙的？”老叫花子跑去扶秋遇，倪帮主便要上前跟他讲理。

小灵子双手撑着疯子的后背，直起上身，看到吴秋遇受伤倒地，心疼不已。她冰雪聪明，自然知道他吃亏的原因，无形之中自己当了疯子的人质，让吴秋遇投鼠忌器，他是怕出手太重打伤疯子的同时也伤到她。小灵子对疯子说道：“他们有三个人，你扛着我不方便，你放我下去，好好跟他们打。等你把他们都赶走了，咱们再好好说话。”疯子听完很高兴：“还是俺闺女懂事，爹听你的。”说着便把小灵子轻轻放了下来。小灵子在一旁干呕了几下，便坐在门槛上等着看热闹。

吴秋遇站起来，见小灵子已经脱身，心里踏实了许多。此时疯子正要对倪帮主下手，吴秋遇提气在手，快近两步，猛然打出一记“开山惊魔”。这是“降魔十三式”中的第一招，吴秋遇学的最早，使起来自然得心应手。疯子拳头还没碰到倪帮主，身上便挨了吴秋遇的重掌，只见他飞撞到土屋墙上，震落了无数尘土，缓缓倒在地上，昏了过去。老叫花子冲上去，便要用短弩射他。

小灵子忙开口阻拦：“不要！”刚说完，又是一阵难受，几乎吐出。吴秋遇急忙跑过去看小灵子。倪帮主和老叫花子也都顾不得疯子，都过去看小灵子。小灵子缓了几口气，知道大家都在担心她，于是勉强笑了笑，说：“我不要紧。大家都来了就好了，咱们走吧。”

“好，我背你。”吴秋遇说着把小灵子轻轻扶起来，然后转身蹲下，让她趴到自己背上。老叫花子过去踢了踢昏死的疯子，问：“这个人怎么办？”小灵子说：“他没有伤害我，只是误把我认作他的女儿了。咱们走吧，不要为难他了。”

四个人出了院子，在城址中转悠。倪帮主说：“这可能就是传说中的故国城了。”吴秋遇说：“太好了。到了故国城，找香雪岭应该就容易了。等咱们找到雌雄双煞，拿到了贺兰映雪，灵儿和帮主的毒就都可以解了。”老叫花子说：“可是……这是一座废城啊，走了半天，除了刚才那个疯子，好像没看到还有活人。

咱们找谁打听啊？”老叫花子几句话提醒了大家，接下来的事也没那么容易，顿时都沉默下来。小灵子无力地说道：“既然是座城，曾经住过人，总该有衙门馆舍的吧。咱们去找找，看有没有文书地图之类的。”倪帮主赞道：“灵儿最聪明了。我们怎么没想到？灵儿说的对，咱们去找找，看哪里房子大，说不定就是个衙门馆舍的。如果能找到地图或相关文书，也好做个指引。”

功夫不负有心人。四个人在城址中走了几处，还真找到一个衙门旧址。房舍都已经坍塌了，只有几面残墙还立着。能知道这里曾经是衙门，是因为门口位置有象征权势的石墩等物。

老叫花子最积极，抢先冲了进去，心里盼着能翻到点稀罕玩意，走的时候带回去。倪帮主则专心翻动瓦砾，细心寻找地图文书之类的东西。小灵子叫吴秋遇放她下来，吴秋遇也要过去帮忙，小灵子说：“你刚才也受了伤，在这陪我歇会儿吧。他们是叫花子，论找东西，他们比你在行。”吴秋遇便擦净了一块青石板，两个人坐下等着，时间长了也忍不住东张西望。

老叫花子找到一把铜酒壶，几双银筷子，高高兴兴地揣到怀里，过去问倪帮主有何收获。倪帮主还真找到几本册子，带回来找小灵子和吴秋遇一起研究。吴秋遇翻了翻，发现册子里面都是一些不认识的符号，不禁摇了摇头，递还给倪帮主。倪帮主叹气道：“看来这故国城的文字与咱们中土不同。咱们找到了文书也不认得呀。”老叫花子得了值钱的东西，心中暗爽，又怕被别人看出来，便走到旁边溜达。他站在残墙跟前，忽然叫道：“这面墙上有画！你们要不要过来看看？”小灵子说：“秋遇哥哥，你背我过去看看。”

四个人端详着墙上的壁画，希望能找出一些线索来。那画一共有三幅：第一幅画的是战场，两伙人手持刀枪激烈打斗。有两个人物画得很大，在画面之中相当突出。其中一个衣着华丽，像是个头领。另一个赤裸着上身，两手各掐着一个敌人的脖子，异常英勇；第二幅画的是殿堂，刚才那个头领像是正在给那个勇士颁赏，头领左手指着一只躺在地上的黑熊，或许那个就是给他的赏赐；第三幅画的是两座形状一样的山，中间有个类似箭头的符号。箭头所指的一座，山顶摆着一头黑熊，那个勇士高坐在一旁，身上也穿着比较华丽的衣裳。另一座山上没有人，山顶有白雪覆盖，山坡有鲜花点缀。

大家正看得入神。老叫花子忽然叫道：“这个山上有花、有雪，会不会就是传说中的香雪岭？那个花不会就是贺兰映雪吧？”其实另外三个人也都注意到了。倪帮主说：“至少算是一个线索吧。咱们把这座山的形状记下来，对照去找，说不定就能找到贺兰映雪。”

小灵子说：“我来画吧。”老叫花子终于发现了自己的用处，当然兴奋，主动去

找了布帛和粉墨，并且贡献出后背做铺垫。小灵子对照墙上的图形，精准地画完了，交给倪帮主收着。

四个人站到城址中的高处，向四周环望，希望能找到与图画中形状一致的山峰。说不定，那里就有他们要找的贺兰映雪。

贺兰映雪

毒深还需毒去解，
计狡亦应计来平。
不入凶险双煞地，
安知两怪是雌雄？

绘图：李翔宇

第五十三章
秘境奇踪

要说找到壁画中的那个山峰也真是不易，因为即便是同一座山峰，从不同的方向望去，形状也会大有不同。如果有积雪，当然是北坡容易积雪，若壁画是当年城中之人所画，那山峰多半会在南面。四个人商量了一下，见天色已晚，便在城址中找了个干净的地方住了一夜。吴秋遇和老叫花子轮流守夜，那个疯子倒也没来骚扰。

第二天一早，四个人吃了点东西，便向南面的山岭走去。小灵子仍然头昏乏力，吴秋遇一路背着她。老叫花子扶着倪帮主，两个人各拄了一根木棍，作为登山的辅助。

进入山里，晨凉有雾，转来转去，就迷了路。吴秋遇让三个人就地歇息，自己先到前面去探路。老叫花子手持短弩，煞有介事地担负起了守卫的差事。

吴秋遇走了一阵，又顺着斜坡向上攀爬了几步，到近处才发现面前是一处陡峭的石壁。自己应该是在一个悬崖的底下，看来前面已经无路可走。正要转身回来，忽然脚下的石头松动，他身子一滑，险些掉下去。仓促之中，吴秋遇身体后仰，回手在石壁上一撑，手掌正压在一块馒头大小的石头上。那石头竟然是松动的，被他一推，竟然陷入石壁里。吴秋遇大惊，急忙身子一挺，将后背整个靠在石壁上，才勉强站稳了。脚下的石头被他一蹬，哗啦啦滚落下去。

正自庆幸，忽觉背后有震动，嘎吱吱声响过后，旁边竟开出一道石门来，吴秋遇一惊，愣愣地瞅了一阵，又低头想了想，终于忍不住要进去一看究竟。

石门开处，露出一个山洞，以吴秋遇的身量，直着行走全无障碍。摸着黑，小心翼翼地走了几十步，转过弯，前面竟然有亮光。再走十几步，就到了出口，竟然顺着山洞穿过了石壁。

吴秋遇呆呆地望了一阵，顾不得再欣赏，赶紧穿过山洞，跑回来，告知小灵子等人，一见面就兴奋地说道："前面好去处！奇花异草很多！"三人也都看到了希望。吴秋遇背着小灵子走在前面。老叫花子扶着倪帮主紧紧跟随。

四个人穿过山洞，站在洞口，眼前看到的完全是另外一个世界。这里地势盘回，轻岚缥缈。树木苍翠之间，藤蔓轻缠。草丛碧绿之中，花枝争艳。在经历了大漠风沙、见过了荒山废城之后，这里真可谓宛如仙境。此时阳光明媚，微风带着香气袭来，令人心旷神怡。

小灵子顿觉精神了许多，忍不住惊叹道："好美呀！"老叫花子东瞅瞅，西望望，只顾手舞足蹈。倪帮主点了点头，微笑道："这里气候温湿，确实适合奇花异草生长。看来咱们是找对地方了。"吴秋遇见大家高兴，也很开心。

虽然仍在山谷之中，但是这一带地形普遍平缓，高低起伏都不是很陡。小灵子让吴秋遇把她放下来，自己走。四个人一边欣赏着山间美景，一边信步向前寻找。老叫花子问："你们有谁知道贺兰映雪长什么样吗？"吴秋遇说："只是听说有这个东西，我看过的医书药典上都没有这个图样。"老叫花子说："那咱们怎么找啊？我看这里的花花草草都很神奇，也不知道哪一种是啊。"倪帮主说："是啊，这倒是个难处。"小灵子说："草药可不能乱用，还是得找人问问。看看前面有没有人家吧。"吴秋遇说："嗯。至少听说雌雄双煞种着贺兰映雪，实在不行，就先去找到他们。"

老叫花子好奇地问道："雌雄双煞长什么样？好说话吗？"倪帮主也在想同样的问题，看着吴秋遇和小灵子。小灵子回想着当初在朔州城听来的说法，慢慢说道："雌雄双煞是我给他们起的名字。我们听来的说法其实叫雌雄双怪。传说他们俩面目狰狞，行事诡异，非常厉害。据说一拳能把黑熊从后背打到前胸，还有人说，他们还……"一想到怪物吃人的凶残，小灵子也不敢再说下去。老叫花子说："哎呀，太瘆人了。如果能在别处找到贺兰映雪，最好还是不要跟他们见面。那名字听着都瘆得慌。”

绕来绕去，远处隐隐露出一道篱笆，像是一个院子。小灵子最先看到，兴奋地说道：“看，那里好像有人家！”众人大喜。

“我先过去看看！”老叫花子抢先跑在头里。小灵子说：“里面住的可能是雌雄双煞哟。”老叫花子骤然停下，回头笑了笑，说：“还是大家一起去吧。这样保险一些。”小灵子笑话他说：“就知道你没那个胆子。回来好好扶着帮主。”

越走越近。可以看到篱笆后面是一簇簇的花草，好像都是同一种，高矮不过腰腹。忽然一阵香气飘来，众人吸了，都是精神一阵。小灵子惊喜地说道：“我的头不晕了。”倪帮主自语道：“那个不会就是贺兰映雪吧？要不然，怎会有如此神效？”

吴秋遇大喜，虽然还不能断定那就是贺兰映雪，但是一股香气就把小灵子的头晕治好了，总归是大大的好事。看来这院里的花草绝非等闲之物。

一个妇人在花丛里直起腰来，擦了一把汗。她手里拿着瓢，看样子刚才正弯腰给花丛浇水。

老叫花子小声问吴秋遇：“那个应该不是雌雄双煞吧？”吴秋遇说：“应该不是吧。”老叫花子说：“我看也不像。我过去问问。”说完，大咧咧向篱笆门走去。

那妇人见有人来，先是愣了一下，然后高声问道：“你们是什么人？从哪儿来的？”老叫花子走进篱笆院，笑嘻嘻说道：“我们是过路的。请问你这院里种的是啥？”那妇人说：“都是些花花草草，你看不出来吗？你们……”老叫花子把手伸向花丛，问道：“这个是贺兰映雪吗？”那妇人听他说出“贺兰映雪”，又是一愣，警惕地看着他答道：“不是。你怎么知道有贺兰映雪？”老叫花子笑道：“哈哈。我一眼就认出来了，这就是贺兰映雪，你别蒙我们了。”说完，随手掐了一朵花下来。那妇人急了，上前叫道：“你这个人好生无礼！为何破坏我的花草？”老叫花子嬉皮笑脸说道：“不就一朵花吗？有什么大不了的。你这儿那么多呢！”那妇人怒道：“我这不欢迎你们。你出去！”说着便用瓢子把老叫花子往外推。

倪帮主忙上前解围：“这位大姐，消消气，消消气。刚才呢，是他不对，我替他给你赔不是了。”那妇人见又上来一个，戒心更重，但见这个人讲话很客气，便不再搭理老叫花子，上下打量了一下倪帮主，说道：“你们是一伙的？”倪帮主点头道：“我们是一起来的。刚才多有冒犯。他这个人呢，做事咋咋呼呼，你不要跟他一般见识。”那妇人说：“你这个人倒还会说话，不像那个……哼。”说完，又白了老叫花子一眼。

吴秋遇和小灵子也来到篱笆院中，仔细一看，院中花草确实与众不同。叶子以深绿为主，带有紫斑。花分五瓣，白里透粉，发出阵阵袭人的香气。

那妇人火气消了不少，但是疑心仍在，开口问道："你们这是从哪来？"倪帮主说："我们是从中土来的，没有什么恶意。我们好不容易到了这里，就是想找些草药解毒救命。"

"从中土来的？"妇人重新把四个人打量了一遍，"中了什么毒？要大老远的到这来找草药？"倪帮主说："一言难尽哪。我是遭人算计，中了剧毒，眼看就要变成废人。这个小姑娘呢，是半路上吸入毒气，也快不行了。就是不知道中了什么毒，才没有办法解救。后来听说这里有贺兰映雪可以救命，就专程找来了。这一路可是不易。"那妇人半信半疑："你们能不远千里，平安到这，看来都是大有来头的。不过，你们是什么人，跟我也没啥关系。我这院里可没有你们要找的贺兰映雪，你们再到别处去找吧。"

小灵子问："这个不是贺兰映雪？"妇人说："我已经说过了，不是。我这里没有你们要找的贺兰映雪。"小灵子问："那您能告诉我们，贺兰映雪长什么样子吗？"那妇人说："我什么都不知道。"小灵子又问："您能告诉我们，在哪儿能找到贺兰映雪吗？"那妇人说："我劝你们还是别费心思了，赶紧回去吧。我这可是为你们好。"

老叫花子在一旁有些不高兴，叫嚷道："你这个人真是小家子气！明明这就是贺兰映雪，你偏说不是！我们大老远来的，你这有这么多，送我们一些又能怎样！再说，我们又没说不给钱！"说着，便要下手去拔。

"你干什么？"那妇人急了，上前拉扯。老叫花子一甩手，把妇人推倒在地。那妇人爬起来，一边用水瓢敲打着老叫花子，一边扭头叫喊："老头子！老屠！你快来呀！有人坏咱们宝贝！"倪帮主、吴秋遇和小灵子都暗叫不好。

没过多久，一个五十多岁的汉子手持钢叉从茅屋里冲出来，嘴里叫骂着："哪来的狂徒，敢到这里撒野！花姑，你躲开，看我教训教训他们！"说着便举叉奔老叫花子跑来。老叫花子刚才耍横，纯粹是看人家花姑只是一个妇人，现在见了手持钢叉的汉子顿时腿软，连躲也不会躲了，抱头缩成一团。倪帮主刚要上前解劝，被老屠顺手推到一边，险些摔倒，老屠举叉便朝老叫花子刺去。

吴秋遇急忙出手，将钢叉的木柄牢牢抓住，此时的尖齿离老叫花子的头不过两寸之遥。老屠怒视着吴秋遇，吼道："你们合伙欺负一个女流，好不要脸！老汉跟你们拼了！"说着使出浑身的力气，用力上挑。吴秋遇一只手也抓不住，索性趁势跳开，摆手解释道："大叔别生气！都是误会！"老屠哪肯听他说，抡起钢叉就朝他打来。吴秋遇知道自己人理亏，不敢还手，只好躲闪周旋。

花姑见老屠占不到便宜，一狠心，向屋里跑去。小灵子看到了，但是不知道她要做什么。很快花姑拿着一支竹箫出来，用力地吹了两声，然后焦急地四下张望。小灵子明白了，她是在搬救兵。

老屠追着吴秋遇打了半天，钢叉始终不能沾吴秋遇的身，又急又怒。瞥见倪帮主就在身旁不远处，他突然改变路数，拿钢叉朝倪帮主打去。倪帮主武功全失，虽然看到了，也已经无处躲闪。吴秋遇大惊，忙提气在手，匆忙打出一记“携月清魔”。这是“降魔十三式”中的第三招，吴秋遇只想救人，不想伤人，因此只使出了两成力道。

只见那钢叉脱手而飞，在空中旋转着划出一道弧线，最后叉在茅屋顶上。顿时茅屋顶子陷下去一大块。老屠托着酸麻的手腕，目瞪口呆。花姑也惊呆了，很快扑通一声，瘫坐在地上，哭号起来。

吴秋遇一时不知如何是好，小灵子拉了一下他的衣角，小声说：“惹祸了，咱们快走！”倪帮主也领会了小灵子的意思，拉着老叫花子赶紧往外走。

花姑的箫声传出老远。此刻，一团灰色人影穿梭于树木之间，正向这里赶来。

倪帮主对吴秋遇说道：“万一遇到高手不好对付，你就带着灵儿快走，不要管我们。”吴秋遇说：“我不会丢下你们的。”倪帮主说：“要是打得过，当然打了。我说的是万一。这里人生地疏，情况复杂，咱们能走一个是一个。”小灵子也说：“帮主说的对。有我们三个拖累，你施展不开。万一他们拿我们当人质，逼你自残，你怎么办？还不如先走掉一两个，再回来想办法。”吴秋遇见他们都这么说，定然有理，便点头记下，背着小灵子跑在前面。老叫花子扶着倪帮主在后面尽力跟着。

没走出多远，忽然从树上射下一条人影来，背身站着，拦住去路。只见那人又高又瘦，穿一身灰布长衫，连腰带也不系，头发灰白，略显蓬松。他缓缓转过身来，露出满脸皱褶，一双小眼睛炯炯有神，开口问道：“你们是什么人？”那声音阴森怪异。

老叫花子壮着胆子问道：“你是什么人？干吗挡我们的道？”那人瞅了瞅老叫花子，忽然尖声大笑起来，等笑够了，忽然笑容一收，阴森森说道：“我现在不想知道你们是什么人了。你们也不用知道我是谁。你们都跟我回去。”说着长袖一甩，便向老叫花子拂来。吴秋遇让小灵子抱住自己脖子，自己腾出手来，上前阻挡。那人出手奇快，本已将老叫花子抓住，见吴秋遇上手，轻松一挥，先把老叫花子摔了出去，然后拂袖朝他扫来。

吴秋遇伸手去抓，没想到那人袍袖虽长，却灵活自如，他试了几次都没抓到。吴秋遇大惊，虽说自己背着小灵子稍有不便，但对方松衣长袖也有难处，自己使出“随心所欲手”竟然完全碰不到他，看来真是遇到了高手。那人竟也开口赞道：“小子，好快的身手！不错，不错！我都舍不得伤你了。跟我回去！”说着，突然出手朝吴秋遇的右臂抓来。他赶紧撤手避让，准备提脚反击。那人嘴角一笑，竟然成功在吴秋遇手臂上捏了一下。吴秋遇顿觉右臂酸麻，一条胳膊抬不起来。

老叫花子坐在地上，越想越恨，见吴秋遇也斗不过他，便偷偷摘下短弩，瞄准那人就是一箭。那人眼疾手快，轻松将短箭捏住，随手甩了回来，正扎在老叫花子大腿上。老叫花子“啊”了一声，剧痛难忍，手里的短弩也丢了。倪帮主见状，奋力扑过去，试图将那人抱住。那人轻松一闪，躲了过去。倪帮主毕竟是老江湖，暗自留了一手，他扑抱是假，却趁机将那人的长袖揪住，大声喊道：“秋遇，快走！”

吴秋遇自知斗不过那怪人，只得一狠心，使起追风架子，背着灵儿快步去了。那怪人一愣，没想到那个年轻人腿脚如此之快，顿时来了兴趣。他甩脱了倪帮主，又点了几处穴道，飞身追去。小院里的汉子手持钢叉追出来，将倪帮主和老叫花子押了回去。

吴秋遇背着灵儿在山间奔跑，知道那怪人的速度也是奇快，于是边跑边借着地势和草木的遮挡尽力躲藏。那怪人轻功很好，穿梭于树木之间，偶到高处，便可发现两人的行踪，紧追不舍。

一个汉子从大树后面探出头来，披头散发，身材高大，腰间用一根藤条系着，两手各持一支钢刺（一对又尖又长的四楞钢锥），看到两团人影一前一后在山谷里飞奔穿梭，惊叹不已。眼看有人朝这边跑来，他赶紧缩回到树的后面。

吴秋遇越来越近，那汉子忍不住低声叫道：“站住！不要过来！”吴秋遇听到了，但是不敢停歇，他心里想的是：就算前面有怪人的同伙，也未必像怪人那么厉害，冲过去对付他的同伙总比被怪人追到强。树后的汉子眼瞅着灰衣怪人也朝这边追来，又是欢喜又是紧张，两手将钢刺攥得紧紧的。

吴秋遇来到大树旁边，突然脚下踩空，暗叫不好，可是想要止步已然来不及了。吴秋遇和背上的小灵子双双落入陷阱之中……

树后的汉子一跺脚，又气又急，望着紧紧追来的灰衣怪人，无奈地摇了摇头。眼看怪人只有十来步就到了，他的心提到了嗓子眼，两手将钢刺攥得更紧。

灰衣怪人却忽然停了下来，两腿一盘，坐在地上，开始闭目调息。树后的汉子心中纳闷，不敢轻举妄动，小心藏好了静观其变。

过了一会儿，灰衣怪人睁开眼睛，飞身上了最近的树，不再落地，而是穿梭于枝叶之间，往回走了。一团灰影渐渐远去。

树后的汉子愣了一会儿，见怪人确实已经走远，才从树后转出来，长出了一口气。看着塌陷的阱口，他摇了摇头，叹息道：“可惜啦，可惜啦。”他走到陷阱旁边，蹲下来，对着下面说道：“不是我要害你们，只怪你们自己撞到这里来，搭上了自己的性命，也坏了我的好事。你们安心去吧，落在那怪物手里，比死也好不到哪去。”

吴秋遇横在陷阱之中，四肢用力撑着，身子挺得直直的，托着背上的小灵子。

他身下是十几根尖尖的竹刺，离身体最远不过半尺，还有一根竹刺几乎顶着他的喉咙。刚才事发突然，吴秋遇在飞奔之中来不及停脚，一旦陷落，他自知凶险，急忙挺转身躯，两脚后扬，同时双掌猛推，将身体向后荡了一下，两脚得以踹挂在阱壁上。接着双掌又向下打出一记开山惊魔，借着身体上扬之势，双手也支撑在阱壁上。幸亏他同时有着“随心所欲手”的“小腾挪”身法和“降魔十三式”的浑厚掌力，才得以险里求生。若换作旁人，早就被十几根竹刺穿透身亡了。二人横在陷阱之中，一动也不敢动。他们心里清楚，这只是扛过了陷阱的机关暂时保命，很快灰衣怪人就会追来，随便压上点东西，就支撑不住了。可是半晌没有动静，吴秋遇和小灵子心中纳闷。

这会听到那汉子说话，才知道灰衣怪人已经走了。吴秋遇用极低的声音对小灵子说：“灵儿，你从我怀里摸出定心剑，把我眼前的几根竹刺先削了。”小灵子伸手绕到吴秋遇身下，从他怀里摸出短剑，抽出来用力划了几下，隐隐听到有东西掉落的声音。定心剑削铁如泥，对付几根竹刺自然毫不费力。吴秋遇尝试松开一只手，见仍能撑住，便用腾出的那只手摸索身下的竹刺，发觉对着上身的几根都被灵儿削平了，稍稍放心。他用力抓住胸前的一根竹刺，撑住身体，把另外一只手也腾了下来，抓住另外一根削平的竹刺。两只手都有了着力的地方，他可以稳住身子，慢慢放下一只脚来，轻轻点拨腿边的竹刺。一番精心清理之后，吴秋遇小心翼翼地将那条腿伸了下去，终于探到了地面。一只脚落地，吴秋遇身子自如多了，用另外一条腿把其余的竹刺踢倒，终于可以放心地站立下来。小灵子将定心剑收了，轻轻从他背上滑下来。两个人抱在一起，暗自庆幸。

地面上的汉子听不到动静，认定下面的二人都已经死了，仍继续说道：“唉，你们平白死在我的陷阱，我也于心不忍哪。可是没有办法，那怪物就在后面追着，我也没法拦你们。你们放心，我会好好安葬你们的。这陷阱还得留着对付那个怪物。我现在就把你们弄上来。”说着，他甩下两根藤条，拿着另一头到大树下去缠系。过了一会儿，就听他说：“嗯，还算结实。”

吴秋遇背起小灵子，用手拉了拉藤条，觉得像是牢固，便用力攀扯着，背着小灵子窜出了陷阱。

那汉子来到陷阱旁边，正要下去捞人，忽见两个人从下面窜了出来，吓了一跳，几乎仰倒。一阵惊慌之后，他匆忙抓起地上的钢刺，警惕地望着二人：“你们是人是鬼？”

吴秋遇背着小灵子退了两步，远离陷阱。小灵子对那汉子说：“你不用紧张，我们还活着。”那汉子愣愣地打量着二人，见他们身上连伤都没有，简直难以置信：“你们……你们竟然没事？”吴秋遇说：“没事。”那汉子见二人并无敌意，稍稍放松了一些，将钢刺垂下，摇头说道："我还以为你们必死无疑，没想到……没想到你们居然毫发无伤。唉，我的陷阱太失败了。"

小灵子见他有些丧气，安慰道："怎么会呢？你不知道刚才有多惊险。只差一点，我们俩就死在下面了。幸亏秋遇哥哥有一身好本事。"那汉子看着吴秋遇，点了点头，说道："小兄弟好本事。幸亏如此，要不然，我一辈子心里都不会踏实的。"吴秋遇摆手道："大叔，你不要这么说。我们知道你不是存心害人。"那汉子听到这里，脸上微微露出一些笑意："挖陷阱，当然是要害人。只不过，我不是要害你们，是要对付那个怪物。"小灵子说："我们还得感谢你呢，要不是掉进你的陷阱，我们还甩不掉那个怪物呢。你说是不是，秋遇哥哥？"吴秋遇点头道："嗯，你说的对。"

那汉子听完赞道："好，好。难得你们两个有如此气量。哈哈，不错，非常般配。哈哈哈哈。"吴秋遇一时没明白他在说什么。小灵子显然听懂了，脸上一热，羞怯地说道："你不要乱说。"那汉子大笑起来："哈哈哈哈，小姑娘害羞了。好，我不说了。"吴秋遇小声问小灵子："灵儿，怎么了？"小灵子低着头，轻轻在他胸前捶了一下，说："没什么。"

那汉子笑够了，开口问道："两位这是要去哪里？"吴秋遇刚要说出寻找贺兰映雪的事，被小灵子拦住。小灵子抢着说道："我们刚从灰衣老怪那里逃出来，还没想好去哪呢。"那汉子说："既然如此，不如先到我的山洞去坐坐。大家商量一下对付老怪的事。"吴秋遇没什么主意。小灵子说："好啊。"二人便跟着那汉子去，也想顺便了解一下他和那老怪的底细。

汉子带着二人来到自己居住的山洞外面，想了想，还是外面清爽，便邀二人在洞外坐了："里面昏暗憋屈，不如这里清爽，咱们还是在外面说话吧。"吴秋遇扶着小灵子在一块青石上坐了下来。那汉子把钢刺送入洞中，端出一瓢清水来，递到二人面前："这是早上去溪边舀来的泉水，二位如不嫌瓜瓢简陋，不妨饮上几口。"吴秋遇接过瓢子，递给小灵子。小灵子说："你刚才背着我跑了一路，早该渴了，你先喝。"吴秋遇端起瓢，大喝了几口，顿觉甘甜清凉，沁入心脾，于是对小灵子说道："灵儿，你尝尝，果然是好泉水。"小灵子喝了两口，也点了点头。汉子接了瓢，把剩下的水喝完了，开口说道："今日有幸结识两位英雄美女，也算是意外之喜。"

吴秋遇说："我叫吴秋遇，这是小灵子。还不知道大叔如何称呼？"那汉子倒也爽快，把瓢搁在一边，正面答道："我姓彭，叫彭玄一。你们也不要叫我大叔了，叫我彭大哥好了，或者叫老彭也行。"吴秋遇倒也实在，马上改口："彭大哥，你一直住在这里吗？"彭玄一说："不，我也是中土人士，两个月前才来到这里。哎，你们是怎么找来的？"吴秋遇看了一眼小灵子，不知道该不该说。小灵子笑了一

下，说："彭大哥是好人，刚才还帮了咱们。没有什么不能说的。"吴秋遇这才实言相告："我们一共四个人，从太原辗转到了这里，为的是寻找贺兰映雪，给倪……"小灵子听他要说出倪帮主的名头，忽然觉得不妥，连忙咳嗽了一声。吴秋遇跟她相处久了，相互之间早已熟悉，她一咳嗽，吴秋遇马上明白她的意思，赶紧换了一个说法，继续说道："给倪老爷疗伤解毒。"彭玄一马上问道："那两位呢？被老怪抓去了？"吴秋遇点了一下头："嗯，我打不过他。他们为了掩护我和灵儿，与老怪纠缠……也不知道他们现在怎么样了。"彭玄一安慰道："这个你们放心。那老怪虽然凶悍，但是不轻易杀人。要不然我也活不到今天。"

小灵子忽然问道："彭大哥，你是怎么跟老怪结的仇？"彭玄一苦笑道："嗨，要说原来也没什么仇恨。其实，我跟你们一样，也是来找贺兰映雪的。后来跟老怪遭遇，被他打个半死，要拖回去伺候他。我当然不肯，但是又斗不过他，被他活活折磨了一个多月，十天前才找个机会逃出来，躲在这个山洞里。这几天我一直琢磨着怎么整他一下，好把贺兰映雪要到手，尽快回去。今天刚刚挖好陷阱，准备去引他来，结果你们倒先来了。"吴秋遇自责道："是我们坏了你的计划。"彭玄一忙说："嗨，没什么大不了的。他刚才没看见陷阱，咱们还有机会。"

过了一会儿，彭玄一好奇地问道："你们那位倪老爷中了什么毒？非要找贺兰映雪不可。"吴秋遇说："他被人算计，就是看不出用的什么毒，才想到用贺兰映雪试试。"彭玄一点了点头："嗯。我也是听说贺兰映雪能解百毒，才冒险前来寻找。"吴秋遇关切地问道："彭大哥也中了毒吗？"彭玄一忙解释道："不，不是我，是我的……主人。他也是被人暗算。"小灵子注意到，彭玄一在说起中毒之人时也稍稍停顿了一下，看来他也有不愿人知之事。

吴秋遇忽然问道："彭大哥，你来了这么多天，见过贺兰映雪没有？"彭玄一苦笑道："我来了两个月不假，但是大多数日子都被老怪关着，难得出来走动，出来这几天光想着找他报仇，还真没顾得上去找。再说了，有老怪看着，即便找到了咱们也拿不走。"小灵子问："你在老怪的住处有没有看到什么奇花异草？"彭玄一想了想，忽然眼前一亮："我记得被他抓了以后，先是被带到了一个苗圃。那倒是种着不少花草，还有两个人专门看管。莫非……那就是贺兰映雪？"

小灵子问："老怪也住在那吗？"彭玄一说："这个我也说不好，被他抓到那以后，他怪我不听使唤，就把我打昏了。我再醒来的时候，就关在黑屋子里，什么也看不见。他偶尔把我提出去训问，每次也都把头罩上。有一次他带着我外出，我半路装疯，才侥幸逃了。始终没看到他的住处。"小灵子骂道："这老怪，真不是东西！又凶悍又狡猾！"彭玄一说："是啊，咱们一定得想办法制服了他，才有机会拿到贺兰映雪。"吴秋遇无奈道："他武功太厉害了。可惜你我都打不过他。"彭玄一说:“我想好了,咱们还用陷阱。你跑得快,想办法再去把他引过来。我埋伏了等他,他一旦掉进去,就算竹刺扎不死他,咱们也砸死他。”小灵子点了点头:“我看可以,这次咱们是三个人守着,就算他再厉害,也未必有那么好的运气。只是咱们得把陷阱重新布置一下,不能让他有丝毫的机会。”彭玄一说:“好,这次我把钢刺也用上,不怕他铜皮铁骨。”

第五十四章
雌雄双怪

三个人说干就干，同去布置陷阱。小灵子渐渐觉得无力，后来就停了手，看着二人布置。陷阱精心设好之后，上面重新做好遮盖。彭玄一和小灵子在大树后面埋伏着，吴秋遇去引诱那个灰衣老怪。

小灵子忽然感到一阵头晕，将手扶在大树上，才免于摔倒。彭玄一见了，惊问道："你怎么了，小灵子？"小灵子闭着眼睛忍了一会儿，才缓缓说道："我在山谷吸入了毒气，一直头昏乏力。后来我们到了那个苗圃，受了那花草的香气，忽然好了许多。不想现在又发作了。"彭玄一知道男女授受不亲，不便扶她，于是说道："那你坐下歇会儿吧。他们没那么快来。"小灵子慢慢坐下来，浑身越发无力。彭玄一说："一定是间隔久了，那花香的药效过了。看来那苗圃种的就是贺兰映雪，要不然，寻常花草哪有如此奇效？"小灵子点了点头："嗯。秋遇哥哥应该到那儿了吧？不知道老怪会不会上当。"

彭玄一一直站着张望，等了一会儿，忽然低声叫道："来了！"两个人赶紧在大树后面藏好。只见吴秋遇和老怪一前一后，两团人影相差四五十步，快速向这边奔来。

吴秋遇知道陷阱的位置，从旁边绕了过去，又跑出几步，佯装跌倒。老怪很快就赶了上来，见状心喜，直接就扑奔过去。吴秋遇也做好了应对的准备，提防着万一老怪踩不到陷阱，还得继续跑。彭玄一和小灵子在树后，心也提到了嗓子眼，紧张地盯着老怪的脚。天遂人愿。老怪一脚踩翻陷阱上的虚浮，跌落下去。

彭玄一大喜，兴奋地从树后窜出来。吴秋遇也快步冲了过来。两个人搬起预备好的石头就要过去砸。彭玄一刚把石头举起来，还没走到陷阱边，忽然腹内一阵剧痛，石头脱手落下来，人也几乎站立不住。吴秋遇一惊，随手把石头丢进陷阱，赶紧过去扶持彭玄一。小灵子也慢慢走出来，关切地问道："彭大哥，你怎么了？"彭玄一强忍着剧痛，摆了摆手："不要管我，先砸……砸死他！"吴秋遇说："他掉进陷阱，凶多吉少了。我先给你疗伤。"彭玄一摇了摇头，说："定是那老怪怕我跑了，暗中下了毒。我十天不在他眼前，没有解药，此刻发作了。"小灵子说："老怪果然歹毒。"刚说完，她又是一阵头晕，几乎跌倒。

"灵儿！"吴秋遇叫了一声，急忙过去扶她。彭玄一说："想是那香气的药效过了，先前中的毒又发作了。咱们得赶紧去找贺兰映雪。"吴秋遇问："彭大哥，你还能走吗？"彭玄一忍痛点了点头："你不用管我，我可以走。你带着小灵子先去，我能找来。"吴秋遇背起小灵子，快步向苗圃跑去。彭玄一找了根树枝拄着，尽力跟着。

花姑在院中瞥见吴秋遇回来，赶紧朝屋里喊道："老头子，他们又来了！"老屠手持斧头冲了出来，堵在篱笆门口。吴秋遇背着小灵子来到近前，开口说道："我不是来打架的。求你们送我一株贺兰映雪，我要救人。"老屠看了看他背上的小灵子，冷笑道："哦，中毒啦？呵呵，真是好快的报应。"小灵子吸了几口花香，果然精神又好了许多。她抬起头来，轻声说道："大叔，我们不是坏人，没有恶意。我们不远千里到这来，就是为了找贺兰映雪解毒救命。希望你帮帮我们，好不好？"

老屠知道吴秋遇武功厉害，先前还有所顾忌，此刻见二人低声下气，胆子又壮了起来，大声说道："告诉你，我这里没有贺兰映雪。就算有，也不会给你。你们走吧。"花姑走过来，推了老头子一把，对吴秋遇说道："小兄弟，我们这真的没有贺兰映雪，要不然也不能见死不救，是不是？"吴秋遇扭头看了看院中的花草。花姑刚要解释，忽听老叫花子在屋中喊道："快来救我们哪！我们在这！"吴秋遇往前迈了一步。老屠吓了一跳，一边往后退，一边哆嗦着问道："你要干什么？"

这时候，彭玄一拄着树枝缓缓赶来，老远就大声喊道："他们是老怪的手下，

不必跟他们客气！”老屠和花姑都见过彭玄一，知道他被老怪折磨得不轻，为了给自己壮胆，高声喊道：“你还敢来，不怕主人再拿了你去遭罪？”彭玄一忍着腹痛大笑道：“哈哈，还想拿他来吓唬人？老怪掉进老子的陷阱，早死了。”

老屠和花姑吃惊不小，面面相觑。他们知道这汉子怨恨颇深，现在没有了主人依仗，他还不定怎么来报复呢。小灵子说：“你们只要交出贺兰映雪，帮我们解了毒，我们绝对不会为难你们。”老屠忽然改变了态度，指着院中的花草问道：“你们想要那个是不是？是不是我肯交出来，就可以放过我们？”花姑刚要说话，被老屠拦住。吴秋遇点了点头，说：“放心吧，我们只为救人，不会为难你们的。”老屠点头道：“好！我就送你们两株贺兰映雪。”说着，也不顾花姑阻拦，便去拔了两株，递给吴秋遇。

小灵子就近闻了两下，更觉神清气爽。吴秋遇是懂得医理的，知道草药不能乱用，以不同方法服用会有不同的效用，便诚心问道：“大叔，还得请教你，不知这贺兰映雪该如何服用？”老屠瞅了瞅吴秋遇，说：“看来你是个明白人。好，我告诉你。这东西的药效在两处，一是花，二是浆液。花可以提神，浆液可以解毒。”吴秋遇瞧了瞧手里的植株，疑惑道：“浆液？”老屠伸手轻轻折了一截花枝，解释道：“将茎枝折了，挤出的白浆就是。”吴秋遇和小灵子点了点头。小灵子问：“这个怎么服用？”老屠说：“可以连同茎枝咀嚼。如果不嫌费事，也可以先挤到碗里，然后再大口喝了。”吴秋遇问：“不需熬煮吗？”老屠说：“熬煮会失了药效，还是直接嚼食的好。”

小灵子看着贺兰映雪，总觉得直接嚼食有点怪怪的：那不是像兔子吃草一样了？正犹豫间，彭玄一到了跟前，刚才的对话他都听到了，开口笑道：“怎么，小姑娘不好意思吃？哈哈哈哈。我是个粗人，我来吃给你看。”说着，伸手折下一枝，放在嘴里大嚼起来，边嚼还边说：“嗯，不算难吃。稍微涩了些，不过有点甜甜的。”吴秋遇把小灵子放下来，从枝杈尖梢折了一段嫩的递给她。小灵子看了看众人，笑了笑，放进嘴里。花姑在旁边欲言又止。

老屠对吴秋遇说：“小伙子，你怎么不吃？”吴秋遇说：“我没有中毒。”老屠说：“这东西可神奇着呢。中了毒的，吃了它能解毒。没中毒的，吃了它能防毒。你试试。”说着，还主动折了一枝递到吴秋遇嘴边。吴秋遇接过花枝，笑了笑：“谢谢你，大叔。”

老屠说：“你们先用着，我去给你们端点泉水。”他走了几步，忽然回头喊道：“老婆子，过来。你把瓢子放哪里了？”花姑赶紧跟他一起进了屋，老屠回身把门关上，还上了栓。花姑问：“你干吗让他们吃那个？那会要人命的，你知道不？”老屠说：“废话，我还不知道那东西要命？就是要命才让他们吃的。你刚才也听到了，主人被他们算计了，咱们交不出贺兰映雪，准没有好下场。还不如先要了他们的命！”花姑摸着胸脯，一颗心乱跳：“哎呀，我不行了，这是作孽呀。咱们怎么能害人？”老屠骂道：“什么害人？咱们是为了自保。咱们不下手，他们早晚也弄死咱们。”说着，趴在门缝观看。花姑心中忐忑难安，在屋里来回走着。

倪帮主和老叫花子被捆在屋里，听到了他们的说话。倪帮主叫道：“不好，那东西有毒！快告诉他们。”老叫花子忍着腿疼站起来，对着窗户大喊道：“傻小子！丫头！那东西有毒，不能吃！他们是要害死你们！”老屠冲进来，照着老叫花子的腿上就踹了一脚，把他蹬翻在地，骂道：“叫你多嘴！”

吴秋遇见二人进屋端水还关门，心中有些纳闷，一听到老叫花子叫喊，惊叫道：“不好！不能吃了，灵儿，彭大哥！”小灵子和彭玄一都愣在那里。现在说什么都晚了，有毒没毒都已经吃了不少。

“哈哈哈哈！”忽然一阵阴森的笑声从背后传来，让人毛骨悚然。一团人影闪过，灰衣老怪竟站到了篱笆墙外。三人回身看罢，直惊得魂飞魄散。

彭玄一指着老怪，惊愣地问道：“你……你……你不是死了吗？”老怪又是一阵狂笑：“我死了么？你亲眼瞧见了？哈哈哈哈，一个小小的陷阱就想把我怎么样，真是笑话！我既然回来了，就不会手下留情。除非你们乖乖地束手就擒，或许你们可以从轻发落。”小灵子悄悄对吴秋遇说：“秋遇哥哥，你一定要听我的。你先走，不要管我们，等想到办法再来对付他。”吴秋遇说：“我不能丢下你。”小灵子苦笑道：“我和彭大哥都已中毒，是否还有救都难说。要是你也被他捉住了，咱们就真的完了。”忽然心口一阵剧痛袭来，小灵子眉头紧锁。彭玄一此刻已经说不出话来，全靠一根树枝勉强支撑着。吴秋遇坚定地说道：“灵儿，你放心。我就是拼死也要保护你！”

小灵子当然明白吴秋遇的情意，也颇为感动，只是不希望他跟自己一起送死。正自焦急，她忽然注意到，老怪身上的衣服划破了，肩膀上还有血迹，不由得一阵暗喜，故意高声对吴秋遇说道：“秋遇哥哥，他身上有血，定是掉进陷阱受了伤。上次你背着我跟他打，难免吃亏。现在他有伤在身，未必还像原来那么厉害。秋遇哥哥，你只管再跟他打。实在不行，我和彭大哥还有暗器可以帮你。我就不信，他可以同时提防咱们三个。”

老怪不由得心头一惊，瞪了小灵子一眼，吴秋遇也看出了门道，上前一步。老怪竟然往后退了一步，显然是心虚了。小灵子笑道：“秋遇哥哥，你看到了吧，他怕你了。快过去把他抓了。”吴秋遇刚要上前，老怪扬手喝道：“站住！嘿嘿，你还有心跟我纠缠？臭丫头和那个疯子都是你一伙的吧？他们吃了贺兰香的浆液，没有贺兰映雪解救，活不过半个时辰了。”

吴秋遇闻言大惊失色，急忙退了回来。小灵子和彭玄一的心中各是一阵凄凉。吴秋遇惊叫道："贺兰香？那不是贺兰映雪？"

"早跟你们说了，我们这没有贺兰映雪。"先前躲进屋里的老屠和花姑见老怪没死，喜出望外，走了出来。彭玄一面色铁青，一跺脚："唉，我真是活该！但是不该把小灵子也连累了。"小灵子说："彭大哥，这不关你的事！是他们有意害人，想骗咱们还不容易？"老屠说："咱们可说清楚了，不是我们故意想骗你们的。我告诉你们那不是贺兰映雪，可你们自己不信哪。你们以为把主人害了，又来欺负我们，要是不把你们放倒了，早晚死的是我们。"

吴秋遇此时已无心打架，向老怪哀求道："老前辈，求求你大发慈悲，救救他们吧。"老怪见吴秋遇服软，心里踏实了，盘腿坐下来，微笑道："要救他们也不难，只要你乖乖听我的，我保证你们谁都不会死，包括屋里那两个。"小灵子马上想到，老怪肯定是要逼着吴秋遇自残或者服下什么毒药，从而丧失反抗能力，于是赶紧叫道："秋遇哥哥，不要听他的！现在你打败他，还可以逼着他交出解药。一旦你受他要挟，咱们就都完了。"老怪瞪了她一眼，继续对吴秋遇说道："她说的没错，你现在可以试着来打败我，逼我交出解药。呵呵。可是你不要忘了，他们只有半个多时辰了。先不说半个时辰之内你能否打得过我，就算你真的侥幸赢了我，老朽一把年纪，快入土的人了，万一有些骨气，就是不肯交出贺兰映雪。到时候，小姑娘香消玉殒，烟消云散，可就再也回不来了。我劝你还是好好想想吧，他们的时间可不多了。"

吴秋遇想到活泼可爱的小灵子就要死去，心如刀绞，明知道老怪是在要挟，也顾不了那么多了，他扑通跪倒，哀求道："我什么都答应你，求求你赶快救救他们！"

小灵子见吴秋遇中计，急忙喊道："秋遇哥哥，你先别急着答应。万一他制住了你，又不肯救我和彭大哥呢？"吴秋遇抬眼注视着老怪，希望他给出可信的承诺。老怪看了一眼小灵子，说："你这丫头！我好歹是一把年纪，犯得着跟你们耍赖？你们若是不信，咱们就等着，看看到时候是谁先死。"后面这句显然是说给吴秋遇听的。

吴秋遇果然撑不住，赶紧伏地磕头道："我信。求你一定要救救他们！"老怪见吴秋遇埋头趴在地上，点了点头，嘴角露出得意的奸笑。他两手用力一撑，站起身子，迈步向吴秋遇走来。

眼看着吴秋遇已经被老怪唬住，小灵子焦急万分。她忽然心念一闪，又想到一个劝说吴秋遇的理由："秋遇哥哥，你可是神医济苍生唯一的徒弟。现在神医已经死了，你要是有个三长两短，神医救死扶伤的医术和绝世武功，可都要失传了！不为你自己，也得为你师父想想！”

“你说什么？！神医济苍生……死了？”老怪愣愣地望着小灵子。小灵子诧异地点了点头。老怪忽然神情恍惚，跌坐在地上。在场的众人都没想到，老怪听闻神医的死讯竟有如此的反应。他愣愣地望着吴秋遇：“你是神医的徒弟？”吴秋遇点了点头。老怪似是看到了一点希望，又问了一句：“你也会医术？”吴秋遇说：“我跟随师父几年，他教了我不少，算是会吧。”

老怪叫过老屠，吩咐道：“你去取一株贺兰映雪来。”老屠愣了一下，见主人是很认真地在吩咐自己，忙点头去了。花姑扶起老怪，他对吴秋遇说：“我可以先保住他们二人的命。你若是能医好我兄弟二人的毛病，我愿意再奉上几株贺兰映雪作为答谢。”说着由花姑搀扶着，向茅屋走去。先前凶悍的老怪，此刻却忽然变成了一个身有残疾的乡下老人。

吴秋遇愣愣地跪在地上，没想到一切变化如此之快。小灵子先拉他起来，然后小声说道：“看起来，他就是雌雄双怪中的雄老怪。明明是雌雄两个，他们却兄弟相称，有趣。”吴秋遇背起小灵子，扶着彭玄一，也进了篱笆院，向茅屋走去。

老怪吩咐花姑，把倪帮主和老叫花子的绳子也解了。老叫花子不知道发生了什么事，竟然还大声问道：“咋回事，大家都和好了？”没有人搭理他，只有小灵子看了他一眼，示意他闭嘴。

等了一会儿，老屠回来了，手里捧着贺兰映雪。吴秋遇等人一看，这花果然与众不同。花有七瓣，嫩白如雪，花瓣很厚实，却晶莹闪亮。奇怪的是，这花虽然漂亮，但是却没有香味，而且恰恰相反，倒是能闻到一股淡淡的腥味。

众人面面相觑。老怪看出大家的疑问，笑道：“你们不必疑心，这才是真正的贺兰映雪。外面的贺兰香虽然香艳，毒性也烈。贺兰映雪也有毒性，不过却是抵抗百毒的良药。”花姑也说：“你们放心吧。这真是贺兰映雪。”吴秋遇问：“这个不知如何服用？”老怪说：“服用的方法，他们应该已经教过你们了吧。”花姑抿嘴一笑，说：“老头子给你们的贺兰映雪是假的，服用的方法可是真的。你们几位谁先来？”

彭玄一早已腹痛难当，看了看老怪，心一横，暗想：反正我已中毒多日，死就死了，先给大家尝验一下再说。说了句“我来”，便折了一段花枝，放到嘴里大嚼起来。众人看他嚼了一阵，面上表情似是越来越轻松。老叫花子问：“怎么样？管用吗？”彭玄一揉了揉肚子，惊喜道：“果然好了许多。神奇，神奇！”倪帮主也折下一段花枝，尝试着嚼了几下，没觉得有什么不妥，才放心地大嚼起来。吴秋遇也想给小灵子折一枝，老怪见了，笑着问道：“你也想尝尝鲜？”吴秋遇说：“我给灵儿折的，她刚才也误食了贺兰香。”老屠和花姑都大笑起来。众人不解。倪

帮主也停下来，想知道发生了什么事。

老屠笑够了，对花姑说："老婆子，你给他们说说。"花姑笑眯眯地看着小灵子，说道："这贺兰映雪与贺兰香有所不同，食用花瓣一样可以解毒。小姑娘就别像他们一样嚼草根了。呵呵呵呵。"彭玄一和倪帮主相互看了一眼，只觉得脸上发烫，但是也不好抱怨。小灵子这才明白，花姑是有意照顾她，笑着道了声谢谢，轻轻拈起一片花瓣放入嘴里，嚼了几口就觉得有了精神。吴秋遇又帮着她揪了几片，小灵子也都嚼食了，没过一会儿身体真的恢复了，肚子不疼了，身上也有劲了。只有倪帮主，由于中毒多日，贺兰映雪的药效还一时无法完全显现，但是也觉得精神了许多，多少恢复了一些体力。

吴秋遇见三人好转，知道老怪确实释出了善意，拱手谢道："多谢老前辈救命！但有吩咐，晚辈一定照办。"老怪说："你也不用谢我。我救他们，是希望你能妙手回春，退去我等身上的顽疾。到那时我谢你还来不及呢。"吴秋遇说："老前辈尽管放心，晚辈一定竭尽全力！"

老怪看了一眼众人，说："你们出去吧。小兄弟要给我看病了，这里人多只会碍事。"花姑和老屠劝着大家一起离开，屋里只剩下吴秋遇和老怪两个人。

吴秋遇问："老前辈有何不妥？"老怪提起裤脚，露出半条腿，指着膝盖弯处说道："这里不灵便，站立多时便会钻心疼痛，吃不得力，而且近来越发严重。"吴秋遇仔细看了看，也没看不出有何异样。老怪看着吴秋遇，问道："是风湿吗？"

茅屋外，小灵子问花姑："老前辈到底有何病症？"花姑说："说是腿脚不便，而且发作得越来越勤，一次比一次严重，有时候都站立不得。"老叫花子插话道："不就是风湿么，我还以为是什么大不了的病。"老屠白了他一眼，小声说道："你知道什么，就敢胡说！几年前主人扮作樵夫，也曾到银川城里看过病。当时好多大夫看不出来，也有的说是风湿。三番五次治不好，惹恼了他，一气之下连杀了好几个大夫。"老叫花子吓了一跳，暗自为吴秋遇捏把汗。小灵子一听老怪杀过好几个大夫，也不禁担心起来。

屋中，吴秋遇摇了摇头，说："不像是一般的风湿。"老怪微微点了点头，眼里暗自透出一丝喜色。吴秋遇伸手在他的腿弯处摸了摸，开口问道："是何时开始发作的？这里可曾受过伤？"老怪惊喜地望着吴秋遇，又增加了几分信任："不愧是神医的徒弟，到底明察秋毫。我这里确实受过小伤，而且第一次发作确实也在那次受伤之后。"吴秋遇看着老怪，希望他继续说下去："当时受的是什么样的伤？如果前辈不介意，我想知道那伤口是如何形成的。"老怪稍稍犹豫了一下，为了找出根源去除病痛，还是决定实言相告："此事说来话长，也多有惭愧。我们在山里隐居多年，从未外出。大概在五年前，这里来了几个采药的苗人，是他们最先在山里发现了贺兰映雪。我兄弟二人听到消息，便赶去拦截。岂能让外人带走祖先留下的宝贝？那几个苗人武功太差，举手之间就把他们给打发了。忽然发现还有一个漏网的孩子，我们当然不能叫她走漏消息，就要追过去。谁知被打倒在地的苗人中，还有一个没死的，紧紧抱住我的腿，在这里咬了一口。老大一掌毙了他，眼睛却被他喷出的血溅上了，至今没有恢复。我当时也没觉得怎样。后来腿疾发作，也是两年以后的事，总不至于还是那一口咬的吧？哈哈。不可能的。”吴秋遇听他说起杀人的事轻描淡写，甚至可以当作玩笑，不由得心下凛然。他站起来，在屋中来回走着。老怪也一直看着他，等着他给出答案。

吴秋遇回想着自己看过的医书，还有师父讲过的故事，希望能找到线索。老怪见他只顾来回走，半天不说话，有点沉不住气，忍不住问道：“怎么样？有想法吗？”吴秋遇继续走了几圈，忽然停下，又在老怪腿弯处摸了摸，开口说道：“我觉得，应该是中了苗人的尸虫蛊毒。”

“尸虫蛊毒？”老怪还是第一次听说这个名字，焦急地问道，“那……能治吗？”吴秋遇面露难色，想了一下，说道：“这种蛊毒，按说只有下毒的人才能解。没有专门的解药，要想治好是很难的。”老怪一皱眉：“这么麻烦！”两个人一时都没有话说。屋里安静下来。

老怪想了想刚才吴秋遇说的话，忽然问道：“你只说很难治，没说治不了，是不是？你是神医的徒弟，一定有办法。”吴秋遇看了看老怪，忽然觉得他很可怜，也很诚恳，便坐下来，轻声说道：“我们对中土的药性最熟，对苗人的用毒了解不多，只是听师父偶尔说起过一些传闻。我忽然有个想法，但是不知道是否有用。”老怪忙说：“你有什么办法尽管试。不过……不妨先说来听听。”他终究不敢拿自己的性命开玩笑。吴秋遇慢慢说道：“尸虫蛊毒，其实就是在伤口里种下了虫卵，同时下毒，作为尸虫的营养。那虫卵在人体内寄生孵育，少则几日，多则几年，便会产出尸虫，在专为它配制的有毒药剂中吸收营养，慢慢成长。据前辈所说的情况来看，多半是里面的尸虫已经长大，开始作祟。”老怪点了点头，觉得有理，而且越想越认为所言在理，便问：“那应该怎么办？”吴秋遇说：“如果发现得早，用刀割开皮肉，取出虫卵、洗净毒药就行了。如果尸虫已经散开，光动刀怕是很难清除干净了，只能以毒攻毒，用药将尸虫杀灭。”老怪说：“你想好用什么药，尽可直接试来。我信得过你。”

吴秋遇忽然想起一事，惊喜道：“真是机缘巧合！或许我真的可以消除前辈腿上的尸虫蛊毒。你等一下！”老怪还没问明白怎么回事，吴秋遇已经跑了出去。

吴秋遇找到小灵子，在她耳边嘀咕了几句，小灵子又去花姑耳边嘀咕了两句，两个女人便去到另一间屋里。过了一会儿，小灵子端着一个小碗出来，递给

吴秋遇。老叫花子凑上前问道："刚才你们干啥去了，这是啥东西？"小灵子白了他一眼，说："毒药。你想不想喝？"老叫花子讨了个没趣，眼巴巴看着吴秋遇端着碗重新回到屋里。很快，花姑和老屠也被唤到屋里伺候。

小灵子、倪帮主、彭玄一和老叫花子四个人站在院中，不便贸然进去，没人传话，只好在外面耐心等着。老叫花子问："大家感觉怎么样？全好了吗？"三个人笑眯眯地看着老叫花子，小灵子体内的毒气与贺兰香的浆液，都已被贺兰映雪压制，各种症状基本消失；彭玄一猜得没错，他确实是被老怪暗中下了药，十日一过，忽然发作，今日又吃下贺兰香，真是毒里加毒，痛上加痛，幸亏及时嚼咽了贺兰映雪的茎枝，才得以把旧毒压下去，但是胸腹内仍隐隐作痛；倪帮主中毒日久，索性毒性并不十分猛烈，因而也无剧烈伤痛，服下贺兰映雪之后，只是觉得精神好了，体力也有所恢复，但是不会像小灵子他们那样有立竿见影的效果。小灵子说："我们没事了。贺兰映雪真是好东西，你要不要也尝尝？"老叫花子摇头道："我就算了，再好的药，哪有乱吃的？还是给你们留着吧。"小灵子笑道："这回你倒不贪心了。""我什么时候贪心了？"老叫花子嘴上不服，又怕小灵子继续跟他纠缠，于是赶紧转开话题，"也不知道里面怎么样了？傻小子的手段到底灵不灵？"

一句话说中大家的心思。时间一长，大家难免心中忐忑。大约过了一炷香的工夫，忽听老怪在屋中叫道："咦，果然有效！"小灵子他们一听，顿时放下心来。倪帮主说："走，咱们进去看看。"四个人知道吴秋遇医治有效，便没了顾忌，先后进屋。

只见老怪正在地上来回走着，边走边说："嗯，好多了。"他试着跺了一下脚，稍稍咧了一下嘴，似是震痛了伤口，然后竟开心地大笑起来："如此用力也无大碍，果然是好了。不愧是神医的高徒啊，好，好！"吴秋遇示意老屠扶他坐下，开口说道："老前辈伤口用了剧毒，虽说清理过了，但毕竟不如好腿，最好还是少走动，以防感染。等过几日完全愈合了，便再无妨碍。"老怪点了点头，说："好，我全听你的。从今以后，你就是神医。"众人听罢，都是欢喜。

老怪欢喜了一阵，忽然开口说道："嗯，我这腿算是好了。神医少侠呀，还得麻烦你跟我去看看老大的眼睛。"吴秋遇说："好，晚辈愿意尽力。"老怪站起来，拍了一下吴秋遇的肩膀，说："我相信你，一定能医好！"说着，便率先迈步出了屋子。

老屠请示之后，先跑去报信，并提前做些准备。其余众人跟着老怪，等着去看他口中所说的"老大"。倪帮主跟老怪走在一起，欣赏着沿途风光信口闲聊。

老叫花子跟彭玄一小声嘀咕道："没想到这老怪也是个怕老婆的。雌雄双怪，雄的还得管雌的叫老大。呵呵。”彭玄一摇头暗笑，没说什么。小灵子心中也一直在琢磨这个事，小声对吴秋遇说道：“秋遇哥哥，咱们在朔州城扮雌雄双煞，现在看来，你这雄的显然是不像了，你猜那雌的会是什么样子？”吴秋遇赶紧示意她小声，不要让前面的雄老怪听见。花姑凑上来，问道：“妹子，你们在聊什么呀？”小灵子看了看吴秋遇，掩口笑了一阵，伏在花姑的耳边小声说：“我们在猜，那位老婆婆会是什么样子？看来你们这里，也有男人怕老婆。呵呵呵呵。”花姑愣愣地盯着小灵子。小灵子有些紧张：“怎么，我说错话了？”花姑终于忍不住前仰后合地大笑起来。前面的人都回过头来看她。花姑赶紧收了笑容，等大家都转回头去，才小声对吴秋遇和小灵子说道：“一会儿见到你们就知道了。”

转来转去，走到一个山洞外面。老屠迎出来，说：“主人，都准备好了。”老怪说：“那就请出来吧，就说神医少侠已经来了。”吴秋遇等人都静静注视着洞口，等着看那个雌老怪究竟是何模样。

很快，老屠扶着一个人慢慢走了出来。那个人眼上蒙着黑布，除此以外，看面容与雄老怪一般无二。吴秋遇等人都愣了，那个“雌老怪”，竟然是个男人。众人的脑子马上就混乱了。不是雌雄双怪吗，怎么会是两个老头子？

小灵子不解地看着花姑。花姑点了一下头，小声说：“他就是这里的老大，也是我们的主人。”

那个人出来以后，一边伸手摸索着，一边开口问道：“二弟，神医少侠在哪里？”排行老二的老怪上前说道：“在这了。”说着冲吴秋遇招了一下手。吴秋遇上前拱手道：“老前辈，我在这里。”二怪说：“神医少侠颇有手段，你的眼睛有救了。”大怪伸手摸到吴秋遇，点头说道：“那有劳你了。”

老屠扶大怪在一个躺椅上坐下来，吴秋遇上前给他察看眼睛。二怪回头对其余众人说：“神医少侠为老大调理眼睛，估计也得需要些时候。大家可以暂且自便。花姑啊，你带他们去吃些瓜果。留老屠一人在此伺候就行了。”

第五十五章
离险东归

花姑应了一声，带着小灵子等人去旁边院子里吃瓜果。老叫花子见了好吃的当然是没话可说，也顾不上跟大家客气，上手就拿。倪帮主和彭玄一也有心尝尝此地的瓜果，只是要比老叫花子吃的文雅。花姑见了老叫花子的吃相，不禁暗笑，她拿起一半甜瓜，递给小灵子。小灵子接过来，却没有急着吃，而是开口问道："花婆婆，我们听说这里住着雌雄双怪，一直以为是一男一女，可是今天……怎么……"花姑笑道："怎么两个都是男人，对吧？哈哈哈哈，哪有什么雌雄双怪，一定是你们听错啦，赐熊双怪还差不多。"

"赐熊双怪？"小灵子不解，"这个怎么说？"倪帮主和彭玄一也都看了过来。花姑解释道："我们住的这个地方叫赐熊岭，外人觉得他们二人古怪，叫他们赐熊双怪也是有的。你们听谁说这里有雌雄双怪？一定是以讹传讹，传着传着就传错了。"小灵子恍然大悟："原来是这样啊，我说呢。听你一说，我才明白了。哈哈，真是个笑话。"倪帮主默默点了点头，想起这一场误会，又不禁摇了摇头，暗自苦笑。

小灵子忽然想到了在故国城中看到的壁画，好像明白了最后一幅画的意思，于是问道："这里以前叫香雪岭吗？"花姑稍稍愣了一下，想了想，说："这个我还真不知道。要是你们有兴趣，可以问问两位主人，他们一定很清楚。"小灵子看了看花姑，欲言又止。花姑又过去招待三个男人吃东西，忙活完了，回来对小灵子说："你们那位小兄弟真有本事。那么多大夫看不出来的病，他就给治好了。"小灵子笑道："他是神医的徒弟嘛，要是没有一点悟性，神医也不会要他呀。"花姑笑眯眯看着小灵子，问："你们两个……啊，是不是……"小灵子有点害羞，低头笑了一下，赶紧岔开话题："哎，花婆婆，你们管两位前辈叫主人。是他们雇你们来的？"花姑说："哪有啥雇不雇的。我跟老屠刚来的时候，误走误撞险些丧命，幸亏有他们庇护。日子久了，也就习惯了让他们使唤。"小灵子问："看来他们对你们很是信任，你们也不惧怕。他们是很好相处的人吗？"花姑往山洞方向看了看，小声说道："我们刚来的时候，他们可凶了，动不动就杀人。我们俩不会武功，人也老实，才能幸免。后来进山的人少了，他们行动也不方便了，希望多收几个人伺候，才不再轻易杀人。一般有生人来，他们就会抓来调教，使唤他们干点啥。那个汉子，被抓以后，始终不听话，被他们关起来折磨得不轻。"她说的那个汉子就是彭玄一。小灵子说："那你们有没有想过离开这？"花姑说："唉，离不开了。"小灵子问道："为什么？"花姑说："那贺兰香虽然提神，但是吸的时间长了会上瘾。我们长期在院中生活，离开那东西一日便活不了。再说了，离开了又能去哪？"小灵子不禁嘀咕道："看来那贺兰香不是什么好东西。"花姑听了没有坑声。小灵子也不好再继续说下去。

吴秋遇给大怪调理了眼睛，又用黑布蒙好，让他先闭目休息。二怪问道："怎么样？"吴秋遇说："是毒物污了眼球，虽有附着，却并无破损。如今试着用药清理了，如果不出意外，应该是没有大碍了。不过，还要等上半个时辰才能知道。"二怪点了点，很放心："那就好，只是等一下而已。你也过去吃些瓜果吧。老屠，扶老大进去休息。"大怪躺着摆手道："不用了，我就在这里晒晒太阳。经过调理，好像太阳晒了也不灼痛了。很好，很好。"二怪便陪着吴秋遇也到院中来。众人听闻了大怪的状况，也都欢喜。

很快半个时辰过去，众人围到山洞门口，看着吴秋遇把大怪的蒙眼布解开。大怪侧过身，避开太阳的照射，试着慢慢睁开两眼。众人都目不转睛地注视着。大怪忽然惊喜地叫道："老二，我看见你了！我又能看见了！"二怪激动地抓住大怪的手，两个老头子兴奋地不知如何是好。众人也都跟着高兴。小灵子却若有所思，低着头独自站在一边。大怪忽然想起大夫，看着众人，问："哪位是神医少侠？”吴秋遇走到他眼前，说：“前辈，我在这里。”大怪赶紧坐起来，对吴秋遇拱手道：“神医少侠再造之恩，我……”吴秋遇赶紧扶住他的手，说：“老前辈，你不要这样。能侥幸医好两位的病痛，晚辈也很高兴。”大怪点了点头，赞道：“嗯，不错不错，好个忠厚有德的后生，又有一手好本事。客套话虚招子，老朽说不惯，也就不说了。反正这次你救了我兄弟二人，这份情我们是记下了。老二，接下来有什么安排？”二怪说：“嗨，刚才净顾着看神医少侠给你治眼睛了，都没顾得上好好招待他们。花姑、老屠，你们去准备一桌酒菜，把我昨日逮的那几只山鸡和野兔都炖了。”花姑和老屠领命去了。吴秋遇等人便坐着和大怪二怪闲聊起来。

小灵子收起了原来的心思，忽然笑着说：“先前听人说，贺兰山里住着雌雄双怪，我们都以为是一个雌的、一个雄的，没想到竟是你们这样两个老前辈。我看叫‘赐熊双老’还差不多。”大怪说：“你们听谁说我们叫雌雄双怪？定是外人胡说，然后又以讹传讹。赐熊双老……这个有意思。还是小姑娘会说话。哈哈哈哈。”小灵子问：“这里一直叫赐熊岭吗？”大怪说：“赐熊岭是后来的说法，原来这里叫香雪岭。”吴秋遇不解地问道：“香雪岭这个名字也不错，为何要改名叫赐熊岭啊？”

大怪说：“这个就说来话长了。反正闲着无事，老二，你给他们讲讲咱们赐熊岭的来历。”二怪喝了一口水，便开始娓娓道来——

原来这二怪的祖上是西夏国的赫连家族。当时的西夏国王酷爱狩猎，便在前面的山谷之中修建了行宫别院，春秋两季都要来此。后来漠北的蒙古兴起，多次入侵，并设计挑起西夏与金国的纷争，让原本形同一体的金夏同盟，变成自相残杀的死敌。有一年秋天，西夏国王在此遭到金人的大规模偷袭，形势危机。幸好赫连须古带着众多的西夏猎人及时赶到，拼死救驾，才免去一场大祸。事后，西夏王感念赫连须古救驾及时、作战勇猛，亲赐一头黑熊作为对勇士的奖励，另将香雪岭赏给他作为功臣的领地。此后香雪岭便改名为赐熊岭。当时赐熊勇士的事迹在西夏贵族中广为流传，以至于有些寺庙和名门望族的墙上都有关于赐熊勇士的壁画，不过，平常百姓知道的不多。后来蒙古灭金之后，又大举进攻西夏，西夏灭亡。那一座行宫别院也就此废弃。后来有附近的樵夫看到这这座废城，不知其具体来历，便俗称作故国城。又因为香雪岭改名赐熊岭的事，只有跟随西夏王到行宫的少数人与赫连须古家族知道，而且很快西夏就灭亡了，因此周围的人仍把这道山岭叫作香雪岭。大怪、二怪是亲兄弟，学成武艺之后，西夏亡国了，赫连家族也随之败落，二人仍记着祖先的荣耀，便隐居山中，守着这个以祖先事迹命名的赐熊岭。

听完二怪的讲述，吴秋遇、小灵子等人心中关于故国城、香雪岭、赐熊双怪谜团全都解开。吴秋遇忽然想起一事，开口问道："两位老前辈武功高深，自可守住这里的一切，为何还要在前面山谷中布下毒气？"小灵子说："我想一定是两位前辈受伤之后，行动有所不便，不愿有人来骚扰。"说完，她很有把握地看着两个老怪。没想到二怪却摇了摇头，说："那里的毒气不是我们设下的。"

"不是你们？那会是谁呀？"众人都不禁愣住。二怪说："我们不知道那是谁干的，但是可以感觉到，那毒气针对我兄弟二人的，是有人想把我们困在这里。"小灵子问："本来你们两位就要守在这里，他们又何必多此一举？"二怪说："他们是预先阻断我们的出路，然后把这里有贺兰映雪的消息放出去，让各路高手前来抢夺，到时候我兄弟二人便成了众矢之的。"

"啊？"吴秋遇和小灵子不由得一惊，没想到这里面还另有阴谋。不过听他一说，倒觉得真像是那么回事。要不然，中土到这里远隔千里，怎么会突然有了贺兰映雪的消息？倪帮主摇了摇头："唉，竟有人如此歹毒。不知是何来路？既然敌人在暗处，两位还得多加小心。"大怪满不在乎地说道："幸有神医少侠相助，如今我兄弟二人的伤病都好了。哼，不管他们是谁，叫他们只管来，只怕他来了就别想回去！"众人知道两个老怪对自己的武功颇为自负，也不好再说什么。

酒菜好了，老屠过来招呼大家用饭。由于平时只有两个老怪一起吃饭，这里也没有像样的桌子。于是找了一块较为平整的大石头，众人围在一起。两个老怪心情好，对大家都很客气，场面倒也热闹。

席间，二怪问道："不知神医少侠在中土寄身何处啊？"吴秋遇愣了一下，一时不知如何作答。二怪不晓得他是没听清还是没听懂，便又问了一遍："你在中土跟着哪门哪派？东家是谁？"吴秋遇这才明白他在问什么，憨憨地一笑，答道："我自幼在山里长大，跟着师父。后来得到消息，说这里有贺兰映雪，师父就带着我下山，要来寻找。刚走到朔州城，得罪了铁拳门的小人，师父被他们下毒害死了。我一个人没地方可去，幸好遇到了灵儿，我们俩就……"他倒也实在，一口气把自己的经历都简要说了，只是后面不知道该怎么说了。老叫花子听他说起铁拳门的事，自觉羞愧，把头低了下去。花姑则是听到了最后一句，笑眯眯地看了小灵子一眼。小灵子脸上微微一红，赶紧说道："我们俩听说了赐熊双怪的厉害，就学着捏造出一对雌雄双煞，雇了叫花子四处散布消息，就说雌雄双煞来到朔州了，然后扮作雌雄双煞，到铁拳门去吓唬他们，好给秋遇哥哥的师父报仇。"大家听了都觉有趣，注意力都转移到了小灵子身上。两个老怪听了，更为好奇，急切问道："后来呢，结果怎么样？"小灵子得意地说："那还用说，把他们都给吓唬住了，跪在地上就磕头，叫他们干啥他们就干啥。呵呵呵呵。没想到雌雄双煞的名头那么好使。"众人听了都大笑起来。两个老怪更为高兴，毕竟这雌雄双煞是仿照他们的名头设计的，无形中也长了他们的威风。大怪笑道："幸亏你们成功了，要不然，连累我们兄弟跟着丢脸可就不好了。"小灵子说："怎么可能呢。我多机灵啊，秋遇哥哥演得也像。呵呵呵。"众人又被她逗得大笑起来。气氛更加热烈。

酒足饭饱，二怪忽然提出："神医少侠去了我兄弟的病痛，我兄弟感激不尽。既然神医少侠和小灵子姑娘都是自由之人，在中土也无固定栖身之所，我看不如这样，你们就留在赐熊岭，与我兄弟做伴如何。我们可是真心舍不得你们。这里的一切，早晚都归你们。"他此言一出，现场马上安静下来。倪帮主等人都看着吴秋遇和小灵子。吴秋遇连忙摆手道："这个不行的。"大怪阴着脸问道："有何不妥？莫非你看不上赐熊岭这个地方，还是不愿与我们两个老头子为伍？"气氛忽然有些紧张。吴秋遇连忙解释道："不是的。赐熊岭这个地方很好，两位老前辈也很好，只是我们还有别的事情要做，不能留下。"二怪说："你们不属于任何门派，还有人能管得着你们不成？有什么非做不可的事情？"吴秋遇说："我和灵儿要去找丁大哥，求他帮忙，去找柳大叔失散多年的女儿。我还答应了北冥教的路大长老，要去给他的一个朋友看病。"他一口气说了好几个名字，旁人一时都搞不清。彭玄一忽然心头一震，望着吴秋遇，眼神里闪过一丝异样，但碍于两个老怪在场，他没敢说话，继续坐在那里，不露声色。二怪失望道："原来如此。那真是可惜了。我可是真心舍不得你们走。"大怪没有说话，看脸色好像有些不高兴。

天色已晚，两个老怪嘀咕了几句，吩咐花姑和老屠带着众人去苗圃歇息。路上，小灵子问花姑："我们不肯留下，他们是不是有些不高兴了？"花姑安慰道："没事。他平时就是那种脸色，不爱说笑。你们不要往心里去。"众人心里仍然有些不安，一时都没了言语。

即将走到篱笆院，又可隐隐闻到贺兰香，小灵子忽然想起一事，把花姑拉到一边，悄悄问道："花婆婆，我知道你是好人。你能不能告诉我一句实话，安排我们住到苗圃，是不是两位前辈精心设计的？"花姑看着小灵子，愣了一下："你怎么会这么想？安排你们住到这里，有我们照顾，总比跟他们住山洞要方便一些吧。我没觉得有什么呀。"小灵子说："你这么说也有道理。只是我们执意要走，他们若想留住我们，总会使些法子，比如这贺兰香。我们在此住上一夜，明天还能走吗？"花姑眨了眨眼睛，想了想，恍然大悟："哎呀，姑娘，你果然是个细心的人。我怎么没想到这个？那，你打算怎么办？"小灵子说："我们会另找住处，只是需要你帮我们瞒着他们。明天我们假装游山玩水，再想离开的办法。"花姑点了点头，说："好。我一会儿跟老头子说说，一起想法帮你们瞒着。"

小灵子谢过花姑，叫过吴秋遇等人，说："秋遇哥哥，我在这里住不惯，咱们去别的地方看看吧。"吴秋遇点了点头。倪帮主和老叫花子虽然不知何故，但是见到小灵子跟花姑嘀咕了半天，知道其中一定有事，也都没说什么。彭玄一刚要说话，被小灵子摇头拦住。老屠问："怎么回事？这里不是挺好吗？"花姑对他说："人家姑娘小伙的事，你瞎打听什么。走，跟我回去，我慢慢跟你说。"老屠稀里糊涂就被花姑拉扯着，进了篱笆院。

吴秋遇一边走一边问小灵子："灵儿，咱们去哪？"小灵子神秘一笑，说："咱们就去彭大哥的山洞。"彭玄一很纳闷："刚才我就想说这个，你怎么不让我说？"小灵子说："一会儿再给大家解释。咱们的行踪可不能让两个老怪知道。刚才有老屠在，你当然不能说。"众人虽然不解，但是知道这丫头机灵，便由彭玄一领路，一起快步向那山洞走去。

到了山洞，彭玄一燃着火把，小灵子对老叫花子说："哎，你去外面守着。"老叫花子不满地说道："为什么是我？我又不会武功。"小灵子说："你鼻子灵，耳朵好使，一有个风吹草动的，你最先知道。"老叫花子捏着下巴想了想，觉得好像是在夸他，咧嘴笑了，乐呵呵到洞口外面去守着。倪帮主不放心，望着老叫花子的背影，开口问道："他，行吗？"小灵子等老叫花子出了洞口，才说道："他不会武功，摆在明面，你们几个能打的躲在暗处。如果老怪前来偷袭，他们看不清状况，反而不敢轻举妄动。"倪帮主点了点头："嗯，是了。你这丫头不简单，倒会排兵布阵。"小灵子笑了笑，说："跟那两个老怪斗法，不得不小心哪。"

吴秋遇仍是不解，疑惑地问道："我觉得两位老前辈很诚恳，把赐熊岭和他们的来历都告诉咱们了，说明对咱们很信任，应该不会有什么恶意吧。"倪帮主和彭玄一也是这么想的，都看着小灵子。小灵子说："吃饭的时候，我一直在观察他们的表情。你说咱们不能留在这定要离开的时候，那大老怪就很不高兴。"吴秋遇说："我已经解释了呀，他们也没说什么。"小灵子说："唉，他们嘴上没说什么，心里却是动了心思。"彭玄一问："他们心里想什么，你怎么能知道？"小灵子微微一笑："这个你们就不知道了。秋遇哥哥给大老怪看眼睛的时候，我跟花姑闲聊，无意中得知贺兰香的香气有问题。花姑亲口告诉我，那种香气吸入多了会上瘾，一旦染上毒瘾，便一日也离不开它。他们就是因为上了瘾，才不得不留在这里伺候老怪。你们以为俩老怪安排咱们住苗圃是安了什么好心？"

"啊，有这种事？"彭玄一吃惊不小。吴秋遇和倪帮主也暗自庆幸。吴秋遇说："丫头，幸亏有你，不然咱们都走不了了。"

彭玄一说："咱们识破了他们的诡计，他们还是会想别的办法对付咱们。一个拖着病腿的二老怪就已经很难对付了，那大老怪只怕是更加厉害。他们武功那么高，如今病痛也都没有了，天一亮，如果找来，怕是咱们很难逃得出去。不如趁现在他们不知道，咱们连夜走了。"倪帮主说："这一带咱们地形不熟，翻山越岭

的，一个晚上能跑出多远？黑灯瞎火的再迷了路，就更麻烦了。万一走不出去，反而惹恼了他们。”小灵子说：“帮主说的对。咱们现在毫无准备，这样是走不出去的。”彭玄一和倪帮主相互看了一眼，面露难色，摇头叹息起来。

吴秋遇问道：“灵儿，你有什么办法吗？”小灵子说：“暂时还没有。不过，咱们这么多人，一宿不睡，总会想到办法的。”然后，她又伏在吴秋遇的耳边小声说道：“我还想着另外一件事。咱们大老远的来了，既然已经找到了贺兰映雪，不能就这样空手回去。一定要想办法带回去几株。”吴秋遇望着小灵子，没想到这个时候她心里还想着这个。小灵子得意地眨了眨眼睛，把吴秋遇逗笑了。

彭玄一忽然说道：“万一老怪不放心，夜里来偷袭怎么办？”小灵子说：“花姑是个好人，她已经答应帮咱们瞒着老怪。俩老怪的伤病刚好，难得可以安心睡上一觉，应该不会很快找来。今晚应该还是安全的，咱们可以好好商量一下，明天怎么对付他们。”

倪帮主问吴秋遇：“他们的伤都彻底好了吗？还有没有什么遗留或是隐患？”吴秋遇便介绍起治疗的经过：“二老怪中了苗人的尸虫蛊毒。尸虫已经散开，只能割开皮肉以毒攻毒，设法用药物将尸虫诱集杀灭。先前灵儿被玉凤姑娘的白花蛇咬了一口，天蚕软甲上有苗人的蛇毒。蛇毒与蛊毒都是虫毒，要么属性相合，可以诱出尸虫，要么属性相克，可以杀灭尸虫。所以我让灵儿把天蚕软甲上的蛇毒浸下来，灌在二老怪的伤口。”彭玄一问：“苗人的蛇毒岂不是很厉害，你就不怕把老怪毒死？”吴秋遇说：“正好我身上带着玉凤姑娘给的解药，杀灭尸虫之后，便可涂撒解药，释解残余的蛇毒。清理完毒液，又用贺兰映雪的浆液涂抹外敷，应该是见效了。今天他两番跟我赌斗追逐，应该是发作最厉害的时候。我给他弄完之后，他试着跺过脚，好像也没什么大碍。我想应该可以彻底好转。那个大老怪的眼睛只是被鲜血喷溅，污涂了眼球，其实没有损伤。只不过一般的大夫惧怕他们，不敢下手。我给他清洗了，应该不会再有问题。”

彭玄一忍不住一跺脚：“嗨，早知道老怪们如此恶毒，秋遇兄弟不给他们看就好了。现在说什么都晚了。”小灵子说：“不晚，咱们还有机会。我忽然想到一个办法，明天可以试试。”

“什么办法？”彭玄一似乎看到了希望。小灵子说：“治病救人的事呢，只有秋遇哥哥一个人懂。两个老怪虽然看上去是好了，但是他们也未必完全放心，要不然也不会非要留秋遇哥哥在这里了。”倪帮主点了点头，大致猜到了她的想法。彭玄一仍然是云里雾里，傻傻问道：“你说的对。可是，然后呢？”小灵子说：“明天让秋遇哥哥编个谎，就说夜里忽然想到，老怪需要好好静养两天，不能走动，不能见风，故意说得严重些，叫他们老老实实在山洞里待着。然后，咱们就可以踏踏实实离开这里。”彭玄一拍手叫道：“好，好主意！小灵子啊，可真有你的！”倪帮主也点头微笑。吴秋遇挠了挠脑袋，有些为难，因为他从来不会撒谎。可是这次为了大家都能安全离开，他还是决定破一次例。

老叫花子在外面站得累了，探头进来，问道：“是不是该换班了？不能让我一个人站一晚上吧。”小灵子笑道：“好了，你进来吧。大伙都记着你的功劳呢。”老叫花子颠颠跑进来，在火把上烤了烤手，说：“该谁去了？”小灵子说：“你在外面守得好，到现在没有人骚扰，夜里应该不会有人来了。”老叫花子半信半疑，见吴秋遇和彭玄一都在暗笑，觉得不对劲，指着小灵子说：“好啊，丫头，你是存心使唤我。”倪帮主说：“好了，过来坐吧。她的安排是对的。”老叫花子一边坐下，一边抱怨道：“帮主，你也帮着她。”

“帮主？”彭玄一看了看倪帮主，一拱手：“敢问尊驾是……”倪帮主笑道：“丐帮倪大鳅。”彭玄一听说面前坐的是丐帮帮主，确实出乎意料，赶紧说道：“原来是倪帮主，失敬失敬！”小灵子忽然问道：“彭大哥，你究竟是什么人？”彭玄一没有直接回答，而是反过来问道：“你们认识北冥教的路大长老？”吴秋遇说：“嗯。他在黄土岗被人围攻，我路过帮了一把，我们就认识了。分手的时候约好，等我找到了灵儿，就去给他的一个朋友看病。结果碰上丐帮有事，我们陪着倪帮主到了这里。现在想起来真是惭愧，我失约了。”彭玄一恭恭敬敬施了一礼，对吴秋遇说道：“秋遇少侠真是我北冥教的贵人。在下是北冥教青衣堂堂主，名字你们已经知道了，我叫彭玄一，到这来也是为了给路大长老所说的那位朋友寻找贺兰映雪。”

众人互有客气，又详细计议一番之后，各自歇息。一夜平安无事。

第二天，大家很早就起来。彭玄一先到陷阱那边取回两把钢刺，刚回来，小灵子就对他说：“彭大哥，一会儿我们去见两个老怪，你就不用去了。我们四个一路，肯定是要一起走的。到时候，老怪的心思都在我们身上，你正好可以乘机先走。”彭玄一说：“我怎么能先走？万一老怪发觉，少不了一场恶战。我的武功虽然无法与秋遇兄弟和倪帮主相比，但多少也能出点力。再说了，我还想请秋遇兄弟一起去给那位朋友看病呢。哈哈。”小灵子说：“咱们不是一起来的，如果来往过密，反而容易叫老怪警觉。秋遇哥哥答应了去给那位朋友看病，一定会去的。我看不如这样，你先出发，过了大漠到波罗地等我们，顺便准备好车马。请大夫看病，总不能让我们走着去吧？”彭玄一听罢，想了想，说：“你的安排总是有道理。那好吧，反正前后也差不了一两天，我就先走。正好去故国城看看故人，如果情况好，把他也带回去。”小灵子问：“你说的那位故人，是不是一个疯子？”彭玄一很惊讶：“是啊，你们见过他？”小灵子说：“他还劫持了我，非说我是他的女

儿。他也是北冥教的人吗？”彭玄一摇了摇头:“已经不是了。他是来劫杀我的。想是在前面山谷中了毒气，神智失常了。”老叫花子问:“你要杀他，直接动手不就行了？干吗还要费事把他带出去？”小灵子也说:“是啊，他已经疯了，你们问不出来什么的。”彭玄一笑道:“我不是要杀他，也不是为了审他。毕竟曾经是兄弟，如今他沦落至此，我想把他带回去。”老叫花子和小灵子这才知道自己想错了。小灵子赞道:“彭大哥，你心肠真好。”吴秋遇说:“彭大哥，你带他到波罗地等着，我会尽力把他也治好的。”彭玄一点了点头，拱手辞别众人，先去故国城寻找那个疯子。

吴秋遇等人来到苗圃。花姑说，双怪还没有来过。小灵子又私下跟花姑商量偷取贺兰映雪的事，说也是为了治病救人。花姑惧怕老怪，终是不敢。小灵子说:“我不会叫你冒险。两位老前辈大病初愈，不能见风，需要在山洞里闭关两天。到时候你帮我们拿了，事后就说不知。他们只会以为是我们偷的，找不到你们头上。”花姑想了想，说:“要是真像你们说的那样，我可以试试。”

小灵子、倪帮主和老叫花子在半路等着，花姑领着吴秋遇去见两个老怪。吴秋遇把小灵子教他的话跟老怪说了。大怪半信半疑:“我觉得已经好了。现在看东西清清楚楚，没什么妨碍。”二怪也说:“是啊。我腿上只有割开伤口的皮肉小伤，那点疼根本不算什么。”吴秋遇见两个老怪不信，心里不由得发慌，只有硬着头皮把谎说得更深。他说:“昨天刚刚清理完毒物，与先前伤病困扰之时相比，两位前辈感觉良好实属正常。我也以为没事了，夜里想来想去，忽然觉得考虑太不周全。昨日疗伤，为了解除苗人的尸虫蛊毒，我用了苗人的白花蛇毒，两相克制，算是把尸虫杀灭了。可是尸虫虽死，两种剧毒却沾染了伤口的血肉。原以为用贺兰映雪可以清理干净，后来我忽然想起，贺兰映雪是草木株，而蛊毒和蛇毒都是虫毒。草木株与蛇毒不是同种，伤口需要一段时间密封静养，才能完全克制。如果草木株不能把虫毒完全消化，一旦见风，或者走动，血脉贲张，残余虫毒便会顺着血液经脉渗透全身，到时候无药可救。那时候，晚辈可就造孽了，所以冒死相告。”二怪听罢，惊慌不已，忽然觉得腿上真的有点不对劲，赶紧坐在了石床上。大怪也听得呆了，揉了揉眼睛，问道:“我这个没有伤口，应该没那么严重吧？”吴秋遇说:“眼睛最是脆弱，容不得一点损伤。毒物附着日久，晚辈清理之时不敢下手太重，难免仍有少量残余。前辈之所以还能恢复，全仗着闭目静养，毒物不至于往眼里渗透。如今刚刚清理过，眼球便薄了一层。如果在重新长全之前受了风吹，或是血液流动太快，唉，只怕会……也许就真的永远看不见了。”大怪隐隐觉得两眼有些不爽，眨了两下，赶紧闭上了眼睛，开口问道:“那需要多久？”吴秋遇说:“我算了一下，如果在山洞中静躺不动，再把洞口掩上，挡住风，只需两日便可。”大怪问:“一直不能动吗,那吃饭呢?”吴秋遇说:“这个……反正一有举动必会加剧血液流动,总归是不好的。如果实在饿了,也尽量不要起来,躺着吃最好。”二怪说:“老大,这可是性命攸关的大事。咱们就按神医少侠说的做吧。”大怪说:“好,咱们就忍上两天。”

躺了一会儿,大怪似是有些不放心,忽然问道:“花姑,神医少侠他们在你那里住得可好?”花姑愣了一下,赶紧说道:“哦,好,好。”大怪脸色缓和下来,温声说道:“你带神医少侠去用饭吧。这两天不用给我们送饭。走的时候记得把洞口掩上。”“好的,主人。”花姑应了一声,跟着吴秋遇退出了洞口。两个人找树枝把洞口挡好。花姑知道贺兰映雪在哪儿,去偷偷拿了几株,交给吴秋遇。

小灵子见到吴秋遇,问:“怎么去了这么久?”吴秋遇说:“他们开始不相信,我好不容易才把他们骗过去。看,贺兰映雪也拿到了。”小灵子:“谢谢花婆婆。”花姑说:“唉,你们也是为了救人性命,都是积德行善的事。我呀,冒点险也值了。”吴秋遇问:“灵儿,咱们走了之后,花婆婆他们会不会有麻烦?”小灵子想了想:“按说不会。不过为了保险起见,咱们还得做点手脚,只是委屈了花婆婆和老屠大叔。”花姑说:“没事,我知道你们是好心。说吧,怎么做?”

小灵子让花姑准备好两天的吃食和清水,放在容易够到的地方,然后用草绳把他们轻轻地捆了,做成几人袭击他们之后逃走的假象。花姑和老屠明白小灵子的意思,也很配合。四个人恭恭敬敬地拜别了花姑和老屠,才转身离去。

四个人凭记忆走出山谷,踏上了东归的路途。

此一番际遇,有诗《探险寻药》赞曰:

毒深还需毒去解,
计狡亦应计来平。
不入凶险双煞地,
安知两怪是雌雄?

第五十六章 大漠流沙

吴秋遇、小灵子、倪帮主、老叫花子四个人，到贺兰山赐熊岭寻找贺兰映雪，虽说遇到赐熊双怪多有凶险，但最终化险为夷，也算是有了一番奇遇。倪帮主和小灵子服用了贺兰映雪，身体里的毒都已经解了。倪帮主的武功至少已恢复了四成，小灵子也有了力气。老叫花子抱着几株贺兰映雪，闻来闻去也很是得意，又多了以后炫耀的本钱。

担心赐熊双怪知情后追来，四个人在银川城也不敢多停留，吃饱喝足之后，备好了清水干粮，便骑马上了戈壁。他们来时把马寄放在客栈，给足了钱。客栈的伙计倒也对得起他们，把马喂得不错。四匹马跑起来都很有力气。

进入大漠，四人还专门到黑风寨去看了看。那里果然已经改成了客栈，招牌写的是“还恩客栈”四个字，伙计都是原来黑风寨的马匪。他们感念寨主武奎的恩情，仍把他旧时的相好边二娘供养着。伙计见四人回来，热情地把他们请进去。边二娘好奇地看着刚来的四个客人，直说:“都看着眼熟。你们是谁？我见过你们。这是什么花呀？真漂亮。”她人是疯了，同时也没有了原来的各种烦恼。

小灵子悄悄说道：“秋遇哥哥，贺兰映雪这么拿着，怕是太招眼。你有没有办法把它做成药？”吴秋遇想了想，让伙计帮忙找一些工具和净纸、瓷瓶。过去马匪打劫客商，这里倒是什么都有。吴秋遇和小灵子抱着贺兰映雪进到房间里，开始加工。吴秋遇让小灵子把花瓣一片一片摘下来，用纸分隔着压到一起，包了几小包。吴秋遇逐一挤出茎枝中的浆液，灌入四个小瓶，又把植株捣碎，攥出汁液，也灌到小瓷瓶里。小灵子问那些碎末如何处理，吴秋遇说：“这个让伙计煮汤喝，也有药力。”

吃饱喝足，四人动身离开了客栈。伙计仍是目送很远。小灵子忽然把吴秋遇拉到一边，小声说道：“秋遇哥哥，我有一件事想跟你说。”吴秋遇惊讶了一下，笑道：“灵儿，你有话就说呀。怎么还这么神秘？”小灵子说：“彭大哥那个朋友应该不是急病吧，你能不能晚一点再去给他看？”吴秋遇一愣：“可是彭大哥已经在波罗地等着了。你是不是有别的事？告诉我，咱们一起想办法。”小灵子说：“那天在赐熊岭，看你给大老怪治眼睛的时候，我忽然想到了岳姐姐。我想让你先去给岳姐姐治眼睛。”

吴秋遇忽然想起来，当初在朔州跟小灵子相识，离开朔州的时候听她说起过岳姐姐。那位岳姐姐是个好人，虽然眼睛看不见，但对小灵子却是非常照顾。她的眼睛逐渐失明是因为几年前误食了一种毒蘑菇，当地的大夫都治不了。小灵子听吴秋遇说贺兰映雪能治好岳姐姐的眼，就盼着他赶紧学好治病的本事，好去找雌雄双煞换取贺兰映雪。如今贺兰映雪拿到了，小灵子回来第一件事，就是想让吴秋遇去给岳姐姐治眼睛。

倪帮主一回头，见二人仍在小声嘀咕，笑着问道：“你们在商量什么？”吴秋遇说：“灵儿有个好姐姐，眼睛失明了。灵儿希望我带着贺兰映雪先去给她医治。”倪帮主说：“那就去吧，这是好事啊。”小灵子高兴地说：“多谢帮主，你是好人！”老叫花子说：“我也赞成啊。也是好人吧？”小灵子说：“是。呵呵。”吴秋遇说：“估计彭大哥已经在波罗地等着了，我想先去告诉他一声，然后就去找岳姐姐。”倪帮主说：“见了他你就走不掉了。”吴秋遇愣了一下，为难道：“那怎么办？咱们让他在那里空等，然后偷偷走了，也不好吧。”

倪帮主说：“我看这样，我先去波罗地跟他说一声。先前受人设计挑唆，北冥教和丐帮之间有误会。我正好闲着无事，跟他到北冥教走一遭，把误会说清楚，共同讨论如何应对武林中隐藏的敌人。你带着灵儿直接去找那个岳姐姐，医好她之后，尽快来北冥教会合。这样两不耽误。”吴秋遇很高兴：“这样最好了。灵儿，咱们快走。”

小灵子当然很高兴，却忽然收起笑容，对吴秋遇说道："让彭大哥在波罗地等，是我的主意。在赐熊岭我急着打发他走，是有私心的，我是怕耽误给岳姐姐治眼睛。现在想想，这都是我的不是。我跟着帮主去波罗地见彭大哥解释清楚。另外，我还是北冥教误会丐帮的知情人，也能帮着出面说清楚。所以我想，让你一个人去洛阳找岳姐姐。"吴秋遇说："啊？不行啊。我不认识岳姐姐，你不去，我怎么找得到她呀？"小灵子说："我告诉你地址，到了洛阳城你直接打听就行了。到了那里，你就说是我哥哥，是我求你去给她治眼睛的，她准能信你。"吴秋遇还要说什么，小灵子赶紧说道："秋遇哥哥，你听我说。这里到洛阳路途遥远，我跟着你是个累赘。你带着我，不知何时才能到洛阳。我希望你早点到那，尽快治好岳姐姐的眼睛。然后你还要赶奔北冥教，我也受不了这个奔波。你一个人，走得越快越好。我在北冥教等你。"

小灵子的话真真假假，吴秋遇全都信了。他也是不希望小灵子连续奔波，也为了尽快治好岳姐姐的眼睛，了却她的心愿，便点头同意了。小灵子把地址告诉了吴秋遇，又把钱袋给了他，催促他尽快上路。吴秋遇拿出一些解毒灵药交给倪帮主，以备不时之需。他不舍地看了看小灵子，跟三人道别，说了声"我一定尽快治好岳姐姐的眼睛，到北冥教去找你们"，打马飞驰而去。

小灵子心中也是不舍，为了尽快治好岳姐姐，为了不拖累秋遇哥哥，她只能这么做。

吴秋遇走了，剩下三个人骑着马继续前行。老叫花子问小灵子："丫头，咱们一共有几个钱袋？"小灵子说："就那一个呀。"老叫花子当时就傻了："啊？你把钱都给他了？那咱们三个人怎么办哪？"小灵子笑着说道："我跟着你们两位，一个丐帮帮主，一个丐帮的三袋弟子，出门还用得着钱吗？"倪帮主微笑不语。老叫花子很无奈："亏你想得周全。你还是丐帮的八袋弟子呢，乞讨也有你的份。"小灵子说："我把八袋长老的名头让给你，你替我乞讨行不行？"老叫花子说："只要你舍得。你别光嘴上说，把你的腰牌拿来，让我先威风几天。"倪帮主微微摇了摇头，暗笑不止。小灵子拿出腰牌，丢给老叫花子。老叫花子伸手没接到，腰牌掉在地上。他赶紧下马把木牌拾起来，拿在手里看了看，说："分量就是不一样。"然后又高高兴兴地爬上马背，一边走，一边摆弄着八袋长老的木牌。小灵子说："就你那点出息，怕是一辈子也混不到八袋长老。你可拿好了，玩够了赶紧还我。"老叫花子到底脸皮厚，知道小灵子也是开玩笑，她的话并不往心里去。

天色将晚，三人正愁如何过夜。倪帮主忽然看到远处的房子，惊喜道："风云客栈到了。"老叫花子也看到了，庆幸道："幸亏当时没有一把火烧了。要不然，连个落脚的地方都没有。"三个人催马直向客栈方向走去。

风云客栈原来的伙计还在。小个子老远看到三个人过来，心有余悸，就要关门。旁边的伙计问："怎么回事？有客人来了，你关什么门哪？"小个子说："你不知道，他们几个来过。几包麻药都没有把他们麻翻，倒叫我和厨子在桌子底下……受了好几天的罪。"旁边的伙计探头看了看，笑道："不碍事，他们都是好人。"说着就出门迎了上去。风云客栈新来的几个伙计，也都是原来黑风寨的马匪，在此从良做起了正经营生。他们仍感念吴秋遇等人的恩德，对小灵子等人的照顾很是殷勤。

在风云客栈住了一夜，起来又饱餐了一顿。三人重新上马，离开了客栈。临走时，有伙计提醒："这几日风沙严重，三位一定要多加小心。"

果然，刚走出了几里，便有风沙袭来，叫人几乎睁不开眼。倪帮主说："大家快下马避一避。"三人下马，躲在马的侧面避让风沙。马儿被风沙吹到，嘻哩哩乱叫。

等了一会儿，风沙不但没有减弱，反而越来越猛烈。小灵子和老叫花子力气不足，渐渐拉不住马匹。小灵子的马扬起前蹄一阵嘶鸣，忽然一窜，顺着风向跑了出去，把小灵子挂倒在地上。幸亏小灵子刚才被马扬蹄吓到，脱手松了缰绳，要不然她非受伤不可。老叫花子忽然被风沙迷了眼，手一松，他的马匹也挣脱缰绳跑了。

倪帮主见小灵子倒地、老叫花子两手抱头，知道二人支撑不住。他也顾不上牵制自己的马匹，松手任它去了，然后大步跨上前去，抬手把老叫花子推到小灵子身边，用自己的身体把二人护住。

风沙渐渐过去。倪帮主身后的沙子堆到了腰背。老叫花子继续揉着眼睛。小灵子支撑着站起来，心存感激："多谢帮主。"倪帮主在狂风中独立支撑，两腿有些发软。他叫二人先躲开，自己向前一迈步，险些跌倒。小灵子惊叫道："帮主，你没事吧？"

倪帮主没有说话，慢慢抬起手臂，摆了摆手，然后盘腿坐在地上，开始闭目调息。小灵子不敢打扰他，用清水给老叫花子冲洗了眼睛。老叫花子两眼红肿，嘟囔道："今天风沙可真大。"过了一会儿，老叫花子才注意到帮主坐在地上，问小灵子："帮主他怎么了？"小灵子说："帮主用身子护住咱们，抵挡风沙，可能伤了元气。你看。"老叫花子顺着小灵子的手指看去，只见刚才倪帮主站立的地方旁边，堆起了一个沙堆，坍塌下来，仍有三尺多高。

倪帮主静坐调理了一会儿，有所恢复，慢慢睁开眼睛。小灵子见帮主开始动了，走过去扶他起来，关切地问道："帮主，现在怎么样？"倪帮主说："我没事，歇了一会儿就好了。你们两个怎么样，没受伤吧？"小灵子说："我幸亏有帮主护着。他也只是沙子迷了眼，我已经给他冲洗过了。"倪帮主点了点头，放心了，抬

头看了看天，说："今日天气不好，风沙有点大。咱们不可耽搁，赶路吧。"

三匹马都已经跑了，三个人只能徒步前进。路上，小灵子心中忐忑："秋遇哥哥现在走到哪了呢？也不知道他遇到风沙没有。"倪帮主看出小灵子有心事，安慰道："你不用担心秋遇，他走得比咱们快，说不定早就出了大漠、过了黄河。他武功那么厉害，不会有事的。"小灵子笑了笑，越来越佩服倪帮主。老叫花子走在前面，回头见二人只顾说话，走路太慢，于是高声喊道："帮主，咱们快点走吧。一会儿风沙再来，咱们可受不了啊。"倪帮主点了点头，和小灵子也加快了脚步。

忽然老叫花子"啊呀"一声，身子陷了下去。倪帮主大惊："不好，有流沙！"

话说当日，想要西去贩马的客商胡勋、申图等人被马匪打劫，幸得吴秋遇出手相救，才得以平安脱险。本以为跟着吴秋遇便可平安西去，偏偏又住进了边二娘的黑店，被蒙汗药给麻翻了，几乎丧命。接连遭遇两番凶险，这伙没出过远门的客商彻底打消了西去的念头。离开风云客栈不远，就跟吴秋遇等人分别，打算向南去。他们这些人平日里养尊处优，一个个肉多劲少，腿脚不行，走一阵就得歇一歇，一到天黑还不敢走，每天也走不了几里路。所幸后面没有再遇到马匪骚扰，偶尔受点风沙遭点罪，倒也渐渐习惯了。他们都没有出门的经验，在大漠中也分不清东西南北，想着是往正南走，慢慢就偏到西南去了。就这样过了好多天，才终于走出大漠。胡勋等人感念吴秋遇救命之恩，又对着大漠拜了几拜，这才庆幸回返。

等他们看到人烟的时候，已经到了定边。他们想到的第一件事就是找家最好的客栈，先饱餐一顿，然后洗个热水澡，美美地睡上一两天。

这一日，胡勋等人睡够了，又吃饱喝足，便离了客栈，准备返回中原。他们现在要做的，是先去雇车马，作为返程的脚力。迎面走来几个叫花子，申图捏着鼻子往别人身后就躲。被他揪着的那个人嘲笑道："你现在倒讲究。在大漠被马匪追的时候，你怎么不讲究？"申图说："你们还不都一样？你们谁没跑？谁没磕头？"胡勋说："幸亏遇到那几位恩公，要不然咱们全得死在马匪刀下。也不知道他们四个是何来历？"

几个叫花子听他们提起大漠遇匪获救的事，都看了过来。领头的那个叫花子在众客商面前停了下来，开口问道："请问各位老爷，你们在大漠里遇到的恩公是何模样？"有人问道："你是谁呀？问这个干吗？"那叫花子头说："我们都是穷苦人，受过好心人的接济，正要出力报答。也许你们所说的恩公也是我们要找的人。还请各位老爷给我们说说。"胡勋见这叫花子虽然穷困倒还知礼，便开口说道："要是这样，我可以跟你说说，是不是的你们自己去想。"叫花子拱手施礼，静静听着。胡勋说："他们是四个人，有一个小姑娘，两个老人家，还有一个少年英雄。那个人可了不得，可厉害了，我们都叫他金刚大力士，他一个人打跑了一大群马匪……”说起恩公的神勇，胡勋开始滔滔不绝。叫花子打断他的话，追问道：“多谢这位老爷。那两个老人家什么模样？有没有一个这么高，这么胖……”说着，他用手比画起来。胡勋想了一下，说：“你说的是裘老爷吧？”“鳅老爷？”叫花子稍稍愣了一下，忽然兴奋地说道：“就是就是，我们要找的正是他们。不知他们现在哪里？”胡勋说：“我们是在那边大漠里遇见的，从风云客栈出来就分了手。好像是那个方向，你们往那个方向走，要是走得快，或许还能追上。”“老爷您人好，定能多福多寿发大财！咱们后会有期！”那叫花子恭恭敬敬给胡勋作了个揖，带着其他叫花子急匆匆走了。胡勋听了心里高兴，乐呵呵说道：“这个人倒懂礼数，当叫花子可惜了。”

叫花子备了些干粮和水，向北进了大漠。有人问那个带头的：“刘长老，他们说的可信吗？”带头的刘长老微微一笑：“三男一女，两个老人家，错不了。他说有个老人家是鳅老爷，咱们倪帮主名叫大鳅，那个鳅老爷不就是帮主么？”众乞丐恍然大悟。刘长老说：“按照崔长老的说法，帮主他们应该是往盐池方向，没想到直接进了大漠。幸亏刚才遇到那几个人，要不然咱们可就在盐池傻等了。”

这几个乞丐正是丐帮安排，暗中保护帮主一行西去的。倪帮主他们起程以后，代理帮中事务的徐长老要派人暗中保护，崔长老推荐了楼烦的刘长老，因为他本在西行路上，秘密调动不易被人察觉。徐长老嘱咐只能远跟、不能靠近，以免暴露帮主行踪。刘长老接到通知，马上带人西去，提前在佳县到吴堡一带的各黄河渡口候着。没想到倪帮主他们是乔装而行，而且那几个丐帮弟子平时也没见过帮主，自然认不出来。刘长老等了几天，仍没有帮主的消息，算时间估计帮主他们早该过黄河了，便一路向西打听。仍是几天没有帮主的消息，刘长老无奈，只得根据陈起子提供的消息，直接往盐池方向赶，刚到定边，偶遇胡勋等人，才知道帮主他们进了大漠。

沙漠太大了，要说找几个人可不是一件容易的事。一行人在大漠中苦苦寻找。偶尔遇到风沙，几个人便相拥暂避。风沙一停，又继续赶路。

好些天过去了，仍没见到帮主等人的踪影，刘长老和手下弟子难免着急。正不知如何是好，忽见远处有一匹马跑了过来。马上搭着鞍辔，马背上却没有人。刘长老说：“这是一匹有主的马，它独自跑来，一定是主人落难。小韩、起子，你们去把马截住。没人要咱们就收了它。”陈起子是崔长老手下专司报信的，对马匹别有兴趣，抢先跑了过去。他这次奉命通知刘长老，就暂时留下来配合他们行动。那马被风沙吹到眼睛，有些受惊，如今风沙已过，它也就渐渐慢了下来。陈起子和小韩上前将缰绳拉住。

刘长老说："马是从那边跑过来的。咱们找过去看看，说不定能有线索。"他看了看那匹马，又看了看陈起子，说："起子，咱们之中，你最擅长骑马。你可以先骑马过去看看，我们随后赶到。"陈起子应了一声，飞身上马，前去探路。刘长老他们走了一阵，远远看见陈起子把马停了下来，站在那里发呆。众人快步赶了过去。

"这里有流沙！"陈起子喊了一句，把刚捡到手里东西递给刘长老。刘长老看了一眼，惊叫道："这是帮主的酒壶！"众乞丐无不吃惊。刘长老吩咐大家赶紧分头寻找。陈起子说："大家小心！不要陷到流沙里！"过了一会儿，小韩拿着一个物件跑过来："刘长老你看！这是八袋长老的腰牌！"刘长老问陈起子："是哪位八袋长老随行？"陈起子从崔长老那里知道来历，说："这是小灵子姑娘的。"

刘长老发了一会儿呆，把帮主的酒壶和八袋长老的腰牌都交给陈起子，然后从身上撕下一片衣襟，咬破手指，在上面写了几句话，交给陈起子，吩咐道："你把这个收好，骑马先赶回定边等着。我们在附近继续搜寻，如果有结果，很快就去找你会合。如果半个月还没有我们的消息，说明我们也遭遇了不测，你就把这个上面的字飞鸽传书，尽快通报给崔长老。切记切记！"

陈起子打开布条看了一下，上面写的是："帮主大漠遇流沙，可能已蒙难，尸骨仍在寻找中。"不由得心头一颤，说："我留下来，跟大家一起找！"刘长老把布条重新卷好，塞到陈起子手里，让他攥好，把他拉到一边，小声解释道："此事非同小可，一定要确保消息及时传出去。此事只有交给你我才放心。我们随时也可能遭遇马匪或者流沙，不能连个报信的都没有。你肩上的担子不轻。"陈起子眼圈一红，哽咽道："可是你们……"刘长老笑了笑，说："我是说万一我们遇到不测。也可能我们很快找到帮主他们，尽快来找你会合。你不要难过，快去吧。别让弟兄们看出来。"

陈起子用手背擦了擦眼睛，把酒壶、腰牌和布条一一收好，飞身上了马，然后佯装出一副笑脸，对众人说："弟兄们，我有任务在身，先去了。我在定边等着你们的消息！"众人跟他招手道别。陈起子一扭头，挤了挤眼泪，两脚用力一磕，那马向南飞驰而去。打马狂跑了一阵，陈起子把马带住，转回身望着刘长老等人微小的身影，眼泪哗哗流了下来，不知是为了帮主，还是为了这些前途未卜的兄弟。停留了一会儿，他知道自己的使命也很重要，便擦了擦泪水，再次打马飞奔而去。

刘长老不敢太早对大家说出实情，默默带着众弟子，在大漠中继续搜寻帮主等人或者他们的尸骨……

美人如梦

英雄救难无私意，
美女托身有隐情。
且看眼前新描像，
仍念心中旧时形。

绘图：尤嘉钰，王欣

第五十七章 岳家姐姐

吴秋遇快马加鞭，很快出了大漠。他虽然地形不熟，但也知道得先渡过黄河再说。他一路打听，辗转经过河津、运城、陕州（如今的河南省三门峡市），到了渑池县境内。听说再走一百多里便可到洛阳，吴秋遇心中高兴，暂且停下来，在河边饮了饮马，稍事休息。

忽听远处传来马蹄声响，听声音越来越近，几匹马从西面奔驰而来。吴秋遇蹲在河边扭头一看，不由得吃了一惊，险些掉进河里。来的一共是三个人，骑马跑在最前面的是曾婉儿，后面两个是郝青桐和罗兴。吴秋遇赶紧躲到马的侧面。

曾婉儿看到河边有人，把马带住，探了探头没看见人脸，便开口问道："请问，这里到洛阳还有多远？"吴秋遇举起一只手来，隔着马背摇了摇，没敢说话。罗兴叫道："问你话呢，没听到吗？"吴秋遇无奈，只得捏着喉咙，变声说道："我也是过路的，我不知道。你们去问别人吧。"曾婉儿看了看，想了一下，招呼了一声"我们走"。三个人又打马向东去了。

吴秋遇忍了一会儿，听到马蹄声远，才敢牵着马到路上来。他张望了一下曾婉儿等人的背影，见他们头也不回地越去越远，才彻底放下心来，松了一口气。他心里嘀咕:“怎么她也在这出现了？还好刚才没有被她认出来，要不然可就又有麻烦了。”

曾婉儿当日跟着哥哥曾可以离开天百山庄，心里对收服吴秋遇也还多少有些幻想，而且她还没玩够，不想就此回蓟州。曾可以一再催促，曾婉儿终于想出一个说得过去的理由。她说母亲有个姐妹在洛阳，她要替母亲去探望，还说这是母亲的意思。曾可以知道这个事，就信以为真，由她去了。曾婉儿由郝青桐等人保护，又在山西转了些日子，玩够了，才过黄河到河南来。

吴秋遇又等了一段时间，估计与曾婉儿他们的间隔够远了，才上了马，继续向洛阳进发。因为怕赶上曾婉儿，他不敢让马跑起来，而是慢慢往前溜达，顺便欣赏一下路旁的风光。

走了几十里，前面路旁有一片小树林。吴秋遇刚要催马快走，忽见从小树林里转出几个人来。曾婉儿在马上开心地笑道:“哈哈，傻小子，果然是你！”郝青桐和罗兴在曾婉儿身后把道路堵住，紧盯着吴秋遇。吴秋遇把马带住，惊诧道:“你……怎么在这？”曾婉儿笑道:“刚才在河边我就看见你了，你还装蒜。你以为能逃得过我的眼睛？”郝青桐和罗兴也跟着大笑起来。

吴秋遇暗自叫苦，想不出刚才自己哪里露出了破绽。曾婉儿问:“我在这等你多时了，你的马怎么这么慢？”吴秋遇含糊道:“哦，你……等我……干什么？”曾婉儿说:“我等你当然有事。哎，那个小丫头呢？她怎么没跟你在一起？”说着直往他身后望去。吴秋遇说:“我们的事不用你管。”曾婉儿笑道:“哦，我知道了。被人家甩了，是不是？一看那就是个机灵的主儿，你这么憨傻，人家喜欢你才怪。”吴秋遇不想跟她纠缠，随口冒出一句:“那你缠着我干什么？”曾婉儿没想到他能说出这个，不由得脸上一红，哑口无言。郝青桐和罗兴面面相觑，暗自摇头。

吴秋遇见曾婉儿不说话，隐约觉得刚才的话有些不妥，于是说道:“对不起，我不是故意气你的。我还有事，先走了。”说着便要骑马过去。郝青桐和罗兴看着曾婉儿，如果她不发话，自然不能让吴秋遇过去。曾婉儿稍稍冷静了一下，看着吴秋遇说道:“随便你说什么，我今天定要收了你去。你最好乖乖跟我走。不然，我的手段可多着呢。”吴秋遇见郝、罗二人堵住了道路，曾婉儿也是存心要跟他纠缠，知道前面肯定是过不去了，一边跟曾婉儿说着话，一边把马圈回来:“我跟你到底有什么恩怨，你非要难为我？”曾婉儿说:“我没有打算为难你呀。我只是想给你一条出路。你跟着我，以后有的是好日子过，不比你独自流浪好得多？”吴秋遇说:“多谢你的好意。可是我真的有事，不能陪你了。”说着调转马头

就要走。曾婉儿笑道:“你跑不掉的。”说着她抬手一指:“你看!”吴秋遇抬头一看,又有两人骑着马迎面赶来,正是曾婉儿的另外两个保镖鲁啸和廖树山。曾婉儿说:“你放心,我真的并无恶意。我是诚心想邀请你。怎么样,跟我走吧?”

吴秋遇眼看前后两路都被他们封死,自知又遇上了麻烦,心中焦急。他忽然瞥见旁边的树林,有了主意,用力一拉缰绳,两脚一磕,催马钻了进去。

曾婉儿以为吴秋遇已无路可逃只能就范,正自得意呢,忽见他骑马进了树林,稍稍愣了一下,赶紧催马追了进去。鲁啸和廖树山刚来,还不知发生何事,大声问道:“发生什么事了?大小姐怎么进了林子?”郝青桐说:“先别问那么多了,赶紧追吧。”四个人也先后跟着进了林子。

吴秋遇的马连日奔波,他又不懂喂养,此时已经没多少力气。曾婉儿有钱,买的马好,很快就发现了前面的马匹,追了上去。郝青桐等人知道吴秋遇武功不俗,怕大小姐吃亏,更是紧追不舍。吴秋遇的马渐渐停了下来,被几个人围在当中。

追上一看,曾婉儿当时就愣了。那只是一匹马,马背上没有人。吴秋遇不知去向。五个人在林中搜找了一阵,一无所获。曾婉儿又急又气:“又让傻小子给跑了!他居然还学会了耍心眼!一定都是那个小丫头教的!”

吴秋遇在林中舍了马,甩开曾婉儿等人的追踪,徒步向洛阳走去。他有追风架子,几十里路倒也不算什么。洛阳城果然繁华。只是吴秋遇不好热闹,又有事在身,直接穿城而过到城东去打听岳姐姐的住处。当初岳姐姐也没想到小灵子会到洛阳找她,因此只说了大致地址。事隔多日小灵子也记不太清,因此,吴秋遇只好按照小灵子告诉他的大致地址见人就问。

两个妇人正在巷子口聊天。吴秋遇上前问道:“两位大婶,你们这附近有一位失明的岳姑娘吗?”其中一个妇人对另外一个妇人说:“三姑,他找的是你们家淑贞吧?”那个叫三姑的妇人上下打量着吴秋遇,问:“你是谁呀?”吴秋遇似乎看到了希望,赶紧答道:“我是受小灵子所托,来找岳姐姐的。您是她家里的人?”三姑问:“小灵子是谁?”吴秋遇说:“小灵子在朔州认识了岳姐姐,知道她眼睛不好,让我来看看她。”旁边那个妇人说:“在朔州认识的?那还真有可能是你侄女。你娘家姓岳,淑贞也失明了。没错,就是找她。”三姑继续打量着吴秋遇,问:“我侄女的眼睛失明好几年了,我是今年才知道信儿,托人把她从朔州接来没多久。你能认准找的是她?你找她有啥事啊?”听了二人的话,吴秋遇几可断定,三姑的侄女就是岳姐姐,于是高兴地说道:“您是岳姐姐的三姑啊,太好了。我是来给岳姐姐看眼睛的?”

“看眼睛?你是大夫?”三姑不太相信。吴秋遇点了点头,说:“我刚找到一种解毒的药,也许有机会治好岳姐姐的眼。”三姑仍半信半疑,但是看这年轻人憨厚老实不像是坏人，便丢下手里的活儿，说："那你跟我走吧。"另外一个妇人刚才正和三姑聊得热闹，如今见三姑家里来了陌生的客人，她巴不得去看看热闹，也丢下手里的活计跟了上来，嘴里说道："我也到你家坐会儿。"

三姑带着吴秋遇进了一个院子，一进门就喊："淑贞，有位公子来看你了。"

"我不认识这里的什么公子啊。姑姑，他是不是找错人啦？"一位姑娘一手端着簸箕慢慢走了出来，另一只手在墙上摸索着。她就是岳淑贞。三姑说："说是小……小灵子的朋友。你认识小灵子吗？"

"小灵子？她来了，她在哪儿？"那位姑娘弯腰把簸箕放下，兴奋地问道。吴秋遇说："岳姐姐，小灵子没来。她让我先来给你看眼睛的。"岳淑贞似乎有些失望，继而轻声问道："你是谁？我好像没听过你的声音。"吴秋遇说："我也是在朔州认识了灵儿，听她说起你眼睛的事。灵儿一直盼着你的眼睛能够再看见。我们最近找到一些解毒的草药，也许可以治好你的眼睛，她就催着我赶快来给你看看。"岳淑贞听了非常感动："小灵子真是……你叫她灵儿？看来你们很熟了。既然是小灵子让你来的，我相信你。快请进来吧。姑姑，您带客人进去。"

三姑扶着岳淑贞，把吴秋遇让到屋里。刚才那位妇人也跟了进去，一点也不客气。三姑见那妇人跟进来，小声说道："她四婶，你咋还在这儿？没看我家里有客人吗？你先回去吧，改天再找你聊。"四婶没有走的意思，偷眼看着吴秋遇，故意大声说道："我这不是盼着淑贞的眼睛赶紧治好嘛，又不是相亲，还怕我在这碍眼哪？"岳淑贞知道她们平时说话随便惯了，自己倒也不当回事，只是怕叫客人难堪，于是圆场道："谢谢四婶关心。客人刚来，大家少说几句吧。"三姑瞅了一眼四婶，不再搭理她，赶紧去给客人搬凳子。四婶知道淑贞已经给她留了情面，也不敢再多嘴。

岳淑贞坐在床边，等着吴秋遇诊治。三姑搬来凳子让吴秋遇坐下，开口说道："哎呀，你看我这个人。进来半天了，还不知道公子怎么称呼呢。"吴秋遇说："我叫吴秋遇。姑姑不要叫我公子了，叫我秋遇就行。"三姑说："原来是秋遇公子，好。你看，接下来怎么个治法？"吴秋遇说："我要仔细察看一下姐姐的眼睛。"岳淑贞怕四婶在这会添乱，于是说道："姑姑，大夫要给我诊治了。你们少说话，不要影响了他。"三姑明白侄女的意思，于是推着四婶就往外走："她四婶，咱们别在这添乱了。走，我陪你到外面说话去。"

两个人出去后屋里安静下来。吴秋遇开始检查岳淑贞的眼睛。看完了，吴秋遇说了一句"确是中毒所致"，便开始思考如何用药。岳淑贞问："怎么样，还能治吗？"吴秋遇说："嗯，应该能治。我可以试试。"岳淑贞自然惊喜："真的还有希望治好？我还以为……太好了！"吴秋遇又说："只不过中毒太久，用药过程比较

复杂。而且……”岳淑贞说:“没事！只要眼睛还有机会治好，我什么都不怕！要我怎么做？你尽管试！”吴秋遇点了点头，从怀里摸出一个小瓷瓶，递到她手里，说:“这是口服的药液，你先喝下两小口。可能有点苦。”岳淑贞摸索着打开塞子，毫不犹豫地拿到嘴边，喝了两口，又重新盖好，还给吴秋遇。

三姑陪着四婶在院里闲聊。四婶扭头望了望窗户，忽然问道:“也不知道里面怎么样了？咱们要不要进去看看？”三姑说:“有事他们会叫的。咱们还是别去添乱了。”忽听淑贞在屋中叫道:“哎呀，眼睛有点疼！烧得疼！”三姑大惊，三步并作两步冲进屋里去，四婶也跟了进去。

岳淑贞两手捂着眼睛，在床上翻滚。“淑贞，你怎么了？”三姑见淑贞痛苦难熬，一把揪住吴秋遇:“你……你对她做了什么？”吴秋遇解释道:“姐姐的眼睛是中毒所致。我刚给她服了药，以毒攻毒，想是药力发作了。这中间眼睛可能会很疼。”三姑急了:“什么以毒攻毒，我看你要毒死她！”四婶也上来帮着抓扯。吴秋遇并不反抗，只扭头看着岳淑贞，偶尔问一句:“岳姐姐，你现在感觉怎么样？”岳淑贞叫道:“眼睛还是疼！火烧一样！”三姑对着吴秋遇大嚷道:“你这不是害人嘛！你怎么能这样啊？”

吴秋遇任凭三姑拉扯，既不辩白也不避让，注意力只在岳淑贞身上。三姑闹了一阵，见吴秋遇并无反应，便不再理他，转身到床前看望侄女，换四婶继续与吴秋遇纠缠。忽然三姑大叫起来:“淑贞，淑贞！你怎么了？你醒醒啊！”吴秋遇和四婶都是一惊，急忙往床上看去。只见岳淑贞僵挺在床上，已然没了动静。三姑摇了摇，不见侄女醒来，一下子扑过来，抓住吴秋遇大声哭闹:“叫你害人，我跟你拼了！”吴秋遇呆呆地站着，任凭她踢打，脑子里也乱作一团。没想到岳淑贞服下贺兰映雪的药汁之后竟有如此的反应，也不知她现在是一时昏迷，还是已经毒发……

吴秋遇不敢想下去，“毒发身亡”的字眼一入脑海，顿时让他惊醒过来。他急忙推开三姑和四婶，扑到床前，去摸岳淑贞的脉搏。三姑和四婶被甩到一边，见吴秋遇没有逃跑，反而去床前查看淑贞，都愣了一下，在旁边呆呆地站了一会儿，也围了过来。吴秋遇把岳淑贞的手腕轻轻放下，对三姑说:“姑姑放心，姐姐没事。”三姑赶紧上前去看侄女。四婶说:“人都这样了，你说没事？我告诉你说，今天人要是有个三长两短，我……你，你跑不了。”

岳淑贞缓缓动了两下，慢慢睁开红肿的眼睛，静静地躺着。三姑探头过去，一边心疼地查看，一边问道:“淑贞，现在感觉怎么样？眼睛已经肿了，很疼吧？”岳淑贞仍静静地躺着，脸上慢慢露出笑容，忽然惊喜地说道:“姑姑，我看见了。我看见你了。”三姑愣愣地看着她，半天没反应过来。四婶说:“看吧，姑娘刚才疼昏了，脑子都烧糊涂了。”岳淑贞欠了欠身子，试图坐起来，三姑急忙扶她躺好。岳淑贞说：“姑姑，我真的好了，我能看到你了。”三姑晃手在她眼前试了试，这才相信侄女的眼睛真的看得见了，不由得心中大喜，脸上也乐开了花，回头歉意地对吴秋遇笑了笑。吴秋遇见岳淑贞醒来，并且说能看到姑姑了，也才彻底放下心来。四婶惊讶地看了一会儿，在吴秋遇后背上拍了一下，大笑道：“真是神了，刚才我就说你行嘛。”

岳淑贞让姑姑扶她坐起来。三姑知道她想见见大夫，就指给她看。淑贞简单打量了一下吴秋遇，点头致谢：“多谢你治好我的眼睛。”吴秋遇憨厚地笑了笑，问她：“岳姐姐，你现在眼睛什么感觉？”淑贞说：“还是有点疼，不过已经能看见东西了，只是还很模糊。”吴秋遇说：“嗯，那就没有大碍了，看来药物已经见效。都怪我一时不慎，叫姐姐用药过量，害你太疼了。”淑贞微笑道：“你不要这么说。是我没听你的，一时心急，多喝了些。”吴秋遇想了一下，说：“姐姐的眼睛失明日久，心急不得。以后用药，可改用汤匙，一次少用些，慢慢好转，也不至于太疼。”说着又掏出那个小瓶，交给三姑。三姑拿着小瓷瓶，兴奋地打量着，嘴里说道：“真是灵丹妙药。我可得收藏好了。”

见四婶在旁边眼巴巴地看着，三姑说：“她四婶啊，麻烦你帮我去买些酒肉，我得好好招待这位恩公。”说着拿出一些钱，递了过去。四婶又多瞅了吴秋遇两眼，笑了笑，颠颠地去了。岳淑贞一直感激地望着吴秋遇。三姑瞅了瞅侄女，又瞧了瞧客人，眼珠一转，微笑道：“你们先聊着，我去准备锅灶。”说着，快步出去了。

屋里只剩下吴秋遇和岳淑贞两个人。吴秋遇木讷，不知道该说什么。岳淑贞坐在床边，也请吴秋遇在凳子上坐下，问他：“秋遇公子，没想到你这么年轻，还有这一手本事。”吴秋遇说：“岳姐姐，你不要叫我公子，叫我秋遇就行。灵儿常说起你对她的照顾，想法治好你的眼睛一直是她的心愿。所以这次专门嘱咐我来。”淑贞说：“可惜这次小灵子没来。那你替我好好谢谢小灵子，也谢谢你。”吴秋遇说：“姐姐不用客气。我会转告灵儿的。知道你能重新看见了，她一定很高兴。”除了谈起小灵子，两个人也没什么共同话题，只是默默地坐着。偶尔对看一眼，岳淑贞会笑笑，然后羞怯地低下头去。吴秋遇不明所以。

憋了一会儿，吴秋遇站起身来，说：“岳姐姐，你现在能看见了，说明药已见效。我把药瓶给了姑姑，你只要按时服用，慢慢就可以完全好了。我……该走了。”岳淑贞也赶紧站起来，说：“你不要急着走啊。”吴秋遇说：“我还要赶着去找灵儿。”听他说起小灵子，岳淑贞一时无语。吴秋遇转身走出门口。三姑在门外看见，连忙问道：“恩公，你这是？”吴秋遇说：“我答应了灵儿，治好岳姐姐的眼睛就去找她。现在姐姐能看见了，只要继续用药即可。我得走了。”岳淑贞从房里

追出来，站在吴秋遇身后，却不知应该说什么。

三姑瞅了瞅这两个人，忽然说道："恩公啊，你还不能走。你想啊，淑贞刚刚用了一次药，已经疼得死去活来，万一后面再有个什么闪失，你叫我们怎么办哪？"吴秋遇愣了一下，回头看了看岳淑贞。淑贞也正望着他，轻声说道："你也不要太为难。不过，怎么也得吃了饭再说。"吴秋遇想了一下，说："那我就晚走两天，等岳姐姐的情况稳定了再说。"岳淑贞和三姑自然欢喜。

吴秋遇留下来继续给岳淑贞治眼。三姑心里另有一番打算，自然照顾得周到殷勤。几日后，岳淑贞的眼睛不疼了，看东西也更加清楚了。三姑心中欢喜，逢人便夸。四婶也暗地里撺掇她，一定要想办法把吴秋遇留住，如果淑贞招赘了他，以后大家看病可就都不用发愁了。其实，三姑也是这个心思，只是不敢贸然跟淑贞和吴秋遇说。

这一日，吴秋遇正在给岳姐姐查看眼睛。三姑乐呵呵走进门来，对岳淑贞说："淑贞哪，你好几年看不见，一直闷在家里。如今眼睛也好了，应该多出去走走，重新见见世面。恩公头一次来洛阳，一直忙着照顾你，也没说出去转转。正好这几天白马寺有热闹，天气也好，你陪他去逛逛。"吴秋遇说："不用了。姐姐眼睛好了，我也该走了。灵儿还等着我呢。"三姑见吴秋遇要走，心里急了："别呀。淑贞，你好好劝劝。"她又怕自己在场侄女害羞有话不敢说，用力给淑贞使了个眼色便退了出去。

淑贞说："我知道你惦记着小灵子。我也很想她呀。这样吧，今天先别急着走了，我陪你去庙会逛逛。其实，我想给小灵子买点礼物，你帮我带给她。"吴秋遇听了，知道她们姐妹情深，便点头同意，心里还暗中自责："我怎么没想到给小灵子买礼物呢？幸亏有岳姐姐想得周到。"两个人从屋里出来，边走边聊。三姑在暗中看了，猜想一定是淑贞说服了吴秋遇留下，又见二人有说有笑，不免心中窃喜。

白马寺倒也不远，向东走了十余里路就到了。这里果然很热闹。吴秋遇没心思闲逛，只想着给小灵子挑几件她喜欢的礼物，可自己又没什么主意，只好求岳姐姐帮忙。岳淑贞倒也耐心帮他。

两个女子与吴秋遇擦身而过，看得出来，其中一个是小姐，一个是丫鬟。岳淑贞在货摊上拣选女工织物，吴秋遇看不出门道，闲着没事就随处张望。忽然瞥见一个瘦小的男子，悄悄扯下小姐身上的锦囊转身便走。吴秋遇知道那是个贼偷，快步上前将那人拦住。那贼不敢出声，闪身要从旁边挤过去。吴秋遇手快，一把夺下他手里的锦囊。那贼知道对面这个人不好惹，便要从身上摸刀。

吴秋遇懒得理他，径自去把锦囊交还小姐。小姐愣愣地看看锦囊，看看吴秋遇，才明白自己刚才被偷了，忙说："多谢公子。"丫鬟问："公子，那贼呢？"吴秋遇伸手一指。

那贼本要取出匕首对付吴秋遇，见他径自走了，才松了一口气，忽见吴秋遇为失主向这边指来，赶紧钻入人群跑了。他匆忙逃走，左推一把，右撞一个，惹得人们愤恨地回头瞪他。忽然一个小孩子走在面前，他用力推了一把，仓皇地跑了。那孩子跌出去，撞在一个阔少的身上，碰洒了他手里吃食，污了衣裳。阔少一把将孩子推倒在地，便要上脚踢。

吴秋遇见了，急忙快步跑过去，一面用身子护住孩子，一面劝说："少爷息怒。他也是被人推倒，冲撞了你。你就饶了这个孩子吧。"阔少哪听这个，命人连同吴秋遇一起打。吴秋遇不想打架，更不愿伤人，只是尽力用身体护住孩子，任凭他们拳打脚踢。

那位小姐皱着眉，气愤地说道："他们太可恶了，就知道欺负老实人。"丫鬟说："那小子也是够憨的，也不知道躲闪，只顾挨打。"小姐说："咱们过去看看。"丫鬟想拦，但见小姐已经往那走了，也只好跟在后面。

阔少一伙人见这小子始终不还手，也踢打累了，算是出了气，骂了几句就悻悻地走了。围观众人有的赞叹，有的摇头。有人问道："小伙子，你没事吧？"吴秋遇慢慢直起身子，他有内功护体，虽有些疼痛，但是并无大碍。孩子的母亲扑过来，从头到脚细看了一遍，见儿子毫发无损，这才想起给吴秋遇作揖："多谢恩公。你受伤了吧？我带你去看大夫。"吴秋遇微微一笑，说："我没事。你快带小弟弟走吧。他怕是被吓到了。"孩子母亲上下打量着吴秋遇："你真的没事？"吴秋遇说："没事。"孩子的母亲让孩子跟着一起作揖，再次道谢，才慢慢离去了。在场众人无不赞叹。

那位小姐刚要上前慰问，忽见人群里挤出一人。岳淑贞走到吴秋遇面前，殷切地问道："怎么回事？我一转身发现你不在了。怎么到这了？这么多人围着，怎么了？"吴秋遇怕她担心，轻描淡写说道："没事，刚才有人吓唬孩子，我劝了劝。"岳淑贞看了看，好像确实也没啥事，放心了："没事就好，咱们走吧。"两个人一边说话，一边往人群外面走。众人没热闹可看，也一发散去。

那位小姐看着吴秋遇的背影，暗自欣赏，不由得仔细看了看他身边的那个女子。丫鬟见了，捂嘴一笑，小声说："小姐，别看了。人家是有娘子的。"小姐娇嗔地瞪了她一眼："你胡说什么？"丫鬟忙说："好，是我胡说，是我刚才胡思乱想来着。呵呵呵呵。"小姐作势要打，丫鬟乖巧地一躲，笑嘻嘻说道："小姐，咱们走吧。给老爷求的平安符已经拿到了，早点回去，免得老爷担心。"一说到"老爷"，小姐无心再说笑，两个人很快消失在人群中。

阔少带着手下大摇大摆在街上走着。对面的人见到他们都躲得远远的，都怕惹祸上身。有个手下甲竖起大拇指，当面奉承道："少爷您就是威风。您看刚才那小子屁都不敢放。"阔少得意地说："咱们是谁呀，他敢扎刺？他要是不服，咱们当场废了他！一条命能值几个钱？咱家有的是银子。"旁边有手下乙议论道："那小子倒是挺耐打的，咱们这么多人打了半天，他都没倒下。"另一个手下丙说："要说那人也怪啊，为了一个不相干的穷孩子，让咱们打了半天，愣是不躲不还手。"阔少说："我看哪，那就是个傻小子，缺心眼。"众手下都跟着哄笑起来。

曾婉儿正迎面走来，她在洛阳城里玩了几天，听说白马寺有庙会，便扮作男装独自出来游逛。她也不想随便惹事，便有意走到旁边，想把阔少一伙人让过去。忽然听他们提到一个傻小子，因为她心里一直挂着吴秋遇的事，所以马上就想到了他，而且越想越像。于是拦住阔少的一个手下，问道："请问，你们说的那个傻小子，他人在哪儿？"阔少扭头看了她一眼，笑道："刚说到傻小子，这就又来了一个。哈哈哈哈。"曾婉儿心中不悦，但还是忍住了，再次客气地问道："各位有劳了。我在找人，请问刚才你们说的那个人，现在在哪儿？"

阔少不屑地看了她两眼，问手下："你们想告诉他吗？"众手下应和道："不想。"阔少笑道："你听到了吧，他们都不想告诉你。不过呢，本少爷倒是可以做一回好人。你只要从本少爷的裤裆底下钻过去，我可以告诉你那个傻小子在哪儿？"曾婉儿有些恼怒，却没有立即发作，而是说："好啊，那你蹲好了。"阔少倒是一愣："呦，你倒是听话。好好好，你要是伺候得好，本少爷心情好，说不定还有赏。"说着便叉开腿，蹲了下去。

曾婉儿见他分腿站好了，微笑道："我看你两腿分得不够大，我来帮你一下。"说着，将右脚一扫，正踢在阔少的右面脚踝上。阔少被她一扫，右脚顿时移了出去，两腿一开整个人就塌下来。他平日养尊处优，哪曾活动过腿脚，两腿平开一拉扯，顿时伤了大筋，瘫在地上哀号起来。众手下大惊，先顾不得曾婉儿，一发都去照看少爷。阔少疼得杀猪一般号叫。有两个手下想起来抓曾婉儿。曾婉儿随手两下，将二人打翻，就再也没有人敢上前了。曾婉儿蹲下瞅着其中一个，问道："现在可以告诉我了么？那个傻小子在哪？"那个人知道她的厉害，不敢迟疑，赶紧给她指明了方位。曾婉儿站起身，看了一眼阔少爷，对众人说："你们还不抬他去找大夫？再号一会儿，那两条腿就废了。"众手下磕头作揖，抬着阔少赶紧走了。

曾婉儿找到他们说的地方，人群早已散去，找旁边卖货的问了问，才知道确实有那么回事，而且他描述的长相跟吴秋遇极为相似。曾婉儿是既欣喜又遗憾。喜的是吴秋遇又露面了，而且就在附近。遗憾的是，只差几步，还是错过了。只是听那货郎说，那少年身边还有个女子，也不是小灵子的模样，倒叫她一时想不通。

吴秋遇和岳淑贞回到三姑家中，见到门口停着一辆马车，二人有些诧异，不知道家里又来了什么客人。一进门就有人迎上来问道："这位就是神医小大夫吧？"吴秋遇一愣，三姑上前解释道："这是任府的管家。任员外可是附近的大户，最近府上有人不妥，听说你治好了淑贞的眼，专门来请你的。"吴秋遇面露难色。淑贞把姑姑拉到一边，小声问道："您怎么到处跟人说？他还急着走呢。"三姑说："这个不是我说的。你还不知道四婶那张嘴？怎么，他还是要走？"淑贞点了点头。

"你怎么能让他走呢？再好好劝劝哪。"三姑不安地望向吴秋遇。

任府管家见吴秋遇似乎并不情愿，赶紧说道："请您受累走一趟吧。您放心，不管情况如何，都一定会有重谢。"吴秋遇说："我是有事，准备要走了。洛阳好大夫应该很多，你去找他们看也是一样的。"任府管家说："您有所不知啊。洛阳的名医我们都请遍了，不顶用啊。实不相瞒，生病的是我家老爷，卧床多日了，药吃了不少，就一直没见好过。今天听说来了您这位神医小大夫，这才冒昧登门来请。您就不要推辞了，老爷在家里等着您呢。"岳淑贞上前试探着劝道："要不，你就去一趟吧。治好了这个，赶紧起程也来得及。我想小灵子会理解你的。"吴秋遇毕竟心软，点头同意。任府管家大喜，问知吴秋遇没有药箱医囊要带，虽然多少有些惊讶，但也不敢耽搁多问，急忙谢过了三姑和岳淑贞，带着神医小大夫往任府走去。

第五十八章
初进任府

曾婉儿在庙会没有碰到吴秋遇，多少有些失落，不过总算又有了新的线索，那就还有希望。她匆忙取了马，赶回洛阳城里。在客栈换了女装，又要出门。郝青桐看见了，问道："大小姐，你又要出去？我叫上他们。"曾婉儿说："不用。我去城东任家庄，是去走亲戚的，不用你们跟着，免得吓到人家。"郝青桐还要说什么，曾婉儿抢先说道："你们闲着没事，帮我去打听那小子的下落。他刚刚在白马寺出现过，应该就在附近，一有消息，马上到任员外家找我。"郝青桐只好领命。

曾婉儿骑马来到任府，先找人通报了。很快有人出来回话，说夫人正在伺候老爷，请她先进去。曾婉儿把马交给门丁，不愿去屋里闷着，正好路过花园，便打发了引路的家丁，只在园中闲逛。

凉亭中有位小姐正在作画，旁边有丫鬟伺候着。这二人正是吴秋遇在庙会上遇到的小姐和丫鬟。曾婉儿一时好奇，便走了过去，丫鬟见到有生人来，小声提醒了小姐。小姐扭头望来，曾婉儿不禁赞叹：好漂亮的姑娘。小姐放下手里的笔，轻声问道："姑娘是哪里来的客人？"曾婉儿说："我是从蓟州来的。你是这府里的姐姐吧？我叫曾婉儿，还不知姐姐芳名？"小姐嫣然一笑，说："我叫如梦，四月的生日，属马的，还不知道是不是姐姐。"婉儿说："那真是姐姐。我也属马，九月的生日。"两个人一见如故，聊了起来，丫鬟春香赶紧去倒茶水。

如梦问："你跟这府里是什么亲戚？"婉儿说："听我娘说，这府里的夫人是她小时候的姐妹，在一起长大的。后来各自成了家，多少年没见面了，只是偶有书信往来。"如梦问："不知道是哪一位夫人？"婉儿一愣："府上有几位夫人？"如梦说："我爹的原配夫人早在几年前过世。现在的二夫人是后来纳入的。"婉儿听得云里雾里，不知这位姐姐为何只说夫人不叫母亲，想了想说道："我也说不清是哪位夫人，好像是娄氏吧。"如梦说："那是二夫人。你找她……见过了吗？"婉儿说："没有，说是在伺候老爷，过一会儿见我。我不想去屋里闷着，就到园子里走走，不想见到了姐姐你。"如梦笑了笑，没有再说话，轻轻拿起毛笔，继续作画。婉儿看了看，微笑道："姐姐画的真好。这是个……男孩的画像？这个孩子是谁呀，怎么没有头发？"如梦支吾道："没有谁。我随便画的。婉儿妹妹喜欢画画吗？"婉儿摇了摇头："我不行，我做不了这个。"

春香端着茶盘回来了，一面把茶杯放在桌上，一面说："夫人从老爷房里出来了，正在四处找客人呢。"婉儿知道说的是她："哦，是在找我呢。姐姐，我先去拜见姨母。回来再跟姐姐说话。"如梦说："嗯，你去吧。看看夫人有什么安排。"婉儿从亭子里出来，总觉得后来如梦的话有些怪怪的，但是也没再多想，急着去拜见娄氏夫人。

春香问："小姐，那位姑娘是谁呀？"如梦望着婉儿的背影，淡淡说道："是二娘的亲戚。"春香闻言，不再多问，端起一杯茶递给小姐："小姐，先喝点水吧。"如梦接过茶杯喝了一口，看着自己的画开始发呆。春香把给曾婉儿端来那杯茶自己喝了，见小姐还在发呆，开口劝道："小姐，别想了。这都多少年了，说不定人家早就不是这个样子了。"任如梦抬头看了看她，苦笑了一下，说："我知道。春香，你不用在这里陪我了，去看看大夫来了没有？"春香收拾了茶杯，去了解情况。亭子里只剩下任如梦一个人，对着画像继续发呆。

曾婉儿找到夫人房里见到娄氏，说明来意。娄氏很高兴，说："我和你娘也好多年没见了。你都长这么大了，越长越漂亮了。"曾婉儿也不知道她原来见过自己没有，只当她是客气话，于是说道："刚才在园子里见到姐姐，她才漂亮呢。"娄氏笑道："这孩子，真会说话。你刚才见过佳怡了？她应该是你妹妹。"婉儿说："还有位佳怡妹妹呀？我刚才见到的是如梦姐姐。"娄氏脸上忽然僵了一下，勉强笑了笑，说："哦，这样啊。嗯，也好，反正早晚都会见到。"曾婉儿隐隐觉得这娄氏

跟如梦之间一定有什么问题，又不便打听。

两个人在屋里东一句西一句的拉家常。曾婉儿多少有点心不在焉，大部分时间是娄氏在说。忽然一个家丁来在门外禀报：“夫人，门子传话进来，说有人在门口找曾家小姐。”娄氏问：“问清楚是什么人了吗？如果是小姐带来的，就让他进来吧。”家丁说：“是曾家的人。不过他不进来，只说有重要消息要告诉大小姐，在门口等着曾家小姐吩咐呢。”曾婉儿知道，一定是有了吴秋遇的消息，郝鲁罗廖四人中的一个前来报信。她心中暗喜，起身说道：“姨娘，看来他们有急事找我，我先去处理一下。改日再来陪您说话。”娄氏不好阻拦，只好送她出门，还嘱咐道：“那你快去快回吧。如果需要姨娘帮忙，你就说话。府里人手多。”

曾婉儿别了娄氏，匆匆来到门口。来的是罗兴，见大小姐出来，急忙上前小声报告：“我们四处打听，终于问到了那小子的消息。他住在七里堡一户姓岳的寡妇家里，据说前几天还把那家的丫头眼睛治好了。今日就是他们两个一起去的庙会。”

曾婉儿大喜，匆匆上马，带着罗兴到七里堡去找吴秋遇。刚出任家庄，就见一辆马车迎面驶来。他们急着去找人，也顾不得避让或是多看一眼，直接打马飞驰而过。车把式怕马受惊，急忙把马车停住。吴秋遇坐在马车里，听到马蹄声疾，撩开帘子看了一眼，见是曾婉儿和罗兴，吓了一跳，暗自庆幸没有被他们发现。

马车来到任府门前，停稳了。管家把吴秋遇请下车，打发门丁先进去报信，然后陪着他一起往里走。丫鬟春香瞥见吴秋遇和管家在一起，心中纳闷，等他们走近了，上前问道：“管家，这位是哪里来的客人？”管家介绍说：“这是我给老爷请来的大夫。”

“大夫？”春香半信半疑，上下打量着吴秋遇。管家得意地说：“这还不是一般的大夫呢，是刚到洛阳来的神医小大夫。我今天得到信儿，赶紧就请来了。”春香这下信了，兴奋地说道：“太好了！这下府上有喜气了，我看老爷很快就能好了。”见春香眉开眼笑地盯着自己，吴秋遇有些不自然，憨憨地笑了笑。他忽然记起，他们今天在庙会上见过，不禁抬手指了指，终于没说出话来。春香知道他认出了自己，笑道：“小哥哥人好，还有妙手回春的本事，真了不起！我不耽误你们了，快去给老爷看病吧。”管家点了点头，陪着吴秋遇继续往里走，看来这府上的管家跟丫鬟相处倒很和气。春香望了望吴秋遇的背影，高高兴兴地端着茶盘走了。

娄氏得到消息，心中不悦，斥问道：“洛阳城的大夫早就请遍了，这又是哪来的大夫？”门丁说：“是管家用马车接来的，看上去很年轻的样子，再细的情况，小的也不知道了。”娄氏扭头瞅了一眼员外的房门，想了想，对门丁说道：“叫他们进来吧，我先见见。不能什么人都来府里骗吃骗喝。”

门丁应声离去，很快碰见已经进府的管家和吴秋遇，小声提醒道：“夫人听说您又请大夫来，不高兴了，叫您先带人过去见见呢。您可得小心哪。”管家淡淡说道：“我知道了，你去吧。”吴秋遇心中纳闷：“管家出门请大夫，夫人事先不知道？管家请来了大夫，夫人怎么反倒不高兴了？”管家看出吴秋遇的疑问，也不多做解释，只嘱咐了一句：“待会不管夫人说什么，您都不必在意，只管专心诊看我家老爷就行。”吴秋遇不解，也不愿多问，轻轻点了点头。

娄氏守在员外的房门外面，远远看到管家带着一个人走过来，注目看了一阵，见所谓的大夫不过是个毛头小子，火气反倒消了一些。管家上前说道：“夫人，我又给老爷请了位大夫。我也是无意中听说这位大夫，他又急着要走，这才匆忙去请了，没有事先跟您禀报，您不介意吧？”娄氏看也没看他，目光仍在吴秋遇身上，冷冷说道：“你有心，能想着给老爷请大夫是好事，说明你心里装着老爷。我算什么？我应该感谢你，有什么可介意的？”她说话看似漫不经心，却是绵里藏针，就连吴秋遇也听得出来，这位夫人对管家心存不满。

管家刚要给夫人介绍一下请来的大夫。娄氏却抢先说道：“大夫的药箱呢？你们给落在哪里了？”吴秋遇说：“我没有药箱。”娄氏稍稍愣了一下，看了看吴秋遇，嘴角竟忽然露出一丝微笑来，脸色和语气也缓和多了，热情说道：“大夫路上辛苦了，屋里请吧。”管家在旁边偷偷盯着夫人，见她并未为难大夫，心里也踏实了，赶紧把吴秋遇让到屋里。

如梦听春香说了吴秋遇上门的事，也很意外，也没想到在庙会上见到那个热心的少年居然是个大夫。既然他是个热心的好人，这次肯来府上看病，想必是个真有本事的。她真心为爹爹高兴，匆匆搁下手里的事，带着丫鬟赶过去看。她一是关心爹爹的病情，二是也想看看这位少年郎的是否有真本事。

任员外面色苍白，闭目在床上躺着。吴秋遇给他号完了脉，察看了眼睛口舌，不禁暗自摇头。管家在旁边急切地想知道结果，但有夫人在场，又不便抢着问。娄氏问道：“大夫，怎么样，老爷的病好治吗？”吴秋遇微微摇了摇头，说：“老爷并无恶疾重症，只是年事已高，体弱气衰，我看……很难再恢复如常了。”管家听了，有些失望。娄氏说道：“唉，这可怎么好。其他大夫也都这么说。看来老爷这个病是好不了了。”管家偷偷瞪了娄氏一眼，开口说道：“大夫，你再好好想想，看看有没有什么办法。”

如梦小姐在门外听到吴秋遇说爹爹已难恢复，心里一阵难过。

吴秋遇想了想，说：“虽然说最终难以恢复如常，但是应该可以通过滋补将

养，延年益寿。如果膳食药物搭配得当，短时间内倒也没有大碍。”管家听了，表情放松了一些，赶紧说道：“那就请您开方子吧。”然后赶紧预备纸笔。吴秋遇便坐下写药方。娄氏若有所思，等吴秋遇写完了方子，她拿过来随便看了两眼，递给管家，吩咐道：“你去照着方子买药吧，顺便送大夫。”

吴秋遇不过是个临时的大夫，也不懂什么规矩，一听人家说送大夫，起身就往外走。管家赶紧陪着他出来，先找人到账房取十两银子作为答谢，又详细问了问用药之法。吴秋遇一边走，一边给管家解释膳食搭配和用药的方法，并没有注意门外的如梦，擦身而过。

如梦眼瞅着吴秋遇渐渐远去，掀帘进屋看望爹爹，见他仍在闭目睡着，不敢惊动他，只是在旁边静静坐下，心中难过。娄氏看了看如梦，没有说什么，悄悄走出门来，唤过丫鬟杏儿，小声吩咐：“你去把刘婆子找来。”

曾婉儿和罗兴骑着马来到七里堡，打听村里姓岳的寡妇和神医小大夫。

三姑和岳淑贞正在院子里晾晒衣物。听到门外马蹄声响，以为是吴秋遇回来了，三姑催叫淑贞赶紧去迎着。淑贞走到门口，却见是一男一女两个生人。曾婉儿和罗兴下了马，把马在树上拴了，朝门口走来。见门口有人，曾婉儿上前问道：“姑娘，请问这里是岳三姑的家吗？”岳淑贞点了点头，回身叫道：“姑姑，是来找你的。”三姑停下手里的活，走了过来，看了看来人，开口问道：“我就是岳三姑，你们是……”

曾婉儿说：“我姓曾，来府上打扰，有些冒昧了。”三姑说：“是曾小姐呀。你们找我有啥事？买耙子还是看皇历？”曾婉儿一笑：“不，我不是为这些来的。听说府上住着一位神医小大夫，他人呢？”三姑说：“你们是来请大夫的呀……”淑贞悄悄拉了一下三姑的衣襟，她知道吴秋遇急着要走，不希望姑姑再给他揽事，赶紧说道：“他不在。”曾婉儿探头往院子里看了一眼，笑道：“我知道他在里面，你们用不着骗我。实不相瞒，我们也是老熟人了。”淑贞问：“你认识他？”曾婉儿说：“当然了。我一听说秋遇公子在府上住着，就赶着过来相见。你们总不能让我就这样走了吧？”淑贞听她连名字都叫得出，不禁一怔。三姑也心生警惕，嘴上说道：“哎呀，原来是熟人哪，贵客贵客。不过今天真是不巧，他真的不在呀。”曾婉儿瞅了瞅三姑，仍盯着院子里面看。见他们仍没有走的意思，三姑索性让出门口，大方说道：“你要是不信，可以进去自己看嘛。好像我们骗你似的。”曾婉儿也不客气，直接就进了门口。罗兴也跟着挤了进去，径自进屋查找。三姑虽然不满，但毕竟心中有底，只慢慢在后面跟着，并不着急。岳淑贞心里嘀咕，仍看不出这二人与吴秋遇究竟是敌是友。

各处不见吴秋遇的影子，曾婉儿和罗兴从屋里出来。三姑冷冷地说道：“唉，到底是大户人家的小姐，知书达礼，有规矩。我说人不在，你们偏不信。还要到屋里翻找，我家里是藏贼了？还是窝赃了？”罗兴听着不爽，但是在小姐面前又不敢发作。曾婉儿脸上一烧，抱歉说道：“姑姑莫生气。我们失散多日，实在是心里着急，才想着赶紧见他。刚才多有得罪。”三姑轻轻哼了一声，扬着脸说道：“嗯，罢了罢了。我们是小户人家，招待不起你们这样的贵客。既然你们搜不到人，那就请便吧。”罗兴眼睛一瞪，刚要上前吼嚷，被曾婉儿拦住。曾婉儿笑脸说道：“我们冒昧打扰，还望姑姑见谅。临走之前，我想请问姑姑，秋遇公子去哪了？几时回来？”淑贞紧张地望着姑姑，生怕他泄露了吴秋遇的行踪。三姑到底是个伶俐人，随口说道：“他呀……嗨，你们来晚了，他已经走了。”

“走了？”曾婉儿显然不信。三姑说：“他是大夫，又不是我家亲戚，给我这侄女治好了病，当然得走了，难道还要在病人家里待一辈子？”曾婉儿觉得她说的也有道理，无奈地摇了摇头，只恨自己来迟一步，拱手道：“告辞。”“不送。”三姑眼瞅着二人走出门口，解了缰绳，骑马离去。

淑贞松了一口气。三姑问：“刚才紧张了吧？”淑贞胡乱摇了摇头。三姑笑道：“还说不紧张，看你那小手搓的。”淑贞这才注意到自己一直捏着拳头，笑了笑，说道：“我是怕您说漏了嘴，他们找秋遇的麻烦。”三姑说：“嗨，跟姑姑还有啥藏着掖着的。我都明白，你不就是怕她把姑爷抢走了吗？这么好的姑爷，我也舍不得。”淑贞羞红了脸，埋怨道：“姑姑，你乱说啥呀！人家急着去找小灵子，我怕他耽误行程。”三姑收起笑容，认真地望着淑贞，问道：“如果他真的要走，你舍得吗？”淑贞不敢看姑姑的眼睛，扭过头说道：“他总归要去找小灵子的。这种话你不要再乱说了。”

曾婉儿和罗兴骑马出了七里堡。罗兴问：“大小姐，咱们就这么走了？”曾婉儿反问道：“她们说的话，你信吗？”罗兴想了想，也没个准主意：“我看那婆子不像老实人，她的话不能全信。不过……她说那小子不是她家亲戚，要说治好病人走了，好像也有道理。”曾婉儿把马勒住，停了一会儿，忽然说道：“咱们不能走。只要他还没走，就一定还会回来。你我分头在村子两头守着，一旦发现，先别惊动他，合计好了再去岳家堵他。”罗兴点头称是，骑马到另外一个村口去蹲守。曾婉儿下了马，找到一处僻静之地，把马拴了，坐在路边等着吴秋遇。

任府管家陪吴秋遇从宅门里出来，又安排了马车送他。吴秋遇地形不熟，怕找不到回去的路，也就没有推辞。路上，吴秋遇心里欢喜，一会儿到三姑家里，收拾了东西，就可以动身去找小灵子了。

马车很快来到七里堡。曾婉儿正枯坐无聊，老远看见一辆马车向村头驶来。偶尔有经过的村民，见到一个陌生的姑娘坐在那里，难免觉得奇怪。马车从曾婉

儿面前驶过。曾婉儿虽然多看了两眼，也没放在心上。

想着爹爹的病情，任如梦忧心忡忡。春香陪着她在园子里说话散心。忽见杏儿领着一个老婆子匆匆经过。任如梦不认识，便问春香。春香说："那个是东村的刘婆子，干的是跑媒拉纤的事。"如梦心中疑惑："她是媒婆，今儿个怎么到咱们府上来了？"春香说："来咱们府上提亲呗。"如梦说："如今爹爹仍在病中，哪有心思张罗亲事。她这不是白跑吗？"春香说："我听老人说，谁家里有得了重病的人，嫁娶冲喜也是有的。是杏儿领着来的，看样子是夫人叫她来的。说不定是夫人的主意，要给老爷冲喜呢。"如梦点了点头："想是来给妹妹提亲的。她也不小了，也该找人家了。"春香嬉笑道："咱们大小姐都还没出嫁，怎么知道就是给二小姐提亲的？说不定啊，是给大小姐提亲的呢。"如梦娇嗔地推了她一下，说："去，啥时候她对我的事上过心？"春香笑道："你看，着急了吧？我这就告诉夫人去，说她偏心。"如梦一把拉住她，说道："爹爹还在病着，我可没心思想这个。妹妹嫁了，我这个当姐姐的，只会为她高兴。"

杏儿领着媒婆来见夫人娄氏。刘婆子闹腾惯了，一进门就高声大嗓地恭维了娄氏几句。娄氏让她坐下，说："知道我找你来是什么事吗？"刘婆子笑道："知道知道。府上老爷的事我也听说了，是该弄个喜事来冲冲。我那好人家可多着呢，您看上哪一家只管告诉我。我一说准保就成了。"娄氏说："人家倒不用你操心，都是现成的，你只要帮忙跑跑腿儿就行了。"

"哦。"刘婆子收起笑容，问道："是哪家啊？"娄氏说："就是你们庄上的胡员外家，他家不是有个还没娶亲的少爷吗？"刘婆子一愣："您说的是胡老爷家的全有少爷？"杏儿也不禁瞧了夫人一眼，娄氏说："对，就是他。"刘婆子面露难色："这个……"娄氏问："怎么，你怕去了说不成吗？"刘婆子道："说成倒是没问题，可是……"娄氏道："能说成就行了，到时候少不了你的跑腿儿钱。"刘婆子尴尬地笑了笑："我先谢谢夫人了。可是，您真的就选定那家了吗？别的人家还要不要再看看？"娄氏直盯着刘婆子，问道："那家有什么不好吗？我实话告诉你，胡家是我娘家的亲戚。"刘婆子是靠嘴吃饭的人，最会见风使舵，一听说胡家与娄氏有亲，赶紧脸上堆笑道："没有没有。都是好，好！这是亲上加亲的事，最合适不过了。不知这回安排的是哪位小姐的事儿？"娄氏说："两个姑娘都没嫁，当然是大的先来。"

刘婆子点了点头："好，我明白了，我这就到胡家说亲去。"娄氏说："你先别忙着去胡家。我今天找你来，是让你替胡家来我府上提亲的。""啊？"刘婆子登时堕入云里雾里，"老婆子脑子不好使，有点糊涂了。夫人您这唱的是哪出啊？"娄氏说："我一说你就明白了。我是好心安排亲事，为老爷冲喜。可毕竟如梦不是我亲生的，这个事还得老爷点头。胡家的事你不用管，你只当是替他们上门求亲的。待会见了老爷，知道怎么说吧？”

“哦，是这么回事儿啊。您放心吧，说这个，老婆子在行。”刘婆子这才明白过来，满口应承。

商量妥当，娄氏带着刘婆子去见任员外。任员外刚刚服了药，见夫人带着刘婆子进来，不明所以。刘婆子抢着上前说道：“任老爷，老婆子给您道喜来了。”任员外望着他，没有说话，缓缓扭过头看娄氏。娄氏说：“她是来上门提亲的。”刘婆子说：“府上的大小姐今年二九了吧？不小啦，该出阁啦。我一直替您想着这个事呢。这不，刚好我们庄上胡员外家的公子，年岁相当，正要娶亲。我第一个就想到您府上的大小姐了。这不是大大的喜事吗？”

任员外只静静地听着，没有说话。娄氏坐在床边，也劝道：“老爷，按说如梦早就到了出嫁的年龄，只是您一直身子不好，咱们都没心思给她张罗，把孩子给耽误了。正好有合适的人家上门提亲，我看不如就给她张罗了。”刘婆子也趁机插话道：“就是啊。一来，大小姐能嫁个好人家，您和夫人都可以放心了；二来，还能冲个喜不是，说不定您的病啊马上就好了。”

任员外想了想，轻声问娄氏：“人家可靠吗？”刘婆子抢着说道：“可靠，可靠。这个您尽管放心。要说别的人家不可靠，还真说不准。这户人家，那是一万个可以放心。我都打听清楚了，他们家跟府上一样殷实，更难得的是，他们跟夫人还是远亲呢。这门当户对、亲上加亲的事，天底下哪找去呀？”

任员外微微点了点头，说：“要说倒也合适。不过，还是问问如梦吧，看她怎么说。”刘婆子说：“老爷，您是干大事的人，这女儿家的心思怕是不如夫人清楚。这谈婚论嫁的事儿，大小姐姑娘家家的，叫她自个怎么说呀？”任员外点了点头，对娄氏说：“那你看着张罗吧。这是咱们府上的大事，别怕花钱。”娄氏笑道：“放心吧，老爷。如梦是您的宝贝女儿，花多少银子，咱们都舍得。一定给她办的风风光光的。”

从员外房里出来，娄氏心情不错，叫杏儿带刘婆子到账房领五两银子赏钱。刘婆子发了一笔小财，自然欢喜，高高兴兴跟着杏儿去领赏。路上，杏儿说：“那个胡少爷是什么样的人，你又不是不清楚。怎么还敢胡乱应承？”刘婆子说：“我当然知道。可人家夫人愿意，我有啥办法？姑娘不是她亲生的，男方又是她娘家亲戚，我可犯不着惹她。”杏儿不屑地看了看她，说：“你这张嘴，不知道祸害了多少好人。”刘婆子也不气恼，笑嘻嘻说道：“大主意都是他们自己拿的，咱就是替人跑跑腿儿、动动嘴儿。我干吗跟钱过不去？”

杏儿也懒得再跟她计较，忽然问道：“听说那个胡少爷在庙会上把腿伤了，是真的吗？”刘婆子说：“可不是么，还真有胆子大的，敢招惹他。不过，好像就是抻到筋了，养几天就能好，没啥大事。”

刘婆子看到一个十五六岁的姑娘手里拿着花走来，小声问杏儿：“那个是大小姐，还是二小姐？”杏儿说：“这是二小姐。”二小姐也看到了她们，开口问道：“杏儿，你们干什么去？”杏儿说：“二小姐，刘婆子来给大小姐提亲，刚刚见过了夫人和老爷，我送她出去。”

二小姐眼前一亮，惊喜道：“姐姐要出嫁了？太好了。求亲的是哪户人家呀？”杏儿不想说，伸手捅了一下刘婆子。刘婆子满面堆笑道：“是我们东村胡员外家的公子。”二小姐问：“姐姐知道了吗？”刘婆子说：“刚跟夫人和老爷说了，还没见过大小姐。”二小姐说：“那你们快去吧。我找姐姐报喜去。”刘婆子看了看杏儿，不知道是否应该拦着。杏儿拽了她一下，小声道：“快走吧。”两个人便匆匆去了。二小姐高高兴兴地去找姐姐。

任如梦和丫鬟春香正在亭中坐着。二小姐见到她们，老远就高声喊道：“姐姐，有喜事了！”春香小声说道：“刘婆子果然是给二小姐提亲来了。”如梦站起来，笑着招呼道：“佳怡，快来。我已经猜到了，妹妹要嫁人了，对不对？”二小姐佳贻笑道：“这回姐姐可猜错了。要出嫁的不是我，是姐姐。”任如梦顿时愣住。春香问：“二小姐，究竟是怎么回事？”佳怡说：“刚才碰见杏儿和刘媒婆。我才知道，她是来给姐姐提亲的。好像爹爹和我娘已经答应了。”如梦愣愣地坐下。春香问：“不知是哪户人家？”佳怡说：“好像是东村胡公子。”如梦漫不经心地说道：“不管是谁，我都不嫁。一会儿我就去禀明爹爹。我还要伺候爹爹呢。”春香看了看如梦和佳怡，说：“两位小姐先坐着，我去倒茶。”如梦不想再说提亲的话题，佳怡对那个也没多大兴趣，姐妹两个在亭中说起了爹爹的病情。

春香倒茶回来，正遇见杏儿，便上前问道：“杏儿，媒婆走了？”杏儿低下头，随便应了一声：“嗯。”春香有点惊讶：“杏儿，你怎么了？”杏儿抬起头，欲言又止。春香觉得她心中一定有事，小声问道：“出什么事了？”

杏儿四下看了看，把春香拉到假山后面，小声问道：“你已经知道有人给大小姐提亲的事了吧？”春香说：“知道了，刚才听二小姐说的。”杏儿问：“你知道男方是谁吗？”春香说：“不是东村的胡公子吗？”杏儿又问：“那你知道胡公子是什么样的人吗？”春香不解地看着杏儿：“杏儿，你今天是怎么了，有什么话就直说吧。”杏儿说：“那个胡公子是夫人的远亲，家里虽然有钱，但是名声很差，好像不是个正经人。大小姐要是嫁过去，可要受罪了。”春香一惊：“你怎么知道的？”杏儿说：“你忘了，我家里也是东村的。听说他在庙会上欺负人，后来碰上个更横的，把他的腿给弄伤了。”春香在庙会上见过恶少欺负孩子，马上想起来：“居然是他！”

“你可千万别说出去，我先走了。”杏儿匆匆走了。春香愣了一会儿，赶紧去亭子找小姐。

如梦本来没打算要出嫁，也根本没把提亲的事放在心上，听春香一说提亲的胡公子就是庙会上的恶少，有点慌了。佳怡也吃了一惊：“怎么会这样？爹和我娘也没问清楚，怎么就答应了呢。”春香心中有气，故意说道：“说不定就是夫人的主意，存心要把大小姐胡乱嫁出去，她好……”

“春香，不要乱说！”任如梦知道春香要说什么，赶紧拦住。

佳怡也隐隐觉得事有蹊跷，安慰了姐姐几句，就跑去找母亲说理。

第五十九章 春香献计

此时如梦只顾坐着叹息，春香说："小姐，你赶紧去求老爷，让他别答应这门亲事。"如梦刚才已经乱了方寸，经春香提醒，才急忙去找爹爹。

如梦告诉爹爹，自己还不想出嫁。老员外劝说了几句，无非是年龄已大、这回提亲的人家还不错之类的话。如梦终于说出实情："爹，您不知道，那个胡少爷不是正经人。他欺男霸女，早就臭了名声。您让我嫁给她，不是把女儿往火坑里推吗？"老员外听了，大吃一惊："你说的是真的？"如梦说："他在庙会上打人，我是亲眼瞧见的。"老员外喃喃道："我卧病在床，不知情也就罢了，夫人怎么也这么糊涂啊。"

春香在一旁气愤地说道："老爷，恕我说句不恭敬的话，我看这根本就是夫人的主意，她就想把大小姐胡乱嫁出去，然后……算了，不该说的我也不说了。反正我是听说，夫人跟那胡家有亲戚。"老员外挣扎着要欠身起来，如梦赶紧扶爹爹躺好："爹，您别着急！快躺好，千万别累着了。"老员外望着如梦，颤抖着说道：

"是爹糊涂了，险些害了你。你放心，爹不会答应的。咱们不嫁。来人，去把夫人找来！"说着竟咳嗽起来。春香赶紧去倒水。如梦一边给爹爹揉抚着前胸，一边劝道："爹，您别生气了，我想二娘也是受了蒙蔽。"

娄氏闻讯赶来，管家也跟着进来。娄氏见到如梦和春香在屋里，刚才又有佳怡前来理论，已经大致明白出了什么事，开口说道："老爷听不得动静，见不得风，你们就别添乱了，都回去吧。这里有我伺候着就行了。"

老员外指着她，哆嗦了半天，气得说不出一句整话来："你！你……"娄氏明知故问："老爷，您这是怎么了？瞧瞧你们把老爷气成什么样子了！"老员外揪住她的衣角，挣扎着说道："如梦……不嫁！"娄氏故意打岔道："老爷，您说什么呢？我们都听不清啊。您现在就需要安心养着，家里的事就不用操心了。"管家在一旁冷冷说道："我们听清了，老爷说的是，大小姐不嫁。"

娄氏瞪了他一眼，刚要再打岔，如梦站起身，对娄氏说道："刚才我跟爹说了，我不出嫁。二娘，您不用为我操心了。我愿意留在家里永远伺候爹爹。"娄氏沉默一会儿，对老员外说道："老爷，您放心，我什么都听你的。您就安心养着吧。"说完，悻悻地出了屋子。管家盯着娄氏出门，扭头对如梦说道："大小姐，老爷这您得多伺候着。有事尽管吩咐，大伙随时候着。"如梦点点头："多谢老杨叔。"

娄氏气哼哼回到自己房间，打翻茶盘，一屁股坐在凳子上。丫鬟杏儿不敢吭声，蹲下身去收拾地上的杯盘。冷静了一会儿，娄氏吩咐道："杏儿，你去告诉刘婆子，让她尽快安排换八字。"

老员外体弱乏力，很快又睡着了。如梦在爹爹房中守了一会儿，管家在旁边说道："大小姐，您先回去休息吧。这里我安排人伺候着就行了。"春香也怕小姐看着重病的爹爹一直伤心，于是赶紧陪着她回房。

如梦坐下，闷闷不乐。春香给她倒了一杯茶，说："小姐，我看夫人不太甘心，怕她不会就此罢休，咱们还得赶紧想办法。"如梦望着春香："我爹已经发话了，她还能怎样？"春香说："唉，老爷要是好好的，她当然不能怎样。可是现在……老爷这种情况，有些事管不了啊。"如梦说："我就是不嫁，她还能逼我不成？"春香说："老爷卧床出不来，在外面当家做主的还不是夫人？论名分，她好歹是小姐的娘亲。要是她瞒过了老爷，说出去也能作这个主。一旦他们把亲事做实，老爷也不好再说什么，到时候小姐不答应都不行了。"如梦听明白了，也感到事态严重，问道："那现在……我能怎么办？"

春香捏着下巴在屋里走了几圈，忽然眼前一亮，凑过来说道："我倒有个主意。就是不知道小姐你肯不肯。"如梦问："什么主意？你快说。"春香凑到小姐耳边小声说道："咱们自己找个人先嫁了。"如梦忽然站起来，紧张地说道："不行！

我现在谁也不嫁。”春香说:“我知道,小姐心里还惦记那个人。可是,连他在哪里都不知道,谁知道还能不能再见到啊。要是他一直都不出现呢,小姐一辈子不嫁人了?”如梦缓缓坐了下来,若有所思。春香继续说道:“你们都已经分开这么多年了,说不定人家早就成亲了。咱们惦记也没用啊。”一句话深深触动了如梦的心思,她愣愣地望着春香,又慢慢低下头去,半天没有说话。春香也坐下来,轻声说道:“我的意思是,咱们自己找个合适的人,让老爷做主,把亲事定了,断了夫人的念想。这样就踏实了。咱们自己找的人,怎么也比那个姓胡的强吧。”如梦抬眼看了看春香,又低下头去,没有说话。春香见小姐没有急着反对,估计这个计策还有商量,又站起来在屋里来回走着,捏着下巴思考人选。

如梦沉默了一会儿,抬头望着春香,轻声说道:“春香,你不用费心思了。有爹爹在一日,我就尽心伺候他一日。哪一天爹爹不在了,我也走。以后的事就听天由命吧。”春香听完小姐的话,愣了一下,眼珠转了转,忽然又有了灵感:“小姐,我想到一个人可以帮忙。”如梦看着她,问:“谁呀?”春香说:“就是庙会上替您抢回钱袋,刚刚又给老爷瞧过病的那位公子。”说起吴秋遇,如梦也眼前一亮,但很快又开始失落:“这种事找人家有什么用啊?”春香说:“我看他人不错,心地善良,憨厚老实,又有治病救人的本事。如果不图家世,小姐找个这样的人倒也不错。”如梦说:“你不要乱说了,人家是有娘子的。在庙会上你不是也见到了吗?”春香说:“我当时可是胡乱说的,那个是不是他的娘子还很难说。也说不定是他的姐姐呢,要不就是表姐,嫂子……”如梦打断她的话:“好了,好了。我知道你是好心,咱们就别给人家添麻烦了。”春香知道小姐并不反感吴秋遇,继续说道:“我还没说完呢。要是小姐看得上他,他又碰巧还没成亲,这不是挺好的一个选择吗?说真的,小姐,如果他还没有成亲,你是否愿意考虑一下?”说完,她凑近盯着小姐。如梦羞得低下头去:“我不和你说了。”春香见小姐羞红了脸,偷偷地笑了笑,坐下来说道:“当然了,这个事还得看人家愿意不愿意。要不,我就替他做主了?”如梦娇嗔道:“你还说?”春香赶紧讨饶:“好了,我不说了,不说了。小姐不要生气。如果小姐看不上他,那我还有别的主意。他是个大夫嘛,咱们把他请过来,叫他日夜守着老爷,说不定他妙手回春,老爷慢慢就好了。老爷好了,就什么事都没有了。”听了这个,如梦开心地笑了:“这是正话,我看使得。”春香笑道:“然后,小姐就可以继续等着那个人了。”

“你!”如梦娇羞地瞪了她一眼,也跟着笑了。

春香找到管家,说了请大夫入府看护老爷的事。管家说:“你说这个事我赞成,只不过,今天那位大夫怕是请不来了。”春香一愣:“怎么回事?”管家说:“上次我去请他的时候,他已经是要走了。我好说歹说,他才勉强答应跟着来看看。

现在再去找他，怕是已经走了也说不定。未必请得来呀。”春香急了：“快，您给我找个马车，我赶紧去碰个运气。只要还没走，我死活把他请来。”管家知道春香跟大小姐情同姐妹，要不是大小姐的事，她也不会主动张罗去跑，也很配合，即刻安排了上次的车马，载着春香赶去七里堡。

吴秋遇简单收拾了东西，把任府的赏银留了一些给岳姐姐，便告辞离去。岳淑贞虽有一些不舍，但知道他急于去找小灵子，也不好再挽留。只是三姑心有不甘，望着吴秋遇的背影，摇头跺脚。

吴秋遇正要出村，忽然听见马的喷嚏之声，他扭头看了一眼，看到矮墙后面曾婉儿的马，觉得眼熟。他心中纳闷，继续往村口走着，猛然瞥见曾婉儿站在村口，吓了一跳。曾婉儿是在路边藏着的，只是她面向村外守着，等着吴秋遇从外面回来，因此吴秋遇在村里出现，她没看见。吴秋遇暗自庆幸没被发现，悄悄退身回去，盘算着如何避开曾婉儿。

春香心急，催着车把式把马车赶得飞快，很快就来到七里堡。曾婉儿看到有马车疾驰而来，闪到大树后面，躲避扬尘。

马车进了村，放慢了速度。吴秋遇一眼认出了车把式，不由得心中暗喜，有了主意。他悄悄跟着马车走了一段，等离得村口远了，才快步绕到前面，对车把式说道：“大叔，您这是去哪里？一会儿走的时候，能不能带我一程？”车把式见到吴秋遇，笑了：“当然可以了。我们就是专门来接你的。”他回头对车里喊道：“春香，快出来，神医小大夫就在这呢。”吴秋遇正自惊讶，只见从车棚里钻出一个姑娘来，正是任府的丫鬟春香。春香见到吴秋遇自然欢喜，她一路上都在担心吴秋遇已经走了，所以紧催慢赶往这来，现在终于见到了，心中才一块石头落了地，她从车上跳下来，尽力掩饰住内心的欢喜，一脸愁苦地对吴秋遇说：“公子，还得麻烦您跟我去一趟。我家小姐得了急病，只有您能救她。”吴秋遇知道她所说的小姐就是庙会上丢失钱袋的那位姑娘，关切地问道：“怎么回事？”春香说：“这个我说不好，你一会儿看了就知道了。等着公子去救命呢，快上车吧。”人命关天，吴秋遇来不及多想，扶着春香上了车，也赶紧蹬了上去。车把式调转马车，高高兴兴往回走。

曾婉儿看到马车刚进庄又出来，心中纳闷，在那里盯着看。接到了吴秋遇，春香心情放松，已经不像来时那么着急，她拉开车窗上的帘子，开始欣赏田野的风光。吴秋遇生怕被曾婉儿看见，急忙把帘子拉上。春香不解，望着吴秋遇。吴秋遇不便明说，只有尴尬地笑了笑，马车越走越近，他在车里也越来越紧张。

春香以为吴秋遇对打开车窗有什么忌讳，也不再去动窗上的帘子，而是探头从前面的布帘缝隙向外张望。她一眼看见路边的曾婉儿，掀起帘子招呼道：“是

曾家小姐啊，您怎么在这儿啊？”车把式见春香遇到了熟人，赶紧把马车停了。吴秋遇大惊，赶紧缩身藏到了春香的后面。

曾婉儿在任府见过春香，知道她是如梦的丫鬟，在这里看到她也很惊讶：“哦，我在等人。如梦姐姐在车上吗？你们去哪儿？”

“小姐不在，我是来……”春香刚说了一半，忽听车后方向马蹄声响，一匹马疾驰而来。马上的人大声喊着：“大小姐！”曾婉儿顾不得跟春香说话，迎上去问道：“怎么样，你看到他了？”罗兴从马上跳下来，摇了摇头：“没有。天色将晚，我看大小姐还是先回城里歇息吧。我一个人在这守着就行了。”春香见曾婉儿和来人有事要谈，便探头说道：“曾小姐，我家小姐不在，我也就不打扰你了。我先回去了。”曾婉儿正自失望，随口说道：“好，你去吧，告诉如梦姐姐，我有空去看她。”春香应了一声，让车把式继续赶车前行。

马车走出老远，吴秋遇终于松了一口气，从春香身后坐了起来。春香惊讶地看着他，问：“公子，你怎么了？”吴秋遇说：“没什么，我怕见风。”春香笑道：“哦，这样啊。我还以为你怕见曾小姐呢。”吴秋遇尴尬地笑了笑：“我见她干什么？你们很熟吗？”春香说：“她说跟我家夫人有亲戚，也是今天才到府里去了一次。倒是跟我家小姐挺投缘的。”吴秋遇暗自叫苦：“本想借着马车躲一躲，没想到差点被马车送到曾婉儿眼前去。好不容易甩开了她，又要到她亲戚家里去。”吴秋遇正自胡思乱想，忽听春香问道：“公子，看你行色匆匆，好像是要出门儿啊。原本是要去哪看病人啊？多久回来？”吴秋遇说：“我是要走了，不会回这里来了。”春香问：“不回来了？那你家里的娘子怎么办？”吴秋遇一愣：“什么娘子？哦，你说的是岳姐姐吧。我是受人之托，来给她治眼睛的。现在她的眼睛已经好了，我也该走了。”春香心中暗喜：“这么说，你还是一个人？没有成家？”吴秋遇说：“我从小就没有家了，师父也没了，现在……”他本想说现在只有灵儿，又隐隐觉得跟春香说这个好像不太合适。春香知道了吴秋遇不是岳家的女婿，又认定他仍是孤身一人，由衷地为小姐高兴，恨不得马上回到府里，把这个消息告诉如梦。

到了任府，春香马上带着吴秋遇去见小姐。如梦听说春香真的把吴秋遇请来了，一时不知如何是好。春香在一旁不住地鼓励劝说，并且把吴秋遇单身的事也说了。吴秋遇等在门外，想象着小姐到底会是什么样的急病。门一开，如梦站在门口，轻声说道：“公子来了，请进来吧。”吴秋遇见到如梦小姐好端端地站着，不像有病之人，知道自己被骗了。他马上想到了曾婉儿，不由得往后退了一步：“不，不用了。既然小姐无恙，我……我告辞了。”说着转身就要走。春香急忙跳出来，跑到前面把他挡住：“公子，你别急着走。我们小姐有事相求。”吴秋遇愣了一下，回头看了看任小姐。任如梦面含羞怯，施礼道：“公子，请到屋里说话吧。

听我们说完了，如果你不愿意，我们绝不勉强。”吴秋遇见小姐彬彬有礼，不像是曾婉儿一般难缠的角色，渐渐消除了戒心。春香见吴秋遇仍在犹豫，忙劝道：“公子，你大可放心。我们小姐虽然是大家闺秀，但也是苦日子出身，没那么多讲究。要不是遇上大麻烦，又信得过公子，怎么敢叫男人进她的闺房？”吴秋遇见她们说得诚恳，也不好再推辞，规规矩矩地跟着小姐和春香进了房间。

如梦请吴秋遇坐下，犹豫了一会儿，到底还是说不出口。春香关了门，见小姐扭捏，走上前，开门见山说道：“公子，是这样的。我们小姐不是娄氏夫人亲生的。夫人自己也有一个女儿，就是我家的二小姐，她只疼自己的亲生女儿，一直不喜欢我们小姐。如今我们老爷病了，眼看不能管事，她就算计着把我们小姐赶紧嫁出去，她好独霸家产。”吴秋遇不太懂这婚嫁之事，也没觉得其中有什么不妥，愣愣地问道：“那小姐是不愿意出嫁，还是不想丢掉家产？”春香说：“当然是不想出嫁。”吴秋遇不解：“如果早晚都要嫁出去，那现在出嫁有什么不好吗？说不定夫人也是一片好心，为小姐打算。”春香说：“好心？你知道她给小姐找的是什么吗？”吴秋遇摇了摇头。春香说：“就是庙会上带人打你那个混蛋。”吴秋遇一愣：“啊，怎么会这样？想必夫人不知道他的底细。”春香说：“怎么会不知道，我看她就是故意的。他们还是亲戚呢。这不是把我们小姐往火坑里推吗？”吴秋遇现在终于明白小姐和春香的担心是什么，摇头道：“那是不太好，小姐不愿意也是正常的。既然不愿意，别答应他们就是了，小姐何必烦恼呢？”如梦说：“我跟爹爹说过了，爹爹自然是心疼我的。可是，爹爹现在卧床不起，有些事他是管不了的。如果二娘瞒着爹爹把亲事定了，事情再传扬出去，爹爹为了照顾家里的名声，恐怕也不好轻易悔婚。到时候……”说到伤心处，如梦喉头哽住，只顾摇头。春香说：“小姐最是孝顺的人，不能不顾及老爷的名声。到时候，他们把亲事做实，小姐想不答应都不行了。”吴秋遇听了，觉得她们的分析有理，默默点了点头。

春香说：“我们也是实在没办法了，所以才把公子你请来。”吴秋遇不明白，这件事跟他有什么关系，他愣愣地看了看小姐，又看了看春香。如梦沉默了一会儿，终于鼓足勇气说道：“我们想请公子帮个忙，不知你是否愿意。”吴秋遇说：“我是最没主意的，怕是也想不出什么好办法。你们叫我帮什么忙啊？”春香伏在小姐耳边悄悄说了几句。只见如梦小姐羞红了脸，转过身去。春香说：“我给小姐出了个主意，要抢在夫人前面，给小姐另寻一门亲事。到时候小姐自己有了中意的人家，老爷做主答应了，夫人自然就没话可说了。”吴秋遇拍手道：“好啊，这个主意不错。那就行了，小姐也不用烦恼了。”春香说：“主意虽然好，只怕还是办不成。一时之间，到哪儿去找合适的郎君呢？”说完，她两眼偷偷盯着吴秋遇，等着看他的反应。吴秋遇虽然没有经验，却也不傻，已经隐隐听出春香话里的意思，急忙站起来，摆手道：“这个……我也不知道。我要……告辞了。”春香一把拉住他：“公子不要着急嘛，有什么话坐下慢慢说。”吴秋遇拗不过她，只要再次坐下来，嘴里说道：“我是第一次来洛阳，专门给岳姐姐治眼睛的，这地方我不熟，怕是帮不到小姐了。你们让我走吧。”春香说：“公子看不上我家小姐？”吴秋遇不知道该怎么回答她，搓了半天手，才挤出一句：“我真的该走了。”任如梦知道吴秋遇是个老实人，小声说道：“春香，你不要为难人家了。”

春香知道小姐害羞了，赶紧换了一个说法：“公子，我知道你是个好心人。在庙会上我们就看出来了。你又是个救死扶伤的大夫，总不至于见死不救吧。现在我们小姐有难，你真的忍心叫她往火坑里跳？”吴秋遇为难道：“可是，我也没有办法呀，我不能留在这儿的。”春香说：“那如果我们小姐愿意，让你假扮一下求亲的，先把事情敷衍过去。你能不能帮这个忙？”如梦在旁边听了这个新主意，不由得眼前一亮。只要能把娄氏指定的婚事推掉，来一次假提亲倒也无妨，将来不跟他成亲也不过是损失一点大小姐的面子和名声，那都是值得的。她悄悄转过头，偷偷看着吴秋遇的反应。吴秋遇一时没了主意。看得出来，小姐也是个老实人，如果不答应，那是见死不救，有点于心不忍。可如果答应了，万一弄假成真，自己还怎么去找灵儿？他在那里闷声不语，左右为难。

春香知道吴秋遇心软了，小姐也没急着反对，看来还有得商量，便继续说道：“都说了是假扮嘛，又不是真的。我们小姐都不怕，公子有什么好怕的？再说了，就算公子真的愿意娶，我们小姐还不一定想嫁呢。你说是不是，小姐？”任如梦羞得再次转过脸去。吴秋遇一听有道理，人家一个大家闺秀怎么可能看上自己，看来真的只是要假扮，于是心里踏实了不少，他反复想了想，又看了看如梦小姐和春香，觉得两个人不像是难缠的坏人，便站起来说道：“如果真能帮小姐解决难处，假扮一下，也可以。不过咱们可说好了，只是假扮一下，然后我就离开，你们可不能再安排别的事。”春香见他答应了，高兴地几乎跳起来：“太好了！公子，你真是好人！小姐，你听见了吧，公子愿意帮忙。”任如梦也是喜出望外，转过身，小声说道：“多谢公子。”吴秋遇见二人如此开心，知道自己做的是好事，也轻松了不少。反正假提亲的事一完，自己马上可以离开去找小灵子，他也乐得帮助如梦小姐摆脱眼前的困境。

过了一会儿，吴秋遇说：“我对这些事全都不懂的，你们可要想仔细了。我只能听你们的，跟着演，我可是一点主意都没有的。”如梦也没有主意。两个人都看着春香。春香说：“公子帮忙，小姐乐意，剩下的事就好办了，我去找人张罗。现在，公子和小姐要成一家人了，是不是该重新认识一下了？”吴秋遇和任如梦都不禁脸上一红。虽然都知道是假的，可这话听起来总觉得有点难为情。如梦小姐毕竟是主人，先开口说道："我叫如梦，还不知公子如何称呼？"吴秋遇说："我叫吴秋遇，不是什么公子，也不是真正的大夫。"如梦说："听说七里堡岳三姑的侄女岳姑娘失明好几年了，你一来就给她治好了。那天在庙会上还见到她。你还说不是好大夫？"吴秋遇说："我就小时候跟师父待了几年，多少知道一些看诊用药的事。"如梦说："公子，你太谦虚了。"春香见两人聊得不错，有心避出去，便说道："你们两位好好熟悉一下，免得在别人面前说岔了。我去找管家商量一下，看提亲的事怎么安排。"不等二人回答，春香快步出了房间，把门带上，偷偷笑了一阵，去找管家。

管家跟随任员外多年，对老爷忠心耿耿，他一向看不惯娄氏的为人，对如梦大小姐倒是真心。听了春香的主意，管家点头道："嗯，按说你这个主意倒也算是个好主意。只不过这样一来，对大小姐的名声难免有损，将来再找人提亲总有妨碍。"春香笑道："我知道。万一这一次提亲之后，两个人相处好了，也不用再找人提亲了。"管家看了看春香，明白了她的心思，笑道："你呀，就是主意多。有你伺候着，也算是大小姐的福气。"春香得意地说道："那是。"管家说："看把你美的。将来你要嫁人的时候，我看也用不着别人张罗。"春香跟管家熟了，自然什么话都不在乎，毫无顾忌地说道："那我就自己费心好了。哈哈。好了，不胡说了，快想想秋遇公子向大小姐提亲的事怎么办吧。"两个人回归正题，开始商量假提亲之事。

为免事情显得太突然，春香提议先找个别的理由让吴秋遇在府中住下来。管家说："正好老爷病着，需要大夫。那就让他留在府里照顾老爷，说不定由他亲自调理，老爷的病还能好转得快些呢。"春香也赞成。这样也留出时间，可以从长计议。于是管家便安排了僻静的房间，一来便于吴秋遇思考用药，二来便于大小姐和春香找他商量事情。吴秋遇虽然心里想着小灵子，很想早日离开，但是已经答应了如梦小姐，也只好帮忙帮到底，等完了事再说。

吴秋遇住在府中，也无其他事可做，便日夜对员外悉心看护，三餐搭配膳食，早晚精心用药。如梦小姐也不避嫌疑，常去秋遇房中或者员外床前，与吴秋遇讨论爹爹的病情。没过几天，任员外的精神气色好多了，也渐渐有了力气，已经能坐起来了。管家看到老爷好转，非常高兴，不由得暗自赞叹，私下对春香说："幸亏你想出那么一个主意，才把这位小大夫留住。要不然，老爷也没那么快好起来。"春香说："最高兴的还是咱们大小姐，你没看她这几天多么欢喜。"管家与她心照不宣。任如梦一方面为爹爹的病情好转惊喜不已，一方面对吴秋遇更加欣赏。吴秋遇说："我已经把膳食和用药都写了下来，每日按时按量服用即可。如此长期调理，员外即使不能恢复走动，也可延年益寿。"众人听了自然高兴。吴秋遇紧接着嘱咐道："但是有一点要注意，员外这种情况，万万不能动肝火。一旦气

大伤身，后果不堪设想。有可能就前功尽弃了。"众人也都铭记在心。

自从上次员外当面拒绝如梦的婚事，娄氏夫人已经好几天没到老爷房里来了。忽然听说员外能坐起来吃饭了，娄氏都不相信，但终是坐不住，急匆匆过来瞧看。员外见娄氏进来，招呼道："夫人，你看，我好多了。"娄氏愣了半晌，含糊道："哦，好，好。看到老爷这样，我很高兴，也放心了。这几天……"她本想解释一下这几天为何没来。但是员外心情好，顾不得听那些，拉住吴秋遇的手，兴奋地说道："多亏了这位小大夫。经过他这几天的调理，我都能坐起来了。我都没想到啊。"娄氏瞧了一眼吴秋遇，随便笑了两下，说："哦，多谢大夫了。你什么时候来的？我都不知道。大夫来了，你们怎么不告诉我一声。怠慢了。"管家偷偷白了她一眼，没吭声。吴秋遇笑了一下，说："我来了几天了。是如梦小姐让我来照顾老爷的。"娄氏说："哦，都一样，都一样。我这几天还想着到哪去请你呢，只是不知道你住在哪。现在好了，老爷也有精神了。管家，你去吩咐厨房，叫他们做几个好菜，咱们好好招待一下客人。"管家没好气地"嗯"了一声，出去安排。

第六十章 月夜花劫

娄氏又随便说了几句，匆匆回到自己房里，生闷气。丫鬟杏儿知道她心里有火，只想躲得远远的，悄悄往门外走。娄氏看见了，怒问道："他们又请了大夫来，你怎么不告诉我一声？"杏儿说："夫人，我一直跟在身边伺候您。大夫的事我一点不知道啊。"

"哼，我看你们都串通好了，瞒我一个人。"娄氏发泄了两句，终究也说不上杏儿的不是，于是说道，"好了，你出去吧。以后有事多替我盯着点。"

"是。"杏儿应了一声，从房里退出来，长长地松了一口气。

娄氏是任员外在大夫人亡故之后纳的妾室，一直没有扶正。二小姐佳怡是娄氏带来的，也非员外亲生。娄氏原以为员外病成那样，已经挨不过多少日子了，所以才急着把如梦嫁出去，自己好独霸家财。她完全没料到吴秋遇去而复返，而且真能妙手回春，今日一见，知道员外已无大碍，今后家里的事怕仍要由他做主，这叫娄氏怎能不着急。她在房中独自生了一会儿闷气，忽然有了一个想

法，对着镜子简单整理了一下，匆匆走出房门。

府门口的家丁看到夫人匆匆出门，身边一个丫鬟也没带，不禁心中纳闷，交头接耳。娄氏顾不得搭理他们，急匆匆走了。

晚饭之后，娄氏手里拿着一个包袱，来到如梦的房间。如梦小姐和丫鬟春香没想到娄氏会来，都不禁一愣。如梦赶紧站起来："二娘来了，快请坐。"娄氏说："我就不坐了，我就是来和你说几句话。"丫鬟春香本想出去回避。娄氏说："不用。唉，这些日子老爷病着，我的心思都乱了，也没顾得上照顾你和佳怡。本想给你找个好人家，订门亲事，顺便给老爷冲个喜。没想到……唉，啥也别说了，都怪那个刘婆子，我叫她给骗了。如梦啊，你不会怪罪二娘吧？"如梦说："不会，二娘是为爹爹着想，也是为我操心。"娄氏说："那就好，那就好。哎呀，现在老爷好了，一切事有他做主，我也踏实了。这不，我刚刚出门去街上，给你做了一件衣裳，算是向你赔罪了。待会你试试，看合身不合身。"说着把包袱递到如梦手里。如梦接过包袱，说："多谢二娘。刘婆子提亲事就过去了，您也不必放在心上。"娄氏说："好。我就知道，咱们家如梦最知书达礼了。我走了。你一会儿试试啊，今天就穿上看看，好叫老爷知道你不怪二娘了。"如梦点头应下。

见娄氏走远，春香说："她是看到老爷好了，怕老爷责怪她，这才想起来讨好小姐。早干吗了？"如梦说："算了，都过去了。如今爹爹好了，想来二娘也不敢再提胡家的事了，过去的事就算了。"

"小姐就是人好。"春香关了门，见小姐心情不错，于是说道，"这一切可多亏了人家秋遇公子。"如梦说："是啊，难得他肯答应帮忙，还照顾了爹爹。不过现在好了，事情解决了，咱们也不用再麻烦他了。"春香望着小姐，问："小姐的意思是……"如梦转过身去，喃喃说："他治好了爹爹，是我们一家的恩人，是一定要好好感谢的。等爹爹情况好了，他必定又要急着走了，到时候……咱们没有理由再留他。他是个好人。"春香听着小姐自言自语，知道她心里也有不舍，上前问道："如果秋遇公子真的要走，难道小姐真舍得？"如梦坐下来，叹息道："他本来就是急着要走的，这次肯留下来帮忙，已经是勉为其难了。怎么好再叫他为难？"春香说："我想知道，小姐你心里是怎么想的？如果可以让他留下不走，你会怎么样？"如梦愣了一下，抬眼望着春香，她还真没想过这个问题。春香说："办法总是有的。不过，总得小姐自己心里先有个主见。"如梦沉默了一会儿，缓缓打开桌上自己那幅画，看着看着发起呆来。

此情此景，有诗《今夕往昔》一首，曰：

月照窗边花树影，风留门外紫竹亭。
且看眼前新描像，仍念心中旧时形。
英雄救难无私意，美女托身有隐情。
今番邂逅求为友，往日歌谣谁共鸣？

忽听外面有人敲门。春香走过去，问了声："谁呀？"外面的人说："是我，来找姐姐玩了。"春香赶紧开门："二小姐，快请进来。"佳怡见姐姐如梦坐在桌边，手里拿着画，也凑过去看热闹："看什么呢，姐姐？我也瞧瞧。"如梦来不及把画收起来，只得随口遮掩道："没什么，是我自己画的。"佳怡看了几眼，笑道："还没画完啊？头发还没添上呢，真难看。"如梦知道这个妹妹天真无邪、口没遮拦，因此毫不介意，匆匆把画卷了搁在桌上，问："妹妹有事吗？"

佳怡说："我没事，就是闲着无聊，来找姐姐说说话。哎，这包里是什么东西？"她一眼看见了娄氏放在桌上的包袱。如梦说："哦，这是二娘刚刚拿过来的，说是新衣裳。我还没来得及看呢。"佳怡心直口快："我娘拿来的？她真是偏心，只想着姐姐。我能打开看看吗？"如梦笑道："没事，看吧，二娘当然还是最疼你的。"佳怡把包袱打开，将衣服展开一提，是一件崭新的大红罩裙。佳怡惊叫道："好漂亮！还说我娘不偏心？"如梦说："妹妹要是喜欢，可以穿上试试。"佳怡小孩子脾气，也不客气，真的穿了起来，还问："怎么样，好看吗？"如梦说："嗯，好看，也合身。姐姐就送给你吧。"

"真的？"佳怡喜出望外，"姐姐你真好。"如梦笑道："难得妹妹喜欢，咱们高兴就好。"春香知道虽然娄氏对如梦不好，但是这两个姐妹却是情投意合。人家姐妹情深，小姐好不容易得了件新衣裳又转手送人，她也不好多说什么。佳怡心情高兴，天真地问："姐姐，我今天在你这睡了好不好？叫春香到我房里去。"如梦劝道："傻妹妹，这怎么行？让二娘知道了该不高兴了。不过你可以多玩一会儿，晚点回去。"佳怡无奈："那好吧，我玩够了再走。"

这一日是初七，半月高悬，星光点点。

任府大院已然安静下来。任府大门关着，但是却没有上拴。两个蒙面人轻轻推开门扇，挤了进来，在院子中转了一阵，终于发现了亮着灯的如梦小姐的房间，悄悄走了过去。

佳怡还在如梦的房里，坐在床头跟姐姐说着话。如梦已经困得躺在了床上。二小姐不愿回去，春香也只得继续伺候着。忽然房门被推开，两个蒙面人闯了进来。三个姑娘都吓坏了，正要喊叫。一个蒙面人将手里的刀往桌上一砍，低声喝道："谁敢出声，我就先杀了谁！"三个女孩子谁也没见过这阵势，都被吓到了，一

个个颤抖着，不敢叫喊。春香好歹得护着两位小姐，壮着胆子问道："你，你们，想怎么样？"拿刀的蒙面人没搭理她，挨个打量着她们三个，忽然抬手一指佳怡："就是她！"另一个蒙面人快步上前，将佳怡抱起来，扛在肩上就往外走。春香想要上前阻拦，拿刀的蒙面人用力将她推了一把，也跟着出了屋子。佳怡吓坏了，大声哭闹起来："你放开我！放开我！"

春香撞在桌子上，半天动弹不得。如梦放在桌上的画被蒙面人的钢刀砍到，断作两截，其中一截滚到了地上。如梦急忙跳下床，跑到门口大喊了几声："快来人哪！有贼了！把二小姐抢走了！"然后赶紧回来扶春香："春香，你怎么样？"春香忍痛站起来，说："我不要紧。快去看看老爷吧。千万别惊动他，他受不了这个刺激。"如梦这才想起吴秋遇的嘱咐，意识到爹爹不能动肝火，否则后果严重，急忙起身跑去看爹爹。春香也跟着出来。

吴秋遇听到动静，跑出门，正见如梦和春香跑来，上前问道："出什么事了？"春香说："有贼把二小姐抢走了。"吴秋遇一惊："他们往哪跑了？我去追！"任如梦一把拉住他，说："夜黑风高，你路又不熟，上哪儿追去？万一，你再有个好歹，叫我……爹爹如何是好？"春香也说："是啊，先去看看老爷吧。要是老爷知道信了，可不得了。"她们并不知道吴秋遇会武功，这么说，既是为了保住老爷，也不想叫他平白搭上性命。吴秋遇最清楚员外的病受不得大刺激，如果他已经知道了，可真是不得了了，急忙跟着如梦去看员外。

员外也很早听到动静，问守夜的丫鬟。守夜的丫鬟毕竟年轻，隐约听到了如梦的叫喊，老爷一问，也就如实说了："好像是有人在喊，说是有贼，二小姐被劫走了。"员外一听，顿时心中乱跳，气血上涌，浑身颤抖起来。丫鬟吓坏了，扑跪在床头说道："老爷，您怎么了？我是胡说的，我没听清楚。刚才一定听错了。您可千万别着急呀，老爷！快来人哪！老爷发病了！"如梦正好进门，一下子扑到床头。吴秋遇赶紧给老员外推拿，疏通气血。

管家带人跑出来，看到春香，忙问："怎么回事？"春香说："刚才有两个蒙着脸的贼闯进小姐房间，把二小姐劫走了。"管家忙问："那大小姐呢？"春香说："去看老爷了，怕老爷知道消息发病呢。"娄氏夫人正漫不经心地往员外房间这边走来，听到春香的话，顿时就慌了。她跑到员外的房里看了一眼，见如梦果然在那里，急地直跺脚，疯了似的往前院跑去。管家喊道："夫人，你去哪？"娄氏哪里顾得上理他，早就跑远了。管家说："老五、老六！你们两个去跟上夫人，她可别再出什么事！张望、李才！你们俩各带几个人，分头去追。就算拿不到那俩贼，也得把二小姐救回来。"众家丁各自领命去了。春香说："得报官吧。这深更半夜的，衙门有人吗？"管家说："我跟郑捕头有交情，我直接去家里找他。老爷那边的事，你照应着吧。”说完就匆匆忙忙走了。春香也赶紧到房里看老爷。

经过吴秋遇一番推拿，老员外渐渐缓了过来，见如梦守在床前，挣扎着问道：“是不是佳怡出事了？”如梦知道爹爹已经听到，只得尽力劝道：“爹，您放心吧。管家和二娘已经派人去追了。一定能找回来的。您一定要保重身体呀。”老员外无力地躺了下去，闭上了眼睛，喘着粗气。吴秋遇赶紧吩咐丫鬟去拿药。丫鬟战战兢兢地爬起来，对如梦说：“大小姐，我不是故意的。老爷一问，我就胡乱说了。都是我不好。”如梦拍了拍她的手背，说：“没事，不怪你。去拿药吧。”丫鬟含着眼泪出去了。吴秋遇继续给老员外推拿。如梦和春香都焦急地等着外面的消息。

派出去的人，最先回来的是老五和老六。管家不在，春香便出去问明情况：“你们俩回来了，那夫人呢？没找到？”老五说：“找是找到了。她说不用我们跟着，就把我们打发回来了。”春香说：“深更半夜的，夫人一个人，没人跟着哪行啊？她说不用跟着，你们就不跟着了？”老五说：“我们是想跟着来着，可夫人都发火了，还把我们骂了一顿。我们惹不起，只能先回来跟你们说一声。”春香也知道娄氏脾气大，他们不敢得罪也是正常的，也不好再埋怨什么，于是说道：“你们俩到门口去看着吧，如果他们回来，尽快来告诉一声。”老五和老六走了。没过多久，老六就跑了回来。春香还没进屋呢，问道：“怎么了，谁回来了？”老六气喘吁吁地说：“他、他们，他们又来了。这回人更多。”春香问：“谁呀？”老六喘了几口气，才说出来：“坏、坏人！老五在那顶着门呢。”春香暗叫不好，除了老五和老六，家里的青壮家丁都派出去了，这可怎么办啊？

正在发愁，那伙强人已经闯了进来，十多个人拿着刀枪火把，都蒙着脸，气势汹汹。为首的一个人坐在椅子上，两腿伸得直直的，两个人用竹竿架起来抬着他。一伙人吵嚷着，直奔如梦小姐的房间。春香悄悄跑回屋里，紧张地说道：“不好了，外面来了很多歹人，有刀有枪，好像这回是冲着大小姐来的。”老员外挣扎着要起来，忽然一股热血上涌，从嘴里喷吐出来。如梦惊叫道：“爹爹！”吴秋遇赶紧给他推拿顺气。老员外咳喘了几声，抓住吴秋遇的手说道：“秋遇公子，你快带着如梦躲起来。千万别，别叫她落到他们手里。咳，咳。”如梦眼看爹爹吐血，眼泪止不住流下来，哭诉道：“爹爹，我不走，我留下来照顾你。”老员外焦急地推她，但是已经说不出话来。吴秋遇站起身说道：“你们好好照顾员外，我出去挡着他们。”如梦一把拉住吴秋遇，含泪说道：“你不能去。他们人多，又有刀枪，我怕……”吴秋遇两手扶着如梦的肩膀，安慰道：“放心吧，我不会有事的。你好好照顾爹爹，千万不要出来。”如梦愣愣地望着他，还没来得及再说什么，吴秋遇已经转身走出了门口。春香说：“小姐，我出去看看。你把灯先吹了，不能让他们知道你在这里。”说着也跟了出去。

有人先去如梦屋里搜了，没找到人，出来禀报。那匪首坐在高架的椅子上，大声喊道："有喘气的，赶紧把你们大小姐交出来，免得本少爷费事。若把我惹急了，杀你们个鸡犬不留！"

吴秋遇悄悄绕离员外的门口，才站出来喊道："你们深夜闯到别人家里，好没道理！"那匪首在高处看了看，像是认出了吴秋遇，笑道："呦，小子，你也在这。就凭你也敢出来挡横？"吴秋遇不关心他是谁，大声说道："你们别欺人太甚。如果二小姐是你们劫了，赶紧送回来，也免得惊动官府。"那匪首笑道："呦呵，口气不小啊。小的们，先把他给我收拾了，这回往死里打！"有不识好歹的，觉得吴秋遇好欺负，争抢着上前动手。春香躲在暗处，心里着急："秋遇公子太老实了，怎么还不跑啊？"她干着急，又帮不上忙，暗自为吴秋遇捏了一把汗。

眼看有三个人已经冲到吴秋遇面前了，吴秋遇仍是不躲不闪，稳稳地站着。那三人各抡枪棒，直往吴秋遇身上打去。春香急得都要喊出来了。却见吴秋遇忽然身形一晃，不知怎么就绕到了那三个人的身后，快速出手在他们腰间、肋下点了几指，那几个人就不动了。春香根本没看明白怎么回事，只知道吴秋遇没事，不由得暗自惊奇。

吴秋遇转身往前走了几步，对那匪首说："我不喜欢打架，更不想伤人。我劝你们赶紧把二小姐送回来，好好做人。"那匪首愣了一下，也没弄明白怎么回事，又招呼道："上，都给我上！把这小子给我乱刀砍死！"他手下众人一发都冲了过来，把吴秋遇围住。吴秋遇见他们人多，也不敢怠慢，又有心教训他们一下，以救回二小姐，便不再退让，开始主动出手。那些人虽然手里拿着刀枪棍棒，却几乎没什么武功，很快就被吴秋遇一一打倒在地，哀号不止。吴秋遇走到匪首跟前，瞅了瞅那两个抬椅子的。那二人哆嗦了一阵，终于坚持不住，扔下肩上的竹竿，趴在地上就磕头。那匪首被掀翻在地，摔得哎哟乱叫起来。

春香看得过瘾，急忙跑回屋里告知小姐和老爷："小姐，老爷。不得了，不得了。秋遇公子他……"如梦紧张地问道："他怎么了？人呢？"春香刚才跑得急，喘了一口气，咽了一口唾沫，说道："他一个人，把那么多坏人都给打倒了！"如梦听罢，当时愣住，简直难以置信。但知道吴秋遇平安无事，而且还制住了歹人，心里马上踏实下来。她兴奋地从父亲床头直起身来，跑出门来看吴秋遇。果然见到吴秋遇好端端地站在那里，而众歹人狼狈不堪，不由得大喜过望。

这时候，娄氏夫人带着女儿走进院子。佳怡委屈地哭哭啼啼，娄氏闷闷不乐，看到眼前的情景，也不禁愣住。如梦赶紧过去看妹妹："佳怡，你没事吧？"佳怡一下子扑到姐姐怀里，放声大哭起来。吴秋遇揪下匪首脸上的黑布，让他抬起头来，一眼便认出是庙会上恶少，娄氏夫人的远亲胡全有，不禁怒问道："你们把二小姐怎么样了？”胡全有趴在地上，胡乱说道：“没怎么样啊，都是误会。”吴秋遇在他背上点了一处痛穴，胡全有号叫道：“啊呀，疼啊！我说，我说！我就是嘴上、手上占了一点便宜，下边干不了坏事啊。你看我的腿，我真的没干那事啊。”他两腿挺直，动都不能动，看样子确实是行动困难。吴秋遇和如梦看着佳怡。佳怡擦着眼泪，点了点头。如梦说：“走，妹妹，咱们进屋看爹爹去。让秋遇公子教训他们。”

佳怡狠狠瞪了胡全有一眼，跟着姐姐进了屋，一见到爹爹，又扑到床前大哭起来。老员外摸着佳怡的头，安慰道：“回来就好，回来就好。”这时候，守夜丫鬟端着药进来。如梦一面喂爹爹喝药，一面听着外面的动静。

出门追贼的家丁陆续回来，见到地上的贼人，都忍不住上前打几拳，踢两脚。管家也回来了，还带来了三个官差。为首的官人身材魁梧，腰间别着两把铁尺。吴秋遇看着那人眼熟，他见过的人不多，仔细想了想竟真的想了起来，脱口叫道：“郑捕头？”此人正是当年在香儿母亲坟前与柳正风争斗的两个官差之一，名字叫郑越山，只是如今留起了大胡子，而且须发之间已经有了不少白的。郑越山醉眼蒙眬地看了看吴秋遇：“你是谁？认得我？”管家介绍道：“这是我们请来的大夫，给我家老爷瞧病的。我刚才说了要去找郑捕头，他就记住了。”郑越山上下打量着吴秋遇：“大夫？不像啊。大夫怎么这么晚了……嗯……还在别人家里？”管家说：“我家老爷卧床多日，特意请他留在府里日夜照顾。”郑越山摇摇晃晃地看了看地上的众歹人，点了点头，说道：“人还不少。看来你们府上的家丁还不错。抓了这么多坏人，他们一个都没受伤。”管家也正纳闷呢，小声问老六：“怎么回事？”老六刚才躲在假山后面全看见了，指了指吴秋遇，小声说：“我们都没上手。都是这位大夫一个人打的。他太厉害了。”郑越山听见了，又盯着吴秋遇问道：“这些都是你干的？行啊，深藏不露啊。说说吧，你是什么来头？”吴秋遇正不知如何应付，春香跑过来说道：“老爷又吐血了，找大夫呢，你快进去看看吧。”吴秋遇趁机跟着春香进了屋。

管家见郑越山仍盯着吴秋遇的背影，生怕他生出别的事来，赶紧说道：“哎，老爷的病又发作了。郑捕头，您看这些人是直接带回去，还是先问一问？”郑越山说：“问一问？问问就问问。”他扫视了一眼，问道：“你们谁是带头的？”众人都指着胡全有。郑越山走到胡全有面前，蹲下来，问道：“那你说说吧，你们究竟是怎么回事？”娄氏在旁边站着，有点不安。胡全有见了衙门的人，更加心虚：“大、大人哪。这都是误会，误会呀。”郑越山喷了一口酒气，打了个嗝，盯着胡全有问：“你说什么？误会？你们抢了人家闺女，还拿刀拿枪的……嗯……打到别人家里来，这都是误会？”胡全有自己也觉得说不过去，支吾了一阵子，忽然瞥见

娄氏，大声喊道：“表姑，你倒是帮我说句话呀。”娄氏知道躲不过去，硬着头皮上前说道：“郑捕头啊，您别见怪。这真的是误会。”郑越山抬眼看了看娄氏：“你，你是谁呀？”管家小声说：“这是我家二夫人，被抢的二小姐的亲娘。”郑越山点了点头：“二夫人，二小姐他娘。这么说，你是苦主。你说说，怎么又成误会了？”娄氏说：“是这样的。这个是我娘家的表亲，从小就淘气，今天不知怎么了，心血来潮的，就想跟我那女儿开个玩笑。假装坏人把她带走，故意吓唬她。没想到家里人还当真了，还惊动了官府，把您也给劳烦来了，真是不好意思。我女儿已经回来了，就在屋里伺候老爷呢。误会，误会呀。您看时候不早了，您又喝了酒，早点回去休息吧。这里的家事，我们就自己解决吧。”管家问旁边的老六：“二小姐回来了？”老六说：“嗯，回来了，夫人刚刚带回来的，在老爷屋里呢。”郑越山站起来，伸了个懒腰：“真丧气，误会，害我白跑一趟。”娄氏说：“实在对不住了。改日我禀明老爷，一定登门拜谢。”

郑越山带着两个手下走出两步，忽然站住：“慢着！”他缓缓转过身来，走回来，用脚尖勾起胡全有的下巴，说道：“还有个事我没弄明白，我得问问。你们已经把人抢走了，你又带着这么多人，到人家府上来，这是怎么个意思？”胡全有一下子傻眼了，根本不知从哪编起，赶紧望娄氏。娄氏抢着要说：“郑捕头……”

“我不听你说，我听他说。”郑越山直盯着胡全有，“你要是说不清楚，我把你带回去，十八般刑具让你尝个遍，看你说是不说。”胡全有当时就慌了，大叫道：“这不赖我呀。都是我表姑的主意！”屋里的，院子里的，众人听了，都不禁愣住。

娄氏慌忙叫道：“你不要乱说！郑捕头在这里，咱们不怕说不清楚，你怎么开始胡说了！”郑越山好像忽然酒醒了不少，冷笑道：“你先等一会儿，我倒想听听他怎么说。小子，你可想好了，不要乱说话。要是敢蒙老子，你想想那十八般刑具。”

“不敢，不敢，不敢乱说。”胡全有见娄氏已经指望不上，只得如实招了，免受皮肉之苦。郑越山看他说话费劲，让人把他翻过来，搁到椅子上。管家见事情牵扯到夫人，怕有损老爷的名声和威望，赶紧打发众家丁各自散去。

胡全有大致想了想，从头说道：“前几天我表姑说，要把他们家的大小姐嫁给我，还说大小姐如何如何漂亮。我当然愿意了。表姑让刘媒婆把生辰八字都换了，我以为板上钉钉了。没想到今天下午，表姑又上门找我，说事情有变，我可能娶不了大小姐了。我当时就急了。她说如果我非要娶也行，就是得冒点险，不知道我有没有那个胆子。我当然不怕了，问她怎么干。她说只要让大小姐断了再嫁别人的念头，一切就好办了。我问怎么断。她说找人把大小姐抢走，先把生米煮成熟饭，大小姐失了身，再也嫁不出去，我就可以娶她了。我说这容易呀，那就抢吧。表姑说不能明着抢，不然会惊动官府，要吃官司。其实吃官司我倒不怕，就是家里得费钱。我问那怎么抢，她说可以找人扮成强盗，半夜来抢。她说了把大小姐房间的位置，还说晚上会把大门给开着。她还说有个丫鬟跟大小姐住在一起，怕抢错了，就拿了一件红色的罩裙做记号，她回来骗大小姐穿上，我们认衣服抢人。”娄氏几次想打断，都被郑越山手下的官差看住，羞愧得无地自容。老员外在屋中气得发抖。

郑越山问：“那你们怎么把二小姐抢走了？”胡全有叹气道：“唉，他们怎么知道二小姐会在那，还把那件衣裳给穿上了。就把二小姐当成大小姐给扛走了。后来表姑上门来哭闹，我才知道抢错了。”郑越山问：“你都对二小姐做了什么？”胡全有说：“我就调戏了她几句，在她身上摸了几把，连衣服都没扒光呢，表姑就来了。”佳怡从屋中跑出来，狠狠瞪着娄氏，说了句“我恨你”，一路哭着跑掉了。丫鬟杏儿看见了，赶紧追过去陪着。娄氏一下子瘫软在地上。

郑越山问：“你们已经抢了一回，就不怕人家报官？还敢来抢第二回？”胡全有说：“二小姐被抢，表姑又恨到大小姐头上，说是她使坏，就鼓动我们再来抢大小姐，让我抢了就把她……”郑越山瞪着瘫软在地的娄氏：“你还真是丧尽天良，猪狗不如！到头来害人害己，把自己的亲生女儿也给搭进去了。”管家看着娄氏，心情沉重。娄氏抬起手，一边用力在自己脸上打着，一边念叨：“我丧尽天良，我猪狗不如，我害人害己……”

屋内，员外忽又喷出一口鲜血，昏死过去。如梦大哭起来：“爹——”

胡全有继续说道：“她还说夜里衙门没人当差，叫我们尽管放心。我们都是被她给骗了。这个真不赖我呀。大人！”郑越山没有搭理他，吩咐一声：“一个个捆好了，都带走。”管家看了看娄氏，把郑越山请到一边，小声说道：“郑捕头您看，娄氏已经疯疯癫癫的了，她好歹也是我们府上的二夫人，您看能否通融一下，照顾一下我们老爷的面子和敝府的名声，先别把她带走。等明天我跟老爷商量一下再做处置。如果她真是疯了，就让她自生自灭；如果她装疯卖傻，我们老爷也会把她送交衙门。您看怎么样？”郑捕头说：“今天你打扰我喝酒了，改天你可得赔我一顿好酒。”管家知道他是答应了，连连应道：“一定一定，多谢郑捕头。”

郑越山带着人，押着胡全有一伙走了。管家叫了个丫鬟，把娄氏送回房间，又找来几个家丁，简单收拾了一下院子，并吩咐下去，让他们相互转告，今晚的事谁也不准说出去。一切安排妥当，管家才得空进屋去看老爷。

过了很久，老员外才缓缓醒来。他面色苍白，气虚无力，看了看床头的如梦，望着吴秋遇说道：“秋遇公子，老朽有一事相求，不知你……咳、咳……”春香提醒道：“秋遇公子，我们老爷有话跟你说。”吴秋遇赶紧贴到床边，俯身下来，小声问

道:“您保重身体要紧,有什么话也不急于这一时。”老员外努力抬起手臂,抓住吴秋遇的手,喘着粗气说道:“我不行了……秋遇公子……我想拜托你…………替我……好好照顾……如梦……”如梦听了,趴在床头大哭起来。吴秋遇安慰道:“员外,您没事的,您好好休息,我一定想法把您治好。”老员外挣扎着抓紧吴秋遇的手,说:“你一定要答应我……答应我……照顾……如梦……”吴秋遇点头道:“好,我答应您。我一定好好照顾如梦小姐。”老员外渐渐松了手,无力地躺了下去,嘴角微微露出笑意,用很小的声音说了句“好……好……”,便断了气。吴秋遇在他鼻子底下探了探,无奈地摇了摇头,喃喃道:“员外已经……去了。”

“爹——”“老爷——”屋里一片哭声。如梦拼命地摇着爹爹,希望他能再次醒来。吴秋遇望着失声痛哭的如梦,想起了自己当初与师父生离死别的情景,不由得也潸然泪下。正可谓同病相怜。

嵩山遗恨

沉冤得雪憾伤身，
刚逢失女变亡魂。
不知天公巧戏弄，
难料新朋是故人。

绘图：尤嘉钰

第六十一章
伤情洒泪

老员外过世，任府家眷没有男人，娄氏夫人已经疯癫，大小姐如梦又哭得死去活来，管家只好出面给老爷张罗后事。

吴秋遇看着如梦伤心，跟着难过，又不知如何解劝。春香怕小姐哭伤了身子，擦了擦眼泪，让吴秋遇帮着她一起连拉带拽把小姐送回房里。

任老员外去世的消息很快就传开了，乡人听说无不惋惜。这任员外是个有名的大善人，修桥补路，怜老惜贫，真是造福一方，只可惜苍天不佑，身染陈疾，不想就这么过世了。

那日曾婉儿在七里堡等不到吴秋遇，又派罗兴夜里去岳家偷听了一回，才知吴秋遇真的已经走了，失望之余，她只能骑马返回城里的客栈。这一日正由郝青桐陪着在街头闲逛，忽然听说城东任家庄任员外去世的消息，这次来本是打着替母探亲的幌子，如今赶上任员外过世，她作为娄氏的亲戚，不得不去探望。便赶紧嘱咐郝青桐备办了祭品，二人回客栈牵了马，赶奔任家庄。

只见任府悬白戴素，府门内外一片哭声。前来吊唁的人进进出出，络绎不绝。进去的无不哀伤，出来的无不落泪。曾婉儿下了马，走到门前。门口的家丁知道他们也是来祭奠的，直接把他们让进府里。院子里处处挂白，人来人往，家丁、丫鬟忙得团团转。曾婉儿不懂得这里面的规矩，便想着先去拜见娄氏。她叫住一个丫鬟，让她带路。“你们找夫人？”丫鬟犹豫了一下，还是带她去了。郝青桐毕竟年长，见过世面，知道人家家里有女眷，不能乱闯，便留在原处等着。

丫鬟把曾婉儿送到娄氏房门外，说了句“夫人就在里面，您自己进去吧”就匆匆走了。曾婉儿站在门口，喊了声：“姨母，我是婉儿。您在屋里吗？”屋里有声音，但是无人应答。曾婉儿犹豫了一下，轻轻推开门，嘴里说着：“姨母，婉儿进来了。”只见娄氏正蜷缩在桌子底下，呆呆地用手打着脸，喃喃地说着：“我丧尽天良，我猪狗不如，我害人害己……”曾婉儿吓了一跳，站在那里愣了半天，才怯怯地上前问道：“姨母，你怎么了？”娄氏停下手，抬起眼皮看着她，面皮僵硬地笑了笑，说：“嘿嘿，你来了，我对不起你。我丧尽天良，我猪狗不如，我害人害己。我丧尽天良……”说着，又自顾用手在自己脸上打起来。曾婉儿看出娄氏已经疯了，一时不知如何是好。她无奈地站在那里，叹息了一会儿，转身出来，把房门轻轻带好。

刚才的丫鬟已经走了，曾婉儿站在院中，不知该往哪去。杏儿跟着佳怡二小姐走了过来。见到曾婉儿，佳怡开口问道：“你是谁？”曾婉儿说：“我是夫人的亲戚，前来府上吊唁的。”佳怡轻轻哼了一声：“又是胡家的？哼，你走，我们不要你假慈悲！”曾婉儿一愣，知道她们误会了，忙说道：“我不是胡家的。我从蓟州来，我姓曾。”佳怡知道自己弄错了，赶紧说道：“真对不起，曾姐姐，其实我不是针对你。”婉儿笑道：“我知道，我知道。你是……”杏儿说：“这是我们家的二小姐。”曾婉儿想了一下，慢慢反应过来，叫道：“是……佳怡妹妹。”佳怡有点意外：“你知道我？”婉儿说：“前几日我来过府上，听姨母说起你的名字，我还以为是个姐姐，原来是妹妹。”

“姨母？”佳怡有点糊涂了，“我怎么从来没听说过，还有这样一门亲戚？”婉儿说：“其实我也是第一次来。我娘和你娘是一起长大的好姐妹。她们也是多年不见了，所以咱们都不知道。”佳怡点了点头，扭头看了看娄氏的房门，实在不想再提起这个娘，于是说道：“我带你去见我姐姐吧。”婉儿说：“好啊，我也正想见见如梦姐姐呢。”佳怡难免惊讶：“你认识我姐姐？”婉儿说：“我上次来的时候，在园中见过了。”

“哦，那更好了。”佳怡带着曾婉儿去找如梦。杏儿见二小姐暂时忘掉烦恼，真心为她高兴。

吴秋遇无事可做，也想过告辞离开，可是人家都在伤心之中，都在忙着员外的丧事，他还真是开不了口。唯一熟悉的如梦小姐，仍在痛苦之中。他几次走到

如梦门口，想了想又不知如何安慰，只有默默走开，不敢去打扰她。吴秋遇身份特殊，既不是任家的亲戚，又没有病人可以照顾，还一时不便离开，就显得无所事事。他在院中盲目乱转，各处想帮忙，又都帮不上忙。正自胡乱走动，猛然瞥见曾婉儿和佳怡二小姐一起走来，吴秋遇赶紧躲在抬东西的家丁身后，暂时避过。没走几步，却又撞见郝青桐。幸亏郝青桐是背对着他站着，他才又躲过一劫。知道曾婉儿也在任府，吴秋遇不敢再四处走动，赶紧回到自己的房间，不再出来。

曾婉儿见到如梦，见她脸色苍白，眼睛都哭肿了，知道她是伤心过度，顾不得寒暄，赶紧安慰几句。如梦擦干眼泪，请婉儿坐下。佳怡在姐姐这里也随便，自己坐到了床上。闲聊了一会儿，婉儿起身说道："我见不得伤心的场面，明日姨父出殡我就不来了。以后有机会，我再来看姐姐。姐姐，佳怡妹妹，你们都要保重啊。"如梦家里有丧事，不便留客，便说道："那妹妹走好。"

任员外家资丰富，在当地人望又好，虽然亲属不多，但是丧礼仍然很热闹。管家用心张罗，安排得非常周到。考虑到任家没有男性子嗣，两位小姐又都尚未成婚，管家便和吴秋遇商量，让他暂时充当如梦未过门的女婿，在员外灵前尽孝。吴秋遇对这些世俗的规矩也不太懂，只当是给如梦小姐帮忙，便答应了。

员外的葬礼办得风风光光，附近的朋友乡邻都来祭奠，官府也派了人来致意。娄氏坐在车上，自顾发呆。两位小姐哭得一塌糊涂，丫鬟劝也劝不住。吴秋遇在人群中打着幡，也是真心落泪。纸钱撒了一路，沿途的乡亲无不叹息，还有的跟着落泪。

将员外风光下葬，客人散去，任府里一下子冷清下来。任如梦闷在房间里，继续伤心落泪。春香劝不住，又担心吴秋遇此时提出离开，便求他再多留几天，等小姐平复了再说。吴秋遇怜惜小姐的悲伤处境，点头答应。如梦好几日水米不进，又伤心过度，终于病倒了。吴秋遇赶紧给她诊治调养，更走不了了。

过了几天，如梦渐渐恢复，吃了点东西，有了精神，对春香说道："秋遇公子在此耽搁了不少时日，一定是急着走了。你去和管家说一声，让他重重酬谢。秋遇公子要走的时候，务必告诉我，我去送他。"春香问："小姐，您真的舍得叫他走？"如梦叹了一口气，说："还能怎么样呢？人家留下只是帮忙，咱们不能老麻烦人家。"春香说："小姐有没有想过，就让他一直留下来？"如梦说："人家未必愿意，何必为难人家。"春香说："我只问小姐，您是否愿意？"如梦望着春香，沉默了一会儿，说道："顺其自然吧。你去他那里看看，如果他决定要走，不要阻拦，但是一定要告诉我一声，我要当面送他。"春香拿了件衣裳给小姐披上，又伺候她喝了水，慢慢退出房来，去找吴秋遇。

吴秋遇正在收拾东西，见春香进来，问道："小姐今天怎么样？"春香说："不好。”吴秋遇一愣，赶紧停下手里的事：“昨天不是已经好多了吗？怎么今天又有不好？”春香说：“原来的病是好多了，现在又添了新病。”吴秋遇忙说：“我去看看。”他走到门口，见春香并未跟上，心中纳闷，回头叫道：“春香，走啊。”春香没有理他，却走到桌边坐下来，说道：“秋遇公子，你先别忙着去看小姐。我有几句话想跟你说。”吴秋遇不知何事，转身回来：“哦，好，你说吧。”春香提起茶壶，自己倒了一杯水，拿到嘴边，似是漫不经心地说道：“我想知道，那天你在老爷床前所说的话，是不是真心的？”吴秋遇一时愣住，不知她所指何事。春香见他发愣，提示道：“你答应老爷，说要好好照顾我们小姐。”吴秋遇这才明白她在说啥，坐下来说道：“老爷病成那个样子，我不得不答应啊。”春香问：“你只是为了老爷？一点也没有想到我们小姐？”吴秋遇说：“小姐……小姐有你和管家大叔照顾，我想一定不会有事的。”春香直盯着吴秋遇。吴秋遇不敢看她，急忙转过脸去。

春香心中暗笑，不再纠缠那个话题，而是忽然问道：“秋遇公子，你要去哪啊？”听她说起这个，吴秋遇放松了不少，如实说道：“我要去找灵儿。”春香一惊：“灵儿？是你的心上人？”吴秋遇说：“心上人？你是说很好的朋友吗？那是的。”春香问：“你们认识多久了？”吴秋遇说：“好几个月了。我们天天在一起。”

“才几个月？”春香似乎又看到了希望，“那你们谈婚论嫁了没有？”吴秋遇笑道：“谈婚论嫁？怎么会，我们是朋友啊。”春香眼前一亮，问道：“她怎么会天天跟你在一起？你们两家离得很近吗？”吴秋遇说：“我们都是孤儿，一起行走江湖的，正好做伴。”春香点了点头，又问：“那个灵儿，她多大了？”吴秋遇说：“跟二小姐差不多吧，也可能比二小姐大一些。”春香问：“她长得漂亮吗？”吴秋遇说：“我认识的姑娘不多，不知道怎么才算漂亮。”春香笑了：“跟我比，你觉得我们俩谁长得好看？”吴秋遇憨憨地笑了笑，不好意思回答。春香这才郑重地问道：“那要是跟我们小姐比呢？是灵儿漂亮，还是我们小姐漂亮？”吴秋遇见春香认真地看着自己，也只得认真回答道：“要说长相，当然还是大小姐漂亮。”

春香听了，又认真地看了看吴秋遇，见他不像是在敷衍，心里很高兴。她放下茶杯，站起来，在屋里走了几步，忽然转身停住，试探着问道：“如果我们大小姐……额……肯屈尊嫁给你，你愿不愿意？”吴秋遇“啊”了一声，连忙摆手道：“不行的，我还要去找灵儿呢。”春香说：“你跟灵儿也不是很熟嘛，不过才认识几个月，娶亲过日子可是一辈子的事。我们小姐人长得漂亮，脾气又好，家里要什么有什么，你留在这里，不比在外面流浪好得多？”吴秋遇说：“灵儿没有亲人了，我是她唯一的伴儿，我不能丢下她。”春香说：“我知道你心地善良，同情她。这也好办哪，你跟我们小姐成亲之后，把灵儿接来，做个亲戚、认个兄妹都行啊。这样她也有好日子过了。岂不是两全其美？”

吴秋遇彻底明白春香的来意了，慌忙站起来说道："我已经答应灵儿了，我治好岳姐姐的眼睛就要去找她的。我已经耽搁好几天了，我……我该走了。"春香说："你还答应了我家老爷呢。你忘了？是你亲口跟我家老爷说的，你一定好好照顾如梦小姐。当时我们小姐、我和管家都在，听得清清楚楚的。你怎么能说话不算话，一走了之？"

"我……我……"吴秋遇一屁股坐下来，脑子里全乱了。

"小姐！"春香惊讶地看到如梦站在门来，急忙扶她进门坐下。吴秋遇关切地问道："小姐，你怎么样？"如梦笑了一下，说："我好多了，没事了，多谢公子关心。"春香小声问："小姐，你什么时候来的？"如梦说："我刚到，就听见你在大声说话，你怎么还跟公子吵嚷起来了？"吴秋遇赶紧替春香解围道："没有没有，我们只是在说话。"如梦说："秋遇公子，我知道，这些天在这委屈你了，耽误你不少时间。"吴秋遇赶紧摆手："没有没有。"如梦又对春香说："春香啊，你去找一下管家，叫他从账房取一百两银子，再准备一辆马车，今天就安排秋遇公子回去。""啊，小姐——"春香一下子愣住，如梦推了推她，轻声说道："快去吧。"春香又瞅了一眼吴秋遇，很不情愿地走了。

吴秋遇拱手道："多谢小姐体谅。银子和马车就不用了，我自己走就行。"如梦说："那怎么可以。你曾经治好了爹爹的病，又帮我们制服了歹人，是我们全家的恩人，如梦感激不尽。你要走了，我们怕是再难见到。你的恩德，我只有来生再报了。"说到这里，神色不禁黯然，吴秋遇望着如梦小姐，一时不知该说什么，只有低头叹气。

过了一会儿，吴秋遇说："春香是个好人，更是真心为小姐好。有她和管家大叔照顾，小姐这里应该不会再有什么麻烦。我走了也放心了。"如梦沉默了一会儿，摇了摇头，哀伤地说道："我也要走了。爹爹已然不在，这里也不再是我的家了。"吴秋遇一惊，愣愣地望着如梦："这……小姐，你为何这么说？"如梦微微地笑了一下，也望着吴秋遇，说道："我知道公子是好人，有什么话也不必忌讳。实不相瞒，我也不是员外的亲生女儿。"这个又出乎吴秋遇的意料了。如梦继续说道："公子不必惊讶。我是大夫人生前收养的，蒙她和爹爹真心疼爱，当作亲生女儿一般。因此，很多人都不知道我非亲生。连娄氏也不知道，所以才处处为难，怕我这个嫡出的小姐占了家财。"吴秋遇可以想象到，如梦在娄氏那里一定受了委屈。

如梦说："大夫人收养之恩，我是没机会报答了。爹爹把我养大成人，处处呵护，如今也不在了，我更是没有报恩的机会。我在这里看似风光，大户人家的小姐，其实，我在这里也一个亲人都没有了。我打算把这个家留给佳怡妹妹，好歹她还有个亲娘需要照顾。我离开这里，去找我自己的生父。也不知道，还有没有机会再见到他……”说到这里，如梦又潸然泪下。吴秋遇眼圈也红了，哽咽着安慰道：“小姐……不要……太伤心，啊……我知道你的苦处……我……”他自己也是个孤儿，亲生父母都没见过，是谁都不知道。最疼爱他的师祖爷爷、神医师父又都先后故去，如梦小姐的心境，他当然能够理解。很快，两个人哭作一团。

春香回来，见到两个人抱在一起痛哭，心里是又痛又喜，悄悄站在门外擦眼泪。

屋里两个人哭了一阵，如梦觉得自己有点失态，慌忙松了手，直起身坐好，擦了擦眼泪，羞得转过脸去。吴秋遇也觉得有些难为情，坐在那里闷声不语。

春香听屋里没了动静，探头偷看了一眼，见两个人各自坐好了，才假装刚刚回来，进门说道：“小姐，都安排好了。公子确定今天要走吗？”如梦站起来，对吴秋遇说道：“秋遇公子，多谢你这几日的照顾。如梦永生难忘。只可惜我还有事未了，不能与公子同路了。”吴秋遇也站起来，看了看春香，又看了看小姐，支吾道：“如果小姐也走，我可以……多留几天。”春香只听到他说多留几天，兴奋地跳起来：“太好了，小姐，公子今天不走了！”如梦望着吴秋遇，感激地说道：“多谢公子，你愿意与我同路？”吴秋遇用力点了点头。他已经想好了，可以带上如梦一起去找灵儿，然后去寻找她的生父。小灵子那么善良，相信她一定会同意。如梦激动地流出眼泪来。

春香傻了：“什么同路？难道小姐……你也要走？你上哪儿去？”如梦说：“春香，等我病好了，我要跟着公子离开，去找我的生父。”春香说：“那万一找不到呢？”吴秋遇说：“如果找不到，就和我们在一起。”春香问：“那灵儿怎么办？”吴秋遇说：“灵儿人也很好，她一定也很高兴的。”春香一跺脚：“嗨，你们两个呀！真是……”她是穷人家的孩子，知道的事情多，只不过有些话现在不便明说。如梦说：“春香，你再跑一趟告诉管家，秋遇公子今天不走了。”

“好吧。”春香转身出来，没精打采地往前走。她心里嘀咕：“小姐呀小姐，你真是大家闺秀，不食民间烟火。你跟着公子去找灵儿，不是干找醋吃吗？要是我，我就想办法看住他，不让他再跟那个灵儿见面。就算秋遇公子人好，不会欺负小姐，可两个女人跟他在一起，总归不是事儿啊。不行，不能让小姐走。”她打定主意，要劝小姐回心转意。

又过了两日，如梦病好了，开始准备离开的事。春香见小姐已经在收拾东西了，看来马上要走了，赶紧劝道：“小姐，您真的想好了？”如梦一边继续忙活，一边说：“嗯，想好了。”春香说：“秋遇公子到咱们府上总共不过十来天，您就这么跟他走了，是不是有点……”如梦看了一眼春香，笑道：“你是怕我被他给拐了？”春香现在可没心情开玩笑，一脸严肃地说道：“我总觉得，这样太草率了。您最好先冷静一下，别太心急。过一段时间，等咱们计划好了，再去找您的家人也不迟

啊。”如梦说:“早晚都是要走的,晚几天又有什么分别?”春香说:“那您想过没有,万一找不到您的家人,你以后怎么办?”如梦说:“那我就去找——”她眼神转了转,看到桌上的画,抬手一指:“找他。”春香说:“那万一他也找不到呢?”如梦笑道:“那我就随便找个人嫁了。这样总行了吧?”春香见小姐嘻嘻哈哈,像是完全没想过这一去的难处,不由得心里着急,说话也有些急躁了:“小姐,我是认真的。您怎么……”如梦见春香不高兴了,赶紧收起笑容,说道:“我知道,你都是为我好,怕我在外面吃苦。我跟秋遇公子在一起,你还不放心吗?”春香说:“你们在一起我当然放心。我担心的是,你们不能永远在一起。”

如梦听了,轻轻叹了一口气,招呼春香一起在桌边坐下来,缓缓说道:“春香你听我说,我原本就是要走的,这个和秋遇公子没有关系,我也没以为能和他在一起。秋遇公子心肠软,愿意等我几天。我们只是一起从这离开而已,说不定什么时候就各走各的路。不管我能不能找到我要找的人,我都要去试试。”春香终于明白了小姐的心意,知道她心意已决,站起来说道:“如果小姐非要去,我跟你一起去。我一辈子照顾小姐。”如梦说:“好妹妹,谢谢你。咱们相处这几年,也跟姐妹差不多了。我也舍不得你呀。可是,我此去漂泊,可能很快就找到我爹,也可能一辈子都找不到。我一个人去也就算了,何必再连累你。”春香说:“我不怕!我愿意一辈子跟着小姐。”如梦说:“你的心意我明白。不过你还是留下来,我还正有事拜托你呢。”春香一愣:“小姐,您说。”如梦说:“佳怡年纪还小,她娘也疯了,身边又没有个贴心的人照顾,这个是我最不放心的。有你替我好好照顾她,我去的也就安心了。”春香眼圈发红:“可是小姐,要真是到了外面,剩你一个人了,没人照顾,可怎么办啊?”如梦安慰道:“你放心,我也是平常人家出身,吃得了苦的。这几年有爹爹疼爱,你们照顾,我过了几年大小姐的生活,已经是苍天眷顾了。如今爹爹不在了,我也该去过过我自己的日子了。”如梦说得很平静,可是春香已经在默默流泪了。如梦不忍看她伤心,忙岔开话题:“我托付你办的事,能办到吗?”春香擦了擦眼泪,说:“小姐,您尽管放心。我一定像照顾您一样照顾二小姐。”如梦笑了:“这就好了。别哭了。帮我收拾东西吧。”没想到春香却说:“小姐自己收拾吧。我在这里看着难过,我想出去走走。”如梦说:“好,去吧。”

春香从屋里出来,继续想着小姐的事。她忽然想道:“要是小姐能够永远跟秋遇公子在一起就好了。秋遇公子人善良,又有本事,我们小姐一定不会受欺负。可是他身边有个灵儿……”她纠结了良久,忽然眼前一亮:“那个灵儿听起来像二小姐一样,只是个小孩子,也许根本不懂男女情爱。我们小姐脾气好,人长得漂亮,他们相处久了,嘻嘻,不怕秋遇公子不动心。”想到这里,春香不禁又高兴起来,快步向吴秋遇的房间走去。

吴秋遇见春香进门，问她什么事。春香说："我们小姐已经决定要跟公子一起走了，路上你可不许欺负她。"吴秋遇说："那怎么会，我会好好照顾如梦小姐的。"春香说："你发誓。"吴秋遇面露难色："怎么发誓？"春香说："你跟我说，就说：我吴秋遇对天发誓，今生一定好好照顾如梦小姐，不离不弃，永不变心，若有违逆，天打雷劈。你跪在门口，对着老天说一遍，叫老天爷知道你的真心。"吴秋遇觉得这都是好话，他本来也答应要照顾如梦的，便毫不犹豫地跪到门口，把春香的话重复了一遍。春香大喜，赶紧把吴秋遇扶起来，笑着说道："我们家小姐就拜托给你了。"然后也不等吴秋遇回答，就高高兴兴地走了。

如梦找到管家，着手安排家里的事。管家一听，当然是不答应，但是拗不过如梦心意已决。管家只好按照大小姐的意思来安排。

如梦先取了一百两银子给春香，作为她日后的嫁妆，嘱咐她自己找个好人家嫁了。春香泪流满面。如梦又预支了二百两银子作为养老钱，塞给管家，把家里的事全都托付给他，叫他好好照顾二小姐佳怡。管家叹息良久，郑重答应，叫大小姐放心。佳怡抱住姐姐，哭着不撒手："姐姐，我不让你走。"如梦劝道："好妹妹，姐姐早晚要嫁人的。你遇事多跟管家商量，又有春香和杏儿照顾，姐姐放心。希望你早日寻个中意的郎君招赘上门，好好替爹爹守住这个家业，姐姐拜托你了。"说着，叫杏儿把二小姐扶起来。如梦快步上了马车，帘子一撂，早已是泪眼模糊。

吴秋遇一手牵着马，一手跟大家道别。众人望着马车渐渐远去，无不伤心落泪。春香刚才怕小姐难受，一直忍着。这会小姐去远了，她才跪在地上，远远给小姐磕了个头，放声大哭起来。佳怡追出几步，大声喊道："姐姐——我等着你回来——"

如梦在车上看见这场景，泪流不已，小声说道："佳怡，春香，我走了。你们好好保重。"

第六十二章
旧恨陈冤

吴秋遇赶着马车，带着任如梦离开任家庄，打算到北冥教去找灵儿。可是北冥教在哪儿啊？他跟小灵子和倪帮主他们分开的时候忘了问了，现在只有四处打听。北冥教并非本地的帮派，也只有江湖中人才知道，一般老百姓根本没听说过。吴秋遇连找了好几个人，都没问出来，有些茫然。

既然不知方向，也就不急着走了。吴秋遇扶着如梦下了车，找棵大树，在下面休息。呆呆地看着马儿在地上吃草，吴秋遇自语道："要是灵儿在这儿，她一定有办法。"如梦问道："秋遇公子，灵儿是什么人？你们怎么认识的？"吴秋遇便把他和小灵子相逢相识的过程简单说了一遍，当然主要是说些高兴的事，关于师父遇害、曾婉儿纠缠等等，便都没有提起。吴秋遇说到高兴处，眉开眼笑。如梦静静地听着，开始羡慕小灵子，她心中暗想：要是我也有如此丰富的经历，那才精彩。心里便隐隐希望有朝一日也能像小灵子一样跟着吴秋遇行走江湖。

吴秋遇忽然想起正事，扭头问如梦："你还记不记得老家在哪里？"如梦说：

“我离家的时候还很小，记不得了。后来听我爹说过，也只隐约了解一点点。我现在仍然记得的，就是嵩山和登封这两个名字，好像跟这俩地方有点关系，其他的我都不记得了。”吴秋遇说：“那我们就先往嵩山和登封方向走，一边打听北冥教，一边找你的家人。”如梦也赞成。二人也休息够了，重新上了马车，继续赶路。这回再一打听，知道嵩山和登封的人就多了，很快就问明了道路，好像只有一百多里，也不算太远。二人就驾着马车一路向东南而去。

登封县城，城北。

从一处老宅中走出一个人，头上戴着斗笠，前檐压得很低，完全遮住了头脸，左右张望了一下，就快步混入街上的人流之中，他忽然瞥见远处一个熟悉的身影，稍稍愣了一下，便快步走了过去。那人似是发觉了，转身就跑。戴斗笠的汉子紧追不舍，二人一前一后，远离了街市。追到嵩山脚下的树林中，前面那个人忽然不见了。后面的汉子摘下斗笠，大声叫骂：“丁不二，你给我出来！躲躲藏藏的，你算什么本事？有种的，你就站出来！”这人正是柳正风。他在林中转了一阵，找不到人，只得戴上斗笠，悻悻离去了。

丁不二躺在树杈上，见柳正风走远了，才敢坐起来，摇头道：“哎呀，真是阴魂不散。我这是招他惹他了？看来要不把那件事给他了了，他还会缠着我不放。也罢，我今晚就再上嵩山走一遭，看能不能有个结果。”他在林中忍到天黑，吃了点东西，趁夜向嵩山的太室山上走去。

嵩山派曾经在江湖上小有名气。前任掌门韩禅意气风发，武功超群。大弟子柳正风少年英侠，扶危济困，口碑极佳。自从韩禅意外身亡，柳正风负罪出走，近些年一直没出过像样的高手。现在的掌门叫盛四海，是韩禅最小的师弟，虽然名字听起来响亮，可是武功却远远不及前任，又不善经营。虽然还有大师兄金大坚帮忙打理，也有不少弟子门下伺候，但是如今的嵩山派，已然是名声败落，在江湖上没什么影响。

丁不二翻墙进入嵩山派的院子，顺着墙根悄悄走到一个亮着灯的房间外面，舔湿手指，轻轻捅破窗户纸，向内观瞧。屋内一个矮胖子坐在桌边，一手拿着酒壶，偶尔往嘴里灌两口，一手从桌上的小木匣里往外拿珠宝把玩，这个人就是嵩山派前任掌门韩禅和现任掌门盛四海的大师兄，名唤金大坚。丁不二心中暗骂：“这厮不见长高，倒越发胖了，没想到还那么贪心。”丁不二常干这种巧取之事，自然熟悉如何对付，他故意在外面弄出一点动静，声音不大不小，刚好叫远处的听不见，屋里的能发觉。金大坚稍是一惊，开口问道：“谁呀？谁在外面？”丁不二并不搭话，故意在窗前晃了一下。金大坚急忙将木匣子盖好，藏到墙洞里，用字画遮盖了，他看在眼里，心中暗喜，飞身上了房檐。

金大坚抽出挂在墙上的长剑，快步冲到门边，开门出来，低声喝道："刚才是谁？快给我出来！要不然老子可要发火了！"丁不二在房顶甩出一只瓦片，打在远处的院墙上，发出"啪"的一声。金大坚提着长剑，快步冲了过去。丁不二从房上下来，闪身进了屋子。他已经知道藏东西的地方，一一撩起墙上的字画查看，发现每张字画的后面都有一两个墙洞，里面都藏了东西。丁不二出手利索，快速打开每一个匣子查看，终于在《达摩伏虎图》后面的一只红色小木匣里看到了他要找的东西。那是一颗鸡蛋大小的珠子，在匣子里闪闪发光。丁不二大喜，拿起来看了看，嘀咕道："到底是贡品，果然是好东西！"不过他并没有拿走，而是轻轻放了回去，又把匣子也重新塞回墙洞。

金大坚没有发现人影，叫骂了一阵子，转身往回走。丁不二听到动静，掀开后窗，轻轻翻了出去，回手把窗子带上。金大坚见门敞着，忽然想到可能中计，他暗叫不好，快步冲进屋里。屋里没有人，东西也没乱。他紧张地撩起几张字画，见所有的匣子都在，稍稍松了一口气。他特意把放珠子的匣子打开检查了，见珠子也没丢，这才彻底放下心来，开心地笑道："哈哈，原来是虚惊一场！我说那些兔崽子也不敢打我的主意。"

金大坚正在得意，忽听外面有人喊了一声："快来人哪，有贼！"金大坚一惊，急忙将匣子放回原处，再次提着长剑走到门口，高声问道："贼在哪呢？"喊话的弟子赶紧跑过来，说道："大师伯，刚才我听到啪的一声就出来查看。后来看见一个人影，从您屋子后面上了墙，往那边跑了。"金大坚转身看了看墙头，什么都没有，回来盯着那个弟子，喝问道："我屋子后面的事你也能看见？说实话，刚才在我窗户外面偷看的是不是你？"那弟子当时就傻了："大师伯……您……您说什么？我没偷看。"金大坚又盯着他瞅了几眼，见他不像是在撒谎，这才说："谅你也不敢！"他到底心里不踏实，又回屋去看了看，见后窗户果然是开着的，不由得暗自后怕。

这时候又有几个弟子听到动静跑了过来，吵嚷着："贼在哪，往哪跑了？"刚才喊话的弟子被大师伯吓到，不敢再乱说话，抬手往墙头指了指。有人嘲笑道："你看错了吧？这么高的墙头，谁能爬得上去？"金大坚从屋里出来，吩咐道："不管怎么说，大家都要多加小心。看来是有人盯上咱们嵩山派了。快去通知掌门，在各处布下机关陷阱，如果真有贼来，叫他们有来无回。"

丁不二下了山，用匕首削下一块树皮，在光面刻了字，拿着来到登封城北。

柳正风好不容易才见到丁不二的踪影，却又追不到，心中着实气恼。他是戴罪之身，官府无限期捉拿，白天不敢轻易活动。今日回了一趟老宅，本想拿些东西就走，没想到在街上意外见到丁不二。既然丁不二在此地出现，他也不急着走了，这次好歹也要把他拿住，洗冤报仇，于是便又潜回老宅。

正在打盹，忽然听到院子里一声闷响，像是一块石头砸在地上。柳正风一惊，赶紧挺身站起，出门观看。借着月光，真的看到地上有一块拳头大小的石头。正自纳闷，忽然院子外面又飞进一样东西来，竟是一块树皮。柳正风快步冲到墙边，探头往外观瞧。只见一条人影快速消失在月夜之中，可以断定，那人一定又是丁不二。不过现在出门去追，肯定是追不上了。

柳正风心中气恼，转身回来捡起树皮，却见上面有字：贡珠在金大坚屋中达摩像后速报官。柳正风反复念着树皮上的字，忽然一惊："姓丁的这是在提醒我，还是要算计我？难道贡珠不是他偷的，而是被大师伯藏起来了？若非如此，就是他怕我继续纠缠，存心让我到嵩山自投罗网。"他越想越乱，决心要上太室山去查个究竟。

丁不二给柳正风报了信，心情愉快，想到他不会再纠缠自己，顿时觉得轻松了许多。正在树上歇着，忽然发现柳正风向太室山方向走去，丁不二嘀咕道："我好心提醒，已然说得很明白了。他不去报官，却要上嵩山干什么？几年前嵩山派就要杀他，现在他又送上门去，不是自寻思路么？"很快他就明白了："人家这是信不过我呀。说不定还以为我是在挑拨离间，算计他。哎呀呀，真是好人难做呀。他自己找死，由他去，跟我有什么相干？"过了一会儿，他还是忍不住跳下树来，悄悄去跟着柳正风。

柳正风上了太室山，在嵩山派门外犹豫了一会儿，沿着墙根转去后院。他是嵩山派前任掌门的大弟子，在嵩山派多年，对这里的地形自然很熟。他找到大师伯居住的院子，将钢刀插在背后，翻上墙头，看了看左右无人，便跳了进去。

柳正风双脚一落地，就听铃声想起，原来他踩中了防盗的绳索。很快，十几个弟子手持刀剑冲了过来，将柳正风围住。这些大多是嵩山派新招收的弟子，不认得这位大师兄。

金大坚提着长剑从屋里走出来，得意地笑道："还真的有贼啊。刚才叫你捡个便宜，没想到你还敢来。啊，是你？"他认出了柳正风。柳正风拱手道："大师伯。七八年过去了，弟子不在跟前，您一向都好吧？"众弟子听他开口叫出大师伯，都不禁愣住，回头看着金大坚。金大坚尴尬地笑了笑，说："好，都好。"他小声吩咐一个弟子："你快去通知掌门，就说叛徒柳正风回来了，叫他多带人手。还有，记得去告诉你四师兄。"那个弟子瞥了一眼柳正风，匆忙去了。

金大坚并不上前，站在弟子们身后，远远说道："你走了好几年，杳无音讯，今天怎么又回来了？"柳正风说："弟子今天就是来找师伯的。我有一句话，想当面问问师伯。"金大坚说："你早就不是我嵩山派的人了。我跟你没什么可说的。"柳正风说:“我只问一件事,那颗贡珠……”金大坚一听贡珠二字,顿时心虚了,赶紧说道:“什么贡珠?早就丢了!你伙同贼人,盗走贡珠,官府通缉你多年,你还敢来嵩山露脸?”

柳正风正要再问,忽听脚步声响,又有几个人走了过来。为首之人高声喝道:“柳正风,当年你畏罪脱逃,连累我们好苦。这么多年过去了,你还有脸回来?”柳正风赶紧抱拳施礼:“弟子柳正风拜见掌门师叔。”来的正是嵩山派掌门盛四海。盛四海走到近前,冷冷说道:“你自从叛教出逃,就已经不是我嵩山派的人了,不要再叫我师叔。”柳正风说:“掌门容禀,弟子是冤枉的。弟子与那贼偷丁不二并不相识,贡珠失窃的事实在与弟子无关。”有掌门师弟在场,金大坚底气足了,在一旁叫道:“你都知道那贼偷是丁不二,还敢说不相识?”柳正风说:“弟子也是后来追查得知,原先跟他并无瓜葛。”盛四海说:“这些话你留着跟官府说吧。给我拿下!”掌门发了话,众弟子自然奋勇向前。他们平时跟着师父师兄习武,一直没有用武之地,现在好不容易有了机会,自然不肯放过。柳正风抬手叫道:“等等!掌门师叔,弟子此来,只为向大师伯问几句话,在尊长面前怎敢造次?我问完这几句话,自然会走。”盛四海冷笑道:“你今天来了,还打算走?”说着便挥手,命众弟子向前逼来。柳正风后退了两步,已经到了墙根。众弟子见柳正风不愿动手,以为他是胆怯,向前逼得更紧。柳正风已无退路,他不想伤了这些师弟,可是又不得不找个脱身的路子。他单脚向后,用力在墙上一蹬,飞身向前扑去。众弟子没料到他有这一招,稍一愣神的工夫,柳正风已经跳出包围,撒腿就跑。盛四海和金大坚带着一众弟子紧紧追赶。

柳正风心中无奈,自己曾经是嵩山派的大弟子,现在回来倒像是个仇人,被掌门师叔和大师伯带着一群师弟追杀。他心中打定主意,好歹自己是嵩山派的人,说什么也不能跟两位尊长和各位师弟动手。将来总有澄清误会的那一天,到时候还都是一家人。所以,他只有尽力逃走。可是他已经离开了七八年,这里已经不是原样,转着转着就找不到路了。眼看前面已无路可走,听声音后面的人又已经追到了,他心里着急呀。

就在这个时候,旁边屋子的门打开了,一个人探头出来招呼道:“大师兄,这边。”柳正风一眼认出是当年的师弟游杰,大喜,赶紧就跟了进去。

盛四海带人追到。有弟子疑惑道:“明明就是往这跑了,怎么不见了?”金大坚奸笑道:“放心吧,他跑不了。你们进去看看。”几个弟子正要上前。游杰开门从里面出来,走到金大坚面前说:“师父,已经拿住了。”盛四海惊讶地看了看金大坚。金大坚神秘一笑:“你就瞧好吧。”说着吩咐游杰带两个弟子进去带人。很快两个弟子把柳正风拖了出来。柳正风浑身是血,坐在地上,闷声不语。

盛四海问游杰："这究竟是怎么回事？"游杰得意地说道："当年凌季、陈唐帮着大师兄逃走，让他逃过门规处罚，我师父就一直怕他回来报复，暗中吩咐我在这设个机关，好在必要的时候把他引到这里来，一举拿下。这么多年大师兄都没露面，我还以为用不上了。刚才师父让小师弟来送信，说大师兄找上门了，我这才赶紧在这候着，生怕他不到这来呢。现在好了，这么多年的心思，总算没白费。"

听游杰提凌季和陈唐两位师弟，柳正风忽然抬起头，问道："凌师弟和陈师弟呢，他们怎么不在？"盛四海哼了一声，说道："亏你还记得他们。当年本该将你废掉，他们竟敢私下放你逃走。你们以为能瞒得住我吗？幸亏后来游杰从他们嘴里套出实话，才知道他们跟你串通一气。"柳正风转过头，恨恨地瞪着游杰。游杰吓得后退了一步。金大坚说："师弟，别跟他废话了。直接杀了，一了百了，免得夜长梦多。"柳正风并不关心自己的生死，而是急切地问道："那两位师弟呢，他们人呢？"盛四海阴森森说道："他们两个已经到阴曹地府去等着了，你去找他们吧。"闻听两位师弟为了救自己惨遭杀害，柳正风心如刀绞，流着泪摇了摇头，闭目等死。金大坚等不及，招呼弟子："动手！"

忽然有弟子惊叫道："掌门，不好了！大厅和居舍都着火了！"盛四海大惊，急忙带着人去扑救。金大坚担心烧到自己的宝贝，也赶紧回去救火，临走嘱咐游杰："这里交给你了。""放心吧，师父。"

游杰送走了众人，看着柳正风，说道："大师兄，你可不要恨我，这都是我师父的主意。你也知道，师父有何吩咐，咱们做弟子的是不敢不从。你说是不是？"柳正风瞪着他，忍痛说道："我只问你，二师弟、三师弟咱们几个情同手足，你为何要去告密害死他们？"游杰说："这个更怨不着我了。你惹了祸，掌门要废你，这也是咱们嵩山派的规矩。他们胆敢帮你逃走，这本身就是违反了门规，就该受到处罚。我只不过说了几句实话。真正害死他们的，是你！是你连累了他们。你要是不逃走，他们会死吗？"柳正风用手捶着地，痛哭道："是我，是我害死了两位师弟！我对不起你们啊！四师弟，你动手吧。"

游杰假装出一副同情的样子，摇了摇头，叹息道："唉，大师兄，要说你也挺冤的。当年是何等的雄姿勃发，少年英雄，没想到最后落得个家破人亡，连怎么死的都不知道。算了，我也不多说了。"柳正风忽然抬头看着他："你，你知道些什么？"游杰说："千不该万不该，你不该挡我师父的财路；千不该万不该，你不该抢了掌门师叔的风头。他们两位老人家，一个变着法地要让你死，一个巴不得你有把柄该死。你想想，你还能有好吗？"柳正风回想了一下当年的情景，问道："你是说，我让大师伯把夜明珠还回去，他怀恨在心，故意陷害？还是我找掌门师叔申辩，他明知我有冤屈，却故意不给我机会？"游杰笑道："大师兄果然聪明。不过，我可什么都没说，这都是你自己猜的。”柳正风长叹一声，似乎明白了：“这么说，那颗珠子根本就没被丁不二偷走，我看到他的背影去追他，大师伯把珠子私藏起来，却诬陷我与贼人勾结，合伙盗走了贡珠，叫官府缉拿。嘿！我怕他惹祸，好心规劝，他却昧了珠宝，诬我清白，害我性命……真是好狠毒啊。我死不瞑目啊。”

游杰冷笑一声，提起手里的长剑，便要动手。忽听墙头有人笑道：“哈哈，你终于想明白了，害得我背了好几年的黑锅，被你纠缠。”游杰一惊，抬头问道：“你是什么人？”丁不二忽然打出一颗石子，正弹入游杰的喉咙里。游杰捂着脖子，倒在地上，来回翻滚。柳正风抬起头，认出来人是丁不二。丁不二从墙上下来，便要结果了游杰的性命。柳正风赶紧拦住，开口劝道：“丁大侠，饶了他吧。我们好歹是师兄弟一场。也多亏他点破因由，咱们才澄清误会。”

“好，听你的。”丁不二在游杰脖子后面踢了一脚，磕出他喉咙里的石子，又趁势塞了一个药丸进去。游杰刚才憋得满脸通红，现在终于可以呼吸了，先喘了几口，开口问道：“你给我吃了什么？”丁不二说：“没什么，不过是一颗毒药。”游杰大惊，掐着喉咙想吐却吐不出来，赶紧跪在地上磕头道：“大侠饶命啊。”柳正风也要开口求情。丁不二却说：“你放心吧，一时半会死不了。你乖乖听我的，两天之后我来给你送解药。要是你敢胡来，呵呵，两天后经脉爆裂，肉体腐烂，神仙也就不了你。”游杰说：“好，我听你的，大侠尽管吩咐。”丁不二说：“背上你大师兄，送我们出去。要是惊动了旁人，后果你是知道的。”

“我知道，我知道。”游杰赶紧爬起来，过去扶起柳正风，背到身上，带着丁不二悄悄去找门口，他在这里十几年了，又经常帮师父做见不得人的事，犄角旮旯都很熟。很快三个人就出了院子，下了山。

到了林子里，丁不二叫游杰把柳正风放下，打发他回去。游杰央求道：“大侠，我都照您说的做了。您现在就把解药给我吧，我怕您过两天没空来。”丁不二说：“我也没随身带着。实话告诉你说，我每次下毒，都回来现做解药，以防遭了别人算计，从我身上搜出解药，那我的毒药就不灵了。哈哈。你回去吧，放心，我保证你两天后不会毒死。你现在应该想的是，今晚怎么才能不让你师父害死？”游杰无奈，只好回去，临走又给柳正风施了一礼：“大师兄，我走了。”柳正风点了点头。游杰一边往山上走，一边想着回去怎么应付师父。

柳正风坐在地上，拱手说道：“多谢丁大侠出手相救。我一直误会你，屡屡纠缠，你还……唉……”丁不二笑道：“没什么，咱们也算不打不相识了。我已经提醒，你为何不直接去报官，反倒自己送上门去？”柳正风叹了一口气，说道：“唉，再怎么说，我也曾经是嵩山派的人。时至今日，仍然心存幻想，指望着有朝一日真相大白，重回门庭。哪知道，这根本就是他们一手制造的冤屈，害得我身败名裂，家破人亡。我真是糊涂啊。”丁不二蹲下来，一面给柳正风上药，一面劝道：“事到如今，你也不必自责。只需去报了官，叫官府将他们查抄定罪，自然还你清白。至于那几个混蛋，咱们有的是办法治他。”想到自己家破人亡、妻死女散，柳正风摇头叹息，心中悲痛。丁不二有意替他消减，便说：“哎，我说，咱们好歹相识一场。你能不能把当年那点事跟我说说，我也好知道自己是怎么卷进去的。”柳正风看了看丁不二，点了一下头，开始回忆当年的往事。

柳正风是嵩山派前任掌门韩禅的大弟子，在同一辈所有的师兄弟中也是入门最早，武功最高。他跟随师父除暴安良，扶危济困，帮着官府和百姓做了不少大事，师徒二人在当地声名颇具。后来韩禅身体不好了，见柳正风品行端正、办事得力，便有意将掌门之位传给他。韩禅的大师兄金大坚是个贪吝的小人，没少被韩禅训斥，柳正风为人正直，和他师父是一样的脾气，也没少劝阻大师伯。韩禅武功声望都高，又是掌门，金大坚自然不敢放肆，多少要收敛一些，眼看韩禅已经不行，要将掌门之位传给柳正风，金大坚便暗中怂恿师弟盛四海，说掌门之位应该传给他，盛四海动心。后来，韩禅还没来得及指定继任掌门，便意外坠崖身亡。本来柳正风接任掌门的呼声是最高的，可是大师伯出面推举师叔盛四海，众弟子都不好明着说什么，只有凌季和陈唐力主让大师兄当掌门。柳正风不愿因为掌门之事伤了嵩山派的和气，便主动退让，恭请盛四海当了掌门。盛四海并无才德，当上掌门之后，不善管理，嵩山派的声望一天不如一天。金大坚等人再无顾忌，越发张狂。盛四海即便知情，也是睁一眼闭一眼。柳正风继续行侠仗义，在弟子中威信很高。盛四海心存芥蒂，一直担心柳正风夺了他的掌门之位。那一年，前任登封知县不知从哪里得到一颗南海夜明珠，便想着趁着钦差来嵩山祭祀的机会，托他进献给皇帝。结果走漏风声，夜明珠被匪徒劫走。柳正风受知县恳请，带人帮着官府剿了盗贼，却没找到夜明珠。后来才知道是大师伯金大坚暗中拿走，私藏起来。柳正风闻信，便去找师伯理论，劝他赶紧交还，免得惹祸上身。偏巧那天丁不二来了，他早就听说嵩山派的金大坚贪财，藏了很多宝贝，专程来取他一些。不想柳正风机警，听到动静便出门追赶。金大坚便谎称自己得了贡珠本要交回官府，却被柳正风勾结贼人盗走。盛四海震怒。柳正风回来之后，找掌门师叔申辩。盛四海说，如果他心底无私就应束手待查。柳正风自恃光明磊落，一心指望掌门查明之后还他清白，于是甘心受缚。盛四海终于抓到柳正风的过失，关押当晚又受到金大坚的怂恿，便要在第二天以整肃门规之名废掉柳正风的武功，然后送官入罪。凌季听到消息，便找陈唐商量。二人骗走看守弟子，准备放走大师兄。柳正风觉得自己一身清白，不愿背着罪名离开。陈唐说，如果被废了武功送交官府，到时候有嘴说不清，不但性命难保，也永远没有真相大白之日，不如暂且走了，自己去追拿盗贼，只要成功找回夜明珠，那一切都不成问题了。柳正风觉得师弟所言有理，这才偷偷下山回县城，接了妻子黎氏和幼女香儿一起远遁他乡，暗中追查盗宝贼的下落。他渐渐得知江湖上有个号称千里独行的神偷丁不二，便猜想是他偷了夜明珠。后来真的撞见，从身形认出他就是当天在嵩山盗宝之人，于是开始四处追拿丁不二。金大坚到官府诬告柳正风。县官震怒，上报府衙和钦差，发下海捕文书，不设期限跨府捉拿劫夺贡品的柳正风和不知姓名的盗宝贼。柳正风无奈，只得带着妻女躲入南坨山中，后来妻子黎氏不幸染病身亡，女儿也被人拐走。柳正风便认定自己的一切遭遇都是由丁不二盗贡珠引起的，铁了心要抓到丁不二报仇雪恨，找回清白。无奈先后几次与丁不二遭遇，可惜轻功比不上他，都没追到。当然，他也没忘了寻找女儿的下落，自从听说香儿是被铁拳门的成三路卖给了人贩子，就再也没有了女儿的消息。

事隔多年，没想到这一切冤屈痛苦都是嵩山派的师伯师叔造成的，柳正风怎能不愤恨难平？也愧对自己纠缠多时的丁不二。丁不二听了整个经过，明白了柳正风内心的痛苦，站起来说道：“柳兄放心，我一定帮你出了这口气。你先回老宅歇息，我现在就去衙门，把金大坚私吞贡珠的事给捅出去。到时候官府上山查抄，你我暗中跟去，不愁没有机会报仇。”柳正风点了点头，站起来，拱手施礼：“多谢丁大侠。”

第六十三章
嵩山有祸

郑越山醉酒处理了胡全有到任府打劫的案子，受到知府的奖赏。待事情了结，便趁着大人高兴，告几天假，说要到登封看一位老朋友。知府大人恩准了。

郑越山骑马来到登封县城，一眼看见赶着马车的吴秋遇，圈马上前问道："是你？前几日还在洛阳任家庄，今天怎么又跑到这来了？"吴秋遇点了一下头，算是致意，说："我是闲人，随便走动。郑捕头也到这里办事？"郑越山笑道："说起来还真是多亏了你，我办完了任府的案子，大人高兴，便放我两天假，我到这来看一位故人。好，不多说了，我先走了。"说完便骑着马走了。

任如梦从车里撩起帘子，问道："刚才是谁呀？"吴秋遇说："是洛阳的郑捕头。前些天胡全有到府上闹事，就是他把人带走的。"

"哦。"如梦对这个人没兴趣，往左右看了看，说："咱们先找一家客栈住下吧。"吴秋遇点头说了声"好"，便赶着马车，留意着哪里有客栈。

郑越山来到登封县衙，刚好看到自己的熟人在门里来回走动，他高声叫道：

“杜仲老弟，我来看你了。”杜仲一抬头，见是郑越山，喜出望外，赶紧迎上来说道：“老郑，你怎么来了？我正想你呢。”郑越山说：“算了吧，你想我不到洛阳找我去？我可是专门请了假，大老远来看你了。”杜仲连连拱手：“多谢，多谢，里面请。”郑越山跟着杜仲进了签押房。杜仲招呼他坐下，给他倒水。郑越山在屋子里扫视了一下。杜仲见了，说道：“唉，你将就一点吧。这跟洛阳的府衙可没法比。”郑越山笑了笑，说：“老弟受委屈了。”杜仲无奈地说道：“有什么办法？你倒还好，好歹还能留在府衙。我被发配到这小地方来。”郑越山说：“都一样，都一样。”

又寒暄了两句，郑越山忽然问道：“你刚才在外面来回溜达什么呢？”杜仲这才想起正题来：“嗨，见到你来，我光顾了高兴了，倒把正事给忘了。知县大人不在，我在等他，有重要的事请示。”郑越山问：“出什么事了？我没有耽误你吧？”杜仲笑道：“哈哈，没有没有。刚才我说正想你呢，你可能不信。这件事跟你也有关系，我正想着找你帮忙呢。你看。”说着从桌上拿起一件东西，递给郑越山。郑越山伸手接了，不禁一愣：“树皮？”杜仲说：“看那面。”郑越山把树皮翻过来，看到上面刻着字：夜明珠被嵩山派金大坚藏在房中达摩像后——柳正风。郑越山一惊，看着杜仲：“这上面写的，是真的么？”杜仲说：“我也是刚刚看到，说是昨天夜里有人扔进县衙院子的。”郑越山想了想，说道：“看来，柳少侠已经查明了真相，他还真是被人陷害的。这么说，这个案子终于可以了了，老弟也不用在这小县衙受委屈了。”说到这里，他眼里放光。杜仲说：“若真是如此，咱们的苦日子就到头了。”郑越山一下子站起来，说：“那还等什么？上山去抄吧。”杜仲说：“我正在合计这个事呢。嵩山派好歹也是一个江湖帮派，好几十口子都是拿刀舞剑的，怎么能说抄就抄？兄弟我一个人没有把握，所以才急等着知县大人回来商量。”郑越山说：“那倒也是。不知这嵩山派有多少好手？”杜仲说：“要说好手，倒是也没几个。前任掌门去世之后，柳少侠又被逼出走。我听说现在的掌门盛四海没多大本事，他那个大师兄金大坚更是个草包。这样的师父，估计也教不出什么好徒弟。”郑越山笑道：“那就好办了。咱们哥俩一起去。”杜仲说：“我正算计着派人去请哥哥呢，没想到你自己就来了。咱们还真是心有灵犀。”郑越山说：“那是，你说吧，想怎么干？”杜仲说：“光是县衙里的捕快，可能人手不够。我想请知县大人到守备营借调几十个官兵，最好有弓箭手。这样咱们哥俩带人去查抄，应该说十拿九稳了。”郑越山点了点头，忽然又说道：“现在咱们都没有见到柳少侠，还不知道这东西是不是他送来的。为免消息有误扑个空，反落人口实，我看咱们得先派人进去摸个底。”杜仲说：“哥哥说得有理。我们都是本地人，难免被他们识破。正好你来了，不如就劳烦哥哥走一趟。”郑越山点头道：“可以。不过得找个合适的由头，不然也很难拿到凭据。”杜仲说：“我听说金大坚是个贪财吝啬的主。这样吧，我出面去找钱庄当铺借一些珠宝，哥哥只说有子弟要拜师，是去送礼的，不怕他不上钩。”郑越山点头赞成。

正在这时，知县大人回来了，杜仲让郑越山稍坐，他赶紧去禀报大人。知县听说有机会破获贡珠失窃的大案，兴奋地不得了。前任知县本来是想贡献夜明珠巴结皇上，没想到珠子丢了，他礼没送成，反倒因此丢了官，如今有机会把夜明珠找回来，自己升官发财指日可待，他怎能不激动。知县大人马上写了条子，交给杜仲，说：“你拿着这个去守备营借兵。珠宝的事我来解决。准备好了，你们今天就上山。”杜仲没想到事情这么顺利，高高兴兴来告知郑越山。

吴秋遇和如梦连着问了好几家客栈，都已经客满，据说这几日来少林寺和封祀坛的客人特别多。二人无奈，只得继续往偏僻的地方找，希望那里的客人能少一些。看到前面有一家“归来客栈”，便试着进去询问。

店里不见掌柜的，只有一个伙计打扮的人正在擦桌子，听到有人进门便停下手里的活，迎了上来，看样子年岁已经不小了。吴秋遇问：“请问这里还有房间吗？”那伙计说：“你们来得还算巧，我们这还剩最后一间客房。”

“只有一间？”任如梦面露难色。

伙计看了一眼任如梦，忽然吓了一跳：“不可能的，不可能的。”这叫吴秋遇和任如梦一时摸不着头脑。伙计又多看如梦了两眼，才拍拍胸口松了一口气，自己摇了摇头，见吴秋遇和如梦都在惊讶地看着他，赶紧解释道：“我还以为见到了熟人。看错了，看错了，客人莫怪。这里就剩一间客房了，你们住是不住？”

吴秋遇跟如梦说：“要不然咱们就住这吧。”如梦小声道：“只有一间怎么行？咱们再到别处看看吧。”这时候一个妇人走出来，瞟了一眼两个人，酸溜溜说道：“呦，小娘子，都已经跟人家私奔了，还讲究什么呀？我是过来人，这个都懂的。看你们也是外地来的，反正也没人认得，怕什么呀？”任如梦脸上一红，不高兴地看了那妇人一眼。那妇人说：“呦，还害羞呢。这有什么呀？我跟你们说，要出来就坚决一点，不用瞻前顾后的。伙计，带他们去看房间。”

“好嘞，老板娘。”伙计应了一声，又对吴秋遇说，“走吧，别再犹豫了。一会儿再有人来，可就连一间都没有了。”吴秋遇小声对如梦说：“一间就一间吧。咱们刚才问了好几家，都已经客满。还好这里剩了一间，先住下再说。”任如梦没再说什么，但是心事重重。伙计见姑娘没再反对，知道是默许了，便带着他们去看房间。老板娘格格笑了两声，回自己房间去了。

准备妥当，杜仲和郑越山带着十几个捕快和五十名官兵上了太室山。这些官兵中有十个弓箭手，是杜仲专门要求的。眼看离嵩山派的大门已经不远，杜仲

叫人停下，与郑越山约定了进攻的信号，便带人在附近埋伏下来。

此时的郑越山扮作一个客商，背着一个包袱向嵩山派的大门走去。门口的两个嵩山派弟子见有人来，上前把他拦住，问道："干什么的？我们这里不是寺庙，不接待客人。"郑越山说："我是来找金大侠的，听说他武功了得，想给小儿拜个师父。"守门弟子看了看他，说："你是替儿子来拜师的？"郑越山说："是啊，你看，我连拜师的礼物都带来了。"那弟子看了看他身上的包袱，好像有些分量，便对另外一个说："师弟，你带他去找大师伯吧。"另外一个是金大坚的弟子，高高兴兴地把郑越山让了进去，说："走，我带你去见我师父。"

郑越山跟着嵩山派弟子转来转去，来到金大坚的居舍外面。那弟子先走到门前回禀："师父，有客人了。说是来替他儿子拜师的，还带了礼物。"金大坚打开房门，看了看郑越山，又看了看他手里的包袱，脸上露出笑容："呵呵，进来吧。"郑越山心中暗骂："果然是个贪财的小人。"又不得不做出恭恭敬敬的样子点头哈腰，进到屋里。那弟子很懂规矩，把门带好之后就乖乖地走了。

金大坚自己坐下来，也不招呼郑越山落座，开口说道："我不轻易收徒弟的。"郑越山说："我知道，我知道。我特意带着礼物先来拜见，还请金大侠破个例。"说着把手里的包袱轻轻放在桌上。金大坚看了一眼，问道："都是什么东西啊？"郑越山赶紧把包袱打开，哗啦啦露出一堆金银珠宝来。这些都是知县大人跟夫人商量，从家里要来的家底子。金大坚见了，心花怒放，刚要伸手去拿，忽然又想到应该矜持一下，急忙把手收回来。郑越山看在眼里，更是鄙夷，嘴上却堆笑道："不知这些金大侠可看得上眼？"金大坚掩饰不住耐心的欢喜，连说："看得上，看得上。"郑越山见了心中暗喜，又故意说道："我这次来得实在匆忙，随便拿了一些，都是些不值钱的。如果您不满意，我家里还有很多？"金大坚一听还有，眼里都放出光来，忙招呼客人坐下，凑近问道："家里都有啥？"郑越山说："那东西可多了，不过呢，我倒不是很懂，反正有了就收着。也不知道金大侠喜欢什么。如果您这有什么爱好，让我开开眼，我好回去照样拿来。"金大坚听了，满心狂喜，也顾不上多想，便要到字画后面拿东西。他的手刚摸到一张画，又忽然停下，回头对郑越山说："你先转过脸去，闭上眼睛。"郑越山心中暗笑，依他所言。金大坚拿出一件羊脂白玉的如意，回到桌前，笑着问道："这种东西，家里有吗？"郑越山说："这个呀，有啊，好几十件呢。您原来就喜欢这个呀，那太好办了。我现在就回去拿，有个十天半月的就回来了。"金大坚一听这个在他家里还属平常，往返一次需要十多天，有点不甘心，于是又让他闭上眼睛。这次终于去《达摩伏虎图》后面把夜明珠取了出来。郑越山见了，心中大喜，却不敢叫金大坚看出来，只是说："这个东西倒是稀罕，我家里也只有一颗。您要是喜欢，我也一并拿来。"金大坚欣喜若狂:“好,好。”

郑越山站起身,说:“那这个事咱们就说好了。您可不能反悔呀。”金大坚忙说:“不反悔,不反悔,你快去快回啊。”郑越山回到门口,忽然又站住,回头说道:“哦,对了,我听说咱们嵩山派不止您一位师父。我能不能见识一下您的武功,回去也好跟小儿交代。要是他不喜欢,我好给他找别的师父。”金大坚有点慌了,忙说道:“他喜欢什么?这个都好商量。”郑越山说:“小儿一贯淘气,也没见过什么世面,他平时最喜欢什么烟啊火的。”金大坚犯难了,他也不会什么施烟喷火的功夫啊,又不愿就此放弃,于是说道:“天底下哪有与烟火有关的武功?”郑越山说:“这个我是外行。不过我想,不管什么武功,随便配上点烟火,小儿一定喜欢。他一个小孩子懂什么。只要能哄他高兴,乐意跟着师父习武,我就心满意足了。”金大坚一听,踏实了,想了一下,说道:“那我就给你演一个有烟有火的本事。你觉得怎么样他会喜欢?”郑越山说:“你弄个火把,往天上扔,越高越好。”金大坚笑道:“这个容易,你等一下。”说着便进屋取了火石,又找来一支火把。

“你看好了。”金大坚点着了火把,用力往天上一扔。大白天的,火焰在空中并不显眼,在远处根本看不见,郑越山摇了摇头。火把在空中飞到高处,又掉下来,落在地上。郑越山说:“这个下来的时候得接得住才精彩。”金大坚暗自叫苦。郑越山说:“哦,对了,火把容易烧手。那干脆把火熄灭,留点烟也是一样的。”金大坚点了点头,上前把火把熄了,重新抛上天空。火把冒着灰烟在天空划了一圈,掉下来。金大坚伸手接了,得意地说道:“这下怎么样?”郑越山鼓掌道:“好,太好了。”

杜仲在山腰看见信号,带人闯了上来。嵩山派弟子还不知发生了何事,就纷纷被官兵和捕快看了起来。有机灵的弟子快步跑进来报告掌门。

盛四海带人冲出来,怒问道:“你们这是干什么?光天化日的,要仗势欺人么?”杜仲说:“哼,我们奉命查抄盗窃贡品的贼窝。我劝你们不要跟王法对抗。”盛四海叫道:“什么盗窃贡品?你血口喷人!”杜仲说:“无凭无据自然不会来找你。待会见了你的大师兄,问问他你就知道了。”

金大坚也听到动静,这时候还不忘锁了门,提着长剑,让郑越山跟他一起来前面查看。一见现场官兵和捕快剑拔弩张,他已经料到大事不好,掉头就跑。郑越山突然一伸手,从后面抓住他的腰带,将他拽了回来。金大坚愣愣地看着郑越山:“你……你……”郑越山大笑道:“哈哈哈哈,我是洛阳府的捕头,来捉拿你归案的。”金大坚大惊失色,举剑便砍。郑越山急忙松了手,闪身避过,抽出藏在怀中的铁尺,与他斗在一处。

这边打起来，盛四海有点蒙了。杜仲一挥手，众人便将盛四海围了起来。盛四海并不敢轻易与官府对抗，连连后退，只是僵持着，却不敢动手。杜仲吩咐信得过的人，押着嵩山派的弟子去金大坚屋里搜赃。

金大坚本来就本事不济，这些年又只顾着敛财，疏于练功，身体发胖，早就废了。不过二十多个回合，就被郑越山在肩膀上拍了一尺，半个身子都麻了。郑越山将他一脚踢翻，揪到杜仲面前来。

几个搜赃的捕快回来了，各自抱着一两个木匣子。一个捕快上前回道："杜捕头，搜到了，贡珠在这。"杜仲小心翼翼地打开木匣子看了看，又轻轻盖好，交给捕快。他上前对盛四海说道："盛掌门，赃物已经搜到了，你还又何话说？"

盛四海愣愣说道："这个……我不知情啊。不是说柳正风勾结贼人盗走了贡珠吗？怎么会在这？大师兄，这究竟是怎么回事？"金大坚此时无话可说，闷声不语。杜仲说："金大坚私藏贡珠，诬陷好人。这么大的事，你敢说完全不知情？"盛四海说："我真的不知道啊。"郑越山看了一眼金大坚，故意对盛四海说道："这么说，私藏贡品、诬陷好人这两个罪名，你是打算让你大师兄一个人顶着了？"盛四海一脸无辜地说道："我本来就不曾参与，都是我大师兄干的，你们把他拉回去治罪吧。一切与我嵩山派无干。"金大坚瞪着盛四海，嚷道："盛老四！私藏贡品的事我认了，诬陷好人你也让我一个人顶着，老子不服！"盛四海说："你自己惹了祸，不要连累别人！谁叫你贪心不足？两位捕头，你们快把他带走，要杀要剐，都按王法办。我嵩山派绝不姑息！"金大坚骂道："姓盛的，你好没良心！你也不想想，你是怎么当上掌门的？为了当上掌门，你把韩师弟推下山崖。为了这个掌门之位当得安稳，你早就想把柳正风除之而后快。你真的相信柳正风盗走贡珠吗？你不就想借这个由头把他除掉吗？还有凌季、陈唐，陈唐可是你自己的弟子啊，你都下得了手！不就是因为他们支持柳正风当掌门吗？"盛四海浑身发抖："你……你……都是你怂恿的！是你！"金大坚冷笑道："哪次不是你亲自下的手？你现在还想撇干净？我呸！"

杜仲本来还有所顾忌，听了金大坚的诉说，知道这盛四海真的不是什么好人，也就可以放开手脚了，上前一步，说道："盛四海，你束手就擒吧。有理跟他到衙门去辩。"盛四海往后退了一步，说："不，我不去！"杜仲冷笑道："那可由不得你了！上！"

四个捕快将盛四海围住，上前拿他。盛四海知道自己到了衙门不会有好下场，事到如今，不动手也不行了，索性拼个鱼死网破。好歹他是嵩山派的掌门，武功还是有的，四个捕快根本奈何不了他。杜仲叫了声"你们退下"，便跳上前去，亲自与盛四海交手。二人缠斗良久，盛四海以死相搏，杜仲一时也无法取胜。郑越山看得心急，现在是抓差办案，又不是武林对决，顾不得什么江湖规矩，他将金大坚交给官兵看守，便也冲上去对付盛四海。

盛四海自知不敌，忽然冒死向前冲撞了一下，将杜仲逼开，然后趁机跳出圈外，撒腿就跑。杜仲和郑越山赶紧带人追赶。

金大坚见两个捕快都离开了，机会难得，突然出手打倒身旁的官兵，捡起长剑，向后山跑去。官兵也赶紧去追。

丁不二躲在树上，忽然看见盛四海被人追着向这边跑来，悄悄跳了下来，蹲在树后。待盛四海跑近，他突然送出一根树杈，横在路上，盛四海猝不及防，脚下踩翻，一下子绊倒在地。丁不二捂嘴一笑，转身走了，他是贼，当然不愿与官差见面。

杜仲和郑越山赶上前来，将他擒拿。只见这盛四海摔得着实不轻，头脸都戗破了，已经有点神志不清。郑越山捡起树杈看了看，心中纳闷：这显然是人削断的，故意绊倒盛四海，帮忙的会是谁呢？他马上想到，应该就是柳正风。他喊了几句："柳少侠，现身吧。我们知道你是冤枉的，我们来查抄嵩山派，给你洗冤了。"久久无人回答。

二人只好先带着盛四海返回嵩山派，却得知金大坚跑了。这回杜仲留下收拾局面，郑越山问明方向，带人去追。

官兵很少上太室山，对这里地形不熟。金大坚钻来绕去，很快就甩开了官兵。回头见官兵在几十步以外徘徊，金大坚暗自得意。他走了几步，正美着，忽然发现有个人拿着刀拦住去路。金大坚大惊失色："你、你是人是鬼？"来人正是柳正风。

柳正风面无表情地说道："大师伯，你害得我好苦啊。"昨天游杰回来说已经把柳正风杀了，抛下山崖。金大坚以为柳正风已经死了，现在忽然见到他站在面前，直吓得心惊肉跳。直到看见地上的影子，他才明白，柳正风真是还活着。金大坚知道自己打不过他，不敢贸然动手，眼睛胡乱转着，脑子里想着逃生的法子，嘴上说道："你没死啊，太好了。我故意留下游杰假装杀你，其实是想让他救你。这小子还行，到底明白我的心思。"见柳正风仍面无表情地看着他，显然不信，金大坚又赶紧说道："都是你师叔，是他要害你。你还不知道吧，当年就是他，亲手把你师父推下山崖的。"柳正风一愣："我师父是被推下山崖的？"金大坚点头道："是啊，是你师叔亲手干的。他一心想当掌门，为了这个，他什么事都干得出来。假借门规要废你武功，是他的主意，去官府举报你，也是他派人去的，要害你的都是他呀，跟我没有关系！咱们就叫他给骗了。"柳正风没有心思听他胡说，心里仍想着师父坠落山崖的事，一直以为是师父自己不小心掉下去的，没想到竟也是被

人所害。

金大坚见柳正风发呆，心中暗喜，他悄悄拾起长剑，猛地朝柳正风刺去。柳正风身上有伤，本就行动不便，想到师父又一时失了神，一惊之下想躲已然来不及了。长剑直插入柳正风的胸口。柳正风大叫一声，胡乱砍出一刀。金大坚人头落地，滚落山谷。柳正风也渐渐倒了下去。

郑越山听到叫声，带着官兵跑过来。一见是柳正风重伤倒地，大呼一声"柳少侠——"，赶紧叫人给他简单包扎，吩咐人把他抬回去。

杜仲那边已把嵩山派查封完毕。见到被抬回来的柳正风，也是唏嘘不已。

一战告捷，带来的人无一伤亡，除了贡珠，其他的金银珠宝也搜出了不少，这次查抄可以说是大获全胜。当即收兵回去，官兵、捕快都想到即将有赏，一个个喜上眉梢，走起来都显得轻快。只有杜仲和郑越山高兴不起来。二人走在柳正风的担架两旁，心情沉重，默默无语。

丁不二远远见了，直跺脚，也是唉声叹气，悄悄地跟着。

到了山下，柳正风渐渐苏醒过来，睁眼看见郑越山和杜仲，感慨万千。郑越山大喜："柳少侠，你醒了。太好了。你坚持住，我们这就抬你去找大夫。"柳正风轻轻摇了摇头，说道："不用了，我知道……我不行了……你们送我……送我回家吧，我死……也要死……死在那里。"郑越山心情难过，但也知道他伤及内脏，很难熬过几个时辰，于是小声问道："在哪里？"柳正风说话费劲，刚要抬手指引。杜仲说："我知道，往前走吧。"

到了柳家老宅，郑越山吩咐捕快把担架放下，让杜仲先带人回去复命，自己现在不当差，可以留下来照顾柳正风。杜仲安慰了柳正风几句，又嘱咐郑越山了几句，这才带人离去，途中还派人去找大夫去给柳正风救治。

郑越山是个重情义的热血汉子，虽然只跟柳正风打了两次交道，却已然惺惺相惜，见他现在这个样子，是真心难过。他含泪说道："这么多年，你真是委屈了。好不容易真相大白，你又……唉，老天这是怎么了？对你如此不公啊！"柳正风倒显得很平静："都过去了，也连累郑兄你……和兄弟们……受苦了。"郑越山摇头道："你不要这么说。还有什么未了的心愿，你告诉我，我帮你去完成。"柳正风握住他的手，说："我知道你是……是好人……现在，也只有……拜托你了。"郑越山说："你说，我一定帮你。"柳正风说："我妻子埋骨他乡，你是知道的。我想请你……把她的尸骨接回来，跟我一起……埋在这……"郑越山点头答应："放心吧，我一定办到。还有呢？"柳正风说："我女儿……香儿……唉，算了……我也死了……不能照顾她了……不用找了……"郑越山也是摇头叹息，这个事他可是帮不上忙。柳正风恐怕活不过今夜，这么短时间找来他女儿可比登天还难。

天黑了，柳正风越发虚弱。杜仲找来的大夫，也束手无策，摇摇头走了。柳正风攒足力气，劝郑越山离去，说只想一个人静静死去。只拜托他第二天再来埋人，郑越山无奈，把他平放好了，犹豫了良久，才含泪离去。

丁不二见郑越山走远了，才闪身走进屋来。陪着柳正风待了一会儿，忽然问道："你还有什么遗憾吗？"柳正风说："可惜不能……再见到女儿……"丁不二问："她叫什么名字？今年多大了？"柳正风说："香儿……十八了……该是……大姑娘了。"说到这里，他嘴角露出一丝甜蜜。丁不二点了点头，站起身来，说："你等着，我这就给你找去。"柳正风自知无望，挣扎着说道："不用了……找不到的。"丁不二扶他躺好，嘱咐道："你一定要挺住，等着我回来。"说完，快步向门口走去。柳正风心中感激，知道丁不二是一番好意，希望自己想着女儿能多撑一会儿。丁不二走出门口，停下脚步回头看了一眼，很快消失在黑夜之中。

第六十四章 天意弄人

晚饭后，吴秋遇和任如梦无处可去，便在屋中闲坐。这已经是接连问了好几家客栈，剩下的唯一一间客房。天色已晚，见吴秋遇仍在屋中稳稳坐着，任如梦心中开始略显不安。虽然说自相识以来，吴秋遇一直规规矩矩，如梦也知道他是个老实的好人，可是毕竟二人相识不久，无亲非故，这夜深人静的，孤男寡女同处一室，还是叫任如梦心中怦怦乱跳。难道秋遇公子真的要跟她在同一个房间里过夜吗？她一时还无法坦然面对这个，却又一时不知如何解决，几次欲言又止。

闷坐了良久，任如梦终于忍不住，开口问道："秋遇公子，你和灵儿在一起的时候，是分开住的，还是住在一起？"吴秋遇愣了一下，从如梦脸上猜出她的心思，忙说："我怕你一个人太闷了，在屋中陪你坐一会儿。现在已经不早了，你早点歇着吧，我在门外守着。"说着便站起身来往外走。如梦这才明白吴秋遇的心思，想到他要在外面待一夜，有些过意不去，脱口道："要不……你……"吴秋遇回头笑道："没事，我在山里野外都能过夜，没什么，你早点歇着吧，把门插好。"

说着，走出门口，轻轻把门带上。任如梦知道自己想多了，苦笑着摇了摇头，插了门，走到床边坐下来。

如梦在床上躺了一会儿，睡不着，起身坐到桌边，打开包袱，又把那幅画取了出来。胡府到任府劫抢人的时候，为了吓唬三个姑娘，曾经在桌上砍了一刀，当时这幅画被砍做两截。事后如梦见到画卷受损，很是伤心，又一点一点仔细粘好了。她看着画面上的少年男子，想起往事，心中又是酸楚又是甜蜜。

月光皎洁，星空辽阔。吴秋遇在门外抬头望着天，也是思绪万千。自从跟着师父下山以来，先后经历感恩祠惨祸、铁拳门追杀、邵家门被骗、天百山庄争斗、黑土岗劫杀、五丈窑台丐帮之祸、大漠风沙、赐熊岭惊险等连番惊变，让他不禁感慨江湖险恶；又想到师祖爷爷圆寂、师父遇害、柳大叔丢了香儿、祁少城忍看爹爹出家、如梦小姐丧了养父，一番番生离死别，更叫他感叹人生苦痛。吴秋遇莫名难过了一会儿，忽然觉得自己不应该净想这些郁闷悲伤之事，应该多想想高兴的事。于是便怀念起与柳大叔和香儿在南坨山谷中度过的快乐日子，跟师父在太白山中度过的恬静岁月，最后想到了跟小灵子在一起的自由自在和种种开心，脸上露出幸福的笑容。他从怀里掏出小灵子让他收藏的那张纸，看着上面歪歪扭扭的两行字“不许离开我！小灵子雅赠”，甜蜜得几乎笑出声来，又怕打扰到屋里的如梦小姐，赶紧用手捂住嘴。

任如梦在屋中隐隐看到吴秋遇的身影，又看了看画中人，心中忽然迷茫了。她趴在桌上安静了一会儿，忽然想到吴秋遇是在外面站着，赶紧站起来，拿了一只凳子，开门出去。

吴秋遇听见开门声响，转身见如梦出来，惊讶问道:“如梦小姐，有事吗？”如梦把凳子轻轻放在吴秋遇腿边，说:“都怪我太粗心，站累了吧？”吴秋遇见如梦小姐是出来给他送凳子的，心中感激，说:“我没事。多谢小姐。”如梦说:“以后就不要叫我小姐了，直接叫我如梦吧。”吴秋遇说:“好。你进去吧。”如梦说:“外面有点凉，我去给你拿被子。”吴秋遇赶紧摆手道:“不用了，你早点歇着吧。不用管我，我没事。你快进去歇着吧。”说着便要推如梦进门，忽然想到人家是如梦小姐，不是小灵子，觉得这样似乎不妥，便赶紧收了手，不好意思地笑了。

任如梦看到吴秋遇憨厚老实的样子，也笑了，说了声“那我进去了”，便走进门里。她轻轻关了门，往门上一靠，闭上眼睛安安静静站了一会儿，等心跳平复了才睁开眼睛，又回头隔着门板看了一眼吴秋遇的身影，甜甜地笑了一下，才舍的离开。

任如梦拿了画像回到床上躺着，又把画像展开看了一会儿，慢慢卷了，贴在胸前，希望就此睡去。过了一会儿，她又睁开眼来，慢慢侧过身子，望向门口。想

象着吴秋遇在外面坐着的情景，心中暗想："秋遇公子看起来有点木讷，却是个实实在在的好人。那个灵儿真是有福气，能和他在一起闯荡江湖。可惜我不会武功，没有他们一样的本事，跟着他们只会是累赘。要不然，我要是也能跟着他们一起闯荡江湖，那该多好啊。秋遇公子，灵儿，秋遇公子……"

吴秋遇在门外站了一会儿，看见摆在门口的凳子，感念如梦小姐细心。仍能隐隐听到屋里的动静，知道如梦小姐还没睡着，吴秋遇怕自己吵到她，便轻轻搬起凳子，向旁边走了几步才又轻轻放下，坐下来继续仰望天空。

夜深了，吴秋遇有些倦意。他刚要闭目打盹，忽然听到不远处有轻微的动静，急忙注目看去。只见客栈的伙计鬼鬼祟祟地向后院走去。吴秋遇一惊，心中暗想："莫非这是黑店？"他悄悄跟了上去，准备一探究竟。伙计来到后院，四顾无人，悄悄走到亮灯的屋子前面，轻轻敲门："老板娘，我来了。"

"死鬼，怎么才来呀？"老板娘披着衣裳打开门。伙计嬉皮笑脸地说了一句："现在来也不晚哪，耽误不了好事。"便溜了进去。门关了，灯熄了。就听见两个人在里面开始打情骂俏。吴秋遇马上想起了大漠中风云客栈的边二娘，知道这二人要干的事他是不能看也不能听的，于是赶紧往回走。

任如梦躺在床上胡思乱想，睡不着。她穿鞋下地，拿了一条毯子，准备送给吴秋遇。开门一看，外面没人，凳子也从门口挪到了墙角。任如梦心中纳闷："人呢，秋遇公子去哪了？"想到吴秋遇可能临时去如厕，如梦便把毯子放在凳子上，自己关门回来。她刚坐回床上，就听有人轻轻敲门，不禁心中暗笑："秋遇公子真是实在，跟我如此客气。他把房间留给我，自己在外面冻着。我给他送条毯子，他还非要当面谢我。"如梦走过去开门，轻声问道："你刚才去哪了？"

吴秋遇刚要回来，忽然瞥见一条人影从房上闪过，他愣了一下，忽然心念一闪："会不会是丁大哥？"眼看那黑影奔后院去了，他也赶紧来到后院。那黑影轻轻从房上飞身跳下，在窗外偷听了一会儿，点了点头，忽然一招手。吴秋遇以为是丁大哥看见他了，正要出去，却见又有几个黑衣人冒了出来。吴秋遇一惊，急忙退回来，躲在墙后暗中观瞧。

黑衣人悄悄聚集到老板娘的门口，用手势交流了几句，忽然踢门闯了进去。然后就听见屋里有人惊叫，紧接着便是叮当乒乓打斗之声。吴秋遇不知这些人都是什么来路，不敢贸然进去卷入。他悄悄来到窗外，细听动静。

过了一会儿，打斗声停止，好像是已经分出了胜负。屋里燃起了油灯。吴秋遇不知道可以舔破窗纸偷看，仍是站在窗外听着。

就听那伙计的声音说道："各位好汉，我们本分经营，不知哪里得罪了你们？"黑衣人说道："马铁腿，你不要再装了。"那伙计好像愣了一下，说："什么马……铁腿的，我就是个打杂的伙计。”黑衣人笑道：“打杂的伙计？呵呵……是伙计你往老板娘被窝里钻？”老板娘说：“是我们不好，一时糊涂。好汉们要钱只管到柜台去拿。我求求你们，千万不要给我们传出去。”黑衣人笑得更厉害了：“哈哈哈哈……一个老板娘，一个伙计，亏你们两口子想得出来。马铁腿，肖凤英，你们不用再演了。要是不知道你们的底细，我们也不会来。”吴秋遇在外面越听越糊涂。老板娘和伙计是两口子？

这时候，伙计（马铁腿）苦笑了两声，哀求道：“没想到我夫妻二人苦心装扮、隐姓埋名这么多年，还是被你们给找到了。当年诸般罪孽都是我一个人做下的，与我娘子无关。我做江洋大盗，作案无数，死有余辜，看来已经没有悔改的机会。被仇家找上门来，死在你们手里，我无话可说。只求你们放过我娘子，她是无辜的。”老板娘（肖凤英）哭着说道：“我相公只劫财，从不害命！你们当年损失多少银子，我们赔！银子不够，我们卖了客栈还你们！我求求你们，放过他吧！”黑衣人冷冷说道：“你们还真是郎情妾意，夫妻情深啊，叫人感动。实话告诉你们说，他还真没劫过我的银子。在他身上，我们还能赚一笔银子。要不然老子也不会费这个心思，到处找你们，还要深更半夜跑一趟。”肖凤英说：“你们是为了银子啊，我们的家当都给你们，只求你们放过我们。”黑衣人笑道：“你们那点家当也值得爷爷们兴师动众？”马铁腿问：“你这话什么意思？”黑衣人说：“好，我就叫你们死个明白。是有人雇我杀你，事成之后，老子可以领五百两银子。老子追了你一年多，到今天才得到准信。我还得感谢你，活到了现在。要不然老子这两年的工夫可就白搭了。”马铁腿惊叫道：“你们是黄河帮的杀手？”黑衣人说：“不错，现在你可以瞑目了？”马铁腿说：“等等，我知道我今天难逃一死，可我想死个明白。你能不能告诉我，我的仇家是谁，他为何杀我？”黑衣人说：“我们黄河帮的规矩，不能透露主家的身份。这个我不能告诉你。”马铁腿叹了一口气：“唉，想我马福星从没杀过人，没想到却要被仇家雇人杀死。我死不瞑目啊！”黑衣人忍不住说道：“你是没杀过人。可是你看到了别人杀人。就冲这个，你死得也不冤。”马铁腿沉默了一会儿，忽然吼叫道：“我知道了，是天山恶鬼和蒙昆，是他们雇你来杀我的对不对？我早该想到有这一天。当年他们在五台县杀害一个弱女子，后来才知道那女子竟是铁秋声的红颜知己，铁秋声是武林至尊翁求和的得意弟子，这些年一直在追查杀害纪明月的凶手。他们怕了，怕我走漏消息，这才雇你们来杀我灭口对不对？”

吴秋遇听了一惊，他在天百山庄已经听铁师叔说起过纪明月在五台县遇害的事，也知道他一直在追查凶手却一直没有线索。没想到今天从马铁腿嘴里得知了纪明月被害的真相，那真凶竟是天山恶鬼和蒙昆。

黑衣人说："既然你已经想通了，那就快快受死吧。我们也是看在五百两银子的份上才劳师动众，你们到了阴曹地府可不要记恨我们。"马铁腿说："这事只有我一人看见，与我娘子无关。我死了绝不怨恨你们，求求你们不要伤害我娘子。"肖凤英哭道："相公……"黑衣人说："本来是与她无关，现在她也知道了，这就与她有关了，你们两个都得死！"马铁腿知道求饶无用，跳起来叫道："我跟你们拼了！"黑衣人招呼道："动手！"

吴秋遇有心救下马铁腿夫妇做个人证，有朝一日好在铁秋声面前指证天山恶鬼和蒙昆，他凝神提气运功在手，冲入屋中。见一个黑衣人正在举刀向马铁腿砍去，吴秋遇快速上前，一把将那人手腕拿住，夺了刀。屋里突然多了一个人，而且身法奇快，在幽暗的灯光下有如鬼魅，众人都忽然吃了一惊。马铁腿趁机踢出一脚，将面前的黑衣人踢翻，然后飞身扑救肖凤英，帮着娘子打退了她身边的黑衣人。肖凤英赶紧爬到床上去拿衣服，与马铁腿仓促裹了。一众黑衣人醒过闷来，知道来人不是一伙，便向三人围攻。吴秋遇左突右闪，来回周旋，四五个黑衣人一时拿他没辙。带头的黑衣人看出吴秋遇厉害，不想跟他周旋，而是避开他，一心要杀死马铁腿灭口。马铁腿不是他的对手，一招不慎被他砍在腿上，惨叫一声跌倒在地。黑衣人上前一步，举刀便砍。肖凤英惊叫了一声"相公"，便扑在马铁腿身上。吴秋遇听到叫声，瞥见马铁腿受伤遇险，中间隔着几步，知道扑救不及，便抬手打出一记"震断心魔"，这是降魔十三式中的第四招。

带头的黑衣人后背重重地挨了一掌，跌扑出去，"咔嚓"一声撞散了桌子，只觉得腔内热血翻腾，喷出一口鲜血，他恨恨地看了一眼吴秋遇，自知今日难以成事，赶紧招呼人撤退。两个手下架着他一起跑出门口。其他黑衣人也都虚晃一招，逃了出去。

肖凤英从马铁腿身上下来，"扑通"一声跪倒在吴秋遇前面："多谢少侠救我夫妻性命！"马铁腿坐不起来，半卧在地上拱手道："多谢少侠！救命之恩，马福星永生不忘！"吴秋遇说："不用多说了。赶紧穿好衣服，给他上药止血吧。"肖凤英这才意识到自己衣衫不整，急忙转身整理着，跑去翻找金创药。吴秋遇大致看了一下马铁腿的伤口，似是没有伤到骨头。肖凤英拿了药粉，一面给马铁腿敷撒，一面对吴秋遇说："日间对少侠和姑娘多有不敬，还望少侠见谅！"

听她提起"姑娘"，吴秋遇想起任如梦还在房中，她丝毫不会武功，万一被歹人劫走可就麻烦了。吴秋遇顾不得答话，转身出了屋子，快去跑回来找如梦。却见房门开着，任如梦已不知去向……

丁不二背着任如梦，一路狂奔。这又是怎么回事？原来丁不二从柳家老宅出来，要替柳正风去找女儿。他刚到归来客栈附近，忽然看到有人影上了房顶，一时心痒便跟了过去。正巧任如梦出门给吴秋遇送毯子，丁不二在房上见了，看她的模样恰在十八岁左右，不由得心中暗喜，也没心思再追黑衣人。待任如梦进了屋，他悄悄从房上跳下来，上前轻轻敲门。任如梦以为是吴秋遇回来了，刚一开门，便被丁不二点了穴，堵了嘴。丁不二背起任如梦，便出了归来客栈。

街上正巧有打更的人在行走。丁不二赶紧背着任如梦躲在一处巷口。任如梦被她点了穴道、塞了嘴，四肢挣扎不得，只得摇头乱撞，却喊不出声。待打更的走远了，丁不二才再次出来，继续赶路。

眼看离柳家老宅不远了，丁不二把任如梦放下来。任如梦惊恐地看着他，拼命地摇头。丁不二对她说："你不要害怕，我不是坏人，也并无恶意，只想请你帮个忙。"任如梦哪里肯信，仍是拼命地摇头。丁不二后退了一步，让如梦可以稍稍放松一些，然后才说道："姑娘，你听我说。我有个朋友，受了很重的伤，眼看就要死了。他最大的遗憾就是不能再见到失散的女儿。我想请你帮忙，临时冒充一下他的女儿，了却他心中遗憾。请姑娘一定帮忙，可以吗？"任如梦见他还算有礼，又说得诚恳，想了一下，轻轻点了点头。丁不二大喜："多谢姑娘，你放心，事情一了，我马上就送你回去。"上前给如梦解了身上的穴道，但是对她还不太放心，暂时没有取出她口里的布，这是怕她喊叫。任如梦猜到了他的顾忌，倒也配合，只静静地站着。

丁不二说："我那个朋友姓柳，她女儿叫香儿，今年十八岁……"任如梦一听，愣在那里。丁不二问："刚才我说的，你记住了吗？"任如梦一把揪出嘴里塞的布，急切地问道："他在哪？"丁不二一愣："在、在那边，你不要乱喊啊，要不然，你今天可回不去！"如梦叫道："你快带我去！"丁不二笑道："行，你比我还着急。走吧，就是前面那个土墙的院子。"任如梦不等丁不二带路，已经转身往柳家老宅跑去。丁不二怕她逃走或喊叫，紧紧追上。

任如梦冲进院子，没看到人，直接跑进屋中，一眼看见躺在地上的柳正风，大叫了一声："爹！我终于找到你了！"丁不二听到如梦在屋中喊爹，而且是很伤心的样子，彻底放心了，知道人家姑娘是真心帮忙，不由得微微点头，暗自感激。他这个人独来独往逍遥惯了，受不了生离死别的场面，便走出几步，到院子里等着。

自从丁不二走后，柳正风心中感动，也多少有了一丝幻想。等着见女儿一面的幻想支撑着他，虽然身体越来越冷、气息越来越弱，但终究还是守住了一口气，闭着眼睛静静地等着。

听到有人喊爹，柳正风慢慢睁开眼，望着如梦，惊喜了一下，很快又失望了："你是……丁大侠找来的吧？"任如梦知道他所说的丁大侠应该就是外面那个人，于是点了点头。柳正风说："姑娘，多谢你……你们的好意……我心领了……

你可以……回去了……”丁不二知道事情露馅了，无奈地摇了摇头。也是，人家父女失散多年了，这深更半夜的，哪能说找来就找来，这个未免也太假了。

任如梦流泪道：“我真是香儿啊，爹！”柳正风看了看她，仍是不信，失落地微微摇了摇头，又闭上了眼睛。任如梦哭诉道：“爹！我真是香儿！您看！”说着她卷起衣袖。看到如梦右臂上的柳叶状红色胎记，柳正风又惊又喜，努力欠起身子：“香儿，真的……真的是你！”

“爹！”任如梦哭叫一声，便与柳正风抱在一起。两个人抱头痛哭，丁不二在外面也感动地热泪盈眶。

柳正风流泪道：“没想到……爹爹还能……再见到你……香儿已经……大姑娘了……好……真好……真好……”声音渐渐小了下去。任如梦赶紧扶他躺好，一边流泪，一边说道：“爹，我终于找到你了。我要好好伺候你，再也不离开。”柳正风脸上露出笑容，慢慢闭上了眼睛，忽然头一歪，再无动静。“爹！爹——”任如梦大声哭叫了两声，开始痛哭起来。

丁不二知道，柳正风已经死了，他擦了擦眼泪，快步走到屋中，看了看，对任如梦说道：“姑娘，多谢你了。我是先把人埋了，还是先送你回去？”任如梦擦着眼泪说道：“丁大侠，我求求你，先帮我把爹爹安葬了吧？”丁不二说：“这个是我的事，不劳姑娘费心，你刚才也哭累了，先到外面待会儿。我去挖坑。”任如梦说：“多谢丁大侠，我在这里陪着爹爹就好了。”丁不二看了看她，见她真是伤心，心中感激，也不再多说什么，自顾出去找了工具，在院子里挖坑。

任如梦在柳正风尸体旁守着，一边用袖子给他擦拭整理着，一边伤心落泪。过了一会儿，丁不二走进来，说：“姑娘让一下，我抱他去安葬。”任如梦把柳正风扶坐起来，自己抱不动，便交给丁不二。丁不二抱着柳正风的尸体走出屋子，任如梦流泪跟着。

丁不二叫如梦在屋中拿来一床被子，铺在地上，准备包裹柳正风。看他身上的长剑碍事，便用力拔了出来，看了看，随手丢到一边，说：“想你被嵩山派陷害，到最后也死在嵩山派的剑下，一定不想再做嵩山派的人了。”

如梦跪在地上，轻轻给柳正风盖好。丁不二跳下坑去，把柳正风的尸体抱起来，轻轻放了下去。“爹！”任如梦又开始痛哭。丁不二顾不得劝她，跳上来，用铁锹往坑里填土。

坟埋好了，丁不二丢下铁锹，看了看坟堆，自语道：“明早再给你弄块石碑，也不枉咱们相识一场。”任如梦仍哭得死去活来。丁不二劝道：“姑娘，人已经入土为安，不要再哭了。我现在就送你回去。”如梦说：“我不走，我要在这里陪着爹爹。”丁不二伸手要扶她起来，说：“姑娘，人已经死了，你不用再演了。”如梦跪在地上，坚持不起："他真是我爹，我就是他的女儿。"

丁不二摇了摇头，无奈之下，只得再次出手点了她身上几处穴道，然后拉起来背在身上。如梦哭道："我不走，你放我下去！"丁不二说："姑娘真情，丁某也实在感动。我知道，我今天对不起你了，感谢姑娘帮了大忙，叫我的朋友死的安心，容我日后再报。你离开客栈时候不短了，再耽搁大家就该起疑了，我不忍给你增加麻烦，也不想招惹骂名。"说着，便快步出了院子，离开柳家老宅。

被丁不二劫来的时候，任如梦只顾紧张害怕，完全不记得路。如果丁不二不送她，深更半夜的，她还真找不回去。现在丁不二信守诺言，真的送她回去，任如梦心里只有伤感，没有害怕，也有心留意了经过的街巷。

来到归来客栈，见客栈的门敞着。丁不二不想被姑娘的亲属看到，赶紧把她放下来，出手解了她的穴道。任如梦刚要回头说点什么，却见丁不二身形一晃，蹿出几步，一眨眼就不见了。如梦进了客栈，回到房里，继续伤心落泪。

吴秋遇以为是黑衣人劫走了如梦，出客栈追赶了一阵，始终没见到如梦和黑衣人的踪影，只得暂且回来，准备找马铁腿打听黄河帮的底细。他一进客栈，见如梦的房门关着，听到里面有哭声，赶紧上前询问："如梦小姐，你在里面吗？"任如梦擦了擦眼泪，说："秋遇公子，我在，你不用担心我。"吴秋遇问："你怎么了？刚才去哪了？"任如梦说："没，没事。我要睡了。"说着赶紧熄了灯。吴秋遇不知发生何事，但既然如梦小姐在屋里，应该也没什么大事。她的哭泣，或许只是想起任员外新近亡故，一时伤心难过。吴秋遇这样想着，稍稍放心了。又在门口守了一会儿，听到里面没了动静，这才坐到凳子上，慢慢打起盹来。

第二天一早，任如梦打开房门，见吴秋遇还没醒，便去给他轻轻盖了盖毯子。吴秋遇迷迷糊糊睁开眼，见如梦小姐在面前，赶紧站起来，憨憨地笑道："我睡过了，什么时辰了？"如梦说："还早呢，你到屋里睡一会儿吧。"吴秋遇说："不用了，你昨晚去哪了？我四处找不到你。"任如梦说："一会儿你陪我去个地方，到那你就知道了。"

二人简单吃了东西，走出客栈。任如梦凭着昨晚的印象，带着吴秋遇来到柳家老宅。院子里有一座新坟，坟前立着一块墓碑，上面刻着字：大侠柳正风之墓。

吴秋遇顿时愣住，任如梦说："这是我爹的坟。"

"你爹？"吴秋遇愣愣地望着如梦。任如梦点了点头，默默走到坟前，跪下来哭道："爹，我又来看你了。"吴秋遇也走上前去，在如梦身边跪下，默默地磕了几个头，嘴里念道："柳大叔，我也来看你了。"

任如梦流着泪哭了一会儿，见吴秋遇在旁边跟着伤心，便擦了擦眼泪，说道："秋遇公子，谢谢你。"吴秋遇扶着任如梦站起来，问道："你是怎么找到这儿的？"

任如梦说："昨晚，有个人把我带到这来，让我冒充爹爹的女儿。我终于见到了爹爹，他昨晚……刚刚去世了。"吴秋遇望着如梦："你是说，柳大叔就是你的亲爹？你是柳大叔的女儿，香儿？"任如梦一愣，望着吴秋遇："你……你怎么知道这个？你认识昨天那个人？是丁大侠告诉你的？"吴秋遇更加意外："昨天是丁大哥带你来的？他人呢？"任如梦说："他把我送回客栈就走了，你们果然认识。"吴秋遇惊喜道："香儿，我是一心啊！终于又见到你了！""你是……一心哥哥？"任如梦愣愣地望着吴秋遇，简直难以置信。她呆呆地看了良久，忽然扑进吴秋遇怀里，哭了出来："一心哥哥，我终于等到你了。"

两个人抱着痛哭了一阵。吴秋遇说："香儿妹妹，没想到柳大叔这么早就去世了，你放心，我以后会好好照顾你的。"任如梦擦了擦眼泪，说："我怎么也没想到，秋遇公子就是一心哥哥。真是太好了。我还画了你的像呢，那还是小时候的样子，现在你已经不是原来的样子了。"吴秋遇说："有头发了，当然不是小和尚了。哈哈。"两个人意外相认，开心地笑了起来。

如梦又拉着吴秋遇在坟前磕了几个头，说："爹爹，我也找到一心哥哥了。我跟他在一起，你就放心吧。"吴秋遇也磕头发誓，要好好照顾香儿。

吴秋遇问："你怎么到了任员外家里？"如梦说："当年我爹上山砍柴，忽然来了一伙歹人，把我拐走，后来我被辗转卖到了任府当丫鬟。大夫人见我乖巧懂事，心疼我，认作女儿，又给我取名如梦。我就意外成了任府的大小姐。如今我找到了爹爹，自当改回姓柳。为了感念大夫人和员外爹爹的养育之恩，我还叫如梦吧。一心哥哥，你以后依旧叫我如梦吧。"吴秋遇点了点头。

自此，任如梦，也就是香儿，改名柳如梦。

吴秋遇说："我现在也不叫一心了。师父给我取名吴秋遇。"如梦说："可我还是喜欢叫你一心哥哥，因为就只有我一个人会这样叫你。"吴秋遇说："好吧，你愿意怎么叫都可以。"

柳正风父女在登封的遭遇，有诗《嵩山遗恨》述曰：

沉冤得雪憾伤身，
刚逢失女变亡魂。
不知天公巧戏弄，
难料新朋是故人。

如梦抱着吴秋遇的胳膊甜蜜了一会儿，忽然说道："一心哥哥，我想把我娘的尸骨接回来，跟爹爹葬在一起。你愿意和我一起去吗？"吴秋遇说："好啊，我当然愿意。”如梦说：“等我们把娘的尸骨接回来，我们就在这安顿下来，守着他们好不好？”

“好。”吴秋遇刚说了一个好字，忽然想到小灵子，开始面露难色。如梦见了，猜到他的心思，便说道：“我知道，你心里还想着小灵子。我们把她也一起接来不就行了？”吴秋遇看着如梦，点了点头，说：“好，我们现在就去找她。”

如梦看了看爹爹的坟墓，忽然想到一事：“一心哥哥，你说，这里长期没人，这个宅子会不会被人占了。到时候，爹爹的坟墓怕是……”吴秋遇也觉得为难。

这时候，忽听外面锣响。一伙官差从街上走来，为首的是杜仲和郑越山。杜仲命人把一张告示贴在墙外，然后高声说道：“大家听好了，这是县衙的告示。大侠柳正风，为人正直，行侠仗义，多次协助官府平贼灭匪，造福乡里。八年前不幸遭人陷害，致遭通缉，背屈含冤。然柳大侠不辞劳苦，心怀大义，终于协助官府查明真相，追回贡宝。柳大侠不幸遭歹人毒手，英年殒命，县衙特暂封柳宅，留待其后人接管。若有人擅闯此宅，擅动宅中一物，必将从重治罪。三年内若无柳氏后人出现，县衙将拨银将此处改为祠堂，供奉柳大侠英灵，以便乡人祭拜。”围观众人交头接耳，很快便有人叫道：“柳大侠是好人！我们都会守住此宅，不叫人乱动！”柳如梦和吴秋遇心中感激。柳正风含冤多年，如今在天之灵也算有了安慰。

杜仲和郑越山点了点头，二人迈步进了院子，忽然见到吴秋遇和柳如梦，都是一愣。郑越山认得吴秋遇，开口问道：“你们怎么在这？”吴秋遇说：“我们来祭拜柳大叔。”郑越山看到柳正风的坟，更加诧异。说好了他今天要来埋葬的，没想到已经有人先做了，于是迈步上前祭拜。杜仲说：“此宅已被县衙封存，闲杂人等不得擅入。你们快走吧。”见有官府出面，宅子和爹爹的坟墓都可保住了，柳如梦放心了，暂时不想说明身份，便拉着吴秋遇一起出了院子。

郑越山看着墓碑，心中纳闷。埋坟立碑的是谁呢？不但知道柳正风昨晚死在这里，还知道他的姓名。郑越山忽然想起了吴秋遇，再转身看时，却见那二人已不在院中。杜仲问：“哥哥，怎么了？”郑越山说：“不知那两个人跟柳大侠有何关系。要不要找来问问？”杜仲想了一下，也没想明白，见他们已经走了，便说道：“唉，算了，他们来祭拜柳大侠，看来也不是坏人，由他们去吧。”

护花惊梦

应喜新人为故旧，
却忧知己久离分。
长河落日传悲讯，
大漠流沙掩香魂。

绘图：王欣

第六十五章

黑白两劫

吴秋遇和柳如梦回到客栈。马铁腿正一瘸一拐地在如梦的房间门口走来走去，见二人回来，赶紧迎了上来：“恩公，你可回来了。”吴秋遇问：“怎么了？你是在等我？”柳如梦不知道昨晚马铁腿被吴秋遇救下的事，也无心跟他搭话，便走过去开门。马铁腿不想惊动别的客人，等如梦开了门，匆匆跟着二人进到屋里，回身把门关好了，才又说道：“恩公，我们已然暴露身份，在这里是待不下去了。”柳如梦愣愣地瞅了瞅马铁腿，又看了看吴秋遇，不知他们在说什么。

没等吴秋遇问话，马铁腿就主动说出了事情的来龙去脉。他说：“我叫马福星，本是少林寺俗家弟子，一时鬼迷心窍成了江湖盗贼。后来结怨太多，怕遭人报复，整日提心吊胆地过日子，于是就洗手不干了，找到娘子来这里开了客栈。为掩人耳目，我夫妻二人精心装扮，隐姓埋名，勉强过了几年安稳日子。没想到却因为在几年前在山西五台县目睹天山恶鬼和蒙昆杀害一位姑娘而惹祸上身。”说到这里，他又看了一眼柳如梦。柳如梦见伙计看她，默默转过脸去。马福星继续说:“哦,那时他们还不知道那姑娘的来历,也就没放在心上。近几年听闻铁秋声正在四处追查凶手,他的红颜知己纪明月几年前在山西遇害,正是在五台县境内。铁秋声是武林至尊翁求和的得意弟子,武功高强,一般人惹不起的。当时在场的,除了天山恶鬼和蒙昆,就只有我。现在他们怕事情败露,便急着杀我灭口。”

吴秋遇说:“他们是两个人,咬准了不承认,都说是你杀的,你也说不清楚。为什么非要杀你灭口呢?”

马福星说:“我有证据。纪姑娘临死之前,在天山恶鬼的小肚子上捅了一下,他肚子上肯定有疤。而且天山恶鬼杀害纪姑娘,用的是他独有的左手弯刀,仔细一验就能对比出来,他别想抵赖。那天等他们离开,我又偷偷回去了一趟,把纪姑娘找地方安葬了,地方只有我一个人知道,他们想毁尸灭迹都没机会。所以只有我死了,才没人能想到他们头上。”吴秋遇说:“那还得谢谢你,保全了纪姑姑的尸体,天山恶鬼和蒙昆没法抵赖了。”

马福星苦笑道:“纪姑娘的死,我也有责任。唉!不说了。他们雇了黄河帮的杀手,终于找到我的下落,这才有了昨日的灾祸。来杀我的那些黑衣人都是黄河帮的,昨晚有少侠仗义相救,我们算是躲过一劫。他们这次没有得手,迟早还会再来的。”

吴秋遇昨晚已经在老板娘的窗外听了个大概,开口问道:“那你们接下来有什么打算?”马福星说:“我和娘子商量好了,准备上少林寺请罪。如果方丈大师肯原谅我,我就在少林寺出家。如果他们觉得我罪无可赦,那也任由他们处置。也好过整天东躲西藏,不一定哪一天就死于非命。”吴秋遇点了点头:“这也是一个不错的选择。这里离少林寺应该不远,那就赶紧去吧。其实你不必留下来专门跟我说一声的,我昨晚也是无意中撞见,你不必等我。”柳如梦这才知道,原来昨晚吴秋遇也过得不平静,看样子还跟人打了一架。她开始上下打量吴秋遇,看他有没有受伤。

马福星说:“这客栈我们是不开了。如果恩公留在本地,我们就把客栈送给恩公。”吴秋遇说:“我们也是要走的。”马福星说:“那恩公可以稍晚两天再走,把这客栈卖了,带银子上路倒也方便。”吴秋遇摆手道:“不必了。我救你们是不希望看你们死于非命。你们活下来,说不定日后还可以在铁大侠面前做个人证。客栈我们不会要的,我们回来就是收拾东西的,马上就要走了。”马福星站了一会儿,欲言又止。柳如梦说:“你还有事吗?我们要收拾东西了。”

“唉。”马福星叹了一口气,摇了摇头,无奈又沮丧地走出了房间。

吴秋遇和柳如梦收拾了自己的东西。如梦把那幅小和尚的画像展开了,对着吴秋遇看了几眼,自语道:“这个还留着吗?”吴秋遇已经知道那个画的是小时

候的自己，憨憨地说："没用了吧。"柳如梦犹豫了一会儿，还是把那画塞进包袱里，说："万一哪天你离开我了，我至少还有一张画可以看。"吴秋遇愣了一下，不知道她是开玩笑还是认真的，也就没有搭话。

两个人走出房门，却见马福星和老板娘肖凤英跪在门口，已经换了衣裳。有几位客人不知发生何事，围在那里观看。吴秋遇赶紧扶他们起来，惊讶地问道："你们这是干什么？"肖凤英说："恩公，我夫妻二人的性命都是恩公所救。你救人救到底，就再帮我们一回吧。"吴秋遇一愣："这个怎么说？"肖凤英说："这里到嵩山虽然不远，可是我们已经被仇家盯上，没有恩公的救护，我们怕是到不了少林寺。"

柳如梦这才明白，难怪刚才马福星要把客栈送给吴秋遇，看来也不全是为了报恩，而是有事相求。果然，又听马福星说道："恩公不肯接受我们的客栈，本来我也没脸再求恩公帮忙，只是我们实在没有别的办法了，不得不再次烦劳恩公。要是我们今天被人杀了，那恩公昨晚救我们也是白救了。"

吴秋遇想了一下，看了看如梦。柳如梦知道他有心答应，也觉得这二人确实遇到了难处，好在少林寺离此不远，便点头答应。肖凤英见如梦点头，知道吴秋遇必会答应，于是激动地说道："多谢姑娘，多谢恩公。"

周围的客人不明所以，开始交头接耳。肖凤英回头对众人说道："我们正要出门，这几日大家的房钱都免了，你们愿意住几天就住几天。过些日子，这里就捐给少林寺了。"众人听老板娘说出房钱全免，自然高兴，也顾不得再看热闹，一个个开心地走了。

马福星和肖凤英带上自己值钱的东西，上了吴秋遇和柳如梦的马车，离开归来客栈，头也不回地向嵩山走去。

马车出城向西，很快就来到嵩山少室山脚下。眼看就要到嵩山，一路平安无事，身边又有吴秋遇护着，马福星心情放松了不少，开始扭头打量柳如梦，柳如梦一皱眉，转过脸去。肖凤英见了，用力捅了马福星一指头，喝问道："你干什么？"马福星说："像，太像了！"肖凤英不知他在说什么："你有毛病啦？小心得罪了恩公，把你赶下车去。"又赶紧对柳如梦赔笑道："姑娘，你别理他，他昨天差点被人砍了，吓出毛病了。"柳如梦忍不住笑了，轻轻摇了摇头，说："没事，我不生气。"马福星说："我是说真的。这位姑娘跟那个纪姑娘真是太像了。"肖凤英没好气地瞪了他一眼："你老大不小了，没事老盯着人家小姑娘。不怕老娘生气把你阉了。"马福星说："我想的是被天山恶鬼害死的纪明月，纪姑娘和这位姑娘一样漂亮，不幸遭人毒手，真是可惜了。"肖凤英说："不遭人毒手也没有你的份！你就死了这条心吧。咱们是送你去少林寺出家的，你以后可得规矩点！再敢胡思乱想，小心老娘真的阉了你。”马福星无奈地说：“好，我不说了，我不胡思乱想。跟你说话真没劲！姑娘，你别多心啊。我没有恶意。”柳如梦只觉得这夫妻二人说话倒是好笑，当然不会往心里去，微微摇了摇头表示不介意，对前面赶车的吴秋遇说道：“一心哥哥，到嵩山了吗？”吴秋遇回头说：“快了，就要上山了。”

路边树丛里埋伏着几个人。刚才听到车上的人说话，已经知道马铁腿和肖凤英都在车里。他们相互使个眼色，随时准备动手。见赶车的吴秋遇正在回头说话，三个人拿着刀跳出来，直向吴秋遇扑去。

吴秋遇听到风声，急忙低头闪过，顺势就跳下马车应战。三个人将吴秋遇围住，近身缠斗。吴秋遇手里没有兵器，只得左躲右闪，暂时周旋。这三个人武功倒也不弱，过了二十来个回合，吴秋遇才瞅准破绽，将其中一个打倒在地。马福星和肖凤英听到打斗声，知道真的有人劫杀，暗自庆幸事先恳求了恩公护送上山。柳如梦不放心吴秋遇，探出身子观看。

这时候又一个黑衣人从树丛里跳出来，拿着刀向马车扑来。柳如梦大惊失色，一下子从车上掉下来。黑衣人并未过来追杀如梦，而是站在车前捞起缰绳用力一抖，嘴里呼哨一声，赶着马车奔逃而去。正跟吴秋遇打斗的两个人，听见呼哨，各自虚晃一招撒腿就跑，先后都攀上马车一起逃去。

吴秋遇愣了一下，瞥见如梦坐在地上，赶紧过去扶她。如梦说：“我没事，只是崴了脚。他们还在车上，你快去救人。”吴秋遇知道如梦不会武功，放心不下。如梦却一再催促他先去救人。吴秋遇也知道马福星和肖凤英落在那些人手里危在旦夕。他先搜索了树丛，见里面已经没有埋伏的人了，便叫如梦先藏在树丛之中，嘱咐她千万不要出来，这才匆匆去追赶马车。临走还不忘在倒地的黑衣人身上点了几指，以防他醒过来伤害如梦。

柳如梦在树丛中等了很久，仍不见吴秋遇回来，心里着急。她探头看了看，见除了倒在地上的黑衣人以外周围再无旁人，便从树丛里走出来，向西张望。仍是看不到吴秋遇和马车的影子，如梦心里不安起来，自言自语道：“他们怎么还不回来呀。也不知道一心哥哥追上没有。”

趴在地上的黑衣人渐渐苏醒过来，身子动了一下。柳如梦吓了一跳，趁他还没看到，赶紧又藏回树丛之中。

黑衣人挣扎了几下，似是浑身酸痛。他终于坐起来，揉了揉手臂和两腿，从后腰摸出一块腰牌，看了看，脸上露出欣喜的笑容，自语道：“幸亏有你。要不然，我的命门也被人封了，那可就真的就不能动弹了。”原来是这块腰牌挡住了吴秋遇一指，吴秋遇走得匆忙，当时并未发觉。

柳如梦在树丛中暗自害怕，偷偷盯着那黑衣人。黑衣人站起来，拍了拍身上

的土，开始四处寻找。柳如梦大惊，缩成一团，连气都不敢喘。黑衣人突然叫道："你出来吧。我早就看见你了。"柳如梦吓了一跳，不小心触动了旁边的草木。黑衣人察觉到动静，惊喜道："原来在这里。"他快步过来，把柳如梦揪出了树丛。

柳如梦惊叫道："你干什么？我不认识你！"黑衣人说："哈哈，我也不认识你。你跟那小子是一伙的？还是跟马铁腿有亲？"柳如梦暗叫不好，黑衣人是为劫杀马福星而来，又刚刚跟吴秋遇打斗过，不管自己是站在哪一头，都不可能说服他放了自己。如梦紧张地向西张望着，只盼着吴秋遇能赶紧回来救他。可是哪里有吴秋遇的影子。她不会武功，又不会撒谎，更没有一点江湖经验，只顾心里着急害怕，却一点办法也没有，知道自己今日怕是难以逃出黑衣人的掌心。

吴秋遇展开"追风架子"，追出一二里地，终于赶上了马车。三个黑衣人没想到还会有人追来，因此半路上也没急着下手。走出那么远，他们觉得安全了，便放慢了马车的速度。坐在车里的一个黑衣人回头对马福星说道："姓马的，只要你们老老实实的别想着逃走，我们今天不杀你。"马福星冷眼看着他们，恨恨说道："我不相信你们黄河帮的人会有如此好心。"另一个黑衣人笑道："哈哈，我们对你当然没什么好心，只不过想活着带你们回去换个好价钱。"

吴秋遇知道这三人的武功都不弱，只怕一时被他们当中的一两个缠住，马车又被赶走了。想到这里，他暗自提气在手，瞅准车前挺身站着的黑衣人，忽然打出一记"震断心魔"，又是"降魔十三式"的第四招。那人应声跌落，在马背上撞了一下，滚了下去。

另外两个黑衣人在车棚里听到动静，探头观看。吴秋遇上前揪住其中一个的头发，一把扯出车外，用力摔了出去。另外一个大惊，刚要拿刀冲出。马福星见了，心中窃喜，猛然全力蹬出一脚。那黑衣人腰间忽然被踹，脑袋一下子撞在马屁股上，身子从马屁股后面掉了下去。吴秋遇先后制住了三个黑衣人，倒也没有要他们的性命，然后调转车头，回来找柳如梦。

三人骑着马从登封城西门出来，向少室山方向行进。为首的是蓟州曾家的公子曾可以，身后两人就是在五丈窑台跟着他进攻丐帮的红衫客和大胡子。大胡子当日被程长老在肚子上打了一拳，几乎吐血，现在已经疗养好了。红衫客心中疑惑，忽然开口问曾可以："公子，马铁腿的事与曾家并无关联，您何以如此上心？"曾可以说："裘兄有所不知，天山恶鬼皮不休原是在西域雪山活动，他不远万里来投奔我曾家，怎么说也是一片诚心。蒙昆更不用说了，已经跟随家父多年。他们惹了事，虽说与我曾家无关，但毕竟现在都是我曾家的人。马铁腿是个臭名昭著的江洋大盗，杀了他既能保全蒙昆和天山恶鬼，还能为民除害大快人心。如此两全其美之事，咱们何乐而不为？"红衫客点了点头，大笑道："哈哈哈，原来如此。公子高见，裘如龙佩服了。”大胡子也说：“我原来只道是公子一心袒护天山恶鬼和蒙昆，却不知公子还有为民除害之心。看来司徒豹也是小人之心了。”曾可以笑道：“裘兄、司徒兄过奖了。这次出来，还得仰仗二位。”大胡子司徒豹说：“这个没问题，公子你有什么吩咐尽管说，我和老裘都没二话。”红衫客裘如龙也说：“我们受曾公所托跟着公子出来，就是听候差遣的。公子不必客气。”曾可以说：“多谢两位。”裘如龙说：“公子，我还有一事不明。”曾可以说：“裘兄有话请讲。”裘如龙说：“一个小小的马铁腿，叫黄河帮去对付就行了。公子你何必亲来亲往？”司徒豹心中也有同样的疑问，点了点头，也看着曾可以。曾可以说：“我怕黄河帮不能成事，所以才赶来看看，没想到他们真的出师不利。听说昨天晚上连陆上门的门主段青都出动了，竟也没能把马铁腿除掉。”司徒豹骂道：“那帮蠢货，真够没劲的。要是老子去了，一把火烧了他。到时候连骨灰都没了。”裘如龙说：“司徒老弟不可乱说。黄河帮的人只是太过自信，又不敢惊动官府罢了。好在他们今天还有埋伏。”曾可以说：“对他们我还是不太放心，所以才带着两位来拾补漏洞。”司徒豹说：“要按公子这般算计，我看也用不上黄河帮的人了。”曾可以说：“当然还是人越多越好，万一他们成事，咱们也可提早踏实了。”裘如龙和司徒豹各自点了点头，曾可以说：“县衙的人想必已经出动了。接下来咱们再到少林寺走一遭，事情就圆满了。”裘如龙说：“其实公子不必亲自去。我去给他们报个信不就行了？”曾可以笑道：“多谢裘兄，我跟你们走一趟倒也累不着，我还有其他事顺便跟老和尚谈谈。”裘如龙和司徒豹不再言语，跟着曾可以往嵩山奔去。

柳如梦被黑衣人挟持，正在惊慌，忽见远处跑来三匹快马。黑衣人也是一惊，赶紧把刀架在柳如梦的脖子上，问道：“来人是不是你们一伙的？”柳如梦不敢动，勉强扭头看了看，说：“不是，我不认识。”黑衣人这才稍稍放心，赶紧押着如梦钻入树丛。

曾可以早在远处看到黑衣人用刀挟持一个姑娘，来到近前高声喊道：“朋友，出来吧。有话当面说清楚，何必为难一个姑娘？”黑衣人以为曾可以只是在诈他，仍藏着不动，也看紧了柳如梦不叫她出声。曾可以下了马，说：“在下蓟州曾可以，请这位朋友出来说话。”黑衣人听到曾可以的名字，眼前一亮，赶紧押着柳如梦从树丛里出来：“原来是曾公子啊。”曾可以看了看他，认出他身上的打扮：“原来是黄河帮的朋友，这是怎么回事？”

柳如梦本来还以为是遇到了救星，没想到他们竟然彼此认识，失望之余开始偷偷打量曾可以，期盼他们别帮着黑衣人一起对付吴秋遇。曾可以也上下打量着柳如梦，心中暗赞：好美的姑娘。他心里这么想，脸上竟也带出惊喜之色。柳如梦赶紧低下头去，心里怦怦直跳，怕他另起歹心。

黑衣人说："在下是黄河帮陆上门的郑三，奉命在这里劫杀马铁腿。这姑娘的同伙好生厉害，我们三个人都奈何不了他。幸亏田七机灵，暗中赶走了马车，要不然又要叫姓马的逃脱了。"司徒豹问："马铁腿呢？"郑三说："放心吧，跑不了。让田七他们三个赶着马车带走了。"裘如龙问："那她的同伙呢？"郑三愣了一下，他刚才趴在地上昏死过去，还真不知道吴秋遇去哪了，于是扭头问柳如梦："说，那小子去哪了？"柳如梦扬起脸看着天，没有理他，她是怕曾可以等人知道吴秋遇的去向，一起去为难他。郑三用刀片压了一下柳如梦的肩膀，怒道："你说不说？"柳如梦瞟了他一眼，仍旧没有说话。

郑三再要发作，曾可以劝道："哎，算了。看这姑娘身子柔弱，你不要吓坏了她。看来你们已经得手了，如此甚好。我看此事与这姑娘无关，你留着她也没用，把她放了吧。"郑三说："估计田七他们很快就会把人带到。在下就此告辞。这个小妞我带回去伺候门主。"说完押着柳如梦便走。柳如梦无助地看了一眼曾可以。曾可以说："等等。"郑三停下脚步，问道："曾公子还有何事？"曾可以说："我替这位姑娘说个情，你把他留给我可好？"

郑三淡淡地看着曾可以，说："曾公子，咱们黄河帮与你们曾家只有买卖，没有交情。人我是送给门主的，您不要为难我。"曾可以笑道："你不要紧张，我只是随便说说。来，你看，你额头上都出汗了。"说着便往前凑近。郑三警惕地盯着曾可以，叫道："你要干什么？你别过来。"曾可以说："你不用紧张，我只想给你擦擦汗。"说着便掏出一条白手绢，展示给郑三看。郑三哪里肯信，押着柳如梦往后退了一步，说："不用了。公子不要再逼我。"他手里的刀渐渐从柳如梦脖子上拿起来，指向曾可以。曾可以将手绢垫在左手心，忽然一把将刀尖攥住，用力一扯。郑三猝不及防，带着柳如梦向前跌倒。曾可以一掌将郑三打翻，同时用后背把柳如梦挡住，顺势转身把她揽在怀里。

柳如梦仓皇之间还不明白发生何事，待惊魂初定，才发现自己倒在曾可以的怀里。她大惊失色，急忙挣扎着推开曾可以，从他怀里逃了出来。她先前崴了脚，又一时用力过猛，险些跌倒，嘴里发出"哎哟"一声。曾可以顿生怜意。郑三从地上爬起来，正要从他背后偷袭，柳如梦见了，脱口叫道："公子小心！"曾可以听到风声，反踢一脚，正中郑三的小腹。郑三当场倒地身亡。裘如龙和司徒豹面面相觑。

柳如梦第一次看见打死人，吓得惊叫一声，捂住两眼。曾可以上前安慰道："姑娘，没事了。"柳如梦见曾可以向自己走来，不禁向后退了一步，左脚疼痛，惊惶之间更站立不稳，嘴上说道："多谢公子相救。你是好人，跟他们不一样，对不对？"曾可以笑道："姑娘好会说话。我不当好人都不行了。"柳如梦见曾可以不再上前，自己也停止后退，再次说道："多谢公子相救。"曾可以看了看她惊慌的样子，心中好笑，又觉得不忍，于是说道："姑娘不用害怕，我并无恶意。你孤身在此，难免再次遇到歹人，不如暂且跟我到少林寺一避。"柳如梦摆手道："不用了，公子先走吧。我还要在这里等人。多谢公子。"

曾可以轻轻摇了摇头，回到裘如龙和司徒豹身边，见二人正在偷着乐，赶紧正色说道："咱们走，正事要紧。"三个人上了马，曾可以又扭头看着柳如梦，拱一拱手，说了声"姑娘，咱们后会有期"，这才打马而去。

柳如梦望着曾可以渐渐远去，心里才终于踏实下来，长长地舒了一口气。她猛然瞥见郑三的尸体，惊得一瘸一拐向后退了好几步，一下子绊坐在地上。

吴秋遇救了马福星和肖凤英，赶着马车回来。他正要到树丛中找如梦，却见柳如梦坐在地上，显得惊慌狼狈，急忙跑过去看她。柳如梦见到吴秋遇回来，大喜之余再也控制不住自己，一下子扑到吴秋遇的怀里，哭了出来。

马福星和肖凤英从车上下来，看到郑三的尸体，都以为是吴秋遇追赶马车之前打死的，也没多问，走过去合力拖到树丛边，用力抛了进去。

吴秋遇安慰着柳如梦："我回来了，你等急了吧。"柳如梦哽咽道："我差一点就见不到你了，一心哥哥。"吴秋遇一惊："出什么事了？哎，你不是藏在树丛里，怎么出来了？"柳如梦边哭边把刚才的经过简单说了一遍。吴秋遇听罢自责道："都是我不好。我应该背着你去的，不应该把你一个人留下。都是我不好，都是我不好。"

马福星和肖凤英听到柳如梦的哭诉，也甚为自责，在一旁唉声叹气："恩公为了救我们……嗨，险些害了姑娘，我们真是该死！该死！"

柳如梦擦了擦眼泪，让吴秋遇扶她起来，对大家说："我刚才就是害怕，现在没事了。"吴秋遇知道她崴了脚，不忍叫她辛苦走路，便把她抱起来，向马车走去。柳如梦就近看着吴秋遇，心中甜蜜，轻轻把头贴在吴秋遇胸前。

曾可以带着红衫客裘如龙和大胡子司徒豹来到少林寺，为表示恭敬，离着大门还有百十来步就下了马，把马拴在旁边的树上，徒步向山门走来。

院中有小僧看到门外有人来，赶紧迎出门口，上前施礼道："三位施主。"曾可以点头还礼，开口问道："方丈大师在吗？烦劳通报一声，就说蓟州晚辈曾可以前来拜见。"小僧说："施主稍候，我这就进去通报。"说完快步跑了进去。

司徒豹也要迈步跟着进去，曾可以说："不可，我们且在山门外候着，以示恭敬。"三个人便在原处等待，闲看风景。曾可以不住地往山下张望。司徒豹嘀咕道："不知道这一次黄河帮的人还会不会再失手。"裘如龙说："听说守护马铁腿的那个人很厉害。刚才不如把那个女的带来了，万一马铁腿又被他救了，也好拿那

个女的去换人。”曾可以说:“她不过是个柔弱女子,不该卷入是非。我怎能利用一个姑娘来成事?”司徒豹笑着问道:“公子对刚才那个姑娘有兴趣?”曾可以遮掩道:“没有的事,这话怎可乱说。”司徒豹说:“公子有事不必瞒我们。如果真的动了心,待会咱们在少林寺办完了事,临走把她带上就是了。”曾可以说:“咱们正事要紧,老兄不要取笑。”

司徒豹问:“如果公子没有动心,又何必为了她跟黄河帮结怨?他们死了人,恐怕不会善罢甘休。”裘如龙也说:“是啊。他们干的就是杀人越货的勾当,武功未必很高,算计人的本事倒是不少,听说难缠得很。咱们虽然不怕,但是也没必要惹这个麻烦。”曾可以说:“我当然知道他们的手段,要不然也不会找他们追杀马铁腿了。”裘如龙不解:“那公子为何还要……”曾可以笑道:“你们以为这笔账会算到咱们头上吗?他们先是夜袭后又劫杀,两次都有那姑娘的朋友搅局。今日郑三又挟持了姑娘,最恨郑三的是谁?”司徒豹恍然大悟:“哦,我明白了。他们定会认定是那人所为,再怎么也想不到您这位雇主的头上。哈哈,这么说来,倒也没什么顾忌了。”

裘如龙也点了点头,暗赞公子的机敏。过了一会儿,他又说道:“我仍是担心那个人。有他一路守护,黄河帮的人未必真能顺利得手。”曾可以说:“他再厉害,敢跟官府对抗,敢跟少林寺为敌吗?说不定官府的人也已经追到了。”裘如龙说:“我怕官府那帮捕快更不顶用。”曾可以说:“这个我当然知道。他们再不济,好歹也是官府的人。我相信他们不敢明着跟官府作对。”

这时候,刚才那个小僧出来报信:“曾施主,师叔有请。请随我来。”曾可以等人这才进了寺门,跟着小僧去见长老。

吴秋遇把柳如梦轻轻放到车上,回头招呼马氏夫妇。却见马福星和肖凤英望着南边来时的方向惊慌起来。吴秋遇知道必是又来了追兵,赶紧让他们先上车。肖凤英这才想起扶着腿上有伤的马福星往马车这跑。

他们刚上车,那伙人就追到了,把马车围了起来。为首的竟然是杜仲和郑越山。吴秋遇疑惑不解,跳下车,愣愣地看着他们。杜仲问:“车上坐的是什么人?马福星在里面吗?”吴秋遇点了点头:“嗯,在呀。你们有什么事吗?”郑越山看到吴秋遇,也有些意外:“又是你?你知不知道马福星是什么人?”吴秋遇说:“他是归来客栈的伙计呀。”郑越山说:“谅你也不知情。我现在告诉你,马福星是个江洋大盗,你最好别跟他搅在一起。”杜仲对着车里高声喊道:“马福星,你作案无数,罪行累累。今日我等前来,专为拿你归案。你快快下车受缚吧。”马福星从车里探出头来,说:“杜捕头,我曾经是个盗贼不假,可是几年前已经洗手不干,早已是良民了。您仔细想想,这些年我在您的治下,可曾做过一个案子?”杜仲说:

"这几年你倒还安分，要不然也不能留你到今天。不管怎么说，你曾经作案无数，就该认罪自首。废话就别说了，快快下车吧。"肖凤英也从车里探出头来，说："杜捕头，我相公已经洗心革面重新做人了，正要去少林寺出家。您就高抬贵手，给他这个机会吧。"郑越山听说马铁腿要去少林寺出家，不禁犹豫，扭头看着杜仲。杜仲说："出家？你少唬我了，少林寺岂是藏污纳垢的地方？要认罪就跟我到县衙，看在你不曾在本地作案，这几年又安分守己的份上，我会跟大人求情，争取对你从轻发落。"吴秋遇开口劝道："两位捕头，他真的决心改过了，真是要去少林寺出家。请你们高抬贵手，让他去吧。"

杜仲看了看吴秋遇："你是什么人？刚刚在柳大侠坟前看过你，怎么又跟他搅在一起？"吴秋遇说："咱们也算有缘，容我日后跟两位捕头细说。今日还请高抬贵手，给他个改过自新的机会吧。"杜仲怒道："你再阻拦，就是共犯，一同拿回去治罪。看你像个老实人，若不想惹祸上身就赶紧让开。"吴秋遇说："你到底怎样才肯放过他？"杜仲说："我身为官差，既然见了，又岂能放他逃走？你们不要废话了，我就不信，你们还有本事逃得出去。"吴秋遇见杜仲不依不饶，也有些急了，脱口说道："那要是你们拦不住呢？"杜仲看了看吴秋遇，大笑了起来。其他捕快也都跟着笑了。只有郑越山上下打量着吴秋遇，想起了当晚在任府看到的情景。杜仲说："如果你们中的任何一个，能够挡得住我十招，我就亲自送他去少林寺出家。"郑越山听了，不由得看了杜仲一眼，心说："这厮到底心眼多，就算他打赌输了，也只是亲自送马福星出家，而不是放他逃走。"

吴秋遇问："你说话算数吗？"杜仲说："当然算数。"吴秋遇又看了看郑越山。郑越山点头道："好，我做个见证。你若能抗得住杜捕头十招不倒，就让马福星去少林寺出家。"吴秋遇点了点头，忽然说道："我知道你们也都是好人。你们来抓人也是正事。所以我不跟你打。"杜仲笑道："哈哈，怕了吧。"众捕快也都笑了起来。郑越山一愣，问道："你想怎么样？交出马福星？"

吴秋遇四下看了看，找了一棵大腿粗细的树，指着问杜仲："如果我能把那棵树打断，能不能算是挡了你十招？"杜仲等人都是一愣。还没等杜仲回答，吴秋遇已经站稳身形，提气在手，猛然打出一记"开山惊魔"，这是"降魔十三式"的第一招，也是吴秋遇学得最早的一招。只听咔嚓一声，那树断为两截。

杜仲等人都惊呆了。郑越山愣了一会儿，忽然拍手叫道："好！"他扭头对杜仲说道："这位小兄弟果然武功了得。看在他的面子上，就给姓马的一个改过自新的机会，让他去少林寺出家吧。大不了咱们改日去少林寺查访。如若他不在，就四处张榜通缉，不怕他跑了。"

杜仲暗自感激吴秋遇手下留情，没有真的跟他动手，既没伤性命，又留了面

子，于是拱手道："小兄弟武功了得，杜仲佩服。能否请教你尊姓大名？"吴秋遇说："其实咱们几年以前就见过了，只是你们不记得我。我今日先不说破，日后还会来登封打扰，到时候一定细说详情。说不定还得请杜捕头帮忙呢。"杜仲见他不愿说明身份，也无法强求，于是说："好。那就来日再说。告辞了。"说着便带人离去。吴秋遇对着他们拱手送别，尤其对郑越山点头致意。路上，杜仲问郑越山："老郑，你认得他么？我怎么一点也想不起来。"郑越山说："我也纳闷，第一次见面，他也脱口叫出我的名字。想必真是认识的，只是咱们一时认不出他。罢了罢了，他也说了，日后还会再见面。到时候就什么都清楚了。"

送走了衙门的捕快，吴秋遇也松了一口气，柳如梦更加佩服吴秋遇的本事和人品，马福星和肖凤英再次拜谢救命之恩，这已经是第三次了。

第六十六章 另起风波

山路崎岖，马车走不快。吴秋遇一面赶车前行，一面关注道路两旁，提防再有黄河帮的人埋伏。马福星曾经是少林寺的俗家弟子，是唯一认识路的，也偶尔探出头来看看。过了大约半个时辰，已经能远远望见庙宇的院墙。马福星说：“那就是少林寺了。”眼看就要到少林寺了，估计黄河帮的人也不敢在少林寺的山门外撒野，四个人紧张的心情渐渐放松下来。

先前挟持马车逃走的三个黑衣人被吴秋遇制住。时间久了，他们的穴道解了，渐渐能动了，便急急忙忙回来找郑三。原地不见郑三的身影，两个人正要离去。另一个在树丛中发现了郑三的尸体，惊叫一声，招呼他们过去。三个人围着郑三的尸体，看了看，见确实已经死透，无奈地摇了摇头。他们把郑三就地埋了，便匆匆跑回去报信。

少林寺里走出来三个和尚。为首走在前面的是一个高高大大的和尚，手里拿着月牙禅杖。后来两个应是小辈的弟子。

吴秋遇眼前一亮，忙回头对车里说道："有几位师父从寺里出来了，你们看看是否认得？"马福星探出头来，仔细看了看，认了出来，惊喜道："是戒律院的首座，了改大师。"吴秋遇大喜："有熟人了。这下可以放心了。"马福星脸上的笑容渐渐退去，喃喃道："我负罪上山，正该戒律院发落。看来也不用惊动方丈大师了。"吴秋遇这才想起马福星是来领罪的。

马福星叫吴秋遇把马车停下，让娘子肖凤英扶着他下来，一瘸一拐地走到车前，跪下等着。肖凤英也陪着他跪下。吴秋遇不便相劝，扶着柳如梦下了车，看着三个和尚一步一步走近。

了改大师瞥了一眼马氏夫妇，上前冲吴秋遇单手行礼道："各位施主，敢问可是奔少林寺来的？"吴秋遇点头道："是的。了改大师。"了改一愣："施主认得贫僧？"吴秋遇尴尬了一下，指了指马福星："我们是送他来的。他原是少林俗家弟子，认得大师。"了改大师转身看了看马氏夫妇，点了点头："看来曾施主所言不虚。马福星，你终于来了。"马福星先默默在地上磕了个头，然后才慢慢扬起脸来，看着了改大师，说道："大师，不肖弟子马福星回来领罪了。恳请大师责罚。"了改大师认出了马福星，脸上的颜色已经不太好看："你还敢说是少林弟子？"马福星自知罪孽深重，低下头去。了改大师说："你私自下山，做起江洋大盗，为祸多年，作孽无数，败坏少林名声。我正拿你不着，你反倒送上门来。今日归来，正该受我佛门戒律。"马福星说："大师教训得是。弟子此来，就是认罪领罚的。"了改大师微微点了点头："如此甚好，倒也不必多费口舌。如今方丈师兄闭关，了渡师兄暂代住持。他已颁下法旨，命贫僧于山门外拦阻，就地惩处，以免污了佛门净地。"马福星双手合十，遥望着少林寺山门，恭恭敬敬地磕了一个头，平静地说道："全凭大师发落。"肖凤英紧张地望着了改大师："大师父，我相公他已经知错了，你……"马福星劝道："娘子不必多言。"

"相公……"肖凤英已经泣不成声。

了改大师说："女施主暂请回避，容贫僧执行戒律。"说着便将禅杖提了起来。肖凤英见了改大师就要动手，一下子抱住马福星，放声痛哭。眼看马上要生离死别，马福星也泪流满面，抚着肖凤英的头说道："娘子，我是罪有应得，你不必太难过。"肖凤英哭着对了改大师说道："大师父，你们出家人最讲慈悲，我知道你有菩萨心肠，你就放他一条生路吧。"了改大师静静地看着这夫妻二人，面无表情，只念了一声："阿弥陀佛。"

柳如梦心生怜悯，却又不知如何劝起，焦急地拽了拽吴秋遇的衣角。吴秋遇刚要开口说话，就见马福星一把推开肖凤英："娘子，咱们来世再做夫妻！大师，您动手吧！"

“阿弥陀佛。”了改大师口里念了一声，举起月牙禅杖，眼睛一闭，便朝他背上打去。

“相公！”肖凤英惊叫一声，便扑过来以身遮挡。吴秋遇来不及多想，急忙冲过去，用力将禅杖推开。了改大师身子一偏，回身喝问道：“施主这是何意？请不要妨碍贫僧执行戒律！”吴秋遇说：“大师，他已经知道错了。你就饶了他吧！”了改大师说：“这是敝寺门内之事，请施主莫要插手。”吴秋遇说：“大师，你就饶了他吧。”说着也用身子把马福星挡住。了改大师看了看两个小和尚。两个小和尚会意，忙上前来拉吴秋遇，希望他不要干扰师父执行戒律。吴秋遇情急之下，用力甩脱。两个小和尚站立不稳，摔倒在地。吴秋遇本是无心的，一见两个小和尚倒地，自知惹祸，忙上前去拉扶。了改大师以为吴秋遇要对两个弟子下手，顾不得多说，直挥起禅杖，去拦打吴秋遇的手臂。吴秋遇大惊，忙撤手退闪，嘴里大叫：“大师，你不要误会！”大和尚不理他，手持禅杖继续进攻。吴秋遇没有办法，只得小心应付。

了改大师知道吴秋遇在场必定会干涉马福星的事，是存心要将他逼走，并不想伤他，因此开始几招只是虚晃吓唬，想叫吴秋遇知难而退。可过了几招他就发现，这个年轻人并不简单，于是便渐渐加大了进攻的力度。吴秋遇本是要劝解救人的，也不想跟少林寺结怨，因此开始也是一味躲闪，却不还手。本以为随便对付几招，就可找个机会跳出圈外解释清楚，却不想这了改大师虽然身躯高大，招式倒也灵活，一时之间还真找不到破绽。吴秋遇早就听说少林寺多有高手，如今一见，这戒律院的首座显然就是高手之一。对方有兵器在手，而自己是赤手空拳，吴秋遇丝毫不敢怠慢，不过有随心所欲的身法周旋着，尚能应付。

几十招过后，了改大师仍不能取胜，不由得暗自称奇，心想：这个少年不简单，他这个年纪的少林弟子中未必有人能达到他这般武功修为，想到此，他顿生爱惜之心。可是执行戒律那是师兄的法旨，耽误不得，看来只有先全力把他逼走再说。了改大师打定主意，手上便加了力气，不再留情，进攻越发凌利。

柳如梦不懂武功，看着吴秋遇赤手空拳跟大和尚打斗，不免提心吊胆。马福星看出了改大师用了真功夫，也为吴秋遇担心，在一旁哀求道：“大师，吴少侠，你们别打了！我愿意承受处罚，了却罪孽！求求你们，别打了！”

吴秋遇已经发现大和尚武功高深，知道他手里的禅杖厉害，但有疏忽难免重伤，心下也开始着急。眼看大和尚的禅杖横扫而来，吴秋遇不急着躲闪，而是冒险伸手去抓。了改大师一惊，怕真的重伤吴秋遇，急忙收了力道。吴秋遇本想抓住禅杖，借力飞身出去，一见禅杖力道弱了，知道是大师发了慈悲，于是将禅杖握住，用力一推，身子向后跳了出去。了改大师暗自庆幸，没有失手酿下罪孽，心中默念阿弥陀佛。

吴秋遇退出两步，终于得空可以提神运气，将“降魔十三式”中的“携月清魔”打了出来。这一招自右下向左上方斜向抖捞，本是用于对付身在空中的敌人。若说对付正面的对手，显然不如“开山惊魔”等招式力道强劲。吴秋遇现在使出这一招，其实是不想伤人。一股掌风打在禅杖的月牙上，了改大师顿觉手臂一震，几乎握持不住，他身子向后退了一步，惊叫道：“降魔十三式？”

吴秋遇稍是一愣，但马上就想到了，师父的“降魔十三式”是武林绝学，少林高僧见多识广，各种绝世武功自然都认得了。他忙上前拱手道：“大师，晚辈得罪了。”了改大师问：“小施主与济苍生施主是何关系？”吴秋遇知道少林寺是武林正派，便不隐瞒，直说道：“那是我师父。”了改大师赶紧收了禅杖，惊喜道：“阿弥陀佛，善哉善哉。小施主武功高深，原来是济施主的高徒。”

吴秋遇见了改大师面色缓和，趁机说道：“晚辈吴秋遇，恳请大师给他一个改过自新的机会吧。”山路上有香客往来，难免有远远围观的。了改大师看了一眼，对吴秋遇说：“吴少侠，这里不是说话所在，你们随贫僧到菜园一叙。”吴秋遇点头说好，赶紧去扶马福星起来。了改大师看出马福星腿上有伤，淡淡地说了一句：“菜园尚远，你既腿脚不便，先上车吧。”马福星战战兢兢，还要推辞，却见了改大师已经转过身去，陪着吴秋遇迈步先走。柳如梦劝着马氏夫妇上了马车，扭头看了一眼，不想打扰吴秋遇与了改大师说话，便也上了车。

路上，吴秋遇问：“大师，少林有多少俗家弟子？”了改大师看着吴秋遇，稍稍犹豫了一下，说道：“前些年还有几个，后来出了不肖弟子，而今已经不再收纳了。”吴秋遇回头看了一眼马车，小声问道：“就是因为马福星吗？”了改大师说：“他为非作歹，作恶多时，自然算是其中一个。”吴秋遇一愣：“难道还有……别人也……”了改大师说：“曾经有一个俗家弟子，名叫胡大宁，上山习武多年，小有所成，便要回乡探亲，谁知这一去便没了音信。后来才得知，他是自甘堕落，加入了北冥教……”

“啊？”吴秋遇不禁一愣，他倒不是对那个胡大宁有兴趣，只是没想到了改大师会说胡大宁加入北冥教是自甘堕落。了改大师没有注意吴秋遇的表情变化，继续说道：“还有一个叫申图的，说起来倒也精明能干，颇受方丈师兄信任。方丈师兄应邀去跟武林至尊翁求和施主研讨武功，也是带了他去帮忙应酬。后来，北冥教寻衅挑事，掀起风波，那申图便不知所踪了。料想北冥教寻衅之事，多少与他有些关系。此等人挑弄事端，为祸武林，着实……后来，贫僧对俗家弟子彻底失望，一时按捺不住便解散俗家弟子，发誓不再收纳。所以现在，山上已经没有俗家弟子了。”

“北冥教……”吴秋遇还在想着刚才的问题，却又不知如何问起。了改大师说:“北冥教是北方第一大教派。他们行事怪异,向来与中原武林不睦。尤其是几年前,司马相接掌北冥教,竟敢亲自带人到翁求和施主家中挑衅,落得两败俱伤,险些酿成武林巨祸。他们与此等邪教有瓜葛,不是自甘堕落么?”吴秋遇心里有些糊涂,北冥教的人他也认识了几个,包括青衣堂的两任堂主康奇、彭玄一,还有大长老路桥荫,这些人看上去都是正派人,尤其彭玄一还曾与他们在赐熊双怪处生死与共。好像丐帮的倪帮主对北冥教的印象也不错,到了少林高僧嘴里,北冥教怎么成了邪教了?

菜园不在去往少林寺的主路上,距离山门大约有两百步之遥。转眼到了,马车进不去,便停在了外面。马氏夫妇和柳如梦下了车,跟着大和尚和吴秋遇进了篱笆门。两个小和尚也在后面跟着。

看菜园的是个老和尚,正在园中浇水,看见了改大师带人来,直起身来,眼睁睁看着他们走近,淡淡问道:“不是说不收纳俗家弟子了么?”了改大师说:“这不是新收的俗家弟子,戒缘师兄。过去的俗家弟子犯了错,我带来这里执行戒律。打扰你了。”戒缘老和尚看了看他身后几个人,说道:“你今天要打哪一个呀?我看那小施主和那位女施主都像是老实人。”

马福星一瘸一拐站出来,跪倒在地,说:“我是不肖弟子马福星,上山领罪。”戒缘老和尚笑道:“是你呀。不是有人叫你马铁腿吗?今日怎么变成瘸腿了?”马福星说:“弟子罪孽深重,遇仇家追杀,自知性命难保。希望在临死前先来少林领罪受罚。恳请了改大师现在就执行戒律。”了改大师说:“如此甚好。”吴秋遇劝道:“恳请大师手下留情,给他一个改过的机会,饶他一命吧。”戒缘老和尚看了看吴秋遇,说:“你这位小施主倒是好心。你知道他祸害了多少人,你还要为他求情?我劝你呀,还是不要管事的好。我想这位女施主见不得血腥场面,不如你带着她先行去了,免得沾上血渍。”

马福星也说道:“吴少侠,多谢你的几次救命之恩,容我来世再报。我此来是自愿受罚,求你不要阻拦。”吴秋遇说:“可是……”

“他对你有多次救命之恩?”戒缘老和尚说着,又不禁多看了吴秋遇几眼。了改大师介绍道:“师叔,这位是济苍生施主的高徒。”

“济苍生的徒弟,哦,难怪,难怪。”戒缘老和尚说着便向吴秋遇走来。

了改大师说:“两位女施主请转过身去。贫僧要执行戒律了。”柳如梦见不得杀人场面,赶紧退出几步,转过身去。肖凤英知道马福星心意已决,也没法再劝,跪在一旁,哭了起来。了改大师双手合十,念了一声“阿弥陀佛”,然后把月牙禅杖高高举起,高喊一声“马福星领罚吧”,便用力打了下去。吴秋遇急欲出手拦阻,却发现自己被老和尚靠住,已经移动不得。戒缘老和尚笑嘻嘻看着他,说:

“小施主，你放轻松。”吴秋遇暗自惊诧，却又无可奈何。

了改大师在马铁腿背上连打了二十禅杖。马铁腿口吐鲜血，瘫倒在地。肖凤英扑过去，大叫了一声“相公”，便泣不成声。

了改大师收了禅杖，念了声“阿弥陀佛”，转身对吴秋遇说：“出家人慈悲为怀，怎敢妄动杀念。贫僧只是受师兄法旨，前来执行戒律。本要打他三十杖，废去武功，不曾想取他的性命。既然他腿上有伤，且留十杖日后再说。”肖凤英一听，赶紧给了改大师磕头：“多谢大师！多谢大师！”她转身扶起马福星：“相公，相公……”马福星有如死里逃生，虽然嘴里吐着血，嘴角仍露出一丝笑意。柳如梦知道不再有杀人的场面，也转过身来。戒缘老和尚见戒律执行完毕，放开吴秋遇，自去浇水。吴秋遇愣愣地望老和尚的背影，先是发了一会儿呆，才回过神来，对了改大师施礼道：“多谢大师慈悲！”

马氏夫妇相拥在一起，喜极而泣。柳如梦也走到吴秋遇身边，替他们高兴。了改大师说：“戒律暂且执行完毕。我须回寺里去通报了渡师兄，听他的后续安排。两位施主随我到寺中一叙？”吴秋遇早就听说嵩山少林寺的威名，很想去看看，于是动了心，便要答应。却听柳如梦忽然说道：“不了，大师。我们还有事，就不去少林寺了。”其实她是顾忌曾可以，知道他也是往少林寺方向去的，现在说不定还在寺中。吴秋遇并不知道这其中的缘故，愣愣地看着柳如梦。柳如梦小声对吴秋遇说：“一心哥哥，咱们的任务已经完成，赶快上路吧。”吴秋遇只道她是急着赶路，点了点头，对了改大师说：“大师，我们还要赶路，今日就不上山打扰了。晚辈这就告辞了。”了改大师见柳如梦似是很坚决，也不好阻拦，便说道：“既是如此，贫僧也不好多说什么。两位施主一路走好。”

马氏夫妇一听吴秋遇要走，有些舍不得，可人家本来就是路过的，只是为了护送他夫妇二人才上山到此，已然耽搁了不少时辰，于是跪在地上说道：“多谢恩公一路相送，多次救我夫妻性命。恩公路上小心，请恕马福星不能远送了。”说完便俯身磕头。

吴秋遇本要上前搀扶，了改大师说：“来，我送施主上车。”便陪着二人走出菜园。吴秋遇先扶着柳如梦上了马车，再次跟了改大师道别。马氏夫妇泪流满面，仍在地上跪着：“恩公一路走好！”吴秋遇向他们挥了挥手，也上了马车。马车起动，吴秋遇又不禁往菜园中望了一眼，只见那老和尚戒缘也在望着他，面带微笑。吴秋遇朝他点了点头，自语道：“少林寺真是藏龙卧虎。一个管菜园的老和尚都这么厉害。”柳如梦不明白他在说什么，开口问道：“一心哥哥，怎么了？”吴秋遇说：“刚才那老和尚往我身前一靠，我竟动弹不得。他的武功太高深了。”柳如梦很惊讶：“你说的就是那个浇菜的老和尚？”说完，也不禁探头看了一眼。

送走了吴秋遇和柳如梦，了改大师对戒缘老和尚说："师叔，且让他们在菜园候着，我先回寺里去通报了渡师兄，听他的后续安排。"戒缘老和尚点了点头："行，你去吧。他们在这可以帮我抓抓虫子什么的。"了改大师给马福星留下一点金创药，便带着两个小和尚走了。

肖凤英给马福星上了药，扶他在阴凉处趴着。戒缘老和尚说："看来你的身子骨还算结实。受了他二十禅杖还没死。"马福星忍痛说道："那是了改师父手下留情，要不然，吃他一下我就被打死了。"戒缘老和尚笑道："你还不算太糊涂。"肖凤英忽然问道："老师父，您的辈分那么高，了改大师都要叫您师叔，您怎么不在寺中，却在这管理菜园？"戒缘老和尚说："种菜不好吗？呵呵，我觉得挺好，挺好。"肖凤英心疼地看了看马福星的伤势，想了一下，忽然说道："我相公还要等着领受剩下那十下的责罚，一时也走不了。老师父，我们留在这里跟您种菜吧。多少能做个帮手，还能伺候您老人家。"戒缘老和尚笑道："哈哈哈哈，你觉得我很老朽了吗？还需要别人伺候？"肖凤英赶紧解释道："不是不是，老师父，我不是那个意思。"戒缘老和尚一摆手："你不用解释了，你的心思我明白。他已经废了，你们下山也难有其他出路。等等吧，看看寺里的和尚什么意思。如果他们不赶你们走，你们愿意留就留下吧，我倒没什么忌讳。"肖凤英喜出望外："多谢老师父！我给您磕头……"戒缘老和尚说："别，你不用这样。你要闲着没事，就过来帮我抓虫子，或者浇水也行。"马福星当然乐意，催着娘子赶紧去。"哎，好嘞！"肖凤英应了一声，便快步上前去帮忙。

曾可以带着裘如龙和司徒豹离了少林寺，骑马往山下走去。裘如龙说："公子，咱们这一趟总算没白忙活。估计那个姓马的已经凶多吉少了。"曾可以自然得意。司徒豹说："为何咱们不等听了准信再走？"曾可以说："虽然结果了马铁腿是咱们的主要目的，但是咱们只能当作是无意间提起，顺嘴透个信儿，哪能真等着看他毙命？不能让少林寺的和尚看出咱们对此事的看重。"裘如龙说："这倒也是。本来这姓马的跟公子也没什么瓜葛，犯不着让别人知道咱们在算计他。"司徒豹似懂非懂地点了点头，忽又问道："那咱们现在去哪？"曾可以说："去柳林镇，看看蒙昆他们到了没有。"

吴秋遇和柳如梦驾着马车，从少室山下来，上了大路。没走多远，就见几匹快马远远地迎面驰来。吴秋遇定睛一看，一下子认出了来人。跑在最前面的正是屡次纠缠他不放的曾家大小姐曾婉儿。吴秋遇一惊，急忙回头对车里的柳如梦说道："如梦，我到路边去一下。你在车上等我，我很快就回来。"说着便跳下了马车，钻入路边的庄稼地。柳如梦以为吴秋遇是要去方便，掩口暗笑："看他急的，怎么憋成这个样子才想起来？"

曾婉儿看到马车，觉得眼熟，便停下来多看了两眼。吴秋遇在庄稼丛中静静地看着。郝青桐问："大小姐，怎么了？"曾婉儿说："怎么会有马车停在这没有人？"郝青桐说："刚才我看到有人下车到路边去了，想是去方便了。大小姐，这没什么可看的，咱们走吧。"曾婉儿说："哦，好吧。我就是觉得这马车好像在哪见过。"柳如梦在车里听到了，掀起帘子，一看是曾婉儿，惊喜地叫道："曾小姐！"吴秋遇在树丛中暗自焦急，心说："我就是为了躲她。如梦怎么还主动去招惹呀？她们……难道认识？"

曾婉儿一愣："如梦姐姐，是你？我说这车怎么看着眼熟，原来是任府的，我看你那丫鬟坐过。姐姐你怎么会在这啊？"说着，便下了马。柳如梦也从车上下来，说："我随便走走，你呢？"曾婉儿说："我在洛阳找人，没找到。想着离嵩山不远，就想到少林寺来看看。"柳如梦说："少林寺就在山上，那个方向。你们骑马，很快就到了。"

"哦，看来姐姐是去过了。"曾婉儿探头往车里看了看，惊讶地问道："姐姐，就你一个人？府上的家丁、丫鬟呢？"如梦微微一笑，说："我已经不是任家的大小姐了，我出来是找我自己的家人的。"曾婉儿不解，愣愣地看着如梦。柳如梦说："是这样的，我不是任员外的亲生，如今他不在了，我也不想再当任家的大小姐，就出来找我自己的家人了。"曾婉儿这才了解，沉默了一下，说："那姐姐一个人出门也很危险啊，不如跟我走吧。我帮你一起寻找家人。"柳如梦说："多谢妹妹，你们自去玩耍吧。我不是一个人，有人照应，没事的。"曾婉儿问："那人呢？"

"他去……方便了。"柳如梦说着往吴秋遇这边看了一眼。吴秋遇心中紧张，不晓得曾婉儿会不会发现他。

曾婉儿神秘地一笑，在柳如梦耳边小声说道："姐姐跟人私奔？"柳如梦脸上一红，娇羞道："妹妹不要取笑我。"曾婉儿笑道："既然姐姐有人照顾，那我就不打扰了。我们走了。"说着便转身上了马。柳如梦说："妹妹骑马小心。"曾婉儿故意对着树丛大声喊道："要是有人敢欺负如梦姐姐，姐姐只管告诉我。我绝饶不了他！"说完，朝柳如梦眨了一下眼睛。柳如梦的脸羞得更红了。

"好，姐姐多保重。我们走了。"曾婉儿道了别，带着郝青桐等人走了。吴秋遇在树丛中终于松了一口气。

路上，曾婉儿问郝青桐："郝叔叔，你看到那个下车的人了？他长什么样子？"郝青桐说："我也只是瞥见车上好像有人下来，离得太远，没看清。看身影，应该是个男的。"廖树山小声跟罗兴嘀咕着。鲁啸见了，问道："你们两个嘀咕啥呢？说出来大家听听，还有啥见不得人的事？"罗兴说："老廖说他刚才也看见了，觉得有点像那小子。"

“哪小子？”鲁啸一时还摸不着头脑。曾婉儿却听进去了，勒住马，回头问道：“你们说什么？看准了，真的是他？”廖树山刚刚责怪完罗兴多事，见大小姐问起，只好含糊说道：“我是信口胡说的，离着那么远，怎么可能看清是谁？再说了，大小姐的马在最前面，你都没看见，我们后边的怎么可能看清？”鲁啸终于明白他们在说什么，笑道：“我看也是。一定是这几天大伙四处找那小子，心里的弦绷得太紧，老廖都出现幻觉了。哈哈哈哈。”廖树山苦笑着摇了摇头，不愿多事反驳。曾婉儿联想起自己初到任府得知任员外病重、自己到岳三姑家寻访吴秋遇不成、如梦的丫鬟春香乘马车在七里堡出现，她眼前一亮，说：“走，回去看看。”说着便圈马跑在前面，廖树山等人埋怨罗兴多事，也只能赶紧在后跟随。

吴秋遇从路旁钻出来，冲着柳如梦憨憨地一笑。柳如梦也是嫣然一笑，说：“上车吧。下次可不要……”忽听得马蹄声响，曾婉儿等人又回来了。吴秋遇大惊，赶紧又退回了庄稼丛中。有车棚挡着，柳如梦看不到曾婉儿等人，见吴秋遇又去，她稍稍愣了一下，接着又微笑着摇了摇头。

这回曾婉儿可看见了人影，虽然离得远并未看清，但心里盼着那就是吴秋遇的身影。她骑马来到车前，另外四人也随后赶到。柳如梦见曾婉儿又回来，笑问道：“婉儿妹妹，你怎么回来了？”曾婉儿说：“我不放心姐姐，想知道跟你在一起的是什么人。”柳如梦说：“好妹妹，多谢你挂心。他去那里了，一会儿回来你们见见。”

“哦，好。”曾婉儿心不在焉地应了一声，在马上张望着。吴秋遇暗自焦急，曾婉儿等人就在外面守着，这可如何是好？

曾婉儿望不到什么，就从马上下来，坐到车上，和柳如梦聊天：“姐姐能否跟我说说？”柳如梦：“说什么？”曾婉儿：“那个人呀，我该怎么称呼？”柳如梦：“你说一心哥哥呀，你叫他……”她竟一时不知如何作答，让曾婉儿这个大小姐叫他公子、少侠、秋遇哥哥，好像都不太合适。

“一心哥哥？”曾婉儿心里有些失望，难道不是他？柳如梦说：“只有我那样叫他。你就叫他吴公子吧，其实他也不是什么公子。”曾婉儿点了点头，沉默不语。这个叫“吴一心”的不是她要找的人，空欢喜一场之后难免有些失落。郝青桐等人在马上面面相觑，谁也不敢言语。

等了良久，仍不见有人出来。曾婉儿有点坐不住：“怎么去了这么久？”柳如梦也觉得这次时间有点长，开口喊道：“一心哥哥，你好了没有？”没有回应。又喊了两声，仍是无人应答。柳如梦忽然有点担心，眉头锁起来。曾婉儿回头吩咐道：“你们进去找找，可别出什么意外。”

郝青桐等四人下了马，不情愿地走进庄稼地里去找人。吴秋遇知道曾婉儿与如梦相识，不会伤害她，便在庄稼地里跟郝青桐等人玩起了捉迷藏。郝青桐等

人对这个差事毫无兴趣，因此也并不上心，漫不经心地就近找了找，便坐下歇着。吴秋遇隐约见到他们停下来闲聊，也就不再急着往更远处躲藏。望了一会儿，见那四人好像已无心再找，吴秋遇也坐下来。

久久不见吴秋遇出来，柳如梦越发不安。她从车上慢慢下来，不小心又扭疼了脚，轻轻"哎哟"了一声，但是她已顾不得这个，只焦急地站立张望。曾婉儿见柳如梦着急，安慰道："姐姐莫急，他们已经去找了。"柳如梦："我也想进去找他。"曾婉儿看了看她的脚，说："姐姐腿脚不便，且到车上坐着。我替你去找。"说着便扶柳如梦上车。柳如梦说："妹妹是大家小姐，怎么能……"曾婉儿一笑："姐姐放心，我也是习武之人，翻山越岭都不算什么。"忽然想到柳如梦一个人等待可能更焦急，便想找个事做让她分心，于是说道："我们都去找人，姐姐只需在车上安坐，替我们看守马匹。"说完，便去把五匹马的缰绳都拉来交给柳如梦。这个主意果然有效，柳如梦点了点头，嘱咐道："妹妹小心。"曾婉儿推开秸秆，也走入路边的庄稼地。

郝青桐等人走得不深，很快就被曾婉儿看到。四个人没想到大小姐也会进来，而自己却在偷懒，都不免有些尴尬，慌忙站起来继续寻找。曾婉儿知道四人对那个陌生人没兴趣，也没说什么。吴秋遇见曾婉儿也来了，顿时紧张，急忙起身继续躲藏。忽然想到柳如梦现在是一个人在车上，吴秋遇有些不放心，于是他与几个人保持着足够的距离，渐渐往回绕去。他的打算是，趁着五个人都来找他，抢先回到车上，带着柳如梦悄然而去。

路上走来三个人。为首的是蒙昆，闷头走在头里，手里的铁杖偶尔在地上杵一下，看样子是有点累了。身后的两个人是他的弟子。其中一个偏胖的弟子擦着汗问道："师父，还有多远啊？"蒙昆回头看了他一眼，说："多远也得走。"那弟子说："师父咱们歇会吧，太累了，走不动了。"蒙昆说："少废话。这上不着村下不着店的，是歇脚的地方吗？你走不动了，我背着你？"那弟子不敢再吭声。另外一个弟子忽然叫道："师父你看，那有马车！"蒙昆也看见了，仿佛忽然有了力气，大步朝马车走去。两个弟子兴奋地跟在后面。

柳如梦焦急地在马车上等着，脑子里胡思乱想着，不知吴秋遇到底出了什么状况。她倒不担心吴秋遇碰到坏人，因为她知道吴秋遇的武功很好，一般的坏人打不过他。她最怕的是吴秋遇被蛇蝎之类的毒虫咬了，中毒倒地无人相救，只盼着曾婉儿等人能尽快找到他。

蒙昆看了看那几匹马，个个都是鞍辔齐全，不像是要去贩卖的普通马匹，明显是有人骑乘的坐骑，看来这一伙至少有四五个人。他转到马车前面，见只有一个女子坐在车前，手里紧紧攥着几匹马的缰绳，正在专注地往路旁的庄稼地里张望。蒙昆也往庄稼地里望了几眼，看不到人，便开口唤道："姑娘……"

柳如梦忽然听到身后有人说话，吓了一跳，急忙回头观看，见是三个手持兵刃的陌生男子，不由得一阵紧张。蒙昆看到柳如梦的正脸，微微一怔，闷头想了一下，竟然不由得往后退了一步，愣愣地望着柳如梦："不可能，不可能的。"两个弟子不解，面面相觑。柳如梦见那胖大汉子紧紧盯着自己看，心里更加紧张，开口问道："你们……你们有什么事？"蒙昆回过神来，开口问道："姑娘不认得在下？"柳如梦摇了摇头。蒙昆见柳如梦不认得自己，心里稍稍踏实了一些，又仔细打量了她几眼，知道眼前的这个不是当年被天山恶鬼杀死的纪明月的鬼魂，终于松了一口气，大笑道："嗨，老子还以为见鬼了。哈哈哈哈……小娘子，怎么独自在此？"柳如梦见这汉子忽然言语变得轻薄，心生厌恶，只怕他们会有歹念，便对着庄稼地喊道："一心哥哥，快来呀！这有……这来人了！"

柳如梦忽然一喊，蒙昆也不免紧张，往庄稼地瞅了一会儿，不见有人出来，这才放心，笑道："原来是和小情郎约会呀。哈哈。你不用等他了，跟我走吧。"说着，忽然抢步上前，扯掉柳如梦手里的缰绳，将她推入车里，一抬腿便蹬了上去。两个弟子倒也伶俐，也跑过来往车上爬。蒙昆掀帘叫道："秦顺，你去把那几匹马撵散，免得有人追来。老子现在没力气打架。"秦顺就是那个先前说累的弟子，刚爬到车上，师命难违，只得又下去赶马。柳如梦刚要挣扎起来喊叫，被蒙昆制住。蒙昆吩咐道："乔三，你赶车，快走！"乔三说："不等秦顺了？"蒙昆骂道："他那有五匹马呢，用你操心？少废话，快走！"乔三不敢再多嘴，赶起马车便走。

秦顺刚刚费力把五匹马轰散，转身回来，却见马车已然不在。再想去随便抓一匹马骑，也已经来不及了。他大喊了几声，见马车根本不停下来等他，气得跺脚大骂："好你个乔三！你等着！我绝饶不了你！"望着疾驰而去的马车，秦顺无可奈何。他忽然想道："他们抢了人家的马车和女人，必会被人追杀，我沾不到便宜，犯不着跟着受连累。不如索性走了，另谋出路。"想到这里，他望着马车的背影啐了一口，往来时的方向匆匆走了。

乔三赶着马车狂奔，蒙昆在车里对柳如梦嬉皮笑脸地说道："小娘子，长得不错嘛。"柳如梦紧张惊恐："你……你们是什么人？快停车，让我回去！"蒙昆说："你不用害怕。我也是怜香惜玉之人，不会弄疼你的。"这时候，赶车的弟子乔三把脑袋伸进来，说："我师父可是江湖上响当当的人物，人称'铁杖阎罗'，蒙昆蒙大侠。你只要乖乖地从了，保你有好日子过。"蒙昆踹了他一脚："赶你的车去！"乔三无趣地缩了回去。蒙昆虽然嫌他打扰，但是那几句话倒还受用。柳如梦知道蒙昆起了歹念，身子直往后躲，但是车内空间狭窄，她只有双手遮胸，缩成一团。蒙昆便要上前下手，肥胖的身子刚一起来，偏巧车轱辘轧到一块石头，马车

一颠，他的头撞到车棚上。“哎哟，真他娘的……乔三，你会不会赶车！”蒙昆骂了一句，一时心情没了，知道车里不便成事，只有等着到客栈房间里再说。柳如梦见蒙昆坐回原处，暂时踏实了一些，心里想着如何脱身，只盼吴秋遇或曾婉儿他们能够尽快来救她。

马车到了柳林堡，来到堡子里最大的一家客栈——“福来客栈”。乔三停好马车，对着车里说：“师父，到了。”蒙昆挪动肥硕的身子从车上下来，然后伸手去拽柳如梦。

曾可以带着裘如龙和司徒豹骑马赶到，见到蒙昆，刚要招呼，却见他从车上拉下一个美人来。柳如梦试图挣脱躲闪，怎耐蒙昆手粗力大，丝毫没有逃闪的机会。曾可以见到柳如梦，眼前一亮，眼珠一转，扭头对裘如龙嘀咕了几句。裘如龙从马上跳下来，直奔蒙昆走去。

蒙昆刚要揽着柳如梦往里走，忽然肩头被人按住，他一愣，刚要回头看时，却听脑后风响，那人已经挥拳打来。蒙昆大惊，一把推开柳如梦，晃头躲过。裘如龙紧接着又是一拳。蒙昆出手挡住，惊吼道：“你干什么？自己……”他认出了裘如龙，刚要说“自己人你也打”，却听裘如龙低声道：“不想死就闭嘴！”裘如龙说着给他使了个眼色。蒙昆瞥见曾可以，马上堆出笑脸，刚要上前打招呼。裘如龙真不客气，当胸又是一拳。蒙昆毫无防备，见了曾可以，只道是裘如龙刚才和他闹着玩，冷不防胸口重重吃了一拳，几乎吐出血来。他正要叫骂，裘如龙却不给他说话的几乎，招招紧逼。蒙昆的武功本来就不及裘如龙，现在又是一头雾水，稀里糊涂就挨了好几拳。蒙昆的弟子乔三见师父吃亏，上前帮忙，被裘如龙一脚踹翻。

蒙昆知道自己打不过裘如龙，便要找曾可以解围。他刚往那边走了一步，却见司徒豹站出来，也是要动手打人的架势。蒙昆虽然不明白怎么回事，但是知道好汉不吃眼前亏，瞪了一眼裘如龙，一跺脚，顺着大街仓皇逃去。乔三瞧见师父跑了，也挣扎着爬起来，怯生生绕过裘如龙，跟着跑了。裘如龙和司徒豹倒也并不追赶。

柳如梦刚才被蒙昆用力推了一把，倒在地上。曾可以走上前，轻轻把她扶起来，关切地问道：“姑娘，有没有伤到哪里？”柳如梦见是曾可以，稍稍愣了一下，然后心里踏实了，小声说：“多谢公子，又是你救了我。”曾可以说：“姑娘不用客气，路见不平出手相助，本就是我等分内之事。”柳如梦见曾可以的手仍扶着自己的胳膊，有些羞怯，轻轻把手臂抬起来。曾可以也意识到了，赶紧收了手，说道：“咱们两度相逢，也算是缘分。在下曾可以，敢问姑娘芳名？”柳如梦犹豫了一下，还是说了：“我叫柳如梦。”曾可以说：“柳如梦，美人如梦，好名字，呵呵。哦，对不起，在下并无轻佻之意，望姑娘不要见怪。"柳如梦低头小声道："没事。"

这时候，客栈里出来几个人，见了曾可以纷纷抱拳拱手。其中一个五十多岁的老者上前说道："是曾公子吧？你们怎么才到啊？我等在此等候多时了。"曾可以抱拳还礼："劳各位久等，是我的不是，在此跟各位赔罪了。"老者首先自我介绍："老朽是黄河帮的帮主海通天。"曾可以道："原来是海帮主，前日晚辈登门拜会，您却不在。只是见到陆上门的段青门主。"海通天说："老朽才从外地回来，听闻公子大驾到此，特来相见，不想却比公子早到了。"其他人也一一介绍：本地的有小神拳温庆礼，铁钩子贺七；从外地赶过来的，有号称"开封一刀"的胡起海；还有许昌的范龙沛。曾可以也介绍了红衫客裘如龙和大胡子司徒豹。众人客气了一阵，曾可以忽然问海通天："今日怎么不见陆上门、水上门的段青、何大海两位门主？"海通天说："为了完成公子交办的差事，陆上门折了弟子，段青正在处理，今日就不来了。何大海也有事在身。"曾可以等人当然知道海通天所说的陆上门折了弟子是指被曾可以打死的郑三，裘如龙和司徒豹面面相觑，有些不自在。曾可以若无其事地说道："早晚有相见的机会，大家进去说话吧。"海通天看到跟在曾可以身后的柳如梦，笑道："曾公子有美人相伴，难怪路上走得慢了。哈哈哈。"柳如梦脸上一红。曾可以摆手道："海帮主不要取笑。柳姑娘刚刚受了惊吓，我们是碰巧遇见。"

第六十七章
黑衣魔女

吴秋遇甩开曾婉儿等人，急匆匆来找柳如梦，准备带她远走高飞，一回来却发现路面上空空荡荡，柳如梦和马车无影无踪。吴秋遇大惊，高喊了几声，也不见应答，顿时乱了方寸。搓着手转悠了一会儿，忽然想起在地上看了几眼，没有车轮转弯的痕迹，大致判断了马车的去向，便展开“追风架子”，发足一路追去。

曾婉儿等人找不到柳如梦的“情郎”，隐隐听到外面有人喊如梦的名字，猜想他已经回到柳如梦的身边了，便也从庄稼地里出来。一见马车已经走了，五匹马也全都不见了，鲁啸气得跳脚：“他娘的！他们不辞而别也就罢了，怎么把咱们的马也拐走了？大小姐，他们……”郝青桐等人也都望着曾婉儿。曾婉儿说：“如梦姐姐不是那样的人，他们不辞而别必有隐情。也许是他们走了以后，几匹马没人看管，自己跑了也说不定。”大小姐这样说，别人也不好再说什么。郝青桐问：“大小姐，咱们接下来怎么办？还去少林寺吗？”曾婉儿说：“没有马匹多有不便，先去找我哥哥吧，跟他要几匹马再说。”郝青桐点了点头：“嗯，这样也好。前几日收到消息，他们此刻应该在柳林堡了。”一行五人便徒步行走，去找人打听柳林堡的所在。

蒙昆一口气跑出了堡子才停下来。忽然听到身后有脚步声，以为是裘如龙追来了，他已经跑不动了，索性拉开架势，准备拼个鱼死网破。来的却是乔三，上气不接下气地喘了几口，问道:“师父，那些……是什么……人哪？”蒙昆伸着脖子望了望，不见乔三身后有人追来，这才一屁股坐在地上，心里又气又恨。不想在弟子面前失了面子，于是说道:“嗨，他们是曾家的人。看在曾公的面子上，我不跟他们计较，所以一味忍让。早晚有咱们爷们出气的时候。”乔三心里明白怎么回事，嘴上却也拣好听的说:“就是。师父您是什么身份，怎么会跟他们这些人一般见识。”说着也坐下来。蒙昆拍了拍他的肩膀，点了点头。乔三问:“师父，咱们接下来去哪？”蒙昆看了看他，没有说话。他也不知道接下来该去哪里落脚，本来是到柳林堡和曾可以等人汇合的，没想到一见面就被人打了出来，丢了面子受了气不说，行李银两还都在马车上呢，他们师徒现在是身无分文。

忽然一团黑影闪过，蒙昆吓了一跳，以为眼花了，挤了挤眼睛再看。那黑影已经晃到了眼前，抬眼看去，只见她从下到上一身黑，脸上也蒙着黑布，面目有些冷峻。乔三叫道:“师父，你老人家运气真不错。刚刚失去一个小娘子，这就又来一个。”蒙昆一看是个女人，也来了精神。黑衣女子面无表情地盯着他们二人，开口问道:“你们认得蒙昆么？”蒙昆一愣，开始认真打量这个女人。乔三跳起来，笑道:“小娘子，你可算找对人了。怎么，主动送上门来，要嫁给他老人家？”黑衣女子瞪了他一眼。乔三仍只顾调笑，忽然眼前一晃，脖子便被人掐住。黑衣女子用力一推，乔三便倒在地上，捂着脖子抽搐起来。

蒙昆大惊，知道黑衣女子的武功远胜于自己，于是慢慢站起来，恭恭敬敬地抱拳问道:“不知女侠找蒙昆何事？”黑衣女子说:“这么说，你是认得他了？”蒙昆已经看出黑衣女子来者不善，自己没结过什么善缘，料想她找来绝对没什么好事，因此不敢贸然承认，但是刚才乔三几乎说漏嘴，他又不能随便否认，赶紧闷头想着怎么应付过去。

黑衣女子见蒙昆发呆，大声问道:“快说！蒙昆在哪儿？”蒙昆惊得一哆嗦，慌忙说道:“他在……在柳林堡，福来客栈！穿一身红衣服的那个汉子就是！”他说的是红衫客裘如龙。黑衣女子盯着他问:“柳林堡在哪？”蒙昆抬手一指:“前面那个堡子就是。我刚从那出来，在客栈见过他。你到那里也不用问，问了他也不承认，直接找那个穿红衣服的就是。”黑衣女子看了看他，淡淡说了一声“谢了”，便飞身而去。

眼看黑衣女子走远了，蒙昆终于松了一口气。乔三爬起来，不解地问:“师父，她明明是来找你的，怎么叫她去？”蒙昆赶紧捂住他的嘴，小声骂道:“你猪脑子啊？她那样，找我能有好事吗？我正愁没法教训姓裘的，现在好了，就让这个女鬼去对付他吧。”说到这，他得意地笑起来。

黑衣女子来到柳林堡，找到福来客栈。有伙计迎上来:“姑娘，您是打尖还是住店？”黑衣女子问道:“这里有没有一个身穿红衣的客人？”伙计愣了一下，马上堆笑道:“有，有啊。您和他们是一起的？”黑衣女子没有回答，而是继续问道:“他现在哪里？”伙计说:“我看他往后面去了，想是方便去了，应该就快回来了。您可以在这稍等，或者到房间去等他。他的那些朋友都在呢。看见没有，就是那边那间。”黑衣女子点了点头:“你去忙吧。”伙计去招呼别的客人。黑衣女子便站在那里等着“蒙昆”。店里的伙计和客人见这女子一身黑，都觉得惊讶。

没多久，一个身穿红衣的汉子从房后转了出来，正是裘如龙。黑衣女子迈步堵了上去。裘如龙上厕所回来，正悠闲地哼着小曲，猛然看见一个浑身着黑的人影出现在面前，吓了一跳。定睛一看是个女子，便也没放在心上，随口说道:“别挡道，让开！”黑衣女子伸手抽出腰间的短刀，轻轻哼了一声，冷冷说道:“蒙昆，你还想到哪去？”裘如龙见她亮出兵刃，还管自己叫蒙昆，又好气又好笑，便有心调戏她一番，于是说道:“哎哟，好厉害呀，这是要跟我动刀子啊。老子喜欢性子烈的姑娘，既然你送上门了，我也只好收了你。来吧，手里的刀会用吗？”黑衣女子不再跟他废话，挥刀向他迎面砍去。裘如龙不由得“啊”了一声，没想到这女子出手如此之快，仓促躲过之后，再也不敢掉以轻心。

黑衣女子刀刀凌利，毫不留情。裘如龙赤手空拳，十几招过后就顶不住了，身上被短刀割开好几处皮肉，头上也开始冒冷汗。他自知不是这女子的对手，急忙大声呼救:“公子，老豹，快来呀！有刺客！哎哟！”他手臂上又挨了一刀。

曾可以和海通天等人正在屋中说话，听到动静，都从屋里出来。只见裘如龙被一个黑衣女子纠缠，似是已无还手之力。司徒豹第一个跳上去帮忙，两个人还是打不过黑衣女子。很快司徒豹身上也挂了彩，气得大叫。小神拳温庆礼、铁钩子贺七在当地小有名气，有意在外来的客人面前露两手，便也冲上去助阵。

柳如梦听到外面有打斗之声，马上想到有可能是吴秋遇来救她，也从屋里走出来观看。黑衣女子虽然被四个人围住，但毫不在意，只顾施展自己的刀法，每逢扑奔裘如龙便直砍要害。黄河帮的帮主海通天见四人仍不能将黑衣女子拿下，便也要上前动手，却被曾可以拦住。

曾可以高声叫道:“诸位且慢动手！有话好说！”小神拳温庆礼、铁钩子贺七是奔着露脸去的，没想到脸没露成，身上还见了血，早就没心思再打了，一听曾可以呼喊，当即退了出来。裘如龙和司徒豹也且战且退。黑衣女子的目标是红衫客，不管那几个人怎样，她的刀仍是缠住裘如龙不放。曾可以见黑衣女子不肯罢手，又不愿见裘如龙吃亏，只有硬着头皮上前阻挡。他出手挡开黑衣女子的手臂，自己就站到了裘如龙的身前。黑衣女子回刀便砍，曾可以拱手而立，却不躲闪。司徒豹等人大惊。海通天摸出一把钢针，准备随时出手。柳如梦惊叫道："不要啊！"

黑衣女子见曾可以站着不动，却也一愣，手里的刀在空中停下，刀尖到曾可以的面门不过两指的距离。柳如梦松了一口气，手捂着胸口，一颗心仍扑通扑通乱跳。黑衣女子瞪着曾可以，喝道："你不想活了？"曾可以拱手道："多谢前辈手下留情。"黑衣女子喝道："谁是你的前辈？你让开，我只找蒙昆一人计较！"曾可以说："前辈，您先别急。这里面一定有误会。他不是蒙昆。"裘如龙这才明白自己是代人受过了，气哼哼说道："谁跟你说我是蒙昆？"

黑衣女子冷冷说道："哼，真是软骨头，连自己是谁都不敢承认了。蒙昆，你少来唬我！"裘如龙气得说不出话来。曾可以说："前辈，这果然是误会。他真的不是蒙昆，他叫裘如龙，这里的人都可以作证。"司徒豹等人也都跟着点头应和。黑衣女子瞅了瞅众人，半信半疑："我信不过你们！"说着，她的目光落到了柳如梦的身上，眼神中竟然透出一丝惊讶。柳如梦向前走了两步，开口道："他真的不是蒙昆。"黑衣女子看了看柳如梦，收了刀，淡淡说道："既然如此，刚才多有得罪，告辞了。"说着转身要走。

柳如梦轻声叫道："姐姐，你带我一起走吧。"众人都是一愣，曾可以自是不舍，但是在众人面前，有些话还不便出口。黑衣女子看着柳如梦，惊讶地问道："你不是他们的人？"柳如梦说："不是。我被坏人劫到这里，是那位公子救了我。他们都是……我在这里毕竟不便。你带我走吧。"黑衣女子犹豫了一下，点了点头。柳如梦便跟到她身边，准备一同离去。

"暂请留步！"曾可以在身后失口叫道。黑衣女子回头看了看他："你还有何话说？"没等曾可以说话，裘如龙先抢着说道："到底是谁告诉你的，说我是蒙昆？老子决饶不了他！"黑衣女子说："我在堡子外遇到两个人。其中有个胖子，说他认识蒙昆，身穿红衣，住在这里。我也是被他骗了，多有得罪。"裘如龙气得跳脚，咬牙切齿地暗想："好你个蒙昆，害得我好苦！老子早晚还得找你算账！"他刚要在黑衣女子面前揭露蒙昆的老底："我告诉你，那个才……"曾可以急忙将他拦住，插话道："那个菜没做好，叫他们从新再做，这事咱们回头再说。前辈，肯否留下姓名？这样你带走如梦姑娘，我们也好放心。"柳如梦听了自然感动，也暗叹曾公子的细心。

黑衣女子听曾可以的话倒也有理，于是说道："这位姑娘我带走了。将来若

有闪失，你们尽可找时秋风说话。”

“时秋风？魔女幽灵！”人群里发出了惊呼声，说话的是黄河帮的帮主海通天。黑衣女子看了他一眼，并未理会，带着柳如梦走出客栈。

曾可以对柳如梦真心不舍，但是也不好挽留。看着时秋风的背影，他忽然想起来，这个黑衣女子好像在天百山庄出现过，只是当时不知她的身份，于是扭头问道：“这个女子是什么来头？”海通天说：“这个人来历不明，行踪诡秘，平素一身黑衣。自从她在江湖上出现以来，还没听说有谁打败过她。每次出现都像幽灵一样，因此江湖上有了个‘魔女幽灵’的名号。”小神拳温庆礼暗自庆幸：“她就是魔女幽灵啊，果然厉害！”

裘如龙抱怨道：“公子，刚才为何不让我把话说完？”曾可以说：“看样子她是来找蒙昆索命的。你还真打算让蒙昆死在她手里？”裘如龙叹了一口气：“唉，他也太可恨了。我不过假装打了他几拳，他竟然诓哄这个魔女来杀我。这笔账早晚得找他算清楚！”

司徒豹上前说道：“公子，刚才太险了，把我吓出一身冷汗。那魔女杀人不眨眼，你怎么能以身犯险呢？”曾可以笑道：“刚才你们四个人围攻她，她可曾对你们痛下杀手？”司徒豹想了想，摇头道：“还真没有。”小神拳温庆礼和铁钩子贺七想了想，也觉得惊讶。只有裘如龙气哼哼地说：“她每一刀都巴不得杀了我，对我可是招招都有杀心。”众人看着他衣衫破烂、血肉模糊的狼狈样，都不禁笑了起来。曾可以解释道：“我看出她不是滥杀无辜的人。她把你当作蒙昆，只找你一人索命，却不肯伤害他们三个。我都没跟她交手，她怎会忍心害我？是不是？哈哈。”

海通天点了点头，称赞道：“曾公子智慧过人，果然有令尊曾公的风范。”其他人也都跟着称赞不已。曾可以看了看海通天，惊讶地问道：“海帮主何时到过蓟州？怎么从没听家父提起过？”海通天说：“老朽不曾到过蓟州啊。这次在洛阳相见，实乃有幸。我日前不在，就是去洛阳拜会令尊了。”“家父到了洛阳？”曾可以难以置信。

“是啊，令尊就在洛阳。老朽亲眼得见还能有错？怎么，公子你不知道？”曾可以摇了摇头，心里疑惑不解：“家父怎么忽然到了这里？临行之前，没听说他也要来呀。”海通天见曾可以惊讶，有些意外，笑道：“既然公子不知，是老朽多嘴了。想必曾公另有安排。”曾可以自觉有些失态，赶紧招呼道：“来，大家还到屋里说话。吩咐伙计置办一桌好菜，给如龙兄压压惊。”裘如龙挣得了一些面子，心下感激，对着看热闹的伙计喝道：“还不快去！”

时秋风带着柳如梦离开柳林堡，首先想到就是去找那个胖子算账。她此刻还不知道那个胖子就是蒙昆，但是被他谎言哄骗，险些错伤人命，这个还是要找他质问清楚的。蒙昆师徒自知惹祸，早已溜之大吉。时秋风找不到他们，却也无奈。柳如梦求时秋风带她去找吴秋遇。她们赶到那里时，吴秋遇和曾婉儿等人早已离开。

天色已晚，时秋风在荒地燃起火堆。两个人坐下来休息。时秋风望着柳如梦，似是有些出神。柳如梦见时秋风望着自己发呆，小声问道："时姐姐，你怎么这样看着我？"时秋风支吾道："哦，没什么。你很像我的一个熟人。实在是太像了，我看到你，就想起了她。"柳如梦娇羞一笑："我叫柳如梦，现在也算是姐姐的熟人了。"

柳如梦身上有故人的影子，时秋风对她算是一见如故，因此一改往常冷峻的表情，平和地说道："嗯，看你也是大户人家的小姐，怎么不在府上享受清闲，反倒出来四处行走？"柳如梦说："我可不是什么大小姐，我现在是个孤儿。我六岁的时候娘亲就过世了，如今爹爹也不在了。"说到这里，柳如梦黯然神伤。时秋风似也黯然，沉默了一会儿，欲言又止。柳如梦发觉时秋风的变化，开口问道："时姐姐，你也是……一个人？"

时秋风看着柳如梦，迟疑了一下，点了点头："嗯，我和你一样，很小的时候娘亲就没了。十年前，我爹又被人追杀，惨遭杀害……"说到这里，伤心往事又一发涌上心头，她仰起脸，神色黯然。柳如梦惊愕道："伯父他……被人追杀？"时秋风稍稍平定了一下情绪，对柳如梦说道："我爹是北冥教的长老，对教主忠心耿耿，也深受器重。后来老教主去世，新教主继任，我爹不愿卷入权力纷争，便带着我离开北冥教。只因他喜欢结交，与中原武林多有来往，硬被人诬陷叛教，结伙追杀。我爹本不愿伤及往日情分，不想与其他长老为敌，只想带着我远走他乡。没想到最后……还是被他们追上……寡不敌众……"时秋风喉头哽住，说不下去。

柳如梦也跟着摇头叹息，又忽然问道："那姐姐你是怎么逃出来的？"问起这个，时秋风脸色稍微缓和了一些，说："我爹行事谨慎，从来没跟北冥教的人说起过我，因此北冥教没人知道有我。可是我等不到我爹赶来会合，就去找他，结果在小河套发现他的尸体。我正哭着，忽然有北冥教的人出现，知道我是时长老的女儿，便要斩草除根。爹娘都不在了，我也不想活了。他们正要下手的时候，来了一位年轻侠士，救了我。"说到这里，时秋风脸上似是露出一丝甜蜜。柳如梦问："后来呢？"时秋风说："后来他把我带到安全的地方，教了我一些防身的武功，又留了一些银两，就走了。"

柳如梦还要再问，时秋风却先说道："看你弱不禁风。一个小姑娘，怎么敢四处走动？多危险啊。"柳如梦说："我不是一个人。我刚刚跟一心哥哥失散了。找到他，我就什么都不怕了。"

“一心哥哥？”时秋风看着柳如梦“看样子，你对他很信得过。”柳如梦坚定地点了点头：“嗯。姐姐你帮我找到他，我就不用拖累你了。”

“放心吧，我一定帮你。有个值得信任的人可以托付终身，不容易。”时秋风抬头望着星空，想起了心事。

柳如梦大致猜到了她在想什么，试探着问道：“时姐姐，后来你想过找到那位年轻侠士吗？”时秋风看了一眼柳如梦，又继续抬头望着天空，说道：“嗯，我一直在找他，后来终于被我找到了。”说着便回忆起当时的情景。

“那是一个月圆之夜，我悄悄来到他家院中，犹豫着该不该进去找他。忽然听到屋里有动静，我很害羞，急忙在大树后面躲起来。窗户开了，果然是他。他站在窗口，往外面望着，面带微笑地吟了两句诗：浪子窗前望明月，佳人树下听秋风。他的声音很好听。我当时心里激动极了。看来他已经知道我来了，知道我就躲在树下，还吟诗给我听。”

柳如梦欣喜道：“那可太好了。姐姐一定马上就过去见面了吧？”时秋风却微微摇了摇头：“我正要过去的时候，却听到屋里有女人的声音。”柳如梦当时愣住。时秋风继续说道：“我当时就呆住了。然后就从窗口看到，一位姑娘轻轻走到他的身边，被他轻轻揽在怀里。我的心情一下子就冷却下来，急忙转身走了。我把那两句诗写下来，反复地念。”说着从怀里掏出一张纸，又念诵起来：“浪子窗前望明月，佳人树下听秋风。我觉得这两句诗就是写给我的，他知道我来过，他的心里是有我的。虽然知道他身边已经有了一个女人，可我还是有点不甘心，忍不住每天又去院中偷看。那个姑娘长得和你很像，温柔大方，知书达礼，一看就是他的红颜知己。看着他们那样美好，我渐渐失落，只有一个人默默离开。”柳如梦此刻不知应该说些什么，她知道时秋风当时一定非常难过。

本以为话题就此打住，没想到时秋风却继续说道：“我心里放不下他，又不敢去接近，只能在心里默默地祝福他们。直到有一天，我听说那位姑娘不幸遇害了。我知道他一定非常难过，想去安慰他，却不知道去了该跟他说什么，一直到最后也没敢露面。他查找了半年，也没有找到那位姑娘的尸首，更不知道凶手是谁。从此就像变了一个人，心灰意冷，什么事也不做，只顾发呆难受。从那时起我就发誓，一定要帮他找到凶手，替那位姑娘报仇，让他重新振作起来。我勤学武功，改穿黑衣，四处追查凶手。”柳如梦暗自赞叹：好一位痴情的姐姐，想必那位年轻侠士知道了，也一定会被她感动的。于是问道：“有线索吗？”

时秋风说：“功夫不负有心人。我终于得到一些消息。那位姑娘遇害的时候，五台县清水河上曾经有一场劫杀。他们要劫的是无涯老和尚，最后老和尚安然无恙。我日前得到这个消息，便去五台山佛光寺找了老和尚。老和尚告诉我，当年之所以能够躲过暗箭，是因为当时隐隐听到一声惊呼。似是有个女施主撞见河边有人埋伏，惊叫了一声，才无意之间给他提了醒，让他得以早做防备。我猜想老和尚所说的女施主便是那位姑娘，因为撞破埋伏，才被人杀害。老和尚也这么认为。后来逐步查知，埋伏劫杀老和尚的是蒙昆等人，我想杀害那位姑娘的凶手应该就是蒙昆一伙。这才一路查找蒙昆的下落。听说他最近到了这一带，我便追了过来。路上遇见一个胖子，他说认识蒙昆，说蒙昆穿红衣，住在福来客栈，我才找到那里。不想被他给骗了。"柳如梦叫道："时姐姐，那个胖子就是蒙昆。我就是被他给劫了，幸亏被曾公子他们救下。蒙昆被那个红衣人打跑了，一定是怀恨在心，哄你去杀他出气。"

"可恶！"时秋风眼睛一瞪，拳头攥得紧紧的。

吴秋遇发现火堆，往那边走去，一边走一边喊："如梦，香儿，你在哪儿？"

"是一心哥哥。"柳如梦听见喊声，大喜。她赶紧站起来，回应道："一心哥哥，我在这！"时秋风站起来，说道："他来了，正好。我现在就去找蒙昆算账！"柳如梦刚喊了一声"时姐姐"，时秋风就已经消失在黑暗之中。

吴秋遇见到柳如梦，心里的石头终于落了地，快步上前关切地问道："你怎么到了这里？发生什么事了？"柳如梦心情激动，在蒙昆那里所受的委屈也一发涌了上来，闷头贴在吴秋遇胸前，说："你不在的时候，马车被人劫了，我……不过还好，我又被人救了。回去找你找不到，是时姐姐带我来这儿的。"

"都是我不好。我出来找你，才发现马车不见了。一直找到现在。"吴秋遇往火堆旁边看了看，没见到人，"时姐姐，她人呢？"柳如梦直起身子，擦了擦眼睛，说："她走了，可能是不想见到男人吧。"吴秋遇无心过问时姐姐的事，只顾上下打量柳如梦，看她有没有受伤。

时秋风想到红衫客与蒙昆有过节，或许他们多少知道一些蒙昆的底细，便先去了福来客栈。

曾可以等人正在饮宴。蒙昆居然也在，端着一杯酒对曾可以说道："公子排得一场好戏，英雄救美。只是苦了我，平白被老裘打了几拳。"裘如龙站起来骂道："你还有脸说这个？我已经给你使了眼色，你不走，非要跟我打。我要不打你几下，这戏早就穿帮了。你倒好，自己怕死不敢认账，诓骗那个女鬼来找我麻烦。老子今日代你受过，你要不自罚三大碗，咱们就拳头上见。"蒙昆笑道："好，我喝，我喝。那咱们就算扯平了。"早有好热闹的司徒豹拎起酒坛子，倒了三碗。蒙昆放下酒杯，端起大碗，一饮而尽。另外两碗也是如此。小神拳温庆礼、铁钩子贺七等人拍手叫好。曾可以摇头笑了笑，似有心事。海通天说道："只是可惜了那个小妞子，被魔女带走了。要不然，和公子倒也般配。"曾可以不愿被人看穿心

事，忙张罗道："大家喝酒。"

时秋风在窗外听到动静，思量里面人数众多，自己贸然进去未必能成事，便暂且潜伏下来等待。屋里众人喝了酒，偶尔就有出来呕吐或是如厕的。没多久，蒙昆出来了，醉眼模糊地扶着墙，脚下虚飘。待蒙昆走到僻静处，时秋风从墙头跳下来，将他一脚踹翻，短刀就压在了他脖子上。蒙昆醉醺醺的，以为是裘如龙他们在和他开玩笑，大手一摆，说道："别，别闹！我上完厕所……回来……呃……再喝……"

"谁跟你闹？"时秋风用短刀在蒙昆脖子上拉了一下，皮肉里顿时流出血来。蒙昆脖子上一凉，睁开眼，一见是时秋风，顿时魂飞魄散，清醒了不少："你，你……女侠饶命啊！"

蒙昆的徒弟乔三听说师父喝多了，追出来找他。一探头瞥见蒙昆倒在地上，正被白日里见过那个魔女用刀架着脖子，急忙溜回去喊人。

时秋风问道："你还记不记得几年前在五台县你杀害了一位姑娘？"蒙昆梗着脖子轻轻摇头，生怕刀尖划破喉咙，赶紧否认道："没，没有啊！女侠你搞错了……我没……没干过那事……"时秋风："你再想想。当年你们劫杀无涯老和尚的事，有没有？"蒙昆大惊："你，你怎么知道的？这个事有，有。可是那个姑娘的事跟我无关哪！"

"你休想再蒙混过去！我已经打听清楚，纪姑娘撞破你们的埋伏，被你们发现。害她的若不是你，还能有谁？"时秋风说着将刀刃又往下压紧。蒙昆一动也不敢动，眨巴着眼睛说："冤枉啊。我真的没有。你说的没错，是有个姑娘惊叫一声，惊动了老和尚。可那时我们的心思都在对付老和尚，哪顾得上她呀。"时秋风："哼，还想狡辩？"

这时候，曾可以带人赶到。裘如龙、海通天等人将时秋风和蒙昆围了起来。时秋风抬头说道："我只找蒙昆说话，与你们无关。你们不要多管闲事！"曾可以说："前辈不要冲动，有话好好说。"

众人赶到，蒙昆心里稍微踏实了一些，又得以片刻喘息，想了一下，忽然叫道："我想起来了……啊！你把刀轻一点，我告诉你。"时秋风把短刀轻轻提了一点："快说！"

蒙昆说："当时马铁腿正在那里出没。马铁腿，听说过吧？他是个江洋大盗，劫财劫色，杀人如麻。我们偷袭老和尚不成，本来是想找那个女的出气，不成想，倒被姓马的抢了先，人被他扛走了。他号称马铁腿，我们追不上他，只有大骂几句，却无可奈何。怎么，那个姑娘遇害了？那一定是马铁腿干的！"时秋风盯着蒙昆，半信半疑。蒙昆见时秋风犹豫，继续说道："我说姓马的怎么忽然洗手不干了，在江湖上销声匿迹，原来是知道自己惹了大祸。女侠，你想想，要不是他干的，他怎么会突然在江湖上消失。明摆着是他心虚胆怯，躲起来了，一定是他！”裘如龙和司徒豹是知情的，相视一笑。

时秋风收了刀，冷冷说道：“我会找到马铁腿问个清楚。要是你敢骗我……”蒙昆急忙摆手道：“不敢不敢。你已经认得我了，武功又高深莫测，要想杀我，随时都可以。我怎么敢胡说？你若找到马铁腿，只问他几年前在清水河畔，是否轻薄过一个漂亮姑娘。谅他也不敢否认。”时秋风直起身子，又打量蒙昆几眼，看他言之凿凿也不像是信口胡说，就问道：“马铁腿长什么样？老家在哪里？”

曾可以上前说道：“巧了，马铁腿隐匿多年，近日又忽然出现。我听说他去少林寺出家了。他本来就是少林寺的俗家弟子。只怕有少林寺的人袒护，前辈未必动得了他。”

时秋风看了看曾可以，微一拱手，说了声“多谢相告”，便飞身离去。

众人赶紧上前把蒙昆扶起来。蒙昆一摸脖子上有血，大叫起来。忽然有伙计跑过来报信：“公子爷，有几位客人来找您，是一位小姐和四位大爷。听他们说话，好像跟您很熟。看样子，不太高兴。”曾可以知道是妹妹来了，赶紧带人去看。

曾婉儿正坐在屋子里生气，郝青桐等人的脸色也不太好看。曾婉儿一见到哥哥，站起来劈头盖脸问道：“哥哥，你为什么叫人抢我们的马？害我们走了几十里路！”曾可以一头雾水：“这话从何说起？我怎么会叫人抢你的马呢？”裘如龙也上前说道：“是啊，大小姐。我们一直跟公子在一起，刚从少林寺回来。你是不是误会咱们公子了？”曾婉儿看了看他们，也说不出道理，便把火气压了压，问道：“那我问你，外面的马车是怎么回事？”曾可以隐隐觉出了问题出在哪里，扭头看着蒙昆。蒙昆知道躲不过去，只好上前回话：“大小姐，都是误会。这个事跟公子无关。是我们师徒走累了，在路上看到无主的马车，便一时贪心，拉来用了。”鲁啸喝问道：“你想坐车也就罢了，干吗把我们的马也都弄走了？”乔三上前为师父解围：“我们抢了马车，又怕主人追来，就让秦顺把那几匹马……赶走了……”鲁啸一时气愤，也顾不得蒙昆的面子，一脚将乔三踹了出去。蒙昆赶紧抱住鲁啸，央求道：“老鲁，都是我的不是。你消消气，消消气。”

曾婉儿忽然问道：“那车里的人呢？”蒙昆一时答不上来，看着曾可以。曾可以只好开口说道：“你说的是如梦姑娘吧，她没事，放心好了。”曾婉儿：“那她人呢？现在在哪儿？”众人面面相觑。曾可以说：“她被一位武功高强的姐姐带走了，好像是要收她做徒弟，教她武功。是如梦姑娘自愿跟她走的。”众人也纷纷点头作证。曾婉儿仍在气头上，一时也没多想，瞪了蒙昆一眼，不再说话。

为了让妹妹消气，曾可以故意高声对蒙昆说道：“蒙昆啊，你们抢了人家的车

马，这个是要赔的。限你两日之内，选备五匹最好的马来。如果有一匹婉儿他们不满意，这事都不算完。”蒙昆连忙赔笑道：“应该的，应该的。我明日就去。”

兄妹相逢，其他人不便打扰，便纷纷散去。曾可以关好门，轻声问道：“妹妹，你和如梦姑娘是怎么认识的？”曾婉儿没想到哥哥会关心这个，便跟他说起了与柳如梦相识的经过。

时秋风连夜找到少林寺，正好听到两个小和尚聊天。其中一个是了改大师的弟子，提到自己跟着了改大师惩戒马铁腿，后来寺院又允许其在菜园悔过的事。时秋风心中暗喜，在山上转来转去，还真就找到了菜园。

马铁腿连翻躲过几场劫杀，又蒙少林寺宽大处理得以在菜园了却残生，心情激动睡不着，便躺在院子里看星星。肖凤英日间连受惊吓，一旦放下心来，疲累倦意涌上来，已经先回屋睡了。

时秋风根据小和尚的描述，大致认出那人便是马铁腿。她身形一晃，飘落在马福星的身边。马福星看到人影，吓了一跳，赶紧支撑着坐了起来，叫了声：“谁？”

时秋风将短刀对准马福星的喉咙，冷冷问道：“你是马铁腿？”马福星知道是仇家找上门了，知道躲不过去，轻轻点了点头：“嗯，是我。我现在已经是废人了，姑娘要杀我，只管动手吧。”时秋风倒是一愣：“你也不问问我为何要杀你？”马福星说：“问与不问，都是要死的。我问有何用？”时秋风微微点了点头：“你倒知趣。那好，我就让你死个明白。”马福星漫不经心地说道：“也好。你想说就说吧。”时秋风说：“七年前，在山西五台县清水河畔，你曾经轻薄过一个姑娘。有这个事没有？”马福星苦笑了一下，点了点头：“人在做天在看，做了错事终究是要偿还的。我马铁腿失足做了强盗，作案无数，但是平生就做了这么一次龌龊事。本以为神不知鬼不觉，没想到还是有人能知道。”时秋风：“这么说，你就是认账喽？”马福星点了点头：“我认，我认。经历了那么多事，我已经看破生死。呵呵，事到如今，我苟延残喘也没什么意思，早晚还会有别的仇家找上门来。姑娘，你也不用再问了，动手吧。”说着自己闭上了眼睛。“想不到你死到临头，倒还有些气节。若不是你残忍杀害纪姑娘，我还真不忍心杀你。既然你承认了，我也不难为你。我下手痛快些，让你少些痛苦。”说着，时秋风将短刀轻轻回收半尺，只需向前一送，便可结果马铁腿的性命。

听了时秋风的话，马福星忽然有些惊讶，睁开眼，望着时秋风。时秋风见了，问道：“怎么，害怕了？”马福星摇了摇头：“死，我倒不怕。只是你说我杀害纪姑娘，这个……”时秋风冷笑道：“现在想否认，已经来不及了。来世你做个好人吧。”说着，将手里的刀向前捅去。

刀尖离马福星的胸膛还有寸许，但是短刀却停在了那里。马福星一愣，时秋风更是一愣，感觉手臂被人紧紧攥住，再也动弹不得。她惊愕地扭头看去。一个老和尚不知何时站到了身旁，正笑眯眯地看着她，时秋风想要挣脱，却使不出力气。

老和尚将时秋风的手臂从马福星身前拿开，松了手，轻声说道："女施主，得饶人处且饶人。他已经落得这般天地，就不要再赶尽杀绝了吧。"时秋风瞪着老和尚说道："他残忍杀害一个手无寸铁的姑娘，难道不该死吗？"马福星辩解道："姑娘，我没有杀她。我虽然作恶多年，但也只是贪图钱财，从来不曾杀伤人命。更何况是一个手无寸铁的姑娘。"时秋风怒道："刚才你已经认了，现在有了帮手就要抵赖。哼，那我就先对付他，看谁还给你撑腰！"说着，时秋风便持刀向老和尚刺去。

老和尚不动声色，轻飘飘往后一退。时秋风一刀刺空，紧接着又是一刀。老和尚照样躲过。时秋风连刺了十几刀，都不能奈何老和尚分毫。她越发恼怒，加紧进攻，但是仍然无济于事。马福星在一旁叫道："老师父，千万不要伤了这位姑娘啊。"这一句话倒提醒了时秋风，她心中暗想："看样子，我打不过老和尚。不如趁机突袭，杀了马铁腿一走了之。"想到这里，她继续假装进攻，逼得老和尚一步一步后退，然后突然回身，直向马福星扑去。

马福星倒很坦然，不躲不闪，闭目等待。刀尖离马福星的胸膛又只有寸许，停在那里。老和尚轻轻摘下时秋风手里的刀，替她插回鞘里，劝道："女施主，莫动无名之火。他已经说了，他不曾杀生害命。还望女施主明察秋毫，不要错伤人命。"

时秋风知道，有老和尚在这里护着，自己杀不了马铁腿，气哼哼说道："少林寺袒护杀人凶手，我斗不过你。我今日且走了，早晚还会再来！"说着，飞身离去，消失在黑夜之中。

马福星扑通跪倒："多谢老师父再次救我！"老和尚将他轻轻拉起来，说道："我善于看相，相信你说没杀过人是真的。"马福星点头道："我不敢说谎。多谢老师父信任。弟子日后必定好好修行，赎还罪孽。"老和尚笑道："很晚了，星星没什么好看的，早点睡吧。"说着便打着哈欠回屋去了。马福星呆望着老和尚的背影，又仰望了一会儿夜空，感慨良久，摇了摇头，也进屋去了。

菜园外，有一个蒙面人一直在偷窥，他看到了整个事情的经过。那人摸着下巴沉思了一会儿，转身消失在夜色之中。

第六十八章
日逢三劫

火堆旁。吴秋遇轻轻给柳如梦揉着脚，问："还疼吗？"柳如梦说："好多了，你歇一会儿吧。四处找我，跑来跑去的，也该累了。"吴秋遇自责道："都是我不好，我不应该丢下你，离开那么久。"说到这里，柳如梦忽然问道："哎，一心哥哥，我还觉得奇怪呢。你今天怎么了？肚子不舒服吗，老去……"吴秋遇心存愧疚，此刻也不想再瞒她，便如实说道："其实我没什么事，就是见到那个婉儿……小姐……"柳如梦见吴秋遇提到曾婉儿，还吞吞吐吐，更觉得奇怪："婉儿小姐怎么了？你认识她？"吴秋遇点了点头，说："我们在山西见过两次。我得罪过她，她一直想把我抓去当跟班。我可是怕了她了，见到就想躲，所以……"柳如梦听了笑道："原来是这样，我还以为你们之间有什么……呵呵。你为何不早点跟我说。你要是先告诉我了，我就不跟她说那么多了，直接把她送走不就行了？"吴秋遇说："我也是突然看到她，一时慌了，来不及跟你说了。"柳如梦说："老这么躲也不是办法。哪天我再见到她，替你说个人情，过去的事也就算了。她也叫我一声姐姐，我的话她或许能听几句。”

吴秋遇“嗯”了一声，起身去捡柴草，回来在火堆旁铺软了，叫柳如梦躺下休息。柳如梦挪动的时候，又碰到了脚，轻轻“啊”了一声。吴秋遇赶紧过去帮她：“轻一点，来。都怪我！我离开你几次，每一次你都遇到危险。我没有保护好你。”这倒是实情。在登封的归来客栈，吴秋遇救马铁腿夫妇的时候，柳如梦被丁不二带走，幸亏丁不二不是坏人，又给送回来了。护送马氏夫妇上嵩山的路上，吴秋遇去追击田七等人，柳如梦被黄河帮的郑三劫持，幸亏曾可以路过救了她。今日吴秋遇为了躲避曾婉儿，把柳如梦一个人留在马车上，结果连人带车被蒙昆劫走了，也幸亏有曾可以假装英雄救美，才逃过一劫。柳如梦说：“一心哥哥，我不怪你。这些都是意外。你看，我现在不是还好好的？”吴秋遇扶着柳如梦躺好，自去给火堆添柴。

柳如梦侧身望着吴秋遇，沉默了良久，忽然轻声说道：“一心哥哥，我现在很怕你会离开我。你要是走了，我一个人，不知道该怎么办。”吴秋遇回头望着柳如梦，有些惊讶：“你怎么会这么想？放心吧，我不会再离开你了。我以后要好好保护你，不让你再担惊受怕。”柳如梦微微笑了一下，仰面躺平了，笑容很快又散去：“我知道你对我好是真心的。我是怕以后，以后……”吴秋遇转过身来，说：“以后，我也一样会对你好的。咱们一直在一起。”柳如梦欲言又止，沉默了一会儿，终于还是说了出来：“以后见到了小灵子，你还会对我这样好吗？”吴秋遇笑道：“那有什么关系？大家在一起，更开心啊。”柳如梦微微欠起身子，看着吴秋遇，盯着他问道：“那如果小灵子不喜欢我跟你们在一起，你怎么办？”吴秋遇一愣：“怎么会呢？小灵子是很好的人，你也是很好的人，你们在一起应该很开心啊。小灵子怎么会不喜欢跟你在一起呢？”柳如梦轻轻摇了摇头，躺了下去，不再说话。吴秋遇呆呆地望着柳如梦，不知道她刚才的话是什么意思。

天亮后，柳如梦渐渐醒来，发现吴秋遇身穿单衣、手扶着脚踝蜷坐在已经熄灭的火堆旁边，仍在闭目睡着。柳如梦轻轻坐起来，发现吴秋遇的外衣盖在自己身上，心中一暖。她支撑着站起来，轻轻走到吴秋遇的身后，准备把衣裳给他披上。吴秋遇忽然睁开眼，回手便将身后那人的手臂抓住。柳如梦吓了一跳“啊”了一声。吴秋遇见是如梦，赶紧松手，站起来问道：“弄疼你了吧？”柳如梦惊魂未定地摇了摇头：“没事，没事。你的衣裳。”吴秋遇看到柳如梦手里的衣服，憨憨地笑了，顺手接了过来：“我还以为来了坏人。”柳如梦自己揉着手臂，说：“一心哥哥，你的反应好快。我要是有你这样的本事，就不用担心被人欺负了。”

吴秋遇突发奇想：“如梦，要不我教你武功吧。这样就没人能欺负你了。”柳如梦说：“好啊。我行吗？”吴秋遇说：“试试吧。你那么聪明，一定可以的。”柳如

梦很开心:“嗯。时姐姐可以那么厉害,我要是努力一些,说不定也可以。”

吴秋遇便就地教起了武功。柳如梦学的倒很认真,只是这些年她一直是任家的大小姐,连体力活都没干过,完全没有任何的基础,体力也不行。两个人一边赶路,一边教习武功。柳如梦连续重复那几个简单的入门动作,一时看不到进境,没几天就丧失了兴趣。

这一天,柳如梦随便耍了几下,就对吴秋遇说:“一心哥哥,我还是不学了。看来我不是练武的人才。”吴秋遇也不勉强,安慰道:“没关系。反正有我保护你,不会武功也没妨碍。”柳如梦笑道:“那你可得一直保护我呀。”吴秋遇认真说道:“我会的。我不会再让你孤身遇险。”柳如梦很开心:“嗯,我相信你,哈哈。咱们走吧。哎哟!”她又一时不慎,扭到了脚上的痛处。

吴秋遇见状,赶紧上前扶她,说:“你腿脚不便,我背着你走吧。”说着,便蹲下身子,等柳如梦伏上来。柳如梦犹豫了一下,还是趴了上去。吴秋遇背起柳如梦,大步向前走去。柳如梦心中甜蜜:“一心哥哥,你真好。”吴秋遇笑道:“没办法呀,要是像你那样走,咱们得什么时候才能到蓟州啊?”柳如梦娇嗔道:“哈,你背我,原来是嫌我走得慢,说到底,还是为了早点见到小灵子啊。”“对喽。走喽。”吴秋遇说着,竟加快脚步跑了起来。柳如梦轻轻哼了一声,但有吴秋遇背着她狂奔,享受着一心哥哥的关照,她还是很开心。

吴秋遇背着柳如梦,一路走一路打听,向东向北赶奔蓟州。晓行夜宿,走了几日,来到开封地界,据说前面不远就是黄河。柳如梦说:“一心哥哥,你放我下去吧。过了这么多天,我的脚已经不疼了。”吴秋遇说:“等前面有了镇店,咱们歇一下,到时候你走几步试试。”柳如梦将头轻轻贴在吴秋遇脑后,心中充满了甜蜜。

一伙人正坐在林子里歇息,旁边树上拴着几匹马。为首的正是在登封城归来客栈带人去杀马铁腿夫妇的黑衣人头领,也就是黄河帮陆上门的门主段青。其中几名手下是跟着他骑马从登封赶来的,另外一些就是在本地临时召集的,所以马匹的数量比人数要少。忽然有人气喘吁吁地跑了过来,上气不接下气地喊道:“门主……来了……他们……来了……”这个人叫田七,曾经在嵩山脚下劫杀马铁腿,趁机把马车赶走的就是他。后来他们被吴秋遇追上,还被点了穴道,回来时发现郑三的尸体,认定也是吴秋遇所为,急忙回去禀报。段青两次安排袭杀马铁腿都失败,还损失了一名得力的手下,自是愤恨之极,于是召集他陆上门最得力的十几名好手,发誓要找那人报仇。田七等参与嵩山脚下劫杀的几个人见过吴秋遇,被分头派往不同方向打探消息。田七负责东面搜索,首先发现了吴秋遇的行踪,马上飞鸽传书陆上门。门主段青这才亲自带着一干手下骑马赶来追杀。听说仇家已经到了,段青立即吩咐田七带路,众人提前去设埋伏。

走着走着，吴秋遇忽然停下脚步。柳如梦抬起头来，问："一心哥哥，怎么了？"吴秋遇说："我在看，咱们是不是走错路了。刚才还人来人往，怎么前面老远都不见行人了。"柳如梦举目看了一下，也觉得有点奇怪。

前面不远处，黄河帮的段青正带着十几个人在路边埋伏着。田七用手指着吴秋遇小声说道："就是他！"眼看两个人渐渐走近，众人全都做好了杀出去的准备。见吴秋遇忽然停下脚步，这些人开始暗自着急。其中一个小声嘀咕道："他怎么不走了？是不是发现咱们了？"段青瞪了他一眼，继续紧紧盯着吴秋遇。吴秋遇仍在东张西望。刚才说话的那个又忍不住小声问道："门主，咱们快马加鞭跑了一路，才刚刚赶到这里。他们没车没马，那小子还背着一个女人，他们怎么走这么快？"段青也正纳闷呢，仔细一看，认出了吴秋遇，不由得稍稍一愣，自语道："是他？我早该想到的。哎呀，这回……"他在归来客栈被吴秋遇打了一掌，至今还没全好，此刻见了吴秋遇，真后悔没有多请一些本地高手来。

吴秋遇张望了一会儿，也没发现其他的路，只有继续往前走。埋伏的众人全都攥紧了手里的家伙，只等门主一声令下，便要冲出去将那人乱刀砍死。眼看吴秋遇背着柳如梦已经来到近前，段青仍有些犹豫，但众人都在焦急地望着他，已经容不得后悔了，他只好心一横，手一挥："杀！"十几个人一发跳出来，直向吴秋遇扑去。

柳如梦大惊："啊，有人！"吴秋遇也看见了，小声嘱咐道："如梦，你抱紧了。"这些人虽然是设了埋伏，但是他们仗着人多并没有布下特殊的机关陷阱，只是突然冲出来而已。吴秋遇多少有了一些江湖经验，倒也没太惊慌。十几个人围住吴秋遇乱杀乱砍。吴秋遇力大体健，虽然身上背着柳如梦，但是仍能闪避自如。他一时没明白这些人的来历，因此只是躲闪，并未下重手伤人。柳如梦哪见过这种阵势，每有刀枪靠近，便会发出惊叫。吴秋遇忽然意识到，如此纠缠下去，如梦难免受伤，正好此时他认出了段青，又瞥见了田七，马上知道这都是黄河帮的杀手，因此心里再无顾忌。

段青知道吴秋遇的厉害，因此开始只是在外围偶尔进攻，不敢太靠近。但见吴秋遇一直躲闪，只道是他身上背着人不便发力，于是胆子越发大了，渐渐冒上前来。吴秋遇虽然憨直，但跟着小灵子时间长了，也大致明白擒贼先擒王的道理。为了尽快带着柳如梦脱身，他暗自提气在手，让过几刀之后，忽然打出一记"震断心魔"，还是上次他打伤段青的那招。段青暗叫不好，但是已经躲闪不及了，胸前重重地挨了一下，仰面跌将出去，向后翻落到路旁的水沟之中。田七等人大惊，一时呆住。有几个先反应过来的跳下水沟去拉救门主，其他的也不敢再贸然上前。吴秋遇看了一眼田七，又作势要打。田七和他身边的那两个，慌乱地

后退了几步，自己跳下水沟去了。

吴秋遇趁机冲出包围，发足狂奔，一口气跑出二三里，才敢停下来稍歇。刚才背着柳如梦与十几个人周旋，又一气跑出老远，吴秋遇已经是气喘吁吁。柳如梦心疼地说："一心哥哥，把我放下，你歇一会儿吧。后边没人追来。"吴秋遇回身看了一眼，果然远近没人，这才轻轻把如梦放下，开始调理气息。柳如梦掏出绢帕，给吴秋遇擦着汗："累了吧，出了这么多汗。是我拖累你了。"吴秋遇笑了一下，说："没有，没有。我说过要好好保护你的。"

稍稍歇了一会儿，吴秋遇气息均匀了，打开水囊喝了几口水，对柳如梦说道："来，上来，咱们继续走。"柳如梦说："我的脚好了，可以自己走了。"吴秋遇坚持道："来吧。我背你走得快些。"柳如梦："我不想你那么累，我真的可以的。"吴秋遇说："没事，你想想刚才的情形，要是我没有背着你，一旦被他们冲散了，他们那么多人，我怎么顾得过来。我可不想你有什么意外，还是背着你踏实一些。"柳如梦一阵感动，过去轻轻伏在吴秋遇的背上。

路上，柳如梦问："一心哥哥，你说他们还会追来吗？"吴秋遇想了一下，说："暂时不会了吧，他们那个带头的已经受了伤，其他人也不是很厉害，估计一时半会儿还不会追来。"柳如梦："那他们会不会还有同伙来纠缠咱们？"吴秋遇："我也不知道。如果还有，你就抱紧我，自己别掉下去。我还背你冲出去。"

柳如梦说："嗯，我知道了。不过你得答应我，如果遇到特别难缠的，你就放下我，自己先去了，然后再想法回来救我。千万不要被我拖累了。如果你受了伤或是……我……"吴秋遇明白她的心意，赶紧安慰道："放心吧。我跑得快，他们拦不住我的，好歹能带你逃出去。"柳如梦说："一心哥哥，我是认真的。我可不想连累你受伤害。"吴秋遇说："那你就乖乖听我的，好好跟着我，小心别被他们伤着。你想想，要是他们抓了你，拿你做人质，逼我做这做那，咱们还能有好吗？"这种情形，他可是经历过的。那日在天百山庄，邵青堂拿住了小灵子，逼迫吴秋遇自废手臂，幸亏祁少城带着祁翁及时出现，他才躲过一劫。柳如梦没有江湖经历，但是她心里明白，如果真的出现那种情况，吴秋遇为了救她，肯定也会听从坏人摆布。想到这个，她不知如何是好，只将鬓角轻轻贴在吴秋遇的耳后，开始胡思乱想。

前面已经能够看见黄河。吴秋遇忽然停下脚步。柳如梦抬头看去，只见前面站着一个黑衣人，蒙着脸，似是故意拦住去路。此人正是魔女幽灵时秋风找到马铁腿那晚，在少林寺菜园外偷窥的那个蒙面人。

见吴秋遇站住，蒙面人开口说道："小兄弟，咱们又见面了。"吴秋遇一愣："我们见过的吗？"蒙面人笑道："你忘了？在汾河北岸黑土岗，是你坏了老夫的好事。”吴秋遇仔细看了两眼，终于想起来了。当初他从楼烦镇赶奔太原去找小灵子，途经黄土岗时正见北冥教的大长老路桥荫被人用天蚕罩网困住，一时义愤便跳出来帮忙，打倒拉网之人并用定心剑割破天蚕网救了路桥荫。当时带头围攻路桥荫等人的也是个蒙面人，看来就是眼前这个人。这么说，他也是来寻仇的？吴秋遇盯着那蒙面人问道：“那，你想怎么样？”

蒙面人说：“我佩服小兄弟少年有为，所以当日并未与你动手，也因此留下遗憾。今日专程等你，就是想与你切磋一下武功。”吴秋遇说：“不用了。我们还要赶路。”蒙面人说：“老夫诚心在此等候，小兄弟不肯赏脸？那，我挡在这里，这条路恐怕你是绕不过去的。”吴秋遇拱手道：“那天我救人心切，是得罪了前辈。但是我真的不想跟你打架。请前辈宽容一下，放我们过去吧。”蒙面人说：“你只要跟我过几招，不论输赢，我都让你走。要是你坚持不肯动手，那怕是过不去的。”吴秋遇想了一下，好像也没有别的主意，于是说道：“那好吧。不过咱们说好了，只是切磋一下，我可不是要跟前辈打架的。”蒙面笑道：“好，好，我知道，你这小兄弟果然有趣。”

吴秋遇轻轻拉开架势，准备应战。蒙面人忽然说道：“哎，等等，我不急着动手，你先把姑娘放下来再说。”吴秋遇摇了摇头：“不用。”说着往四周扫视了一下。蒙面人大致猜到了他的心思：“你还怕我埋伏了人把这姑娘抢走不成？”吴秋遇憨憨地点头道：“嗯。”蒙面人笑道：“小兄弟，你看看，这周围一马平川，连棵树都没有，哪里能藏得住人的？”吴秋遇四周看了一下，确实如此，可还是嘀咕道：“我信不过你。”蒙面人说：“难得小兄弟如此谨慎。你不信我没关系，可是你想想，咱们俩交起手来，万一老夫一时失手，伤到那位姑娘怎么办？我叫你放她下来，无非是不想伤及姑娘，本是好意呀。”吴秋遇见过这个蒙面人跟路桥荫交手，他的武功很高，绝非黄河帮的段青等人可比。想了想，也有道理，吴秋遇便回头看着柳如梦。柳如梦说：“他看上去不像是奸猾的人，先信他一回吧。不过，你要小心。”吴秋遇点了点头，轻轻将柳如梦放下。

蒙面人等吴秋遇准备好了，这才上前与他交手。两个人你来我往斗了几十个回合，都暗自佩服对方的武功。吴秋遇真的是切磋武功，毫无伤人之心，因此只是施展小腾挪身法，与蒙面人周旋，却很少又凌厉的进攻。蒙面人惊讶于这少年的身法奇绝，自知有所不及，全凭连续进攻维持，但是也极少下狠手。蒙面人接连变换了不少武功路数，试图破解吴秋遇的身法，结果都不灵。柳如梦开始还为吴秋遇担心，后来看吴秋遇一直没有吃亏，便渐渐地看起了热闹。

吴秋遇忽然回退了一步，叫道：“前辈，可以了吧？”

“你只一味躲闪，还未使出功力，不算！”蒙面人说着又抢步上前，与吴秋遇

斗在一处。吴秋遇始终不肯大力进攻，蒙面人存心要试探他的功力，于是加紧了进攻的步伐，出招也渐渐狠辣。吴秋遇当然也感受到了，只好更加小心应付。蒙面人暗自赞叹：这少年的身法确实玄妙，几路不同的招数使出去，竟然不能在他身上留下任何印记，自己纵横江湖几十年，这还是第一次。吴秋遇闪展腾挪，偶尔阻挡、进攻，也都是轻描淡写。

蒙面人已经见识了吴秋遇的身法，就想着怎样逼他显露内功和实力。忽然瞥见柳如梦，有了主意，蓦地向那边扑去。柳如梦大惊，“啊”了一声，瘫坐在地上。吴秋遇完全没想到蒙面人会去偷袭柳如梦，大惊之下来不及多想，急忙提气在手，右手向前用力一甩，打出一记“破除迷雾”，这是“降魔十三式”的第九招，也是吴秋遇最拿手的一招。

蒙面人的目的就是引逗吴秋遇出杀招，虽然是奔着柳如梦去的，但是对吴秋遇早有提防。他耳听风响，回身双掌一迎，正撞上吴秋遇的掌力，身子飘了出去。吴秋遇快步冲了过去，挡在柳如梦的身前。蒙面人退出了几步，站定身形，拍掌大笑道：“哈哈，好！好！小兄弟果然好功夫！老夫今日见识了。”

吴秋遇愣愣地望着蒙面人：“你……我……没有伤到前辈吧。”蒙面人说：“不妨事，刚才惊扰了姑娘，老夫在这里赔罪了。”柳如梦看了他一眼，没有说话。蒙面人笑道：“我要是不出此下策，恐怕小兄弟还不肯显露真本事。”吴秋遇见他看上去安然无恙，也明白了他偷袭如梦是假，憨憨地问道：“前辈，我们算是打完了吧？”蒙面人说：“打完了。哈哈！小兄弟身法奇绝，功力深厚，不知师从何人？”吴秋遇迟疑了一下，说道：“我师父不让我说，前辈不要问了。”蒙面人笑道：“你不说，我也能猜个大概。只是我今日先不说破。咱们还有再见面的时候，希望到时候咱们能成为朋友。老夫告辞了！”吴秋遇拱手道：“恭送前辈。”蒙面人一边走，一边摇头道：“小兄弟武功好，有情有义，只可惜与北冥教有染，可惜啦，可惜啦……”

蒙面人渐渐远去。吴秋遇把柳如梦扶起来，心中纳闷：为什么他说自己与北冥教有染可惜了？听他的口气，好像跟北冥教来往不是好事。忽然又想起少林寺了改大师的话，了改大师也把加入北冥教说成是自甘堕落。难道这北冥教真的有什么问题吗？可是路桥荫大长老、康奇和彭玄一两位堂主看上去都不像是坏人，好像丐帮的倪帮主对北冥教的印象也不错。这到底是怎么回事？

吴秋遇背着柳如梦继续赶路，沿着黄河南岸一路向东。柳如梦问：“一心哥哥，你觉得刚才那个蒙着脸的，是好人还是坏人？”吴秋遇说：“现在还看不出来。不过他倒是讲信用，没有继续难为咱们。”柳如梦感慨道：“看来行走江湖也不容易，老会遇到各种麻烦。幸亏有一心哥哥你，要不然……要不然我也不会出来行走江湖了，呵呵呵呵。”吴秋遇听柳如梦笑得开心，也跟着笑道：“这么说，是我害你当不成大小姐了，罪过罪过。”柳如梦笑道：“呦，你说话怎么跟老和尚似的？还罪过罪过的。”吴秋遇说：“你忘了？我本来就是小和尚啊。”柳如梦伸手摸了摸吴秋遇的头发，嬉笑道：“那我可得好好看看，这头发是真的还是假的。”吴秋遇说：“我要还是和尚，就不能背着女施主四处行走了。”柳如梦说：“那可说不定。”笑够了，柳如梦沉默了一会儿，忽然说道：“一心哥哥，你可不能甩了我。要不然，我就真成了孤儿了。”吴秋遇停下脚步，回头对柳如梦说：“虽然你现在改名叫如梦，但是你永远是我的香儿妹妹。我不会丢下你的。”

“嗯。我相信。”柳如梦说完，又把头紧贴在了吴秋遇的头上。吴秋遇不再说话，继续向前赶路。

柳如梦听到吴秋遇肚子里传出咕噜噜的声音，关切地问道：“一心哥哥，你饿了吧？背着我走了这么久，也该累了。你放我下去吧，我可以走的。”吴秋遇说：“没事，一会儿找到客栈酒馆就好了。我只要饱餐一顿，就又有力气了。”柳如梦抬头望见前面有几间茅屋，门外杆子上挂着幌子，惊喜道：“你看，前面不远就有个酒馆。”吴秋遇定睛看了，也是大喜，下面就加快了脚步。

酒馆不大，因为守着不远处的黄河渡口，生意倒不错，老远就听见猜拳行令之声。吴秋遇轻轻放下柳如梦，扶着她走了进去。掌柜的看见他们进门，仔细地打量了几眼，吩咐伙计上前招呼。伙计带他们找了张空桌子坐下，又推荐了几个好菜，问他们喝什么酒。吴秋遇说急着赶路，不要酒。伙计便进后厨吩咐做菜，很快提上一壶茶来，并殷勤地给二人倒上。吴秋遇让如梦先喝茶稍坐，自己去旁边桌上找人问路。问起蓟州，旁边桌上的几个人都摇头，说没出过远门，不知道。吴秋遇只好再到邻桌去问，那一桌的客人也说不知。

吴秋遇无奈，只得回来，却见柳如梦趴在桌上。轻轻叫了一声，没有响应，似是睡着了。吴秋遇知道她累了，不敢打扰她，便坐下来，轻轻端起茶杯。茶杯送到嘴边，刚要喝，无意中瞥见掌柜的和伙计正在盯着他。吴秋遇心中纳闷，不由得往那边看了一眼，掌柜的和伙计尴尬地笑了笑，赶紧转过脸去。吴秋遇心头一惊，马上想起了什么。他不露声色，再次把茶杯送到嘴边，假装打了个哈欠，顺势就用另一只大手遮掩着把茶水灌入袖中，然后摇晃了几下，也趴在桌上睡了。

很快听到一阵杂乱之声，像是店里的客人都在往外跑。过了一会儿，就听掌柜的催促伙计前来查看。那伙计却在嘀咕：“他睡着了吗？要不再等等？”掌柜的小声骂道：“废物。那蒙汗药是你亲手放的，药力够不够你不知道？”伙计说：“我知道。可是，听说那小子武功很高，我怕……”

“少废话！快去！”掌柜的骂着，似是还踹了一脚。然后就听见踉踉跄跄的脚步声,应该是伙计被掌柜的推过来了。那伙计蹑手蹑脚地走到吴秋遇的身后,用颤抖的声音小声问道:“客官,醒醒啊,给您上菜了。客官?客官……”叫了几声没有应答,伙计确信吴秋遇已经被麻翻了,也不再害怕,大声说道:“老大,没问题。这回咱们可发了。别愣着了,赶紧的!咱们把他捆了领赏去!”“我就说嘛,你小子就是胆小。”那掌柜的找了绳子跑过来。

二人上前捆绑吴秋遇,手刚伸出去,却见吴秋遇猛地坐起来,将他二人的手臂攥住。二人大惊。吴秋遇刚要说话,却听门口有人高声喝道:“果然是黑店!爷们儿前几次丢东西,只道是喝多了被贼偷了,没想到却是你这黑店捣的鬼!今天我绝不饶你!”吴秋遇循声望去,见是一个三十来岁的汉子,面容显得比较文静,但是身板很强壮,那人说着就冲了过来。掌柜的和伙计对着那人求饶:“大爷,我们错了。我们把银子还你,我们再也不敢了!”那汉子上前将二人揪了过去,便是一顿拳脚。吴秋遇一时愣住,松了手,在一旁默默看着。

那汉子打累了,一手叉腰,一手指点着二人骂道:“你们两个黑心肝的。爷们儿今天来,不是为了那点银子,我要将你们送官,再烧了你的黑店。”掌柜的和伙计趴在地上就磕头:“大爷,您行行好,饶我们这一回吧。要多少银子我们给。我们也是一时糊涂,以后再也不敢了。”那汉子说:“你们要重新做人,可以。但是这个黑店非烧不可,不然你们不长记性!”说着那汉子进到后厨,很快拿了一枝火把出来,又砸碎了几只酒坛子,将火把往上一扔,这店里便着起火来。

吴秋遇没心思看热闹,揪住那伙计的衣领问道:“你刚才下的什么药?”伙计哆哆嗦嗦说道:“蒙,蒙汗药。睡一会儿就好了,没毒,没毒!”吴秋遇不放心,抓起桌上的茶壶递给伙计,你把这个喝了,我就信你。伙计不敢推辞,捧着茶壶,咕咚咚一股脑喝了,睡倒之前不忘喊道:“老大,别忘了拖我出去!”很快,就迷糊过去了。

眼看火势已起,吴秋遇抱起柳如梦,大步出了店门。回头看了一眼,只见此时酒馆的大火已经烧到屋顶,几间茅屋都陷入火海之中。掌柜的好不容易才把那个迷倒的伙计拖到安全之处,望着在大火中即将变为灰烬的家当放声大哭。

第六十九章
黄河遇险

吴秋遇摇了摇头，感叹恶有恶报，抱着柳如梦继续赶路。走出没多远，忽然听见后面有人喊："小兄弟，等一下。"吴秋遇停下脚步，回身观看，说话的正是那个放火的汉子，此刻已经追了上来。他手里拿着一个钱袋，递到吴秋遇面前问道："这个是不是这位姑娘的？刚才落在桌上了。"吴秋遇抱着柳如梦，只能轻轻张手接过，嘴上说道："正是，多谢。"那汉子说："哎，不用客气，都是江湖中人嘛。我叫吕云，在这附近做生意。不知小兄弟如何称呼？"吴秋遇目睹那汉子刚才仗义的一幕，知道他是个好人，便放心说道："我姓吴，吴秋遇。"吕云问："吴兄弟，你们不是本地人吧，这是要去哪啊？"吴秋遇说："我们想去蓟州，只是不认得路，刚才问了好几个人也都不知，正要再去找人打听呢。"吕云说："你们去济州啊，难怪你问不到。那个地方早就改名字了，已经不叫济州了，现在是济宁府。"吴秋遇一愣，倪帮主、小灵子他们说的仍然是蓟州啊，难道是最近才改的？他还不知道吕云所说的"济州"并不是他想去的那个"蓟州"。

吕云说:“那个地方不好找,幸亏你们遇见我了。看来咱们真是有缘,我知道怎么走。”吴秋遇大喜。吕云继续说道:“济宁在山东境内,走水路方便些。只需顺着黄河到东平,再沿大运河南下,就可到达济宁,哦,就是你们要去的济州。正好我也要到山东做生意,咱们可以同去。”

“那太好了。”吴秋遇喜出望外,抱着柳如梦紧紧跟在吕云的身后。

吕云对当地很熟,很快就采办了酒水吃食,找到码头,雇下一条带篷的小船。吴秋遇把柳如梦送入篷内,并不急着救醒她,知道她身子弱,想让她多睡一会儿。撑船的年岁也不大,似是跟吕云熟识,小声问道:“吕大哥,这趟买卖油水大吗?”吕云瞪了他一眼,小声骂道:“你小子少啰唆,只管撑你的船。生意做成了,少不了你的份子。”“好咧!”撑船的将手里的长竿用力一撑,小船便离了岸,向东驶去。

吴秋遇从船篷里出来,走到船头,问吕云:“吕大哥,这到东平有多远?”吕云说:“前面黄河就拐弯了,咱们很快进入山东境内。如果不登岸歇息,估计有个三四日也就到了。”吴秋遇说:“我想早些到。如果咱们吃的足够,就别靠岸了吧。行吗,吕大哥?”吕云笑道:“有美人陪伴,你还这么心急。急着去成亲啊?”吴秋遇憨笑道:“不是,我们去找人。”吕云说:“哦。放心吧,我长年在黄河上走动,这个准备还是有的。酒水吃食够咱们用上七八天的。”

夜晚时分,柳如梦才渐渐醒来,意外地发现自己躺在船篷里,吴秋遇也不在身边,惊叫道:“一心哥哥!”吴秋遇听见喊声,急忙进船篷查看,吕云和撑船的隔着船篷相对一笑。

柳如梦见到吴秋遇,心里踏实了,隐隐觉得仍有些头晕,问:“我刚才怎么睡着了?”吴秋遇说:“那个酒馆是黑店,他们在茶里放了蒙汗药,你喝了一碗就迷倒了。我看你累了,就没急着叫你,让你好好睡了一觉。”柳如梦四外看了一下,问:“咱们这是在哪?”吴秋遇说:“在黄河上了。是吕大哥找的船,他跟咱们一道去山东。”柳如梦一愣:“吕大哥?”吴秋遇说:“在酒馆认识的,他也被那个酒馆算计过,一生气就把那个黑店给烧了。听说咱们要去蓟州,他正好知道怎么走,而且跟咱们顺路,就结伴同行了。”柳如梦不知道自己昏睡期间发生了那么多事,看来这行走江湖跟在家过日子还真是不一样。吴秋遇说:“你醒了,也到外面透透气吧。正好认识一下吕大哥。”柳如梦点了点头,站起来,跟着吴秋遇出了船篷。

吕云见到柳如梦和吴秋遇一起出来,开口招呼道:“姑娘醒啦?”柳如梦轻声应道:“嗯。你好。”吴秋遇四下看不到撑船的,感到奇怪,开口问道:“吕大哥,船伙儿呢?”吕云笑道:“听说你们要去济州,还不让靠岸歇息,他不想干了。刚才跟我计较了半天,多要了几个钱,自己下水走了。”柳如梦惊讶道:“他的船也不要了?”吕云无奈地摇了摇头:“还不是着落到我身上?船他是不要了,但是买船的钱他已经跟我要走了。我常年在黄河上行走，没少被他们占便宜。这次为了吴兄弟和姑娘你，我出几个钱倒也值得。哈哈。”吴秋遇心中感动：“是我们连累吕大哥了。害你……”吕云摆手道：“哎，不必客气。相逢即是有缘，咱们已经是兄弟了，还说这个干什么？”柳如梦暗自赞叹：“这位吕大哥还真是个豪爽的人。”

船行了三日，吕云说离东平已经不远。想着就要见到小灵子，吴秋遇心中高兴。柳如梦看出他的心思，心情矛盾，既想尽快看看小灵子到底是什么样的人，又怕一旦见面吴秋遇就会与自己疏远，因此心里便多了一些惆怅。看着吴秋遇和吕云正在开心地交谈，柳如梦默默地进了船篷。吴秋遇和吕云闲聊了一会儿，才发现柳如梦已不在身边。吕云笑道：“这么一会儿不见，就不放心了？”吴秋遇憨憨地笑了笑，有些难为情。

夜色迷离。远处隐隐传来呼哨之声，吴秋遇一时好奇，便问吕云：“那是什么声音？”吕云说：“估计是岸上有人走夜路，吹口哨给自己壮胆。”吴秋遇点了点头。吕云说：“这个我也会，我吹给你听？”吴秋遇说：“好啊。”吕云便也捂着嘴吹起了口哨，在静夜之中那声音显得尤为尖锐，估计能传出老远。吴秋遇拍手叫好。吕云说：“吴兄弟，不用害羞，进去看看如梦姑娘吧。她身子弱，别着了凉。”吴秋遇嗯了一声，转身进入船篷。

柳如梦并没有睡着，仰面躺着想心事，听到动静，赶紧坐起来。见是吴秋遇，她只偷偷看了一眼，没有说话。吴秋遇关切地问道：“如梦，你怎么了？不舒服吗？”柳如梦微微笑了一下，说：“我没事。”

“你脸色不太好，是不是病了？让我看看。”吴秋遇说着便蹲下来给她把脉。柳如梦急忙撤回手，说：“我没事。可能是船上待久了，有些不适应，一上岸就好了。”吴秋遇刚要在她身边坐下来，柳如梦说：“你怎么不继续跟吕大哥聊天了？”吴秋遇说：“我进来看看你。”柳如梦说：“我没事，你放心吧。你……不用陪我，我想自己待一会儿。”吴秋遇觉得如梦有些奇怪，又问不出什么，只好站起来，让她自己安心歇着。出船篷之前回头看了一眼，却见如梦也在看他，只是眼神一碰就迅速移开了，更叫吴秋遇心中纳闷：“如梦这是怎么了？难道我刚才说错话了？”

吴秋遇一头雾水，不知发生了什么事。他走出船篷，却更加惊讶，吕云已经不在那里。

“吕大哥？吕大哥？”轻轻叫了两声，也无人回答。忽然听见柳如梦在船篷里叫道：“一心哥哥，船……漏水了！”吴秋遇急忙钻进去看，只见柳如梦弯腰站在那里，正不知所措。舱里铺的垫子已经浸湿，下面还在汩汩地冒着水。吴秋遇大惊，急忙找东西塞堵漏洞。经过一番折腾，总算勉强把漏洞堵上了，但是河水还在往里渗透。

船舱里已经湿了，吴秋遇便扶着柳如梦出了船篷，站上船头。柳如梦问："吕大哥呢？"吴秋遇说："我刚才出来就没看见他。"柳如梦说："不会失足落水了吧？"吴秋遇也在担心这个，焦急地喊道："吕大哥！吕大哥！你在哪儿啊？"

忽听船后有人大声说道："吴兄弟，难得此时你还想着我。我来了。"吴秋遇和柳如梦转身看去，只见夜色之中，另有一艘小船正往这边驶来，与他们的船尾相距不过二十几步。吴秋遇惊讶道："吕大哥，你怎么……怎么到那了？是不是刚才落水，被他们给救了？"那小船驶近，吕云换了另外一身衣裳，站在船头说道："我叫吕云不假，在黄河上做生意也不假，只不过老子做的是杀人的买卖。哈哈哈哈，没想到吧？"

"吕大哥，你……"吴秋遇愣愣地看着吕云还有他身后的三个人，一个是那个撑船的，另外两个则是岸边酒馆的伙计和掌柜的。吕云大笑道："哈哈哈哈！傻小子，既然你还叫我一声吕大哥，那我就让你死也死个明白。实话告诉你，我们都是黄河帮水上门的，奉命专门来赚你的性命。"

吴秋遇这才恍然大悟，原来他们本就是一伙，合伙演戏的目的就是为了算计他。柳如梦小声问："一心哥哥，咱们怎么办？"吴秋遇说："不用怕。我看他们武功不会太高，应该能打得过。咱们小心应付着，应该没事。你先躲到篷里去。"柳如梦知道自己在这里只会添累赘，便赶紧转身进了船篷。另一艘小船已经驶到对面，和吴秋遇他们的船并行，不过保持着两丈左右的距离。吴秋遇说："吕大哥，咱们无冤无仇，你为何要算计我们？"吕云说："谁叫你得罪了黄河帮？得罪黄河帮的人就该是这个下场。"吴秋遇说："我不想跟你们打架。大家各走各的路不好吗，为何非要伤了和气？"吕云说："我知道你武功了得，我们打不过你。不过这是在水上，你的死活是老子说了算。"后面那个撑船的叫道："吕大哥，别跟他废话了，动手吧。看样子那个船一时半会沉不了。"

吕云点了一下头，身子往后一退。酒馆的伙计和掌柜的举着弓箭站到前面，对着吴秋遇便开弓射去。吴秋遇大惊，一边躲闪，一边往船篷里退。吕云和撑船的也端起了弓，将箭头先在火把上点着了，才向吴秋遇的小船射去。很快船篷上便着起了火。

船底渗着水，船篷又着了火，估计这条小船支撑不了多久。柳如梦不知所措。吴秋遇也是暗自着急。他武功好，力气大，但是唯独不会水，何况还有四个手持弓箭的人把守，即便会水也很难带着柳如梦安全离开。危急之中，吴秋遇忽然想到了小灵子。如果灵儿在一定会有办法，遇到这种困境，她会怎么办？吴秋遇这样想着，希望能赶紧冒出个主意来。

眼看船篷烧得越来越旺，里面几乎藏不住人了。吴秋遇忽然跳出来，大声喊道："你们再不住手，我可要不客气了！"吕云等人大笑道："你小子倒还有把骨头，知道自己死定了，不是烧死就是淹死，索性出来赚个痛快的死法。哈哈，老子偏不成全你！看你们还能撑多久！"吴秋遇站定身形，双手运力，忽然打出一记"扫荡群魔"。因为相隔甚远，吕云等人也没当回事，只当吴秋遇是自己给自己壮胆。哪知吴秋遇掌力雄厚，虽然隔着两丈有余，掌风仍然波及到站在前面的伙计和掌柜的身上。二人胸前一震，各自向后退了一步，吓得大叫起来："啊！好厉害！"吕云见状，不由得一惊，仓皇吩咐道："快！放箭！射死他！"四个人又各自端起弓箭，朝吴秋遇射去。

吴秋遇闪展腾挪，成功地躲过了三支箭。吕云射出的第四支箭却射中了吴秋遇的前胸。吴秋遇捂着伤口踉跄逃回船篷里。很快听见柳如梦的惊叫声："一心哥哥，你不要死啊！一心哥哥！"

吕云等人面面相觑，因为顾忌吴秋遇的手段，一时还不敢上前。稍等了一会儿，对面船上传来柳如梦的哭叫之声。吕云得意地笑道："得手了！靠过去！把那小子的尸体连同小妞一起带回去，门主一高兴，少不了大家的好处！"想到即将到手的奖赏，另外三人自然也是高兴。小船很快就靠了过去。撑船的最先跳上去，掌柜的和伙计也先后跟了过去。吕云好歹是个头领，这种搬运拿人的活儿他是不会亲自动手的，吩咐完之后，自己便钻进船篷里，坐下来喝起了小酒。

吴秋遇闭目靠在船篷上，气息微弱。柳如梦扶着吴秋遇，泪流满面，声音哽咽。忽然小船摇晃，柳如梦扭头看去，惊见三个人跳上船来，大惊失色。吴秋遇睁开眼，轻轻一拉柳如梦的手臂，让她躲到后面去。柳如梦愣愣地望着吴秋遇，吴秋遇示意她不要出声。

过来拿人的三个家伙急着争抢功劳，都唯恐落后，很快一发拥到了船篷外。吴秋遇忽然身子一起，迅速出手点了三个人身上的几处穴道。吴秋遇的动作实在太快太突然，三个家伙没来得及作任何反应，就被他制住，木木地站在那里，动弹不得。柳如梦惊呆了，吴秋遇轻轻扶着她走出船篷，蹲下身把她背起来。柳如梦一时还没明白怎么回事，脸上仍有泪痕。

吕云半晌听不到动静，手捏酒杯在船篷里大声喊道："怎么样？拿住了没有？"吴秋遇背着柳如梦，大步踏上对面的小船。小船忽然一摇，晃洒了吕云手里的酒，气得他高声骂道："你们倒是轻点啊！净破坏老子的酒兴！"吴秋遇先把如梦轻轻放下，然后快步进去捉吕云。

吕云刚要从里面出来，一头撞见吴秋遇，大惊失色。他的反应倒挺快，没等吴秋遇出手，就先及时缩了回去。吴秋遇正要进去抓他，忽见吕云抄起一只碗向自己掷来，急忙闪身躲过。吕云乘机从船篷的另外一头撞出去，快爬了两步，奔到船舷，一头扎入水中。

吴秋遇赶到的时候，水面的波晕已渐渐平静，想那吕云已经潜在水中逃走了。吴秋遇没心思关注吕云的去向，赶紧回来保护如梦。柳如梦指着着火的小船叫道："一心哥哥你看！"大火已经把船篷的顶篷烧毁，两侧的竹板也渐渐散落。三个人眼睁睁看着大火在他们身前越烧越旺，心里急于逃命，身子却动弹不得，一个个惶恐到了极点。此时船底的进水越来越多，小船也在一点一点往下沉。吴秋遇故意大声说道："既然他们善于凿船、喜欢放火，就让他们自己好好享受一下吧。"

柳如梦小声问："他们会死吗？"吴秋遇抄起竹竿，在着火的小船上用力一撑，两条船便渐渐分开。他小声对如梦说："我只想吓唬吓唬他们，让他们长点教训。因此刚才只用了一成功力，很快他们就能动了。你放心吧，烧不死的。"柳如梦说："我看那条船快沉了，他们……"吴秋遇笑道："他们是黄河帮水上门的，专门在黄河上打劫，我想他们水里的功夫应该不差吧。要是他们在黄河里淹死了，黄河帮也该关门歇业了。"柳如梦点了点头，忽然惊讶道："一心哥哥，情况那么紧急，你怎么还能想得如此周到？"吴秋遇说："我刚才也没想那么多，只是不想伤人，手上就留了分寸。现在看来，正好可以留住他们的性命。"

忽然瞥见插在对面小船上的箭，柳如梦想起吴秋遇的伤势，轻轻伸手往他胸前摸去："刚才伤到哪了？重不重？"吴秋遇说："我没受伤，刚才都是装的。"柳如梦愣了一下，又仔细看了看，见吴秋遇身上果然没有伤口和血迹，这才放心。吴秋遇解释道："我是先有了打算，才故意激他们放箭的。我先把箭支攥住，再这样轻轻放到胸前，装作被他们射中的样子。我就是要骗他们来靠近，好一发制住他们，夺下这条船。"柳如梦转过身，轻轻用衣袖擦了擦脸，小声道："我真笨，这都没有看出来。"吴秋遇说："不是这样的。咱们能够成功，其实全靠你了。要不是你刚才演得像，他们怎么会轻易相信呢？"

"我哪里演了？我是以为你真的……"柳如梦说到这里，眼圈又有点泛红。吴秋遇见了，忙说道："好了，香儿妹妹，都是我不好，我知道你担心我，我应该先跟你说清楚。刚才害你担心了。"柳如梦破涕为笑："你知道就好。"

吴秋遇试着划船前进。只是他没干过这个，手法不灵，折腾了半天，才勉强把船控制住。柳如梦见了，掩口笑道："那样不行的。我看他们不是那样的。来，我帮你一起划。"吴秋遇给她让出地方，两个人各拿了一支桨，在两侧分别划下，船倒是可以前进，只是柳如梦力小，船总往她那侧转去。吴秋遇渐渐悟出怎么回事，从如梦手里接过木浆，在两侧用力勾划，小船终于可以正常行进了。

柳如梦问："一心哥哥，刚才那个主意你是怎么想出来的？"吴秋遇说："这得感谢灵儿。""灵儿？她又不在这，她怎么……"柳如梦不解。吴秋遇说："我一着急就想，如果灵儿在她会怎么办。想着想着就忽然有了主意，很多事都是灵儿教给我的。”“灵儿真聪明，能帮你。”柳如梦说完这一句，就不再说话。吴秋遇也没多想，继续用力划着船。

柳如梦回头看时，那一条小船的火光渐渐远了，似是已化作零星几点。也许是小船已经沉没了，河面上残留了几片着火的木板。也不知那三个人逃生了没有。

吴秋遇让如梦去船篷里睡一会儿。柳如梦醒来的时候，天已经亮了。见吴秋遇仍在划船，便喊他到船篷里歇息。吴秋遇放下船桨，走进船篷，看到桌上残留的饭菜，问道：“饿了吧？正好这里还有些吃的，咱们先吃点东西吧。”柳如梦拿起一双筷子，在衣服上擦了擦，递给吴秋遇，自己轻轻捏起一块牛肉，说：“还是我先尝尝吧。万一你被迷倒了，我可不知道怎么办。”吴秋遇想了一下，说：“这是他们自己吃的，应该没有下过药。”刚要坐下来，却见柳如梦不肯用筷子，知道她是嫌那些水匪用过，就拿着筷子去河水里洗了洗，并用怀里的衣服擦净了，递给如梦。两个人面对面坐着，一起吃起来。

大河东去，即使没有人划桨，小船也在缓缓向东漂流。柳如梦问：“按照那个人的说法，今天就能看到大运河了吧？”吴秋遇点了点头：“应该差不多了。”柳如梦又问：“到了蓟州，见到小灵子，你怎么介绍我？”吴秋遇愣愣地望着如梦：“你是香儿妹妹呀。哦，对了，现在你叫如梦。她比你小，得管你叫如梦姐姐。”柳如梦说：“那我呢，叫她妹妹还是……嫂子？”说到最后，声音小到几乎听不见。吴秋遇一时没反应过来，随口答道：“当然是叫妹妹了，叫灵儿也行，小灵子也可以。”听他这样说，柳如梦不好继续追问，兀自扭头望向篷外，看着河面发起呆来。

一条大船快速驶来。柳如梦抬眼见了，指给吴秋遇看：“一心哥哥，你看，那大船好快。”吴秋遇看了说道：“是啊。要是顺路就好了，咱们搭上大船还能更快些。”柳如梦说：“等他们来了，咱们问问吧。希望可以带咱们同行。”吴秋遇点头道：“嗯。要真是顺路，他们肯带上咱们，把这个小船送给他们都行。”两个人商量好了，就等着那大船靠近。

那大船果然很快，不大工夫就已经相隔不远，已然能够清楚看到上面的人。吕云站在船头，指着小船对另一人说道：“门主，就是他们！”站在他身旁的正是黄河帮水上门的门主何大海。何大海看了一眼吴秋遇，根本没放在眼里，不屑地看着吕云说道：“就这么一个毛小子你们都对付不了？还有脸跟老子诉委屈？来人，追上去，把他给我拿了！”吕云赶紧劝道：“不行啊，门主。那小子武功高深莫测，我手下那三个兄弟无声无息就被他给制了，是死是活都不知道。咱们直接过去，恐怕又会折损兄弟。”何大海盯着吕云看了一会儿，知他不敢胡乱欺瞒，便重新吩咐道：“靠近五十步，准备放箭！看他有多大本事！”

吴秋遇见大船靠近，正在欢喜，猛然瞥见吕云站在大船上，又有十几个人端着弓箭站上船头，顿时惊觉不妙，赶紧护着柳如梦钻进船篷。大船靠近之后，何大海一声令下，众手下开始放箭。很快十几支箭便射到了小船上。吴秋遇急忙掀起小桌遮挡，酒菜散落一地。四五支箭先后插在桌板上，丁丁有声。其他的箭支也纷纷插在船板上、船篷里。弓箭手重新搭好箭，又是一轮乱射。幸亏有小桌板遮挡，尚勉强抵挡一时。

见弓箭未能伤到吴秋遇，吕云又急又恨："他有遮挡，射不到。咱们还是放火吧。"何大海瞪了他一眼，小声骂道："你他娘的就知道放火！烧了一个店，废了一条船，你还嫌不过瘾是不是？"

"可是……"吕云本来还要争辩，一看门主的脸色不好看，只好住嘴。何大海从身上摸出两个小纸包，递给旁边的弓箭手。那两个弓箭手点了点头，似是已经明白何大海的意图，各自接过纸包，系在箭头上。

何大海抓过一张弓，要回一支箭，简单瞄了一下，手一松，便朝小船射去。箭头刺破纸包，扎在小桌板上，里面洒出一些药粉来。旁边的弓箭手把自己手里的箭也射出去。那支箭扎在船板上，纸包也被刺破了，药粉散落出来。

听到声音停了，不再有箭射来，吴秋遇稍稍放松了一些，开始查看柳如梦有没有受伤。柳如梦说："我没事。"她刚说完，就咳嗽了两声。吴秋遇急忙问道："你怎么了？"柳如梦捂着脖子说："我也不知怎么了，忽然有些憋闷。咳，咳！"吴秋遇正自惊讶，鼻子忽然闻到一股淡淡的香味，也开始喉咙发痒。这气味正是那两包药粉发出的，原来有毒。柳如梦渐渐身子发软，瘫倒在船舱里。吴秋遇惊叫道："如梦，你……咳、咳……醒醒啊……咳、咳！"

吕云恍然大悟："龙门烟？"何大海一点头："不错。"吕云开心道："吸了门主的龙门烟，不管他有多大本事，都会骨软筋酥，形同废人。这下妥了。看他还敢不敢和咱们黄河帮作对！哈哈，门主高明！门主高明！"其他人也跟着吹捧。

"你们怕他，老子给他用了双份。这下你们踏实了吧？啊？哈哈哈哈。"何大海得意地大笑起来。

这回吕云心里可踏实了。为了拿下吴秋遇，他的损失可不小。蒙汗药没有制住吴秋遇，他只好烧了自家的酒馆以骗取吴秋遇的信任。凿了船，放了火，仍然没有把吴秋遇拿下，白白损失了一条船，损折了三个手下，自己还两次跳进黄河，现在贴身的衣服还湿着呢。现在吴秋遇中了龙门烟，形同废人，想怎么收拾就怎么收拾，终于可以好好出一口气了，于是他自告奋勇："门主，我去把他拿来。"

何大海笑道："中了老子的龙门烟，他就是个废人，你们谁去都一样。不过那个小妞，听说长得不错，那是老子要的，你们谁也不准占便宜。要不然，小心你们的狗爪子！”

“不敢，不敢。”吕云高高兴兴地吩咐大船赶紧靠过去。有喽啰往小船上搭了木板。吕云刚踩上去，忽然想起一事，回头说道：“门主，解药。您的烟实在厉害，稍有不慎，我们也都废了。”何大海笑道：“老子没那么多解药给你们浪费。你舀几瓢河水浇上去，那烟就不冒了。”吕云心中暗骂他小气，但是脸上还不敢露出来，找东西舀了水，把烟泼盖了，又等了一会儿，估计船上的烟味已经散得差不多了，才敢带人登上小船。

吴秋遇和柳如梦双双躺在船舱里，似是已经昏死过去。吕云用力在吴秋遇身上踢了一脚，见他并无反应，轻轻“哼”了一声，心中得意，吩咐抬人。刚才门主有言在先，抬着柳如梦的两个家伙规规矩矩，不敢造次。

很快两个人被抬上大船。吴秋遇被随手丢在船板上。柳如梦的待遇则好得多，被轻轻放在何大海的面前。何大海蹲下来，只看了一眼便开心大笑道：“哈哈，老子有福了！回去你们各个有赏！”众手下自然欢喜，齐声道：“多谢门主！恭喜门主！”吕云问：“门主，这小子怎么处置？”何大海的心思都在柳如梦身上，哪顾得上吴秋遇，随口说道：“你看着办吧！”吕云正中下怀，从一个喽啰手里要过一把钢刀，向吴秋遇走去。

柳如梦忽然睁开眼，大声叫道：“不要啊！”她是怕吕云伤害吴秋遇。吴秋遇听到叫声，以为是柳如梦遭到了轻薄，猝然起身来救。吕云险些被他撞到，吓了一跳，急忙往旁边一闪，抡刀向吴秋遇砍去。吴秋遇胡乱打出一记“干拍鬼影”，虽然没来得及运功提气，只是一个空招，但是吴秋遇本身就力气大，一掌打在吕云的胸前，直把他拍了出去。吕云后退几步，后腰在船帮上撞了一下，人就翻了出去。随着众人的一阵惊呼，就听“扑通”一声，吕云落入水中，慢慢没了动静。

有几个喽啰清醒过来，急忙跳下水去搭救吕云。其余的便向吴秋遇围来。吴秋遇救人心切，又知道他们都是水匪，也就不再客气。片刻之间，几十个喽啰就被打得七零八落，大多数跳水逃命去了，只留下三四个一时爬不起来。

何大海愣愣地望着吴秋遇：“你，你不是……我的龙门烟……你……”吴秋遇只怕他就近伤害柳如梦，也不搭话，直接快步冲了上去。何大海确实想到了，他到底是个老江湖，自忖打不过吴秋遇，便要伸手挟持柳如梦。上前扑救已经来不及了，吴秋遇急忙提气在手，猛然打出一记“震断心魔”。这是“降魔十三式”的第四招，吴秋遇曾经用它两次打伤黄河帮陆上门的门主段青，这一次又用在了水上门的门主何大海身上。何大海身躯一震，向后跌了出去，后背撞到桅杆上，慢慢瘫滑在地。

吴秋遇扶起柳如梦，关切地问道：“你没事吧？”“我没事。”柳如梦轻轻往他怀里一靠。沉默了一会儿，柳如梦忽然惊讶道：“哎，我的喉咙不痒了，胸里也不

闷了。刚才那个药真的很管用！”吴秋遇小声说:“那个是贺兰映雪，传说能解百毒，看来所言不假。幸亏我随身带着，要不然，咱们今天可就完了。”柳如梦忽然觉得吴秋遇身上还有很多神奇，越发喜欢，把头又往吴秋遇怀里贴得更紧。吴秋遇忽然叫道:“谁？出来！”柳如梦一愣，急忙扭头看去。

只见一个十三四岁的孩子从帆布后面转出来，怯生生走近了，扑通跪倒，磕头道:“大哥哥，姐姐，你们饶了我吧。你们行行好，饶了我吧。”柳如梦望着吴秋遇。“你别害怕，先起来。”吴秋遇过去把那孩子扶了起来。柳如梦问:“你还这么小，怎么就跟他们混在一起了？”那孩子怯生生看了一眼何大海。何大海半个身子发麻，无力地倚靠桅杆坐着，见孩子在看他，转过脸去。吴秋遇说:“你不用害怕。他不能再伤害你了。”那孩子说:“我只是坐大船出来玩的。我不是坏人，真的，我不骗你们。”柳如梦说:“我们相信你。放心吧，我们不会伤害你的，也不会让他们伤害你的。”“谢谢姐姐。你们是好人。”那孩子似乎已经不害怕了。柳如梦问:“你家在哪儿啊？船一靠岸，我们就找人送你回家。”那孩子说:“我不是本地的，上个月跟爹娘失散了。他们说大船上好玩，我就跟着他们上来了。我现在也没处去，就跟着你们吧。行吗，姐姐？”柳如梦望着吴秋遇。吴秋遇想了一下，点了点头。那孩子倒很机灵，马上开心地说道:“谢谢哥哥，谢谢姐姐！”

甲板上那几个喽啰慢慢爬起来，也跪下求饶:“大侠，女侠。放过我们吧。我们以后再也不干这个了！”何大海气得怒哼了一声，却又无可奈何。吴秋遇说:“只要你们答应，不再害人，我可以放你们走。”那几个喽啰赶紧磕头:“多谢大侠，多谢大侠。我们回家种地去，再也不出来混江湖。”吴秋遇点了点头:“那好，你们走吧。”几个喽啰千恩万谢，站起身，便要离去。那孩子在吴秋遇耳边小声说道:“把他们放走了，咱们的大船怎么办啊？”吴秋遇一想，对呀，于是叫道:“等等。”那几个人见吴秋遇要变卦，赶紧又都跪下央求。吴秋遇说:“我答应放你们走，不会反悔的。只是我们不会驶船，想请你们几位多留几日，把我们送到地方。到时候你们就可以走了，这个船都可以送给你们。”那几个人相互看了一眼，也不敢不从，便都应了下来。吴秋遇便吩咐他们下去划船。

何大海小声骂道:“都他娘的软骨头！”吴秋遇看了看何大海，一时不知该如何处置他。何大海倒很硬气:“看什么看？要杀要剐随便你！老子今天认栽了，二十年后又是一条好汉！”吴秋遇说:“我不想杀你。只是你现在有伤在身，下了水恐怕也有所不便。那就先在船上待几天吧。”何大海半信半疑地看着吴秋遇:“你真的不杀我？”吴秋遇点头道:“嗯，我可不喜欢杀人。等你养好了，自己走了就是了。以后可不许再害人。”何大海长长出了一口气，不再说话。

孤岛情缘

一身有如风吹絮，
一身原作世外孤，
两相逢定是苍天顾。
出相护，入相扶，
丛林池水是江湖。

绘图：王欣

第七十章
失魂落魄

大船继续前进。柳如梦问那孩子:“你叫什么名字？多大了？”那孩子说:“我叫海小球儿,十三了。”柳如梦笑道:“你爹娘怎么给你取了这么一个名字？”海小球说:“好养活呗。哎,姐姐,咱们这是要去哪儿啊？”柳如梦说:“我们去蓟州,到前面大运河就该往南拐弯了,”海小球惊讶道:“去蓟州,那往南走干什么呀？”柳如梦说:“那个吕云说,顺着大运河往南就能到蓟州。”海小球说:“嗨,他骗你们呢,他说的是济宁,不是蓟州。蓟州在东北边,咱们顺着黄河一直走下去就对了。”柳如梦很惊讶:“你知道蓟州？”海小球说:“知道,我还去过呢。顺着黄河走到头就能到。”柳如梦很高兴:“那太好了。有你领路,我们就放心了。”海小球说:“我下去看看他们偷懒没有。”说着便下了船舱,去查看那几个水手。柳如梦把情况告诉吴秋遇。吴秋遇听了,自然也很高兴。

船过了大运河。吴秋遇和柳如梦暗自庆幸。如梦说:“幸亏遇见海小球,要不是他及时告知,咱们真就被那个吕云给骗了。”吴秋遇说:“是啊。真的顺着大运河往南走到济宁，不知要耽搁多少时日。这下好了，应该可以很快见到灵儿了。”听他提起小灵子，柳如梦轻轻看了他一眼，没再说什么。

河面风大，吴秋遇便要扶柳如梦进船舱避风。柳如梦轻轻推开吴秋遇的手，一眼瞥见何大海正蠢蠢欲动，问道：“他怎么办？”吴秋遇好歹有一些江湖经验，知道黄河帮的人都非善类，为防他在大船上做什么手脚，便过去用缆绳将何大海绑在桅杆上。何大海气得大骂，吴秋遇也不恼怒，继续捆好了，说了一句“这样我们才放心”，便转身走开，扶着柳如梦走进船舱。

船舱里，一个乞丐被捆住手脚，卧在船板上，嘴里塞着东西。发现有人进来，他抬起头，默默地盯着二人打量。他刚才听到外面的动静，隐约知道船上发生了变故，再仔细看这男女二人皆慈眉善目，猜想应该不是黄河帮的水匪，便挣扎着扭动起来，用头撞地，嘴里也发出呜呜之声。吴秋遇听到动静，警惕地护住柳如梦后退了一步。乞丐继续呜呜求救。吴秋遇看清是一个被绑的乞丐，稍稍安心。柳如梦好奇地说道：“他们怎么连乞丐都打劫？”吴秋遇让柳如梦在原处稍候，自己上前，先去把塞在乞丐嘴里的布拿了。乞丐先将下巴左右上下活动了几下，开口说道：“我是丐帮的弟子，无故被他们劫了，带到这里。大侠救我。”一听是丐帮的弟子，吴秋遇赶紧给他把绳子解了。乞丐站起来，拱手道：“多谢大侠。在下是丐帮济南分舵的三袋弟子李青。大侠今日对丐帮的大恩，我丐帮永志不忘。”吴秋遇示意他不用客气，心中却有些许疑惑：他是丐帮三袋弟子，我救了他一个，也算是对丐帮有大恩、能令整个丐帮永志不忘？看来丐帮一定非常珍惜每个弟子的性命，不愧是名门正派。乞丐李青问：“大侠，外面的水匪可是被你们拿住了？”吴秋遇点了点头：“他们已经散了。领头的受了伤，暂时没走，我把他捆在外面了。”乞丐点了一下头，转身快步出了船舱。柳如梦愣了一下，忽然叫道：“他要去杀人！”吴秋遇也想到了，快步追了出去。

果然，乞丐李青从船板上捡起一把钢刀，直奔何大海走去。何大海惊叫道：“叫花子，你想干什么？”李青一把揪住何大海的头发，把刀架在他脖子上，冷笑说道：“你应该知道我想干什么。”何大海自知求他无用，忽见吴秋遇和柳如梦出来，急忙喊道：“大侠，你说过不杀我！可要说话算话呀！”没等吴秋遇说话，李青冷笑道：“大侠不忍杀你，是他宅心仁厚，也不想脏了他的手。你们在黄河上作恶多端，害人无数。我丐帮今天就替天行道，除了你这个祸害！”何大海原来还自以为有骨气不怕死，现在刀架子脖子上，眼看叫花子真要下手，他也怕了，赶紧求饶道：“慢着慢着！有话好说！我这船上有不少金银，悉数送你，只求饶我一命！”李青笑道：“我丐帮弟子视金钱如粪土。就让这些金银给你陪葬吧。”何大海见叫花子不为所动，赶紧转求吴秋遇：“大侠救我！你若放我，我一定改邪归

正，重新做人！啊！……”原来叫花子的刀已经割入何大海的颈皮，“滴答，滴答”地流出血来。吴秋遇及时将李青的手臂攥住，取下刀刃，将他拉到一边，低声劝道：“他伤得不轻，今日且饶他一命吧。日后他若再敢作恶，你们丐帮人多势众，早晚能要他性命。”吴秋遇当面这样说了，李青也不好再坚持，轻轻拱手道：“全听大侠吩咐。”何大海见状，庆幸逃过一劫，赶紧道谢：“多谢大侠！多谢……丐帮这位英雄。”李青气不过，又上前踢了他一脚，才稍稍解恨。何大海被踢在肚子上，疼得难受，但是怕得罪叫花子惹他再起杀心，只有低头忍着不敢吭声。

李青忽然发现海小球的身影，赶紧告知吴秋遇：“船上还有人，大侠你看。”吴秋遇见是海小球，解释道：“哦，我们见过了，他是被人拐骗来的，和他们不是一伙。”李青总觉得海小球的出现有些不对劲，见吴秋遇并不在意，便自己悄悄跟了过去，暗中查看。

船舱里。海小球将手里的木盘轻轻放下，把一盘盘菜肴在桌上摆好，又分了杯盘碗筷，倒满两杯酒，看了看并无疏漏，满意地走了出去。乞丐李青闪身出来，四下检查了一下，并无机关，直身站在那里望着桌上的酒肉，揉了揉肚子。他被捆了一日一夜，早就饿了，一见到桌上的美食，口水都要流出来了。

海小球从船舱里钻出来，对吴秋遇和柳如梦说：“哥哥，姐姐，我已经在下面备好了饭菜，送入船舱了，你们进去吃吧。”吴秋遇应了一声，扶着柳如梦要往船舱里走。柳如梦忽然说：“李青呢？他们劫了他，想必不会好好对待，他应该早就饿了。”吴秋遇四下看了看，不见李青的身影，觉得纳闷，轻轻呼喊道：“李青大哥，李青大哥！吃饭了。”过了一会儿就听船舱里有人含糊应道：“我在这呢。看桌子已经摆上了，你们不在，我随便先尝两口，你们别介意啊。”

听到叫花子的声音，海小球愣了一下，脸色有些难看。吴秋遇扶着柳如梦走进船舱，回头见海小球还站在舱门口，招呼道：“哎，来呀，大家一起吃。”海小球说：“你们吃吧，我不饿。其实，刚才我已经偷偷吃过了。不好意思了，哥哥姐姐。”柳如梦笑道：“小孩子饿得快，先吃也好。”海小球伺候二人进入船舱，轻轻把舱门带上，迈步向何大海走去。

乞丐李青往嘴里灌了一口酒，还想再倒一杯，发现壶里已经没有了，只好把酒壶放下，抓起那只他刚刚啃了一半的鸡腿大咬起来。见吴秋遇和柳如梦进来，不好意思地笑了笑，打着嗝说：“一天多没吃东西了，太饿了。”吴秋遇说：“没事。继续，继续。”李青见二人面色和蔼，真不介意，朝他们点头笑了笑，便丢下手里啃完的鸡腿，去撕另外一只。桌上的筷子都摆得好好的，看来这乞丐兄弟一直用手，筷子也懒得拿。

吴秋遇扶柳如梦坐下。柳如梦拿起一双筷子，擦了擦，给吴秋遇递到手里，自己也拿起一双。吴秋遇轻轻夹了一口菜，就要往嘴里放，忽见李青身子一抖，撞翻了凳子，两手捂着肚子翻滚起来。柳如梦还没明白发生了什么事，赶紧把筷子放下，起身查看。吴秋遇看李青像是中毒，大惊，急忙上前给他点了几处穴道，轻轻一摸脉门，确是中了剧毒。吴秋遇马上意识到，饭菜是海小球准备的，下毒的要不是他，就是黄河帮的水手。于是他转身冲出船舱，去找海小球等人要解药。

等他出去才发现，海小球已经不在那里，绑在桅杆上的何大海也不见了。吴秋遇一跺脚，知道自己被海小球给骗了。可是后悔已经来不及了，他们不在，显然是已经跳水逃走了，船上是断然不会留有解药的。

吴秋遇心中焦虑，顿足捶胸，偶然摸到怀里的硬物，想起自己有贺兰映雪，眼前一亮。他赶紧回到船舱，打开装有贺兰映雪汁液的小瓷瓶，给李青灌了几小口。稍稍过了一会儿，再摸李青的脉象，却是更加虚滑了，显然中毒的症状并未消失。柳如梦问："怎么样？"吴秋遇轻轻摇了摇头："不好，他中毒太深了，贺兰映雪也只能稍作延缓，最后怕是难救。"

李青嘴角流着血，微微摇了摇头，无力地说道："大侠不必费心了，没用了。只怪我太贪吃，空着肚子吃下太多有毒酒肉……唉，我死不足惜，只是……李青有一事相求，事关丐帮前途，请大侠务必帮忙！"

吴秋遇知道他已然难救，点头道："好，你说吧。"李青让吴秋遇撕开他怀中内衣的夹层，抽出里面的字条，缓缓说道："麻烦你们去一趟济南，把这个交给葛长老。"吴秋遇看了一眼，只见字条上面的墨迹已然模糊，应是先前浸过水了，已经认不出几个字，便对李青说道："这个很重要吗？"李青见了，自责道："唉，我险些误了大事。请大侠转告葛长老，说这是太原分舵发来的飞鸽传书，倪帮主在大漠……遭遇大流沙……已经……"

"啊？"吴秋遇心头一惊。柳如梦发觉吴秋遇神色的变化，只道他是为丐帮着急，也就没打扰他。吴秋遇急切地问道："那他们人呢？"李青说："听说刘长老他们……赶到那里的时候……只见到帮主的酒壶，帮主那个酒壶……从不离身，帮主他老人家……已经……"

吴秋遇心头马上一股不祥的预感："那别人呢？"

"别人？"李青愣了一下，"哦，对了，好像还有一个……八袋长老的腰牌。只是不知……是哪位长老……与帮主同行……"吴秋遇有如遭到晴天霹雳，当即就呆在那里。

柳如梦不明白吴秋遇怎么会对丐帮帮主和长老的遭遇会有如此反应，轻声问道："那个刘长老，他们回来了吗？会不会是错过了，一时没找到你们帮主也说

不定。”李青叹了一口气，说：“刘长老他们也……唉，大流沙可怕……帮主、刘长老，还有十几个弟兄，都……我这就……去陪他们了。到了阴间……我还要……追随帮主……”李青已经有点语无伦次，意识渐渐模糊。

吴秋遇呆呆立着，头脑一片空白。柳如梦轻声问道：“一心哥哥，你怎么了？”吴秋遇忽然惊醒，蹲下身去，扶住李青的肩膀，急切问道：“尸体呢，找到没有？”李青的头无力地垂着，显然是已经死了。吴秋遇发疯似的继续问道：“到底有没有人亲眼看到？”柳如梦说：“一心哥哥，他已经死了。你不要太难过了。”

吴秋遇放开李青的尸体，捂着脸大声哭了起来。虽然柳如梦也同情李青和丐帮的遭遇，但是她不明白吴秋遇为何会如此伤心，不知他与丐帮究竟有何交情。

见吴秋遇实在伤心，柳如梦担心他哭坏身子，还是不住的劝解。吴秋遇含泪说道：“灵儿死了，灵儿死了。”他忽然站起来，冲到船边。柳如梦吓了一跳，惊叫道：“一心哥哥！”吴秋遇对着宽阔的河面大喊道：“灵儿——小灵子——”

柳如梦这才明白吴秋遇为何伤心，想来小灵子是和丐帮帮主同行的，这么说，她也很可能随着丐帮帮主一起陷入流沙，很可能已经遭遇了不测……柳如梦暗自惋惜，一时也不知该如何劝起。

吴秋遇从怀里掏出小灵子写的那张纸，双手颤抖着慢慢打开了，眼前又浮现出小灵子在天百山庄写字的情景。

——当时眼看着曾婉儿找来，小灵子急中生智，让吴秋遇用定心剑在茶盘上刻下“勿扰”二字。哄走了曾婉儿之后，小灵子开始笑话吴秋遇刻的字难看。吴秋遇让她也刻两个字看看。小灵子不肯。两个人就在屋里追逐。

小灵子跑到墙角，忽然惊喜道：“这里居然有纸笔！好好好，我写给你看！”吴秋遇把纸笔墨砚拿到桌上，帮忙准备。小灵子拿起毛笔，轻轻蘸了墨。吴秋遇目不转睛地等着看她写字。小灵子忽然有点不好意思，说：“你先转过去，不许偷看！”吴秋遇笑着转过身去，几次忍不住要回头偷看，都被小灵子发现了。

小灵子终于写完了，转到吴秋遇面前，两手往前一递：“送给你！”吴秋遇接过去一看，纸上写着这样几个大字：“不许离开我！”后面还有几个小字：“小灵子雅赠”。

吴秋遇看完了，不由得笑起来：“你的字比我好不了多少。”小灵子说：“不许笑！我希望你把这张纸好好收着，以后不许离开我。”看到她认真的样子，吴秋遇也收起笑容，郑重地点了点头。小灵子这才开心地笑了。——

呆呆地看着纸上“你不许离开我！小灵子雅赠”几个字，吴秋遇泪如泉涌，又失声痛哭起来。

大船继续向东走了几日，已不知到了哪里。船上储备充足，吃喝倒不用发愁。吴秋遇浑浑噩噩，精神恍惚，每天靠在桅杆上发呆，偶尔伤心落泪。

有“中吕·山坡羊”曲牌的一首《失灵儿》可以描述吴秋遇当时的心境：

娇容仍近，
笑语犹真。
恨无常，
大漠流沙掩香魂。
日昏昏，雨纷纷。
恰一似飞鸢断线树离根，
忽起骤风卷残云。
醒，也伤心。
醉，也伤心。

又有诗《惊噩耗》曰：

应喜新人为故旧，
却忧知己久离分。
长河落日传悲讯，
大漠流沙掩香魂。

柳如梦知道吴秋遇心里难受，明白自己劝也无用，便不去打扰他，只是在一旁默默照顾。

何大海和海小球逃走了，下面的几个水手还在，吃喝住宿都在下面，倒也安分。接连好几天不见海小球的身影，也不见吴秋遇和柳如梦前来过问，他们心中纳闷，便打算选一个伶俐的上去看看情况。经过商量，最后选中了王老四。

王老四冒头看了看，只看到吴秋遇一个人坐在甲板上，一副无精打采的样子。这时候柳如梦端着木盘从船舱里走出来。王老四怯生生走上前，小声问道：“姑娘，给大侠送饭啊？其他人呢？”柳如梦想也没想，随口说道：“走掉了。”她走到吴秋遇身边，把木盘轻轻放下，端起碗筷递到吴秋遇面前，轻声道：“一心哥哥，吃点吧。你已经两天多没吃东西了。”吴秋遇无力地摇了摇头，闭上了眼睛。王老四心中纳闷，又看了一会儿，见吴秋遇始终没有精神，便又悄悄钻进客舱看了一圈，确实不见海小球与何大海的身影，急忙回去告知其他人。

几个水手见王老四回来，围上前问道："怎么样？上面什么情况？"王老四说："好像那小子得了失心疯，不吃不喝好几天，已经不成人样了。门主和小少爷都趁机逃走了。"几个人一听，大喜。其中一个叫张宽的说："那咱们也走吧，还在这伺候啥劲？"王老四想了一下，说："走是随时可以走，他们没心思顾及咱们。"张宽说："那就赶紧吧，别磨蹭了。"旁边的人推了他一把："就你着急？先听老四把话说完。"王老四说："这回咱们水上门栽得不轻。这么多人，让他一个毛小子给制了，咱们黄河帮的面子算是丢到家了。我看那小子已经废了，如果咱们趁机干上一把，除了那小子，你们想想，咱们在帮主眼里是什么功劳？"另外几人闷头想了想，也不禁心痒。张宽说："这……能行吗？门主他们都打不过他，就凭咱们几个？"王老四说："搁在前几日咱们想都别想。今日不同了，那小子已经几天没有吃喝，就跟没了魂似的，只顾发呆，我看咱们有机会。要是不放心，你们可以再上去看看。"几个人商量了一下，决定再派张宽上去确认一下。

张宽走上甲板，看到吴秋遇失魂落魄的样子，也吃惊不小。柳如梦手里的饭碗还是满满的，看来这一次吴秋遇仍然没有吃。张宽摸着胸口稍稍定了定神，壮着胆子走上前去，开口道："大侠还没吃饭啊？姑娘的手艺一看就好，大侠还是趁热吃吧。"吴秋遇闭目靠在桅杆上，没有任何反应。柳如梦在一旁唉声叹气。张宽假装惋惜地摇了摇头，轻轻走开了，回头见二人都没有注意他，快步跑回去报信。

听完张宽的介绍，几个人更加有底了，又仔细计议了一番，开始分头行动。他们先走到底舱，选了一些要紧位置，将固定船板的销子一一拔下。

柳如梦隐隐听到下面的响动，对吴秋遇说："一心哥哥，你听，那是什么声音？"吴秋遇根本没有心思过问这个事，他轻轻睁开眼，对如梦说："你进去歇着吧，这里风大。"柳如梦看到吴秋遇的样子，心里难受，轻轻将头倚在吴秋遇肩上，说："我不走，我要一直陪着你。"吴秋遇静了一会儿，又轻轻地闭上了眼睛。

王老四等人开始还担心会惊动吴秋遇，专门派了一个人去望风，后来见他毫无反应，便更加大胆，放心地在船底凿挖起来。忙活了一阵，王老四点了点头："可以了。抄家伙吧，咱们现在就上去。能直接干掉他们最好，即便不能得手，咱们跳水走了，他们也活不过今天。"张宽等人也都铁了心，决意干上一票。

几个人各持刀叉，轻轻摸上甲板。吴秋遇靠桅杆坐着，柳如梦依偎在他身上。两个人都闭着眼睛，并未察觉。王老四手里拿着刀，带头走在前面。另外几个蹑手蹑脚在后面跟着。王老四轻轻往前走了几步，停下脚步，仔细观察吴秋遇是否真的睡了。他想了一下，回头招呼张宽过来，让他先上前动手。张宽胆子最小，自然不干。王老四瞪了他一眼，身后几个人也挥手催促。张宽无奈，只得哆哆嗦嗦往前靠近。王老四等人也随后跟着，做好一起扑上去的准备。

吴秋遇和柳如梦仍闭目睡着，没有任何反应。相隔两三步，张宽不敢再往前走，把手里的钢叉端起来，轻轻往吴秋遇身上送去。他的心里极度紧张，手也在不停地颤抖。眼看钢叉已经够到吴秋遇的胸前了，王老四大喝一声："杀呀！"

张宽本来已经紧张到了极点，忽然被王老四一吼，吓得一哆嗦，把手里的钢叉一丢，连滚带爬奔到船舷，翻身扑了下去。另外几人一看张宽逃走，以为吴秋遇已经发觉，一个个吓得魂不附体，想都没想就仓皇窜出去，跳入水中。

吴秋遇睁开眼，呆呆望着王老四。王老四见吴秋遇醒来，惊"啊"了一声，当即仰倒在地，吓死过去。吴秋遇轻轻看了一下身边的柳如梦，见她并未受到任何伤害，仍在沉沉睡着，自己也懒得做任何举动。

柳如梦醒来的时候，发现面前躺着一个人，手里还拿着刀，吓了一跳。吴秋遇说："没事。他已经昏死过去了。"柳如梦说："唉，真是处处凶险。哎，一心哥哥，都没惊动我，你是怎么把他打倒的？"吴秋遇说："是他自己吓倒的。我都没有碰他。"柳如梦趁机说道："太危险了。一心哥哥，你还是赶紧吃点东西吧，要不然，哪有力气对付坏人啊。"吴秋遇说："我吃不下。"柳如梦说："你答应要好好保护我的。为了我，你就吃一点好不好？"吴秋遇望着如梦殷切的眼神，轻轻点了点头。柳如梦大喜，急忙把碗筷端起来，递到吴秋遇面前，忽然又收了回去，说："已经凉了，我得给你热一下。到船舱里去吃吧。"说着便站起身，把饭菜放到木盘上，等着吴秋遇一起进船舱。

吴秋遇想站起来，却忽然发现身上没有力气，不由得吓出一身冷汗。他暗自庆幸，幸亏刚才那个家伙没敢动手，要不然这一次真的是凶多吉少了。他不想让柳如梦担心，便嘱咐如梦先去把那个人捆上。柳如梦从没干过这种事，面露难色，可是难得吴秋遇暂时从悲伤中出来，便勉为其难地用缆绳把王老四慢慢捆了，抬头问道："这样可以了吗？"吴秋遇已经勉强支撑着站了起来，点了点头："可以了。你先去加热，我随后就来。"柳如梦端起木盘，先进了船舱。吴秋遇拖着无力的两腿缓缓往船舱移动。

柳如梦把饭菜热好，给吴秋遇端到面前。这几日吴秋遇只顾悲伤，没有胃口，此刻一旦回过神来，顿觉得肚子里很饿，很快就把饭菜吃完了。柳如梦给他递上温水，吴秋遇也大口喝了。坐了一会儿，觉得身上渐渐有力气了，开口问道："咱们到哪里了？"柳如梦说："这几天你一直精神恍惚，我担心你，一直在旁边陪着。你知道，我不认识路的。我也不知道前面是哪里。咱们还要去蓟州吗？"最后这句一说完，柳如梦就后悔了。两个人去蓟州是去那找小灵子的，现在小灵子已经不在了，还去蓟州做甚？这不是白白勾起吴秋遇的伤心事么？

果然，一提蓟州又让吴秋遇想起了小灵子，顿时又黯然神伤。柳如梦赶紧安慰道："那个乞丐说的话也未必可信。他也是听来的，终究没有人亲眼见到。说不定……说不定只是虚惊一场，他们都平安无事呢。"

"真的么？"吴秋遇惊喜地望着柳如梦，他当然希望如此，但是很快就想明白，这不过是如梦安慰他的话罢了，脸上的惊喜也渐渐散去。

看到吴秋遇重又陷入悲伤，柳如梦暗中责怪自己不该提起蓟州。吴秋遇的样子让她既担心又心疼，但是一时又不知该如何安慰才好。船舱里安静得很。吴秋遇思念小灵子，兀自哀伤。柳如梦担心吴秋遇，心里着急，也开始胡思乱想。忽然一个念头闪过她的脑海："小灵子死了，我就可以永远跟一心哥哥在一起了。"她只欢喜了一瞬，就又开始自责："小灵子遭遇不测，一心哥哥那么伤心，我应该跟他一起伤心才对。我怎么能那样想？我太自私了。希望一心哥哥不要怪我。"这样想着，她竟脱口而出："一心哥哥，对不起。"吴秋遇稍稍愣了一下，看了一眼柳如梦，就又低下头去，没有心思细问情由。

柳如梦怕吴秋遇闷坏了自己，便又说道："一心哥哥，咱们接下来去哪儿？"吴秋遇还没有想过这个问题。小灵子不在了，蓟州是当然不用再去了，但是现在还能去哪呢？

大船顺着黄河继续漂流。王老四缓缓苏醒过来，睁开眼见吴秋遇和柳如梦不在，心中狂喜，便要起身逃走，却发现自己身上被绳子捆着，趴在地上施展不开。他竭力仰起脖子张望，不由得吓出一身冷汗。不知何时，大船已经漂流到了海上。王老四虽然是黄河帮水上门的好手，但也只是在黄河上折腾而已，如今到了茫茫大海之上，他那几下子可能就不灵了。他心里清楚得很，船上紧要之处的销子都已经被他们拔了，被海上的风浪一吹，用不了多久，大船就会解体，如果不能及时逃走，到那时，自己就只能跟着沉入大海。

这时已经隐隐听到船板松动的声音。王老四暗叫不好，扭动挣扎了几下，终究无济于事。忽然瞥见船板上自己用过的刀，他仿佛看到了希望，以膝盖和胸脯轮番用力，一点一点往前挪动。

吴秋遇和柳如梦感觉到船上的异常动静，赶紧出舱查看，看到大海，也惊讶不已。忽然一番巨浪打来，咔嚓一声，拍脱侧面几块船板，大船变形，猛地一摇。柳如梦险些跌倒，幸亏有吴秋遇及时把她扶住。王老四刚爬到钢刀旁边，正要用刀刃割断绳子，船体一晃，他便滚了出去，撞在船帮上。

海浪一波又一波地拍打着船体。船上用以固定的销子被拔了不少，船板开始纷纷脱落崩离。大船也开始进水，船在一点一点往下沉。吴秋遇和柳如梦心里焦急，却无计可施。王老四恐惧地惊叫起来。

忽然一排巨大的海浪袭来，将大船吞没。海浪扑过之时，大船已经沉陷了一半，向一侧歪斜着。柳如梦紧紧抱着吴秋遇的脖子。吴秋遇两手抓住缆绳，慢慢往桅杆处移动。王老四已经不知去向。

又是接连几波巨浪袭来，大船彻底崩垮。海面上只留下一片片的船板。吴秋遇背上驮着柳如梦，两手紧抱桅杆，无助地在大海中漂荡。

海水冰冷，吴秋遇担心柳如梦受不了海水的浸泡，急于找到一个能够让她脱离困境的办法。波浪起伏，桅杆上连挂的帆布随着波浪起起伏伏。吴秋遇眼前一亮，让柳如梦自己先抱住桅杆坚持片刻，他翻身攀上桅杆，就着缆绳拉扯，把几块帆布绷紧了，又伸手捞了几块船板，与帆布绑在一起，做了一个简易的筏子。然后他扶着桅杆轻轻滑入水中，挪到柳如梦的身边，把她背过去，再用力托举到筏子上。柳如梦坐到筏子上，虽然也会随着波浪摇晃，但比泡在海水中舒服多了。她招呼吴秋遇也赶紧上去。吴秋遇又去撕扯了几块帆布，捞了几块船板，一一抛到筏子上，这才翻身爬了上去。柳如梦不知他拿这些要做何用，但见吴秋遇一直忙活着，也就没有多问。吴秋遇用三块船板搭了个架子，把帆布挂在上面让风吹着，又拿起一根长板，当作船桨划动起来。

天色渐渐晚了。筏子在大海上荡荡地漂浮着。海风一吹，柳如梦浑身发冷。吴秋遇把吹干的帆布给柳如梦披在身上。柳如梦觉得暖和了许多，惊讶地问道："一心哥哥，你怎会这些？你以前出过海？"吴秋遇摇了摇头，沉默了好一会儿，才低声说道："都是以前听小灵子说的。她知道的事情很多。"柳如梦知道他想起小灵子，又难免伤心，于是赶紧岔开话题："也不知道咱们会漂到哪去，一心哥哥，你识得方向吗？"吴秋遇抬头看了看天上，此时乌云遮盖，看不见几个星星，他无奈地摇头道："我也辨不出方向，希望咱们不是越漂越远吧。"

茫茫大海，夜色阴沉。柳如梦蜷在吴秋遇怀里睡着了。到了后半夜，吴秋遇也实在乏了，也裹了一块帆布，渐渐睡去。

不知过了多长时间，海面忽然起了大风。一排七八尺高的巨浪卷袭而来，一下子就把筏子掀翻了。吴秋遇落入水中，随手一抓，恰好扯到一条绳子，他一面顺着缆绳摸索桅杆，一面大声呼叫："如梦，你在哪？"

"救命啊！一心哥……"柳如梦的叫声近在咫尺，只是天太黑，什么也看不见。吴秋遇赶紧循声找去，终于在几尺以外摸到了柳如梦的手臂。柳如梦双手紧紧抓扯着一块帆布，嘴里喷咳着，显然是呛了水。

吴秋遇一手攀着桅杆，一手揽着柳如梦，让她慢慢爬到自己背上。柳如梦哭泣起来："一心哥哥，我以为……我以为我要死了……我好害怕……"吴秋遇身子泡在水中，两臂用力攀住桅杆，尽力驮起柳如梦，让她露出水面的部分尽量多一

些，口中安慰道："你别怕，有我在呢，我会保护你的。再忍耐一下，天亮就好了。天亮咱们就知道方向了。"

"嗯。"柳如梦紧紧抱住吴秋遇，将面颊贴在他的脑后。

正说着，忽然又是一排巨浪袭来，桅杆一头翘起来，险些把两个人甩出去。吴秋遇稳住了身子，扭头问道："如梦，你没事吧？如梦！如梦！"柳如梦刚才被浪头一拍，已然昏了过去。

吴秋遇听不到如梦的回应，又急又怕，一手把桅杆抱得紧紧的，一手反过去把柳如梦揽住，不让她滑落下去。如此一来，吴秋遇的体力消耗得就更快了。他泡在冰冷的海水中，身子也在渐渐地变凉，渐渐颤抖。时间一长，他的意识也渐渐模糊。

第七十一章
孤岛相依

迷迷糊糊中，仿佛看到前面不远处有高大之物，不是船只，就是陆地。吴秋遇心头一震，大声呼喊："救人哪！救人……"此时他早已精疲力竭、说话声音颤抖无力，偶然觉得脚下碰到了东西，他用力一探，竟似踩到底了，又推着桅杆往前走了几步，水越来越浅。吴秋遇使出最后的力气，背着柳如梦往前走了几步，突然眼前一黑，昏倒在地。

天亮了，潮水退去。柳如梦缓缓醒来，发现自己趴在吴秋遇背上，前面是陆地，是海滩。她支撑着从吴秋遇背上下来，惊喜地大叫："一心哥哥，咱们到岸上了！"吴秋遇趴在地上一动不动，没有任何反应。柳如梦惊叫道："一心哥哥，一心哥哥！"她努力把吴秋遇翻转过来，只见吴秋遇面色苍白，呼吸极其微弱。柳如梦想把他抱到干燥的地方，可是她力气不够，费尽力气，才勉强拖出四五步远。吴秋遇仍旧昏迷不醒，柳如梦给他按揉了几下，也无济于事。她无力地坐下来，轻轻解开吴秋遇湿透的衣衫，想给他脱掉，怎耐搬不动，只好用手轻轻提着衣襟

吹晒。

忽然发现吴秋遇怀里好像有东西，轻轻拿出来，是一张湿漏漏叠在一起的纸。小心翼翼地打开，上面的字迹已经模糊，写的什么已经看不清了。轻轻将那湿纸放到一边，继续提着吴秋遇的衣襟给他晾晒。

过了半日，吴秋遇仍未醒来。柳如梦呆坐了半晌，伏在他胸前轻轻睡去。日近正午，吴秋遇终于醒了，轻轻喘了几口气，睁开眼睛。见自己的衣衫敞着，知道这是如梦的好意。如梦正贴在自己胸前睡着，吴秋遇不想惊动她，只轻轻托起她的头，把身子从旁边挪了出来。不远处有块大青石，看上去倒还平坦。吴秋遇小心翼翼地抱起柳如梦，才发现自己也身软乏力，他好不容易才抱着柳如梦走到那里，轻轻放下，已累得弯腰喘息。

无意中看到自己敞露的胸怀，忽然想起小灵子写给他的那张纸，伸手进去摸不到，不由得一惊，赶紧跑回原来的位置寻找。可是那里除了刚才身体留下的印记什么也没有。继续在周围寻找了一会儿，终于在几块碎石之间找到了那张纸，已经快要风干，多处已经破损。小心翼翼地捧起来，发现上面的字迹已经完全看不出来了。但是吴秋遇仍然清楚记得曾经写在上面的字："不许离开我！小灵子雅赠"。一想到当时的情景，吴秋遇又忍不住伤心落泪。

柳如梦平躺在青石上，她的衣裳也还湿着，紧紧裹在身上，显露出她凹凸有致的身形。吴秋遇哭了一会儿，擦干眼泪，收好纸张，转身回到柳如梦身边。看到她仍被湿衣服裹着，觉得终究对身体不好，有心帮她解晒衣裳，又觉得男女有别，似是不妥，不禁陷入矛盾。

柳如梦醒来，发现自己躺在青石上，吴秋遇正望着自己的身体发呆，她顿生羞怯，脸都红了。吴秋遇见她醒了，开口说道："你醒了。"柳如梦坐起来，羞怯地转过身去，点了点头。吴秋遇说："刚才你睡着，我不敢离开。你醒了就好了，先在这里晒会太阳，我去去就来。这个留给你防身。"说着从怀中取出定心短剑，轻轻放到如梦身边，然后快步去了。

柳如梦四顾无人，脱了鞋，轻轻解开一点衣襟，开始拧挤水分。日光很足，水滴在青石上，很快就干了。柳如梦把浑身上下的衣裳都拧了拧，然后站在青石高处，一面接受日晒，一面享受风吹。她不时往吴秋遇离去的方向张望着，等着他回来。

忽然听到不远处有声响，她赶紧穿了鞋，从青石上滑下来，抓起定心剑，绕到后面藏了起来，悄悄探头观看。跟着吴秋遇出门多日，她也多少有了一些江湖经验。

只见一个人从树丛后面转了出来，披头散发看不见脸，上身赤裸，光脚露着两腿，只有腰里围着短裙，却是用藤条和树叶编织而成的。他手里还抱着一大堆枝叶，似乎也有衣裳裹在里面。看到那人直向青石走来，柳如梦赶紧把身子完全躲到石头后面。那人把手里的东西搁到青石上，摸了摸柳如梦留下的水印，又四下看了看，忽然爬到了青石上面。柳如梦顿时紧张起来，两手把定心剑握得紧紧的，心里暗叫："一心哥哥怎么还不回来呀？"

就在这时，忽然听到吴秋遇的声音："如梦，你在哪儿啊？"柳如梦大喜，急忙从青石后跑了出来，大声应道："我在这！"四下找去，却看不见吴秋遇的身影。"如梦，你这是……"那个人从青石上跳下来，头发一飘，露出正脸。柳如梦这才看清，那个人竟然就是吴秋遇，不禁惊讶道："一心哥哥，你怎么成了这个样子？"

吴秋遇说："衣服都让海水泡湿了，这里荒无人烟，咱们又没有替换。我就去折了些藤条树叶，编了两副草裙。你看这个，还好吧？"说着展示自己的腰裙给如梦看。柳如梦点了点头："嗯，总比湿衣服裹在身上好。"吴秋遇从青石上取下另一团枝叶，递到柳如梦面前，说："这个是给你的。"

柳如梦提起来看了看，面露难色："这个……我也要穿？"吴秋遇："嗯，那是我专门给你做的。"柳如梦说："我还是不穿了吧。"吴秋遇一愣："怎么，我编得不好看？"柳如梦尴尬道："不是。只是……我……哎呀……"她不知该怎么跟吴秋遇说，便过去把草裙放回青石上，背对吴秋遇站着，不再言语。吴秋遇愣了一会儿，终于猜到了原因，憨笑道："哦，我糊涂了。你是女孩子，不能……那这样，我先把衣服晾干了，然后你穿我的衣服替换。"柳如梦回身看了他一眼，轻轻点了点头，然后又羞怯地转过脸去。

吴秋遇编好第一副草裙，就把自己的衣裳换下来拧干吹晒了，已经干得差不多了。他又在青石上铺开晒了半个多时辰，摸摸已经彻底干透，便拿起来递给柳如梦。柳如梦接过吴秋遇的衣裳，把定心剑交到他手里，静静看着他。吴秋遇稍微愣了一下，马上反应过来：人家女孩子换衣服，自己应该回避。他用短剑去砍了一些叶子浓密的树枝，堆在大青石后面，临时作了遮挡，然后对如梦说："我在这守着。你去那里换吧。"

柳如梦点头应了，去石头后面换衣裳。吴秋遇身材健壮，他的衣服穿在柳如梦的身上明显宽松。柳如梦拿着湿衣服出来的时候，见吴秋遇仍在尽心守着，低声道："一心哥哥，我换好了。"吴秋遇想拿过如梦的衣服去帮她晾晒，柳如梦赶紧说："不，不用。我自己来。"她先去把自己的内衣找隐蔽处挂了，然后才把长裙、罗衫架在青石上晾晒。

吴秋遇说："这是个海岛，没有人家。我去找找，看有没有能吃的东西。"柳如梦说："我和你一起去。"吴秋遇本来是心疼如梦，不想叫她辛苦，但想了想也觉得

把她独自留下不安全，便让她一起去了。

岛上有几处山丘，草木茂盛。两个人转来转去，还真找到一些野果子。吴秋遇回忆小时候看过的《百草玄经》，验明无毒，自己先尝了一口，觉得味道尚可，便又擦了一个果子递给如梦。柳如梦吃了几口，开口说道："有这个吃，咱们一时半会饿不着了。"吴秋遇说："嗯，咱们一时走不了，得找个地方先安顿下来。"

两个人又在附近转了转，在距离大青石不远的地方找到一处所在。柳如梦说："这里好，能晒到太阳，而且还背风。"吴秋遇点了点头，说："我去砍些藤条树枝，在这搭个窝棚。"柳如梦在原地清理石头杂草。吴秋遇很快抱了一些树枝和藤条回来，开始搭窝棚。柳如梦说："这个你也会？也是……"她想问这个是否也是小灵子教的，忽然意识到不妥，就没说下去。吴秋遇说："在五台山的时候，我从小跟着师祖爷爷上山砍柴。他怕我被山风吹着，有时就搭个窝棚，让我在里面玩。"柳如梦说："我也跟爹爹在山里住了几年，什么事都是爹爹做，我却没有学会。"提起爹爹，她忽然一阵哀伤，不再说话。

吴秋遇搭好了窝棚，又在里面铺了一些干草，对如梦说："你进去试试。"柳如梦钻进窝棚，轻轻躺下感受了一会儿，说："嗯，挺舒服的。只是稍微有些窄小。"吴秋遇说："够你一个人住就行，我睡外面。"柳如梦坐起来，刚想说点什么，又听吴秋遇说道："刚才走累了，你先躺下歇会。我去把衣服和鞋子取来。"柳如梦轻轻应了一声，听话地躺下歇着。

天色已晚。两个人吃了几个果子充饥。吴秋遇让如梦进窝棚歇息，自己在窝棚外面躺了下来。看着满天星斗，吴秋遇又想起了小灵子。他们初次见面是在朔州城一个早点摊，自己被热汤烫了嘴，丁不二叫他含白醋，他却大口喝了，小灵子笑他是个"醋坛子"。第二次见面，小灵子请他去吃金福楼，戏弄了为虎作伥的老叫花子。听说他师父被铁拳门的坏人害死，小灵子和他一起扮作雌雄双煞，冒险大闹了一回铁拳门。后来在小树林被人追杀，小灵子以为他死了，还给他埋了空坟，伤心地哭泣。再后来，一起夺了曾可以的白马、一起去邵家庄送信、一起去天百山庄、一起到楼烦、一起西行大漠跟赐熊双怪斗法得到贺兰映雪，没想到在大漠一别竟是永别……吴秋遇潸然泪下。

柳如梦在窝棚里默默地看着吴秋遇，知道他在想什么，又不好出来解劝，只盼他自己早点从悲伤中解脱出来。这一夜，两个人都是辗转难眠。

第二天一早，柳如梦换好自己的衣服，从窝棚里出来，发现吴秋遇正在用短剑削树枝，开口问道："一心哥哥，你在做什么？"吴秋遇说："你起来啦。咱们不能老吃野果子，我削好这个，看能不能抓一些野鸡野兔之类的。"柳如梦说："我跟你一起去，我想看你抓野鸡野兔。"吴秋遇说："好。不过，你得小心些。山丘树丛不好走，别再崴了脚。”柳如梦说：“嗯，我会小心的。”

两个人并排走着。柳如梦东张西望，事事都好奇，脚下走得不稳。吴秋遇左手握着两根削尖的木棍，右手随时准备搀扶如梦。忽然草丛里窜出一个活物。柳如梦吓了一跳，撞在吴秋遇怀里。吴秋遇安慰道：“不用怕，是兔子。”待他轻轻把柳如梦扶正，要用木棍掷击野兔时，那野兔已经不见了。柳如梦知道自己误事了，便对吴秋遇说：“我又拖累你了，一心哥哥，你专心走在前面吧，不用管我。我在后面跟得上。”吴秋遇说：“你小心脚下，慢慢跟着就好了，我不会走得太远。”柳如梦点了点头。吴秋遇把手中的一根木棍交给如梦，自己拿着另外一根走在前面，继续搜索野物。柳如梦用木棍拄地，尽量不落后太远。

忽然树后飞起一只山鸡。吴秋遇眼疾手快，将手中的木棍迅速掷了出去。尖刺扎透山鸡的翅膀。山鸡掉落下来。吴秋遇快步上前捉了，提起来回身喊道：“如梦你看！咱们有肉吃了！”柳如梦抬头见了，自然也非常高兴。

两个人倒不贪心，捉了一只山鸡便心满意足地往回走。刚才来时只顾搜寻野物，目光都在树根草丛附近。现在猎物已经到手了，可以从容欣赏山丘的风景。柳如梦忽然看到树藤上挂着几个葫芦，兴奋地指给吴秋遇看。吴秋遇见如梦喜欢，就把木棍和山鸡放在地上，爬到树上去给她摘。葫芦藤缠在树上，只有两人来高，这对吴秋遇来说根本不算什么。吴秋遇先摘下那个最大的葫芦，问如梦还喜欢哪个。柳如梦看了看，又选了一个。吴秋遇也给她摘了，然后又多揪了一个，连藤挂在脖子上，轻轻滑下树来。柳如梦接过一个葫芦，爱不释手。吴秋遇脖子上挂着两个葫芦，肩上扛着木棍，挑着山鸡，开心地说道：“今天收获不错，咱们明日再来。”柳如梦说：“明天我还跟着。”

走出丛林，忽见前面似有亮光闪耀。吴秋遇兴奋地叫道：“是水面！”两个人快步跑了过去。那水面方圆几十丈，映射着阳光晶莹闪亮，湖水清澈透底，可以清晰地看到下面的水草。吴秋遇丢下东西，跑到岸边，轻轻捧起水来喝了一口，回头说道：“是净水！这下咱们喝水不愁了！”柳如梦也兴奋地点头。吴秋遇腰围草裙，腿脚都光着，一时兴起，就下了水。湖水不深，吴秋遇往前走了十几步，水面也才刚刚没过他的腰。

柳如梦走到水边，也要蹲下喝水。吴秋遇见了，高声喊道：“如梦，等一下！岸边水浅混浊，不如这里的水干净。我给你弄这里的水喝。”柳如梦站起身来，说：“可是，我不便下水。”吴秋遇说：“你扔给我一个葫芦，我有办法让你喝到这里的水。”柳如梦拾起一个葫芦，用力抛给吴秋遇。尽管她已经很努力，葫芦落水，离吴秋遇还有好几步远。吴秋遇走过去，抽出定心短剑，将葫芦切作大小两半，丢掉小的，又把大半葫芦里面的瓤子掏空了，做出一个瓢来。柳如梦见了，拍手

叫好。吴秋遇先把葫芦洗了洗，才舀了半瓢清水，轻轻端着走回岸边，递给如梦。柳如梦接过瓢，喝了一口，赞道："嗯，好喝，很清凉。"

忽然看见一条鱼从脚边游过，吴秋遇大喜，马上伸手去抓。那鱼儿在水里很灵活，饶是吴秋遇手快，却也抓它不着。吴秋遇在浅水处追着那鱼儿跑，偶尔弯腰去抓，却每次都失败。柳如梦在岸上看着，笑得前仰后合。吴秋遇也知道这样下去不是办法，两手叉腰站在那里想主意。柳如梦安慰道："一心哥哥，咱们有了一只山鸡，今天够用了，那鱼就先不抓了。"吴秋遇走上岸，捡起削尖的木棍，重又走回水里，说："我再试试。"柳如梦喝完了水，将瓢轻轻托在手里，饶有兴趣地看着吴秋遇抓鱼。吴秋遇在水里站着，仔细观察了一会儿，瞅准机会突然一棍刺下，还真就扎上一条鱼来。柳如梦大喜："一心哥哥，你真厉害！"吴秋遇说："这湖里的鱼多，万一野兔山鸡不好找，说不定咱们就得靠它过日子。"

两个人收拾了东西，高高兴兴满载而归。回到窝棚，休息了一下，开始着手做饭。吴秋遇怕如梦看了害怕，转身到别处去褪剥山鸡。回来的时候，柳如梦把烤鱼的架子也搭好了，正在那里等着。见吴秋遇手里捧着一团泥，鸡却没有带回来，柳如梦惊讶地问道："一心哥哥，你弄这些泥巴做什么用？鸡呢？"吴秋遇一托手里的泥团："这就是那只山鸡，我把它褪剥干净，用泥包了，咱们烤着吃。这个叫……叫花鸡，我是跟一个老叫花子学来的。"柳如梦点了点头，呆望着吴秋遇，说："咱们的行李都掉进大海了，现在没有火石，怎么生火呀？"吴秋遇也才想起这个事来，想了一下，说："小时候听师祖爷爷讲故事，好像有钻木取火的方法。我可以试试。你去找些干草来，点火用。"

他用定心短剑在一截干木头上挖了小孔，将一根细棍插入孔中。柳如梦找来一些细软的干草。吴秋遇让她把干草盖在干木上，然后双手搓动细棍，在小孔中摩擦起来。柳如梦在一旁好奇地看着。工夫不大，干草上便着起火来。柳如梦惊奇地拍手较好。吴秋遇用细棍将干草挑着，点着了烤鱼架子下的柴堆，又多垫了几根树枝，将泥团轻轻放了上去。

火越烧越旺。等待的时候，闲着无聊，如梦让吴秋遇也教她生火。吴秋遇重新在干木上挖了几个小孔，又把细棍削去一截，递给如梦。

柳如梦学着刚才吴秋遇的样子，也轻轻搓动起来，很快就手疼了，也没生出火来。她失望地看着吴秋遇。吴秋遇说："你先歇一下，一会儿再试，稍微快一些就好了。"柳如梦看了看自己的手心，准备再试。吴秋遇让她等一下，用几片树叶把细棍裹了，才交到她手里。有树叶铺垫，搓转起来没那么疼了。柳如梦尽量加快速度，终于成功地见到了火，兴奋地大叫："一心哥哥，我成功了。"吴秋遇点头微笑。

很快，鱼烤好了。吴秋遇用短剑轻轻将上面的鳞片剥去，把鱼递给如梦。柳如梦吹了吹，轻轻尝了一口，点头道："嗯，熟了。你也尝尝。"吴秋遇说："你先吃，我继续伺候这个叫花鸡。"

树枝烧掉了十多根，泥团翻转了几次。柳如梦问："时间不短了，你说这个鸡熟了吗？"吴秋遇用木棍敲了敲泥团，说："泥都烤干了，我猜差不多了。咱们弄开看看。"说着，用木棍将泥团从火堆里扒了出来。吴秋遇用木棍用力一敲，泥壳碎了，露出里面焦黄的鸡肉，随着腾腾热气，散发出烤鸡的香味。稍稍凉了一下，吴秋遇一手用木棍压住烤鸡，一手用短剑切下一块鸡肉，用树枝插了，递给如梦。柳如梦咬了一口，嚼了嚼，惊喜道："哎，好吃！"

此后几天，两个人还是每日去山丘丛林摘野果、寻野味，如果抓不着山鸡野兔，就去河里抓鱼，反正是吃喝不用愁了。慢慢地还学会了利用海水调味。两个人在这个岛上相依为命，渐渐地把以往的烦恼全都暂时忘却了。

有"双调·水仙子"曲牌的《孤岛相依》一曲赞曰：

一身有如风吹絮，
一身原作世外孤，
两相逢定是苍天顾。
出相护，入相扶，
丛林池水是江湖。
山奇野果充饥，
树影旁草木结庐，
能厮守，此生愿足。

这一日晌午，吃饱喝足闲来无事，柳如梦叫吴秋遇到窝棚里去小睡了一会儿。吴秋遇醒来的时候，不见柳如梦，以为她去大青石上晒太阳了，便到那里去找。柳如梦也不在那里。吴秋遇在附近叫了几声，听不到应答，开始有些担心，赶紧四处去找。

淡水湖中，柳如梦轻轻往身上撩着水。自从离开任家庄跟随吴秋遇闯荡江湖以来，一路凶险，一直没有好好洗过澡。尤其是大船损毁之后，在海水中泡了那么久，身上早就痒了。难得今日天气好，岛上又没有别人，终于可以在这清水湖中好好地洗浴一番。柳如梦撩水轻轻抚摸着身体，闭着两眼，静静享受着阳光的温暖和湖水的清凉。她肌肤洁白，身形优美。在蓝天白云之下，绿地清水之间，好一个美体美人，如在画中。

有"双调·水仙子"曲牌的一曲《湖中美人》曰：

晴空日照白云淡，
绿野风微黄花颤，
有莺雀惬意悠闲。
美人儿，水中间，
牵动了一池微涟。
润凝脂，珠光点点，
舞清波，玉影翩翩，
直叫鱼儿羞闪。

吴秋遇转过树丛，一眼瞥见湖中有人，仔细一看，正是如梦，这才放心了。他正要上前招呼，忽然意识到如梦现在光着身子，自己是不能看的，于是赶紧转过身去，轻轻喊了一声“如梦”。

柳如梦腿上被鱼儿撞了一下，已睁开眼睛，她弯腰捧水时，惊见有人从树丛后转了出来，大惊失色，赶紧缩入水中。见是吴秋遇，而且转过身去，柳如梦稍稍放心。吴秋遇背着身子说道：“我醒了见你不在，有点不放心，就出来找你。我不是有意偷看的。”柳如梦知道自己的身体已经被吴秋遇看到了，小脸儿羞得通红，一颗心扑腾扑腾乱跳。她努力平静了一下，开口说道：“一心哥哥，我现在出来，你不要回头。”

吴秋遇点了点头，虽然背身站着，但还是用手捂住了眼睛。柳如梦用手捂住身上的要害之处，侧着身子跑上岸，抓起衣裳胡乱擦了几把，赶紧往身上穿。紧张之中，偶尔抬眼看一下吴秋遇，生怕他忽然转过身来。当然吴秋遇没有，他始终那么规规矩矩地站着。柳如梦把衣裳穿好了，犹豫了一会儿，才羞涩地朝吴秋遇走去。

吴秋遇听到如梦的脚步声，只怕再看到不该看的，于是尽力转身背对着她，嘴上说道：“你先走，我再去抓几条鱼。”柳如梦点了一下头，捂着脸快步向窝棚跑去。回到窝棚，柳如梦往草垫上一趴，捂着脸呜呜地哭了起来。

吴秋遇心里很乱。虽然他从小在寺庙里长大，下山不久经事不多，但是跟小灵子相处了几个月，也和曾婉儿打过几次交道，已经大致明白男女有别，有所忌讳。当初为逃避铁拳门的追杀，他翻墙跳进张家的菜园，被曾婉儿抓进房中。当时曾婉儿穿的衣服不多，他无意中看了一眼，就把曾婉儿惹恼了，打了他好几下。这次如梦什么都没穿，被自己看到了，不知道这个事会对如梦有怎样的伤害。对如梦的任何伤害都是他不愿意看到的。吴秋遇在岸边发了一会儿呆，又下河抓了几条鱼，天快黑了，才心情忐忑地往回走。

吴秋遇回到窝棚的时候，柳如梦已经生好了火，正抱着膝盖蜷坐在火堆旁发呆。见吴秋遇提着鱼回来，柳如梦羞怯地看了他一眼，低头说道："火已经点着了，你过来烤吧。"说完，自己又钻进了窝棚。吴秋遇把鱼用树枝穿了，在火上烧烤。

柳如梦一手捂着胸口，心情复杂。过了一会儿，就听吴秋遇在外面说道："如梦，鱼烤好了，出来吃吧。"柳如梦说："你先吃吧，我还不饿。"吴秋遇知道她不愿意出来，还是因为刚才的事，又解释道："香儿妹妹，我真的不是有意去偷看的。我就是看你不在，不放心，要去找你。"他改叫香儿妹妹，是想找回小时候那种亲密无间的感觉，希望如梦能好受些。柳如梦说："一心哥哥，我知道。你不用说了，我相信你。"吴秋遇见如梦没有生气，稍稍放心了一些，继续劝道："出来吃点东西吧。"柳如梦说："我真的不饿。你趁热吃吧，不用等我。"吴秋遇一时不知该怎么办，也不再言语。

柳如梦沉默了一会儿，忽然问道："一心哥哥，你说咱们还能离开这里吗？"吴秋遇愣了一下，说："我也不知道。不过，如果你想离开，我会想尽一切办法护着你出去。"柳如梦叹了一口气，说："离开这里又能去哪儿呢？爹娘都不在了，我在外面已经没有任何牵挂。"吴秋遇轻轻摇了摇头，躺了下去，望着天空说道："我都不知爹娘是谁。跟着师祖爷爷长大，师祖爷爷圆寂了。跟着师父在山里住了几年，刚下山师父就被人害死了。后来遇见了小灵子……现在她也不在了……"说起这些，吴秋遇又难免伤心。

柳如梦感觉到了吴秋遇的情绪变化，从窝棚里走了出来。吴秋遇赶紧坐起来，把手里的烤鱼递给她。柳如梦接过树枝，没有心情吃，只是轻轻拿在手里，然后在吴秋遇身边坐下来，轻轻依偎在他身上，低声道："一心哥哥，我现在就剩你一个亲人了，你不要再离开我好不好？"吴秋遇稍稍愣了一下，轻轻抚着她的手臂说："我也没有别的亲人，如果你不想离开，我就一直陪着你在这里。"

"嗯。"柳如梦把头紧紧贴在吴秋遇的胳膊上，喃喃道："我只想跟你在一起。一心哥哥，你可要永远对我好。"吴秋遇说："我会的。"

天黑了，吴秋遇往火堆里添了一把柴，坚定地说道："那咱们就不走了。反正这里有吃有喝，也没人打扰。咱们在这倒也自在。"柳如梦心情也好了，抬头说道："你还可以教我一些本事，到时候咱们一起去打猎，一起抓鱼。我也可以帮你。"吴秋遇说："抓鱼的事以后再说，你先把这个鱼吃了吧。"柳如梦咯咯笑了一阵，把鱼又在火上烤了烤，开心地吃了起来。

第二天。柳如梦说："一心哥哥，从今天开始，咱们就把外面的事情都忘掉，专心在这里过日子。"吴秋遇点了一下头，忽然又想起一件事，直望着柳如梦，欲言又止。柳如梦看出来，轻声问道："怎么了，一心哥哥，你有事想对我说？"吴秋

遇说:“我想给小灵子埋个坟。”柳如梦愣了一下,点头道:“好啊,我帮你。咱们给她找个好地方。”

大青石后面有个地方比较平坦,前面有大青石挡着也不易被海风吹到。两个人便在那里挖了坑。可是埋什么呢?除了小灵子写字的那张纸,吴秋遇身上也没有什么小灵子用过的东西。他把那张纸拿出来,看着上面模模糊糊的墨迹,又勾起一番伤心。柳如梦见吴秋遇看着那张纸发呆,试探着问道:“那个是小灵子用过的?”吴秋遇点了点头。柳如梦说:“被海水泡过,上面的字迹已经没有了,埋了吧。”吴秋遇有些犹豫:“这是她留给我的唯一的物件了。”柳如梦见她舍不得,就劝道:“咱们以后就要留在这个岛上了。小灵子的坟在这里,那张纸带在身上、埋在坟里,不都是跟咱们在一起吗?”吴秋遇沉默了一会儿,点了点头,对如梦说:“你去帮我找选一株粗木,我要给灵儿做墓碑。”柳如梦点头去了。吴秋遇将那张纸放进坑中,拿起定心剑,在手臂上划了一下,顿时流出血来,鲜血滴在坑里的纸上。吴秋遇又哭了一阵,这才把坑填了,用石头堆起一座高坟。

柳如梦选好了木头,吴秋遇便去用短剑切割了,削平一面,刻上字,立在坟前。柳如梦发现吴秋遇的手臂在流血,惊叫道:“一心哥哥,你的手臂……”吴秋遇说:“没事,刚才不小心被树枝划破了。正好,可以给墓碑的字涂上红色。”说着便用手指沾起鲜血,去涂描木碑上的几个字:小灵子之墓。柳如梦看了心疼,但知道这也是吴秋遇对小灵子的心意。

此后,吴秋遇和柳如梦便在岛上安顿下来,再也不想外面的事,也不打算再离开。吴秋遇闲来无事,也会练练武功。柳如梦跟着学了几次,终究入不了门,也就放弃了。她还是觉得生火做饭、洗洗衣服更顺手。有时候,两个人的衣服都洗了,柳如梦也会穿上吴秋遇编的草裙。她已经不再像当初那般羞怯。吴秋遇还是会偶尔想念小灵子,有时去坟前祭拜,有时看着天空发呆。柳如梦理解他的心情,只在一旁默默陪着,或者干脆不去打扰他。

这一天,两个人又去摘了一些野果。回来的路上,柳如梦说:“咱们一直在这附近活动,也不知这个岛有多大,另一面是什么样子。”吴秋遇说:“那咱们现在就去转转。走累了,你就告诉我,我背你。”柳如梦听了自然高兴。

两个人沿着海岸悠然漫步,有说有笑。转过一个弯,忽然一排大浪拍在岸边的石头上,水花喷溅。柳如梦吓了一跳,说:“好大的浪头!”吴秋遇说:“是啊,这边浪大。咱们得离得远些。”柳如梦想起大船沉没当日的惊涛骇浪,心有余悸:“那天咱们在海里遇见的浪头比这个还大。真想不到,咱们竟能安全来到这个岛上,看来是老天爷有意成全咱们。”吴秋遇说:“咱们都是好人嘛。老天爷和佛祖都会保佑咱们的。”柳如梦咯咯笑道:“你还惦记你的佛祖呢?那你还继续当小和尚吧。”吴秋遇说:“天天跟你这个女施主在一起,我想当和尚也当不成了。”柳如梦娇嗔道:“那我走开,不耽误你。”吴秋遇笑道:“来不及了。就这么一个孤岛,你能躲到哪儿去?我还不是得每天见到你?”柳如梦说:“啊,这可是你说的。是你每天想见到我。”吴秋遇一脸无辜:“我是这么说的么?”

“是!你就是这么说的。”柳如梦嘴上占了上风,欢快地跑在前面。吴秋遇摇头笑了笑,跟在后面追她。

“啊!”柳如梦忽然大惊一声,停下脚步。吴秋遇赶紧上前问道:“怎么了?”柳如梦指着岸边,惊慌说道:“你看!那里……”吴秋遇顺指看去,只见那里散落着一架骷髅,上面还依稀有残存的腐肉。两只海鸟正停在上面,偶尔啄食。柳如梦不敢多看,拉着吴秋遇赶紧离开。吴秋遇安慰道:“看样子时间不短了,不用怕。”柳如梦说:“怎么会有死人在这?”吴秋遇叹道:“可能是海上遇难,漂到这里的。也可能是逃生到了岛上,始终没能离去。”柳如梦惊问道:“那咱们……会不会……也和他一样?”吴秋遇安慰道:“咱们不会。我想那个人一定很笨,在岛上找不到吃的,然后就饿死了。咱们有吃有喝,有生存的本事,不会有事。”听他这么说,柳如梦心里踏实了,轻轻抱住吴秋遇的手臂,说道:“跟你在一起我就放心了。什么都有你张罗,我没什么好怕的。”吴秋遇见如梦不再害怕,也放心了。可是没过多久,又听柳如梦黯然说道:“要是什么时候你离开我了,或是你……那我就会像那个人一样,饿死,吓死……要真是那样,我宁愿跳进海里淹死算了。”吴秋遇赶紧安慰她:“不会的。我怎么会离开你呢?除非我先死了……不会的,我这么健壮,哪那么容易死啊?你说是不是?你看我这身板!”说着就摆开了姿势。柳如梦被他给逗笑了:“哼,这可是你说的。你可不能先死。要死,也得我先死。”吴秋遇说:“咱们都别死,咱俩都长生不老,好不好?”柳如梦满意地笑了。

走着走着,忽然看见前面石头上蹲着一只猴子,手里拿着野果,正在望着二人。“是猴子!”柳如梦一时好奇,便往前快走了几步。猴子见有人靠近,迅速跳上另外一块石头,跑了几步,又停下来,回头看着二人。

吴秋遇觉得有趣,对如梦低声说道:“走,咱们跟着它,看看它到底去哪。”柳如梦也是这么想的,便由吴秋遇扶着,悄悄跟在后面。那猴子很机警,每当他们要靠近,猴子都会在石头之间蹿跳几步,躲得远远的。可奇怪的是,它也每次都会停下来,回头看看这两个人。吴秋遇更觉好奇,又怕如梦在山石之间穿梭会崴脚磕碰,便背起她,继续在后面跟着猴子。

穿过小石林,地势忽然开阔了。石林与前面的山丘之间,竟有一片平坦的草地。那猴子没有了石头的依仗,也不再停留,快速向前面的山丘跑去。吴秋遇背

着柳如梦，使起追风架子，快步追去。那猴子在山坡的一个树丛上停留了一下，回头见二人追近，忽然身形一晃，从树丛跳下去就不见了。吴秋遇背着柳如梦跑到近前，把如梦轻轻放下来，探手分拨树丛。柳如梦惊奇地叫道："是山洞！"

一个大山洞被树丛遮挡着，如果不走到近前，甚至近在咫尺如果不拨开树丛，根本看不见洞口。吴秋遇说："看来小猴子是进到山洞里了。"柳如梦说："咱们进去看看？"吴秋遇想了一下，说："猴子往往是成群的，万一咱们撞到窝里，怕是有麻烦。"柳如梦说："咱们在岛上日子也不少了，以前从没看见有猴子出没。岛上的猴子会很多吗？"吴秋遇惊讶地看着如梦："这个我倒没想到。嗯，如果没有大群的猴子，三五只倒是可以应付。"柳如梦很高兴："那还等什么，咱们去看看吧。"吴秋遇一把拉住她，说："为防万一，还是我先进去看看。你在这里等我。"柳如梦点了点头。

吴秋遇把定心剑交给如梦防身，自己穿过树丛，向山洞走去。柳如梦在后面小声嘱咐道："一心哥哥，小心哪！"吴秋遇回身点了一下头，正要往山洞里走，忽听里面有人说话："这是哪里来的客人？"吴秋遇一惊，急忙退出洞口，做好应对的准备。柳如梦也惊诧不已，在岛上住了这么多天，没想到这里还有别人。

第七十二章 神秘老人

山洞里走出来一个人，在吴秋遇身前站定。小猴子也从山洞里出来，跟在那人身边。吴秋遇仔细一看，只见那人须发皆白，面色红润，周身白衣一尘不染，身形微瘦却很有精神。看脸上慈眉善目，看身上仙风道骨。吴秋遇赶紧躬身施礼："晚辈吴秋遇不知老前辈仙居此处，打扰了您的清静，还望恕罪。"白衣老人看了看他，点了点头："你这后生倒也知礼。那位客人也出来吧。"柳如梦知道白衣老人说的是她，便收了短剑，穿过树丛，上前问道："老人家，您到底是人还是神仙哪？"

白衣老人见到柳如梦，竟忽然愣住，缓缓抬起手指着她，惊讶道："明月，是你？"柳如梦知道老人认错人了，赶紧施礼道："老人家，我不是明月，我叫柳如梦。"白衣老人又仔细看了她两眼，微微摇了摇头，轻声说道："唉，老朽眼花，认错人了。如梦姑娘不要见怪。"柳如梦说："老人家不要这么说。"吴秋遇心中暗想："这位老人家认得纪姑姑，那一定跟铁秋声师叔也多少有些关系。"

白衣老人问道："你们二位从何而来，怎会来到这里？"吴秋遇说："我们从洛阳出来，本来打算到蓟州去找人，没想到上了贼船。大船被他们做了手脚，遇到风浪沉没了，我们就漂流到了这里。”白衣老人点头道：“原来如此。我说这荒岛远离人世，怎会还有人来。”柳如梦忽然问道：“老人家，您怎么也到了这里？也是在海上遇险了？”白衣老人笑道：“差不多，差不多。你们来了几日了？准备何时离去？”吴秋遇说：“我们漂流至此，有十几天了。不打算走了。”白衣老人看了看两人，惊讶道：“你们年纪轻轻，就打算在这岛上过一辈子了？”吴秋遇说：“嗯。我们在外面也没什么牵挂。在岛上这些天，学会了如何生存，留在这里清静自在倒也不错。”白衣老人看着柳如梦：“姑娘，你也愿意在这待一辈子？”柳如梦说：“我无亲无故，也没有别的地方可去。我只要跟他在一起。”说着，娇媚地看了吴秋遇一眼。白衣老人用手轻轻抚摸着猴子的头，轻声说道：“这里倒是清静。只要你们吃得苦，这里倒也过得日子。”柳如梦看了一眼那只小猴，说：“要不是看见这只猴子，一路跟来，我们还不知道这岛上还有别人。这是您养的猴儿？”白衣老人说：“嗯，它很有灵性，一直陪着我，还偶尔去摘些果子给我。有它做伴，我倒也不闷。”柳如梦也要伸手去摸猴儿。那小猴马上躲到白衣老人身后去了。白衣老人说：“它认生，熟了就好了。如果你们真的不走，也可以跟老朽做个伴。”吴秋遇和柳如梦相互看了一眼。白衣老人问：“怎么，你们不愿意？”吴秋遇赶紧说道：“愿意，愿意。能跟老前辈做伴，大家都不会闷了。”柳如梦说：“只要你这位老神仙不走，我们就永远陪着你。”“老神仙？哈哈哈哈，我要真是神仙就好了，就不用待在这里了。”白衣老人大笑起来。

自此，岛上就有了三个人做伴。吴秋遇和柳如梦每日到山洞与白衣老人聊天，吃食清水也都给他准备齐全，后来干脆也搬到附近居住，吃饭也在一起。老少三口倒像是一家人了。白衣老人见二人照顾周到，甚是喜欢。

这一日闲来无事，老人问吴秋遇：“看你体格健壮却身形轻便，倒是个练武的材料。以前习过武吧？”吴秋遇说：“晚辈确实学过几年。只不过如今在这岛上，也用不着了。”白衣老人说：“用不着也可以继续练着，强身健体也好啊。”吴秋遇点头道：“老前辈说得是。”柳如梦在旁边烧着水，抽空搭腔道：“老人家您不知道，一心哥哥可厉害了。很多坏人都打不过他。”白衣老人故作惊讶道：“哦，是吗？那太好了，老朽就喜欢看热闹。反正现在闲着没事，要不你耍几套让我也开开眼？”吴秋遇不喜欢在人前显露，因此犹豫。柳如梦在一旁劝道：“一心哥哥，你就随便耍几下嘛。就当给老人家解闷了。”白衣老人也说：“如梦姑娘说的好。你就不要扭捏了，快点来吧。”

吴秋遇只好走到山丘前面的草地上，想了一下，开始演练他背着师父偷偷学会的“随心所欲手”。

当年吴秋遇还是五台山佛光寺的一个小和尚，被神偷丁不二拐带下山之后，跟他行走江湖。后来不慎滚落山崖，被柳正风救了之后，外伤虽然治好，但是仍会头疼昏迷。恰好神医济苍生经过，柳正风便恳求济苍生将他带走救治。济苍生带他回太白山隐居，给他改名吴秋遇并收为徒弟。他对习武并无多大兴趣，只是因为师父吩咐才不得不学。后来在师父藏书的山洞发现了一本《五禽戏》，上面都是摆出各种姿势的小人，依样玩耍之后觉得有趣，便偷偷练习聊以解闷，没想到后来倒成了赖以保命的本事。后来在天百山庄遇到师叔铁秋声，才知道那本书根本不是华佗的《五禽戏》，而是武林至尊翁求和花费几十年心血所著的武功秘籍《随心所欲手》。只不过吴秋遇只学得形似，相当于只学会了其中的"小腾挪"身法，还没悟出其中出招发力的诀窍，因此发挥不出"随心所欲手"的威力。"小腾挪"身法灵活多变，玩耍起来浑身舒爽灵便，而且甚是好看。因此，柳如梦一说让他耍几下给老人家解闷，他就使出这套身法来。

白衣老人静静地看着，若有所思。柳如梦问："怎么样，一心哥哥厉害吧？"白衣老人并不直接回应，而是好奇地问道："他叫吴秋遇，你为何叫他一心哥哥？"柳如梦看了一眼吴秋遇，见他仍在专心演着，低声对白衣老人说道："他原来是五台山的小和尚，叫一心。有一年摔下山崖，在我家养了些时日，我就一直叫他一心哥哥。"白衣老人问："他的武功也是跟你家里人学的？"柳如梦摇头道："不是。他摔有内伤，时常发作，后来……"

吴秋遇一套身法使完了，收了式，回到白衣老人身边，憨笑道："老前辈，晚辈献丑了。"柳如梦见吴秋遇回来，就去给他端水。白衣老人问吴秋遇："你这个是从哪学来的？你师父是谁？"相处多日，大家已经熟识。吴秋遇便不作隐瞒，直言相告："我师父是神医济苍生。"白衣老人一皱眉："这套武功也是他教你的？"吴秋遇摇了摇头："不瞒老前辈，这个是我一时贪玩，从师父的书堆里翻出来的。我看到书里面有很多图画，也没想着是武功，只当玩耍，就偷偷练了。我师父并不知道。"

"五禽戏？"白衣老人愣了一下，摇了摇头，苦笑道，"难怪，我想你师父也不至于把你教成这个样子。"

柳如梦端了一碗清水，递给吴秋遇，笑嘻嘻问白衣老人："他耍得怎么样？"白衣老人笑道："不错不错。很好玩，很好看。"柳如梦不服气地说道："只是好玩好看，难道他不厉害吗？"白衣老人说："他耍得不错，哄你和老朽开心足够了。要说有多厉害嘛……"白衣老人说着，笑眯眯摇了摇头。吴秋遇和柳如梦都很惊讶地看着白衣老人。柳如梦不懂武功，在她眼里吴秋遇就是最厉害的，可这白衣老人只说吴秋遇的招式好玩好看，却一直不承认他厉害，不禁心中纳闷。吴秋遇

拱手道："老前辈见多识广，所说的当然不会错，晚辈这个确实只是皮毛。如果您老人家有何指教，晚辈恭请赐教。"白衣老人说："你耍了一通，也该累了，先歇歇，陪老朽聊聊天。改日老朽再看你耍弄，若是忍不住，也许会多嘴说几句。"

"多谢老前辈。"吴秋遇喝了水，将空碗递给柳如梦，自己在白衣老人身旁坐下来。

白衣老人问道："济苍生是你师父，你为何不跟师父在一起，却独自出来闯荡？"提起师父，吴秋遇面色黯然，伤心道："我师父已经……不在了。"

"不在了？"白衣老人似是吃惊不小，一下子站了起来，"这是什么时候的事？"吴秋遇心里只想着师父的事，没有挂心白衣老人的反应，喃喃道："几个月前，师父带我下山，本来是要去西域找雌雄双怪的。刚走到朔州，因为我打抱不平，招惹了铁拳门。他们假意请我师父去看病，却暗中设下圈套，把我师父害死了。都怪我，没有本事救回师父。"

白衣老人呆立了良久，又缓缓坐下，低沉地问道："他都教了你什么？"吴秋遇揉了揉眼睛，说："还有一套拳法，也是师父最拿手的，叫'降魔十三式'。"白衣老人说："你也使给我看。"吴秋遇也不多想，向前走出几步，站定身形，双手提气，尽力打出一记"开山惊魔"。他想念师父，又痛恨铁拳门，无意间这一招使出了八九成的功力，直震得山坡上碎石崩飞。白衣老人点了点头，轻轻叫了一声"好"。柳如梦见白衣老人终于为吴秋遇喝彩，心中暗喜。吴秋遇收了式，回到远处。白衣老人说："自明日起，你专心演习刚才那套身法，坚持下去，必有进境。"吴秋遇拱手应了。柳如梦在一旁招呼道："饭好了，吃东西了。"

第二天，白衣老人又让吴秋遇演习那套随心所欲手。有人在旁边专心看着，吴秋遇更加认真努力。可是他刚练到第三式，就听白衣老人大声叫道："停！"吴秋遇一愣，赶紧收式站住，不解地望着白衣老人。白衣老人说："似你这般使法，顶多是个逃生的本事，完全没有进攻之力呀。"吴秋遇挠了挠脑袋，说："老前辈说得是。我学了这套身法，只会腾挪避闪，不会进攻招式。"白衣老人说："你再把刚才那个使一遍。"吴秋遇便又去又打了一遍。白衣老人说："这就是了。就在这一式，你只要在转身抬手之时，将右臂再向前几分，加大力道，便可进攻右前方的敌人。你试一下。"吴秋遇半信半疑，依白衣老人所言，又去打了一遍。果然，加上这一小小的变化，顿时一个转身闪避的招式变成了进攻的一招。吴秋遇又使了一遍，越发觉得神奇。他惊喜地望着白衣老人："老前辈，您……多谢老前辈指点！"白衣老人说："你不用急着谢我，我不过是随便说说。你要是听着有用，那就继续耍来。"

"哎。"吴秋遇应了一声，继续施展。

十几招身法使出来，又被叫停了七次。每一次听了白衣老人的指点之后，吴秋遇再来，都觉得闪退自如，进攻有力。那些早已熟悉的招式，在白衣老人的指点之下竟变得异常神奇。吴秋遇大喜，兴奋地收了式，回来跪拜老人。

柳如梦似乎也看出变化，至少看到吴秋遇很惊喜的样子，于是上前说道："一心哥哥，既然老前辈肯用心指点，不如你拜他老人家为师父吧。"没等吴秋遇说话，白衣老人先摆手道："我是不会收他做徒弟的。"柳如梦疑惑道："为什么？"

白衣老人对吴秋遇说道："你看似憨呆木讷，没想到头脑如此灵光，一点就透。不错不错。济苍生收你做徒弟，眼光果然不错。"吴秋遇说："可惜我当年只顾贪玩，没有跟师父好生学习，没少叫师父失望。"白衣老人说："他肩负重任，看你顽皮贪耍，自然失望。他不是个细心的人，就算他亲自教你，你也未必学得好到哪里去。你阴错阳差习得了这套身法，看来也是天意。"吴秋遇听白衣老人说起师父似是很熟悉的样子，惊讶地问道："老前辈认识我师父？"白衣老人点头道："认得认得。"柳如梦说："既然大家都是熟人。他师父已经不在了，老人家你就当他师父吧。"白衣老人笑道："正因为都是熟人，我才不能收他做徒弟。此事不必再提。"吴秋遇倒也知趣，拱手道："晚辈愚钝，还有很多差误之处，还请老前辈继续指点。"白衣老人说："我不收你做徒弟，但是跟你继续研讨武功却无妨。今日的你且练熟了，明日我再看你十招。"

此后数日，吴秋遇依照白衣老人的指点，把随心所欲手剩余几十招也都一一改进了。他意外地发现，原来每一招都有神奇之处。甚至有些招式经白衣老人修改之后，跟原来已经大不相同，功力却是大增。

这天晌午，白衣老人看完吴秋遇的整套演练，点了点头，似是比较满意，招呼吴秋遇过来休息。吴秋遇说："以前晚辈演练这套身法，觉得自己已经使得很熟了，今日才知只学了皮毛。幸亏老前辈见多识广，用心指点，晚辈真是受益匪浅。"白衣老人说："老朽不过是随口说几句，练不练得好是你自己的事。我看如梦姑娘对这个好像没兴趣。"柳如梦笑道："以前我还想着跟一心哥哥学点武功，后来试了一下，发现自己根本耍不了那个。这练武的事啊，还是留给你们男人好了。我也就是看个热闹。"白衣老人说："那咱们就说点别的吧，不能冷落了如梦姑娘。"柳如梦道："你们说你们的，不用管我。"白衣老人说："那我们要是背后说你，你可不准偷听。"柳如梦说："我有什么好说的？要是真有跟我有关的事，那我也听听。"白衣老人说："来来来，都坐下。咱们哪有那么多正经事，闲聊嘛。"柳如梦和吴秋遇都觉得这白衣老人见多识广，很愿意听他说话，便都在他身边坐下来。三人围成一个小圈子，闲聊起来。

闲扯了一阵之后，白衣老人忽然问道："你们两个怎么认识的？"吴秋遇一时

不知该从哪说起。柳如梦说："我们从小就认识，我十二岁那年，一心哥哥从山崖上摔下来，我爹路过，把他背回来。他就在我家养伤。那时候他……"吴秋遇挠挠脑袋，说："那时候我还是个小和尚，多亏柳大叔和香儿妹妹照顾，我才逐渐好转。"柳如梦继续说："那几个月，我们过得很开心。我娘死后，我从没那么开心过。后来，他的内伤时常发作，我爹也没办法。正好他师父从那路过，我爹就求他把一心哥哥带走治病。那时候我还小，不懂事，舍不得他走，哭了好几天……"说到这里，她偷偷看了一眼吴秋遇。吴秋遇说："其实我也舍不得走。半路上好几次想跑回来，都被师父抓回去。后来师父下山打听消息，说你们都不在那里了，小院也被火烧毁了。我伤心了很久，从那以后，我就没心思习武了，越来越贪玩。"听到这里，如梦心中暗暗感动。

白衣老人问："那你们怎么又到了一起？"柳如梦说："我被坏人拐走，卖到洛阳，后来被任员外夫妇收养，认作义女。我以为再也见不到一心哥哥了，但又盼着哪一天能再见到他，就偷偷画了他的像，每天都看……"说到这里，柳如梦面色微红，低下头去。白衣老人笑道："难得你如此痴情。后来呢？"柳如梦继续说道："我怎么也没想到，一心哥哥也到了洛阳，还被请到府上给我义父看病。当然了，那时候我只知道他是个大夫，还不知道他就是一心哥哥。府上的二娘有私心，趁着义父病重，要逼我嫁给一个无赖。丫鬟春香出主意，说请这个小大夫进府帮忙，让他冒充……冒充……后来歹人到府上闹事，被一心哥哥擒了。我义父闻知是二娘的指使，气得吐血，临终托付一心哥哥照顾我。办完丧事，一心哥哥要走，丫鬟春香劝我留住他，招赘……我那时心里还想着一心哥哥，也不知他就是呀，并不愿意。后来想到我毕竟不是老员外的亲生，便要离去寻找生父。觉得他可以信赖，于是就跟他一起上路了。后来在登封找到了我的亲生父亲，可惜已经……后来他跟我去祭拜爹爹，看了墓碑，他才认出我，我也才知道他就是一心哥哥。后来我们就一起出来……最后就到了这。"白衣老人点了点头："看来是苍天不负有情人。"吴秋遇还在顺着如梦的话回忆往事，没有任何反应。柳如梦偷看了他一眼，羞怯地低头笑了。

白衣老人问："你们两个现在算是……如何相处？"吴秋遇一头雾水，不明白老人这话是什么意思，于是扭头看着如梦。柳如梦说："苍天有眼，没想到多年以后我们还能重逢。如今都是孤儿了，落难到此，相依为命罢了。"白衣老人看了看吴秋遇："你怎么半天不说话？"吴秋遇一脸茫然："说……我一直在听着。"白衣老人说："你们日后作何打算？"吴秋遇说："我们不打算离开这了。如今又有老前辈做伴，咱们三个人热热闹闹，以后就在岛上住下去了。"白衣老人说："哎，先别算上我。我是问你们两个，有什么打算？"吴秋遇疑惑道："就是留在这岛上啊。”白衣老人看着柳如梦:“你呢?有什么想法?”柳如梦大约猜到了白衣老人的意思,低声说道:“我们年轻识浅,不太会打算。老前辈见多识广,一切还请您做主。”吴秋遇也说:“是啊,我们都听老前辈的。”白衣老人笑道:“你们真的都听我的?那我可要说话了。”柳如梦点头道:“嗯,我听您的。”吴秋遇也跟着点头。白衣老人笑道:“呵呵,难得你们对我如此信任。那你们想不想知道我是谁?”

吴秋遇和柳如梦都是一愣。这么多天了,还真不知道这白衣老人的身份和来历。如今他主动提起,他们当然想听,于是都用力点头。白衣老人说:“济苍生是你师父,也是我的徒弟。现在你们知道我为何不能收你为徒了吧?论辈分,你是我的徒孙。”这一说,吴秋遇吃惊不小,呆呆地望着白衣老人:“您就是……就是武林至尊……翁……翁老前辈?”白衣老人点了点头:“不错,老朽就是翁求和。论辈分,你该叫我师公。”吴秋遇赶紧跪地磕头:“拜见师公。”柳如梦虽然不明白武林至尊是何名头,但知道白衣老人是吴秋遇的长辈,也赶紧跟着施礼。翁求和一摆手:“起来吧,咱们用不着这些虚礼。”

吴秋遇问:“师公,您老人家怎么会在这里?”翁求和说:“这个说起来话长。你师父都跟你说过什么?”吴秋遇说:“我只知道我师父医术高明,武功也很高。他从来不跟我说他过去的事。有一年,北冥教的几个人找到山里,说我师父背叛师门,偷了武功秘籍。还提到您的名字,说您的失踪,跟师父也有关系。他们逼我师父交出武功秘籍,后来就打起来,那三个人都死了。后来我师父再也没提过那件事。他们一定在胡说,是不是?”柳如梦对武林纷争没有兴趣,听了一会儿就去一旁逗弄小猴子。

翁求和说:“当然是胡说,你师父怎么会背叛师门呢?看来还真是有阴谋,叫你师父背了黑锅。那本书是我给他的,之后我就隐居到此,与你师父无关。”吴秋遇问:“那他们诬陷我师父,一定是冲着那本书去的。”翁求和说:“嗯,想得到那本书的人太多了。你师父是个谨慎的人。有些人处心积虑,用尽各种手段终究还是得不到。”吴秋遇想起当年师父用毒气封锁的秘洞,不由得点头赞同。翁求和笑眯眯地看着吴秋遇,继续说道:“有的人稀里糊涂,却阴错阳差地捡了个便宜。”吴秋遇知道说的是他,不禁挠头憨笑。

“原来他们要找的武功秘籍就是《随心所欲手》!”吴秋遇终于恍然大悟。难怪师父藏得那么隐秘——用毒气封锁了山丘,在秘洞中凿壁嵌放,坛封后用水淹浸,还故意把书皮换了——原来这就是师公给他的武功秘籍《随心所欲手》。可是,师父为什么自己没有去练,反而只把他藏了起来?

翁求和说:“不错,这套随心所欲手,是我花费多年心血,研习各派武功精要,借鉴其精华凝练而成。初步成型之后,又专门请来少林寺的了然大师共同切磋

修正，才最终定稿。”吴秋遇说：“我当时还以为是个游戏，胡乱耍了几年，后来就成了保命的本事。这几日经过师公的亲手指点，更觉得玄妙无穷。随心所欲手出神入化，果然是罕见的高深武功，难怪北冥教的长老们舍命去夺。”翁求和说：“这几年我闲着无事，静心思索，又做了不少改动，你也都见识到了，现在才可以说是完善了。”吴秋遇点头不已。翁求和继续说：“现在你还只是学了招式，内力运用尚未学会，随心所欲手的威力只能发挥两成。”吴秋遇说：“师父教我的降魔十三式，内力刚猛，我可以试着用上去。”翁求和笑道：“随心所欲手刚猛阴柔调和并济。降魔十三式是至刚至阳的武功，其力道运用只在其中一些招式上可用。要想发挥随心所欲手的全部威力，还得熟悉其他内力运用。从明日起，我传你内功心法。”吴秋遇赶紧拜谢：“多谢师公。”

此后数天，吴秋遇每日早起，到师公面前听讲。得到武林至尊的亲自指点，吴秋遇把招式掌握得更加精准，又蒙他传授内功心法，认真修习之后，每天都有新进境。几日下来，吴秋遇的武功已经到了一个崭新的境界。

翁求和看完吴秋遇的表现，点了点头。柳如梦见了，凑过来说道：“师公，看起来您对一心哥哥的进步还算满意。”翁求和说：“为了创出这套武功，我耗尽心血，历时多年，因此希望找个合适的人传承下去。他师父果然没有叫我失望，他确是个习武之才。看到他成功有望，我终于可以放心了。”柳如梦不解地问道：“师公，您老人家德高望重，一定也有很多弟子。他们在您身边受教多年，按说学起来更容易。您为何不叫他们学，非要再找新人啊？”

翁求和轻轻叹了一口气，然后说道：“你问起这个，倒不奇怪。我确实有两个得意弟子，其中一个就是秋遇的师父济苍生。他是我的大弟子，按说可以成为接班人选。怎奈他痴迷药理、喜读医书，有了‘降魔十三式’这个看家本事，在武功上就不再进取了。到后来，他对医术的兴趣明显大于对武功的兴趣。我劝说过几次，可每次劝完之后，他勉强坚持几天，就又偷偷看他的医书去了。”柳如梦一想，确实如此。她前日才听吴秋遇说过，济苍生多年隐居，偶尔下山也是为了治病救人，在江湖上倒有了“神医”的称号。他守着武功秘籍那么多年都没有练过，看来真是没有兴趣。

柳如梦问：“那别的弟子呢？”翁求和说：“我还有一个弟子，自幼入门，比苍生小二十六岁，年轻俊秀，悟性颇高。其实他才是我最中意的人选，我早就有心传给他。在随心所欲手出来之前，我先有一套‘三十六路拂云手’，算是‘随心所欲手’的前身，已经教给他了。他没有叫我失望，拂云手使得不错。”柳如梦说：“那就好了。”翁求和摇了摇头，叹气道：“唉。后来情况就有了变化。他本是开国功臣之后，当年很多功臣被皇帝抄家灭门。幸亏有贵人冒险相助，好歹救了几家孩子出来。他长大之后，遇上了一个当年同时逃出来的姑娘，情投意合，结为知己。我一心要培养他成为武学奇才，将来好继承我的衣钵，便劝那姑娘离开她。那姑娘留下绝情书信就走了，我那徒儿知道实情以后，负气出走。听说他很快找到了那姑娘，两个人日久情深，纵情山水，渐渐不愿涉入江湖之事。我后来后悔了，便让他大师兄拿着定心剑去找他，表明我对他的期望，让他带着那个姑娘一起回来。他让大师兄给我带回一封信，说先要陪那姑娘处理几件事，过几个月再回来。我见到信，放心了，派人去请了少林的了然大师，一起来研讨'随心所欲手'的改进。谁知，过了几个月，我那徒儿还没有回来。忽然武林遭逢变故，情急之下，我只得安排大徒弟济苍生带着随心所欲手的册子先去藏了，再慢慢寻找可靠之人。"柳如梦说："好可惜呀。"翁求和也是自顾叹息。

过了一会儿，翁求和忽然看着柳如梦问："你是不是喜欢秋遇？"柳如梦没想到他忽然问这个，愣了一下，眨了几下眼睛，娇羞地点了点头。翁求和说："那让你嫁给他，你愿不愿意？"柳如梦的脸一下子就红了，说了句"我不知道"就捂着脸跑开了。

吴秋遇收了式，回到翁求和面前。翁求和说："你把如梦叫过来，我对你们有话要说。"吴秋遇见如梦站在树丛前面正若有所思地揪着树叶，就过去把她叫了过来。柳如梦知道老人要说什么事，羞得一直低着头。

翁求和坐在洞口的青石上，叫二人并排坐在对面，开口说道："你们都不小了，到了该婚配的年龄。我看你二人情投意合，相识已久，正好配做一对。不如就由师公做主，你们结为夫妻如何？"柳如梦偷偷看了一眼吴秋遇，赶紧又把头低下。吴秋遇完全没有准备，一下子愣住。翁求和故意问道："如梦姑娘，你可看得上我这徒孙？"柳如梦心中自然愿意，只是羞怯难以明言，低着头小声说道："全凭师公做主。我……听师公的。"吴秋遇终于反应过来，连忙摆手道："师公，不行啊。"柳如梦惊讶地看着吴秋遇，不知他为何会如此反应。

翁求和问："为什么不行？难道你不喜欢如梦？她有什么不好？"吴秋遇说："不是的，她很好。只是……我……"柳如梦说："你是不是还想着小灵子？"翁求和愣了一下，问："小灵子是谁？她在哪儿？"吴秋遇沉默不语。柳如梦解释道："小灵子是一心哥哥最好的朋友。她在大漠遇到流沙，已经不在了。我们在那边还给她埋了坟。"翁求和暗自松了一口气："既然小灵子已经不在了，人死不能复生，你也不用再难过了。活人还得过活人的日子。今天师公就给你们做主，你们就在此结为夫妻吧。"吴秋遇闷声不语。翁求和假装生气道："怎么，师公做不得你的主么？"吴秋遇左右为难。柳如梦赶紧说道："师公您别生气。这个事太突然了，一心哥哥……和我……都还要想想，您就别逼他了。我们回去商量一下，

明日再给您回话。”翁求和说:“也好,我不为难你们,给你们一天时间考虑。明日午时,务必给我一个说法。”柳如梦轻轻拉了拉吴秋遇的衣角,提醒他不要惹老人生气。吴秋遇没办法,只得点了点头。

回到窝棚,吴秋遇一筹莫展,默默起身往小灵子的坟前走去。柳如梦悄悄跟了去,见吴秋遇正坐在坟前叹息,她走上前对着坟头说道:“小灵子,我和一心哥哥又来看你了。今日一心哥哥的师公劝婚,叫一心哥哥很为难。他放不下你,可是又不能惹老人家生气。你放心,我会帮一心哥哥的。如果他不愿意,我决不让他太勉强。如果……如果他为了师公,勉强答应了,我一定替你好好照顾他。我也觉得这个事太突然了,可是师公是长辈,一心哥哥的师父已经不在了,老人家没人照顾,他的话我们又不能不听。我想,也许可以先把婚事应下来,什么时候成亲以后再说。这样既算是答应了师公的要求,又不会让一心哥哥太为难。你觉得呢,小灵子,我这个想法行吗?你那么聪明,一定会有更好的办法。可惜我只能想到这个,要是一心哥哥不同意,我也没有别的办法了。”她在那里一个人念念叨叨,其实吴秋遇都听进去了。思量再三,吴秋遇实在想不出别的办法,伸手摸着坟上的石头,又叹息了一阵,起身说道:“咱们走吧。”柳如梦说:“小灵子真心盼着你好。你过得好了,她也会高兴的。”吴秋遇点了点头,又在坟前站立了一会儿,才跟着柳如梦默默离去。

第二天,吴秋遇和柳如梦在翁求和的面前订了婚。柳如梦与翁求和是真心高兴。吴秋遇虽然心中有些许无奈,但是脸上还得装出高兴的样子。三个人以清水代酒,好好庆祝了一番。就连小猴子也欢蹦乱跳,仿佛看懂了一般。

翁求和忽然想起心事,放下水碗开始叹气。柳如梦问起原因。翁求和说:“你们两个有情人终成眷属,我自然为你们高兴。想当年我那好徒儿和他的红颜知己……险些被我拆散,这件事在我心中始终是个遗憾。也不知如今他们状况如何?还有没有机会喝到他们的喜酒……”吴秋遇问:“师公说的是铁师叔和纪明月姑姑?”翁求和一愣:“这个事你师父跟你提过?”吴秋遇说:“没有。几个月前我在云中山见过铁师叔。”翁求和惊喜道:“你认识他们?那他们现在哪里?过得怎样?”吴秋遇说:“纪姑姑几年前在山西被人害死了。铁师叔正在追查凶手。”“啊,明月死了?死了?”翁求和缓缓站起来,喃喃地自语了几句,转身往山洞里走去。

接连两天,翁求和没有出过山洞。每次柳如梦给他送饭进去,他连动都不动。这位白衣老人在青石板上静静躺着,已经没有了往日的风采。吴秋遇上前一摸脉搏,惊讶地发现师公病了。吴秋遇和柳如梦悉心照顾了两日,又是采药熬煮,又是苦口劝说,翁求和终于勉强进食,渐有好转。

吴秋遇扶着师公走出山洞，到外面透气。翁求和问他："杀害明月的凶手找到了吗？"吴秋遇说："我倒是无意间听到消息，说是天山恶鬼和蒙昆干的。铁师叔可能还不知道。"翁求和看着他："你为什么没告诉他？"吴秋遇说："我在登封听说此事，不久就在黄河遇险漂到这里，还没机会见到铁师叔。"翁求和点了点头，看着吴秋遇说："你虽然下山时间不长，却好像经历了不少事。来，说给师公听听。"吴秋遇便把跟随师父下山以来的各种经历都简单说了一遍。

翁求和说："秋遇呀，你的这一番际遇不是任何人都能有的。机缘巧合，你学会了我的'随心所欲手'和苍生的'降魔十三式'，还有幸与少林寺、丐帮、北冥教的诸多高手甚至西域的赐熊双怪打过交道，江湖经历虽短，却不可谓不丰富。既然上天安排你有如此经历，绝不是让你在这孤岛上终老此生用的。我看，你还是带着如梦姑娘离开这里吧。"吴秋遇一愣："可是……我们在外面也没什么牵挂了呀。能在这里陪着师公，伺候您老人家，我觉得挺好。如梦也是这么想的。"翁求和握住吴秋遇的手，缓缓说道："秋遇，你听我说。你和如梦已经定亲，早晚要成亲，早晚要生孩子。你身体健壮，吃得了任何苦，这个我知道。可是如梦呢，孩子呢，他们总能吃得了那些苦吗？岛上的吃喝维持生存尚还勉强，对于体弱的妇孺却远远不够。你单想想，他们若是生了大病，你能找到好药么？这是其一。既然上天给你安排这么多机缘巧合，你当不负了这半生经历和一身本事才是。我避居此地也有无奈，江湖上随时就会有血雨腥风，需要有人拯救。我虽有武林至尊的虚名，如今已无此力。你是我毕生心血的唯一传人，又与多个门派有千丝万缕的联系，正可担当此任。"吴秋遇说："我不行的。我不想……"翁求和说："这已经不是你想不想的事了。你得为如梦和将来的孩子想想，为武林中千千万万的无辜生灵想想。如果只有你能帮他们、救他们，你能不去？"吴秋遇："我……可是……"翁求和说："就算你真的不愿意管武林的纷争，将来你还可以回来呀。眼下至少有几件事需要你去做。"吴秋遇静静地听着。

翁求和继续说道："第一，苍生遇害以后，为躲避铁拳门的追杀，你没来得及寻找他的尸体安葬。现在你的武功已非寻常高手可比，你可以去朔州找到你师父的遗体，把他好生安葬，这也是你的一片孝心；第二，小灵子姑娘遭遇流沙，连个尸首物件都没有，你埋个空坟就完了？是不是可以再去找一下，她生前用过的东西，她的恩人仇人？第三，你知道杀害明月的凶手，应该尽快告知秋声，让他早日报仇；第四，如梦姑娘的父母分两处安葬，你不是答应帮她去迎回母亲的尸骨吗？如此等等，你们不是没有牵挂，只是逃避而已。师公觉得你应该再去闯荡一下，什么时候真的厌倦了，随时还可以回来呀。"翁求和说的这几件事，件件说到吴秋遇的心上，他想了一下，说："师公，我明白了，我这就跟去如梦商量一下。"

柳如梦只想跟吴秋遇在一起，他去哪里，自己都会跟去哪里，因而全让吴秋遇做主。二人又去找翁求和商量了一下，决心回归中土。翁求和还要在岛上继续研习武功、安心撰写经典，这一次不与他们同行，但是指点吴秋遇做了精心的准备。先花了一天多的时间，用木头和藤条做了个大筏子，又准备了充足的清水吃食。

这一天，天气晴朗，正是出海的好时机。吴秋遇和柳如梦先去小灵子坟前祭拜了一番，然后去找翁求和辞行。翁求和带着小猴子一直把他们送到岸边。两个人双双跪拜之后，才擦着眼泪登上木筏，依依不舍地离岸而去。

主人公行进路线图（卷三部分）

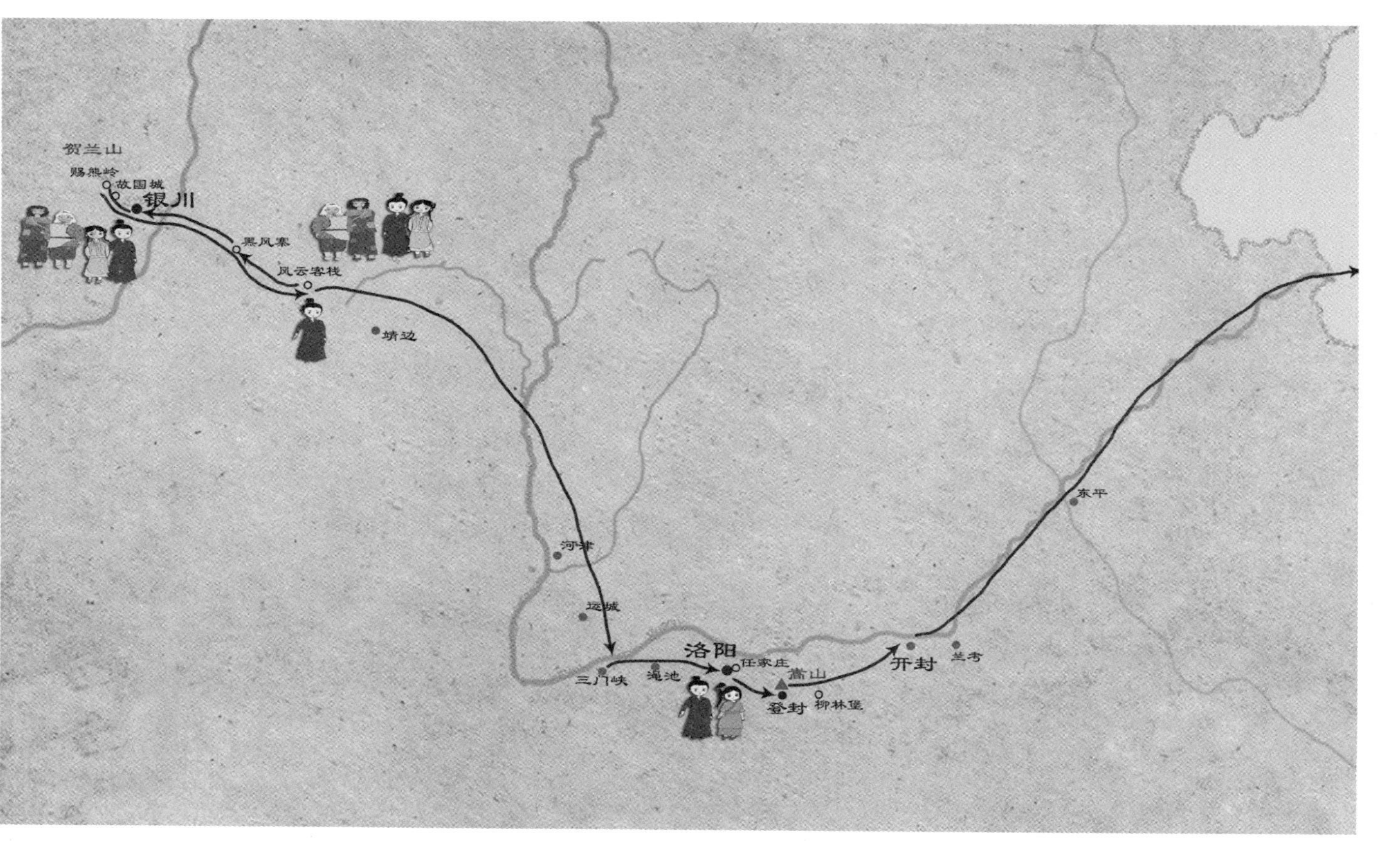

绘图：王欣

后续情节

先后听闻小灵子和柳如梦的噩耗，吴秋遇献血救灾昏死街头，醒来发现身处富贵之家，想见主人却不可得。接连的阴错阳差，几番聚散离合，无意中卷入了挂月峰北冥教总坛的变乱，又在蓟州城发现一连串的怪事……

特别说明

（一）——关于身份

1. 古时民间对医生的俗称，北方称“大夫”，南方称“郎中”。本书主要场景都在北方，故采用北方的说法。

2. 车把式：北方指赶马车的人，车夫。

3. 看青的：北方某些乡村地区，为防止成熟的庄稼或是瓜果蔬菜被偷，收获季节在田里看护的人。

（二）——关于地名

1. 太白山：济苍生和吴秋遇隐居的太白山，也叫太白堆山，属太行山一脉。不是陕西的太白山。

2. 宁化：书中出现的宁化，是指明洪武年间的宁化所，在今山西忻州宁武关一带。不是福建的宁化县。

3. 蓟州：今天的天津市蓟州区（2016 年以前为蓟县）。春秋时期无终子国都城。秦朝设无终县。隋朝改为渔阳县。明洪武年间，撤并入蓟州。

4. 楼烦：今山西省娄烦县。楼烦原是古老民族或部落名称，后演变为地域概念。明末清初开始出现“娄烦”写法。本书采用明初的名称。

5. 金陵：今江苏省南京市。曾有金陵、建康、江宁等名称。明朝开国建都后，改名“应天”。书中选用了大家更为熟悉的“金陵”这一名称。

6. 地名大多根据史料采用明初的名称。例如山西省应县，当时叫应州。

内 容 提 要

“武林巅峰，散花仙翁，雌雄双煞，了无神僧。”这是一部很生活化、很有真实感的传统武侠小说，尽量细致全面地反映书中所设定时代的社会文化、各地的风俗习惯、各种人物的喜怒哀乐。尤其是很多小角色的刻画，也下了很大的功夫。作者文字讲究、描写细致，符合逻辑、情节合理，心理真实、情感细腻。读者可以享受到很强的代入感，以书中人物的视角观察周围事物，经历故事发展，感受喜怒哀乐。

全书共八卷，本书为第三卷，共24章，故事包括：匪寨迷城、贺兰映雪、美人如梦、嵩山遗恨、护花惊梦、孤岛情缘。

图书在版编目（CIP）数据

定心剑．卷三 / 朱太河著．-- 北京：人民交通出版社股份有限公司，2017.6

ISBN 978-7-114-13793-8

Ⅰ．①定… Ⅱ．①朱… Ⅲ．①侠义小说－中国－当代
Ⅳ．① I247.5

中国版本图书馆 CIP 数据核字（2017）第 090529 号

DING XIN JIAN
书　　名：定心剑・卷三
著 作 者：朱太河
监　　制：邵　江
责任编辑：陈力维
责任校对：刘　芹
责任印制：刘高彤
特约编辑：童　亮　刘楚馨
营　　销：吴　迪　刘　君　张龙定
文字编辑：姚常龄
出　　版：人民交通出版社股份有限公司
地　　址：（100011）北京市朝阳区安定门外外馆斜街3号
网　　址：http://www.ccpress.com.cn
销售电话：（010）59636983
总 经 销：北京有容书邦文化传媒有限公司
经　　销：各地新华书店
印　　刷：中国电影出版社印刷厂
开　　本：720×960　1/16
印　　张：16
字　　数：282千
版　　次：2017年6月　第1版
印　　次：2018年6月　第2次印刷
书　　号：ISBN 978-7-114-13793-8
定　　价：39.80元

朱太河 著

人民交通出版社股份有限公司
China Communications Press Co.,Ltd.